LE RENDEZ-VOUS DE VÉNUS

Pour Amande, Camille et Luna

I

Le clerc, l'abbé et le gentilhomme

Bientôt, Vénus aimerait le Soleil. Elle allait ainsi à sa rencontre deux fois par siècle, presque coup sur coup, à huit ans d'intervalle. Leurs noces duraient trop peu de temps. Six heures à peine, le temps d'une passade. Mais une passade grosse de futurs à faire rêver les amoureux des choses célestes : cette fois, la petite tache noire d'Aphrodite, épiée, chronométrée dans son étreinte avec le gros corps rond de Phébus, n'en permettrait pas moins que de mesurer l'univers !

Alors nous, les hommes de cette époque, qui nous étions donnés pour mission de toiser les astres, nous fûmes pris d'une bouffée de fièvre. Nous nous éparpillâmes sous toutes les longitudes et nous braquâmes nos télescopes sur cet accouplement cosmique, tels des valets collant l'œil au trou de serrure de la chambre des maîtres, les nuits d'épousailles.

Je dis « nous » comme si moi aussi j'avais osé braver les tempêtes, les guerres, les fièvres et les sauvages pour observer la brève caresse de Vénus sur le Soleil. Mais moi, pensais-je alors, j'avais d'autres rendez-vous. Rendez-vous avec la gloire, avec la postérité. Rendez-vous avec l'amour aussi.

Ce n'est pas ainsi que doivent commencer des mémoires. J'ai trop rédigé de notices biographiques ou d'éloges de mes confrères pour ignorer comment se pratique cet exercice :

« Je suis né à Bourg-en-Bresse le 11 juillet 1732, sous le règne de Sa Majesté Louis XV. Mon père, maître de poste dans cette ville de foire, me baptisa Jérôme-Joseph... »

Mais c'est une autre affaire de se servir soi-même. Aujourd'hui, 12 juillet 1806, comment moi, soixante-quatorze ans juste sonnés, académicien vénérable qui consacra sa vie aux strictes lois mathématiques, raconterais-je mes frasques de jeunesse sans déroger à la nécessaire retenue du savant ? Soit. Mais après tout, mon frère en loge François Marie Arouet se piquait bien d'expériences scientifiques amusantes. Alors pourquoi moi, Lalande, que d'aucuns nomment « le Voltaire de l'astronomie », ne m'essaierais-je pas aux belles lettres, si toutefois mes yeux usés et la mort qui s'approche m'en laissent le loisir ?

Quand j'eus neuf ans, ma mère mourut. Sur l'insistance de mon précepteur — qui n'avait déjà plus rien à m'apprendre — et de mon oncle, mon père m'envoya au collège des Jésuites de Lyon. Pourtant Dieu sait, si j'ose dire, que maître Lalande n'aimait guère tout ce qui portait soutane. Je tiens de famille.

Je fus leur élève sept ans durant. Et je m'y plus. Je m'y sentis même très heureux. Oui, heureux, moi qui toute ma vie lutterais contre la superstition, moi qui rédigerais un supplément au *Dictionnaire des athées* de Maréchal, j'affirme que mon enfance fut douce et exaltante au cœur de la citadelle de l'Infâme. Peut-être nous sommes-nous trompés d'ennemis en nous colletant avec eux ; la superstition était moins de leur côté que sous les ors de la Sorbonne ou les corridors des parlements.

Je n'aurais pas été ce que je suis si le père Béraud, mon premier et seul maître, n'avait perçu très vite la précocité de mes dons mathématiques. Il en parla avec feu à ses supérieurs. Après avoir jaugé mes talents, mes professeurs durent s'imaginer que, quarante ans après la destruction de Port-Royal, ils pourraient, grâce à moi, supplanter définitivement leurs ennemis jansénistes. Eux aussi tenaient leur Pascal, et ils ne le lâcheraient pas. Ils me menèrent prudemment dans les méandres de leur bibliothèque, attisant avec méthode ma soif de connaissance universelle, tout en espérant faire de moi le plus farouche des soldats de Sa Sainteté.

Mais un Pascal papiste ne se fabrique pas comme une horloge. Un jour de mes quinze ans, en me plongeant dans un livre que le père Béraud m'avait ordonné de lire, mon être se bouleversa, comme si le cocon dans lequel je nichais se déchirait d'un coup. Jamais, depuis, je n'ai ressenti une telle révolution dans ma cervelle.

Pourtant, j'en ai tant vu et tant vécus de révolutions. Révolutions humaines bien sûr, tantôt joyeuses et nourries d'espérances sous un ciel radieux, tantôt sous de sanglants crépuscules, quand des têtes hier glorieuses tombaient dans le panier, tels des météores derrière l'horizon. Voici la nuit. Nuit sombre, nuageuse, haïe des astronomes. Nuit que prétend éclairer notre nouveau tyran, Napoléon, en semant sur sa route criminelle des batailles qu'il proclame solaires, des royaumes pour sa famille, un butin pour son clan et des cadavres pour sa horde. Ah, qu'il sera laid, le petit matin, après cette orgie de guerres et de conquêtes.

Allons, me voilà à prophétiser. À croire que c'est la règle, dans notre profession, de se laisser happer par le vertige de l'immensité et de lire dans les étoiles ce que nul n'a jamais pu y imprimer. Calmez-vous, mes mains. Tremblez de vieillesse, non de crainte. Je ne crois pas que Fouché ait placé un de ses sbires dans l'armoire pour lire après moi mes propos. Et quand bien même, le Bonaparte irait-il se donner le ridicule de faire guillotiner un inoffensif vieillard, de surcroît lunatique ? Il se contente de me faire censurer devant un Institut unanimement à genoux devant lui. Cela suffit.

Je parlais de révolutions. Le jour où la Bastille s'effondra en moellons sur son glacis, offrant enfin la lumière au faubourg Saint-Antoine, moi, à l'Observatoire, je travaillais. Car il est d'autres révolutions qui n'explosent pas comme une grenade, mais qui montent lentement, comme la sève, dans la pensée d'hommes libres et conscients. Des hommes qui se refusent à regarder le monde derrière le brouillard des superstitions ou des idées convenues, mais le jaugent à travers le prisme net de la science et de la raison. Leurs idées mettent du temps à aller leur chemin dans la foule anonyme. Mais elles vont, puissantes révolutions aussi inéluctables que celles des planètes.

Une autre révolution, intime celle-là, changea le cours de ma vie. J'avais quinze ans et quelques mois. J'étais seul dans la vaste bibliothèque du collège, aux subtiles odeurs de papier moisi et de cuir suant. Je refermai *Les Principes mathématiques de la philosophie naturelle* et j'eus envie de pleurer. La vérité se plaquait sur ma face comme un masque de cire. Les rayonnages alentour devinrent l'univers, et les escabeaux à roulettes, autant d'échelles de Jacob m'appelant vers les cimes de la Raison. Vibrant d'une sainte émotion, je me mis en quête de mon maître qui tenta, avec une grande habileté, de modérer mon enthousiasme et m'initia, malgré mon jeune âge, aux secrets de l'astronomie. Mais, à son grand désespoir, je comprenais tout trop tôt, trop vite, avant lui, contre lui, jusqu'à le laisser dans l'embarras qu'il cachait derrière de fausses colères. Moi, je bouillais. Sacré nom, que la divine Providence fût la cause de l'attraction universelle, je m'en fichais éperdument ! Ce n'était pas le pourquoi qui m'importait, c'était le comment. Et puisque Newton l'avait écrit, ce comment, tout savant se devait désormais de le pratiquer.

— Mon maître, c'est à l'étude des phénomènes célestes que je veux consacrer ma vie, m'exclamai-je une nuit de la mi-août, nuit pure criblée de météores, alors que nous étions perchés sur une terrasse, au-dessus du sempiternel brouillard lyonnais.

L'œil de mon professeur abandonna un instant sa lunette de fort médiocre fabrication, et pétilla de cette malice suave qui avait le don de m'exaspérer.

— L'astronomie n'a jamais nourri son homme, Jérôme. À l'exception de ton cher Newton, sans doute, qui savait être fort rusé et fort méchant quand ses intérêts étaient en jeu. Attention, mon garçon, la science des astres est dangereuse, on peut s'y consumer.

— Surtout quand le Saint-Office se mêle d'y jeter le brandon, répliquai-je.

Le père Béraud étouffa un drôle de petit rire, me menaça, pour le principe, de quelques coups de férule avant d'ajouter :

— Seul l'état ecclésiastique te permettra de... comment dirais-je ? — te laissera assez de loisir pour... Je ne devrais pas te dire cela : être abbé, assuré par quelque bénéfice ou commande, te garantirait une vie sans trop de contrainte dans le monde séculier. À condition, bien sûr, de garder, dans ce monde-là, une contenance, une apparence décente, en accord avec ton habit.

« Compris, mon maître, songeai-je. Je me ferai

hypocrite, j'affirmerai bien fort que ce n'était pas Galilée mais Josué qui arrêta le Soleil, je m'étalerai bras en croix devant l'autel, je me laisserai tonsurer, puis, fermant à triple tour les portes de mon presbytère, je braquerai enfin, sournois et confit, mon télescope vers les étoiles, à la recherche de la vérité cosmique. »

Pour tout avouer, j'étais alors en cet âge troublé où, comme il est écrit dans *Jacques le fataliste*, les jeunes gens *prennent pour la voix de Dieu qui les appelle à lui les premiers efforts d'un tempérament qui se développe*. Et la phrase suivante, toujours ce pied de nez un peu licencieux, mais si profond... Ah quel homme, le grand Denis ! Pourquoi ne le publia-t-il pas ? Mais c'est que dans le monde où nous vivions alors, Diderot aurait risqué Vincennes ou la Bastille, malgré son âge et sa notoriété ! D'ailleurs, il avait suffisamment prouvé son courage à ses contemporains et pouvait se permettre de ne plus écrire que librement, pour lui et la postérité.

Revenons à Lyon, en ce mois d'août 1748, alors que mon maître finissait de me convaincre de prendre la tonsure afin de me permettre de continuer d'étudier ce que j'aimais. Dès le lendemain, je mis en pratique, pour la première et dernière fois, mes talents de Tartuffe de la Science. J'écrivis à mon père pour lui annoncer mon irrépressible vocation spirituelle et ma ferme décision d'entrer dans les ordres. Non, rien ni personne ne m'empêcherait de consacrer ma vie à Dieu. Une semaine après, mon oncle entra comme un furieux dans le collège des Jésuites. Je n'avais que le temps de faire mon baluchon. En route pour Paris.

Arrivé dans la capitale, l'oncle, qui était encore jeune et gaillard, m'entraîna dans un tourbillon de fêtes, de café en théâtre, sans omettre toutefois de m'inscrire à la Faculté de droit, de me dénicher une garçonnière décente dans le Quartier latin et de me présenter à quelques éminents membres de la communauté bressane. Ils m'aideraient plus tard, affirma-t-il, à réussir une fulgurante carrière dans la magistrature, la Poste ou la Ferme. Chez l'un de ces honorables personnages, je revis un ami d'enfance, jeune étudiant en médecine qui commençait à avoir une bonne réputation de botaniste et travaillait aux jardins du roi avec Buffon : Philibert Commerson.

Un matin, m'éveillant entre les seins de neige d'une catin du Palais Royal, j'abandonnai toute velléité de m'enrôler dans la Compagnie de Jésus. Je trouverais bien le moyen, pensais-je, d'allier mes monotones études de droit à la géométrie.

Le tuteur auquel mon oncle m'avait désigné était un notaire vaguement cousin dans la famille de ma mère, et chez qui je devais également travailler. En vérité, il ne se préoccupa guère de moi, tourmenté qu'il était par sa maîtresse, une chanteuse fort talentueuse de l'Opéra qu'il disputait à un vicomte.

Sa mission accomplie, mon oncle repartit à Bourg rendre compte à son frère aîné. J'avais seize ans, j'étais libre, et plutôt à mon aise, car mon père m'avait doté d'une pension conséquente. Je vivais dans l'un de ces innombrables logis d'étudiants agglomérés à l'Hôtel de Cluny. J'eus la chance qu'une brave blanchisseuse, apitoyée par le sort de celui qu'elle croyait être un pauvre orphelin abandonné dans Babylone, s'occupât de mon ménage avec des soins maternels. Car j'avais une physionomie qui me faisait paraître plus jeune encore. Au début, cela me faisait bouillir qu'on me prît pour un enfant, mais je sus bien vite jouer de ce contraste entre ma mignonne apparence et ma cervelle adulte. En somme, j'aurais parfaitement tenu le rôle de Chérubin, si la pièce de cet horloger de talent n'avait pas été écrite quelque vingt ans plus tard.

Au début, je me rendis assidûment aux cours, pour montrer à mon tuteur que j'étais prêt à suivre les études et la carrière que l'on m'avait tracées. J'étais en effet sous la menace d'un rapatriement à Bourg, avec pour perspective un emploi de saute-ruisseau dans l'étude du procureur local.

Mais « le droit me rendait sinistre ». Lorsque je répétai à Commerson cette formule que je considérais comme un étincelant mot d'esprit, il me rétorqua que ce n'était qu'un médiocre calembour basochien. Toujours est-il que je ne me liai guère avec mes condisciples, sorbonnards confinés dans une pensée gothique. La plupart ignoraient jusqu'au nom de Newton, et ceux qui le connaissaient le confondaient avec Bacon, un Bacon qui, selon eux, aurait été grillé sur une place de Madrid par Torquemada lui-même. J'exagère à peine l'ignorance de ces ânes. Le plus souvent que je pouvais, je quittais l'air confiné du Quartier latin, non pour vagabonder dans les jardins du Palais du Luxembourg, mais, en poussant plus loin, pour aller m'isoler dans les deux ou trois librairies aux parages de l'Observatoire. J'y trouvais une pâture autrement plus à mon goût que je ne sais quel essai sur « les plaids du Poitou avant le traité de Brétigny », mon lot ordinaire.

Que la mémoire est une chose étrange ! Cette histoire de plaids poitevins, j'en suis absolument certain, cinquante-huit ans après, tel était l'intitulé de l'ouvrage que j'étais censé étudier ce jour-là. Il faut dire que le jour en question fut très précisément celui où je rencontrai pour la première fois l'abbé Jean-Baptiste Chappe d'Auteroche. À la vérité, ce n'était pas exactement la première fois, puisque nous nous étions croisés souvent entre la Sorbonne et Louis-le-Grand. Il me semblait étrange de le voir si loin du territoire qui nous était imparti, aux confins australs du Luxembourg.

Chappe était un garçon d'une vingtaine d'années dont le visage rond et jovial, la bouche gourmande, les cheveux de jais et l'œil bleu sombre sous un sourcil net lui donnaient un aspect de virilité extraordinaire. Virilité soulignée encore par des joues qui, soigneusement rasées à l'aurore, devenaient bleues à midi. Ses muscles semblaient devoir faire éclater à chaque mouvement les habits noirs de l'abbé. Il était très grand et massif. Plus de six pieds et... Ah sacré nom, alors que le système métrique est l'une des plus intelligentes réformes que nous ait léguées la Révolution, je n'arriverai donc jamais qu'à radoter mes pouces et mes coudées ! Chappe mesurait un mètre, huit décimètres et cinq centimètres... À peu près. Je pensai alors que cet homme-là devait plaire aux femmes.

En le voyant perdu dans ses pensées, je m'amusai à lâcher un tonitruant « Bonjour, monsieur l'abbé », rien que pour le plaisir de le voir sursauter, le sachant, malgré ses allures d'athlète, d'un naturel distrait. Il ne sursauta pas, mais pour répondre à mon salut, lança son index vers son chapeau. Dans le mouvement, son coude se leva et le portefeuille qu'il tenait serré sous son bras chuta sur les gravillons de l'allée. En ce début de mois de mars — cela faisait donc sept mois que j'étais à Paris — il soufflait un vent frisquet, qui emporta sur la pelouse quelques papiers échappés de la serviette tombée à terre. Je me lançai à leur poursuite. J'arrivai enfin à les ramasser, jetai un œil dessus, et revins, en les lisant, vers l'abbé. Il tendit la main pour les récupérer, mais je continuai à examiner les documents. Enfin, je levai la tête et dis en lui tendant les feuilles ramassées :

— Vous travaillez donc sur les tables de Halley, monsieur l'abbé ?

En prononçant ces mots, je devais être bien fat. Chappe émit un sifflement admiratif et dit :

— Eh bien mon garçon, si je m'attendais à ce qu'un enfant... Vous alliez chez le père Désastre ?

Tel était le sobriquet du libraire dont la boutique jouxtait l'Observatoire, et qui répétait avec fierté qu'il était « le libraire des astres et des planètes ».

— Oui-da, mon garçon, répliquai-je avec insolence, vexé que ce grand dadais me traitât comme un gamin. Et moi, ajoutai-je, je m'étonne qu'un ecclésiastique essaie de violer les mystères de la divine Providence.

L'abbé Chappe rougit, s'excusa mille fois de sa grossièreté, puis mille nouvelles fois quand je lui appris mon âge en me vieillissant de deux ans. Je n'avais pas encore compris que mon intérêt était au contraire de m'afficher en enfant prodige.

— Comprenez, m'expliqua-t-il comme pour se justifier, je ne suis pas entré dans les ordres par vocation, mais ce costume me permet de vivre décemment tout en me consacrant à la science. D'ailleurs, je ne suis pas le seul dans ce cas. Dès que le titre de savant me procurera enfin une considération et une existence moins équivoques, je renoncerai à cet état. Et vous ?

— Mon propre maître, le père Béraud, à Lyon, m'a suggéré de faire de même, mais ma famille s'y est opposée.

Plantés au milieu de l'allée, nous devînmes les meilleurs amis du monde. Il m'entraîna dans un cabaret voisin où nous bavardâmes longtemps. Pour lui montrer que ma connaissance des tables de Halley n'était pas fortuite, je me lançai dans un dithyrambe du calcul des trois corps, me scandalisant que son inventeur Clairaut n'ait pas la place qu'il méritait dans la constellation de l'astronomie française, et qu'il y eût sans doute conspiration et jalousie contre lui.

— Une conspiration contre Clairaut ? répliqua Chappe. Allons donc ! La faute n'en revient qu'à lui : trop de filles, trop de vin, pas assez de travail. Mais, si vous voulez, accompagnez-moi. J'ai rendez-vous avec lui dans un café de la rue Gît-le-Cœur. S'il n'est pas déjà ivre, je suis sûr que vous l'intéresserez beaucoup. Vous lui rappellerez sa jeunesse.

— Il fut en son temps, je crois, un mathématicien assez brillant.

— Aussi brillant que précoce. Du moins à ce que m'en a dit mon maître Cassini. Trop précoce, sans doute, trop de facilités, ajouta-t-il en me lorgnant. Il est vrai que son père, lui-même géomètre, lui avait enseigné les lettres de l'alphabet sur les figures des *Eléments* d'Euclide. À douze ans, il lisait à l'Académie un mémoire qu'il avait rédigé sur quelques courbes du quatrième degré. À dix-huit ans, le voilà lui-même académicien, puis il accompagne Maupertuis en Laponie...

— D'où il revient et rédige une *Théorie de la figure de la Terre,* dans laquelle il confirme la théorie de Newton ! l'interrompis-je pour lui montrer que je connaissais Clairaut aussi bien que lui.

— Connaissez-vous l'histoire des mandarines ? fit Chappe brusquement, un peu piqué.

— Heu, a-t-elle quelque rapport avec cette discussion ?

— Figurez-vous, poursuivit Chappe avec un petit air de triomphe, que mon maître Cassini avait parié avec Clairaut que notre bon vieux globe terrestre avait la forme d'un citron, c'est-à-dire enflée aux pôles et aplatie à l'équateur. Clairaut revint de Laponie avec la preuve du contraire. Comme vous le savez, Newton avait raison, la Terre est plutôt mandarine. Cassini dut payer son pari, faisant venir à grands frais du Sud de l'Espagne une caisse de ces fruits rares et juteux. Clairaut a dû en attraper quelque indigestion, et il ne s'en est jamais vraiment remis !

— Et son coup d'éclat du calcul des trois corps ? Il y a trois ans à peine, il osait remettre en cause les prédictions de Halley sur la comète, tout en imposant à l'Académie l'optique newtonienne.

— Oui mais après, plus rien, ou pas grand-chose. Comme si un ressort s'était brisé en lui.

— Vous oubliez ses *Eléments de géométrie* et *d'algèbre* qui ne sont pas si anciens que cela et qui ont fait quelque bruit jusque chez les jésuites lyonnais, c'est dire !

Le bavard balaya mon objection d'un revers de main :

— Deux ouvrages qui tiennent plus du bilan que de l'invention. Enivré par sa célébrité, Clairaut n'a eu de cesse de fréquenter les salons à la mode, troussant tout ce que Paris compte de marquises savantes, vidant la cave de leurs maris et oubliant du même coup sa mission de géomètre. À l'exception d'un manuel de mathématiques élémentaires, rien de neuf. Quel gâchis ! Mais ça ne l'empêche pas d'être un homme extraordinaire. Il a encore, à trente-cinq ans, des éclairs de génie, et il sait conseiller les jeunes gens de notre âge. Cet homme, en vérité, je le vénère, moi qui ne suis qu'un tâcheron...

Sur le moment, je crus que le portrait que Chappe me faisait de Clairaut m'était adressé comme une leçon et qu'il voulait me mettre en garde contre moi-même, contre l'évidente facilité de mes dons. C'était lui prêter des intentions jésuitiques qu'il n'eut jamais. Mais comment aurais-je su alors combien Jean-Baptiste, mon cher Jean-Baptiste, était le meilleur d'entre nous, le plus pur, parfois jusqu'à la niaiserie, de cette pureté qui fait les martyrs ? Et il mourut en martyr de la science, criblé par les flèches du Soleil, ou de Vénus c'est tout comme, il y a trente-sept ans de cela. Ah, mais j'anticipe !

Sur le moment, je lui coupai la parole avec agacement :

— Je vous ai menti, Chappe, je n'ai pas dix-huit ans, mais seize.

— Je vous absous, mon fils, répliqua mon nouvel ami. Mais de grâce, appelez-moi d'Auteroche. Non pas que je mette une quelconque affectation dans l'usage de ce modeste titre...

— Sans vouloir vous offenser, l'interrompis-je, il n'y a de bonne noblesse que celle de l'esprit.

— Précisément, mais pour certains qui ont l'esprit teinté de raillerie facile, « Chappe », avouez-le, cela sonne trop comme couvercle, soutane ou autre protection peu glorieuse.

— Mais vous en portez une, de soutane ! fis-je en riant.

— Justement, et ce n'est point la peine d'en rajouter, rit-il à son tour. Je ne serai jamais cardinal, et point ne porterai l'habit à capuce doublé d'hermine !

Pour tenter de guérir sa profonde timidité, d'Auteroche, puisqu'il fallait l'appeler ainsi, noyait chacun de ses propos sous des mots d'esprit souvent douteux, se moquant de lui et de son état ecclésiastique. J'appris par la suite que l'abbé Chappe d'Auteroche était de la famille de ce comte qui répliqua si bravement aux Anglais à la bataille de Fontenoy : « tirez les premiers », mais mon ami ne s'en vantait pas.

Cette rencontre avec l'abbé fut aussi pour moi une rencontre avec la chance. Depuis le début de mon séjour à Paris, je n'étudiais plus mathématiques et astronomie qu'en cachette, comme un vice honteux, jouant au basochien zélé, craignant à tout moment que mon tuteur n'allât dénoncer à mon père mes escapades loin des *item* juridiques et coutumiers. De surcroît, une obscure retenue que je m'étais imposée m'avait jusqu'à présent interdit l'entrée du Collège royal, où Delisle donnait des cours publics. Delisle qui, lui aussi, était mon voisin puisqu'il avait son observatoire à l'Hôtel de Cluny. Et voilà que cet échalas d'Auteroche me parlait de lui, de Clairaut, de Cassini, de Maraldi, de Le Monnier, de d'Alembert, comme s'ils avaient élevé les cochons ensemble. Sur le moment, je crus qu'il voulait m'écraser sous le nombre de ses relations. Ce n'était pas dans les manières de mon trop modeste ami. De plus, croiser un apprenti astronome sur le chemin de l'Observatoire n'avait rien d'une extraordinaire coïncidence. *In fine*, il était tout à fait normal que Chappe connût des célébrités aussi remarquables. Il n'y avait à Paris guère plus qu'une cinquantaine de personnes à faire profession d'astronome, de mathématicien, de géomètre, et parmi ceux-là combien de vieilles barbes qui continuaient à chercher, là-haut, la preuve de l'existence de Dieu au lieu de contribuer, ici-bas, aux progrès de la navigation, par exemple.

Tout en devisant ainsi, après être sortis du cabaret, d'Auteroche et moi remontâmes la rue Saint-Jacques et pénétrâmes à nouveau dans le Quartier latin. Il poussa comme un vieil habitué la porte d'un de ces innombrables cafés qui proliféraient à l'époque. Je n'avais jamais osé y entrer, persuadé que ma mine d'enfant m'en eût fait refouler sur-le-champ. Dans un nuage de fumée reflété par de nombreux miroirs, des joueurs d'échecs, graves, poussaient le bois. Ailleurs, des messieurs aux allures anxieuses parlaient à voix basse comme s'ils avaient peur d'être espionnés par la maréchaussée. Il y avait tant de conciliabules que ces chuchotements s'élevaient en un véritable brouhaha. D'Auteroche me nomma certains de ces hommes :

— Voyez donc Philidor en train de roquer. Le meilleur joueur du monde à ce qu'on dit, et son pauvre adversaire doit être tout ému. Excellent musicien au demeurant. Et puis là, Garrick, vous savez, l'acteur anglais, un vrai cabotin... Et là encore...

Je n'écoutais déjà plus les noms de ces gens qui semblaient fort célèbres, mais dont j'ignorais tout. Mes seuls héros, jusqu'alors, étaient astronomes et mathématiciens. Un panthéon fort simple : Leibniz était le diable et Newton, Dieu. En dessous, anges et démons n'avaient guère d'importance. Du côté des philosophes, c'est tout juste si j'avais entendu parler de Voltaire, mais sans en avoir lu une ligne. Chappe me promit alors de me prêter deux ouvrages qui venaient d'être publiés et faisaient grand bruit, chacun dans leur genre, *L'Esprit des lois* et *Les Bijoux indiscrets*. Il me montra du doigt l'auteur de ce dernier ouvrage, fort léger, précisa-t-il d'un air entendu, un athlète au profil de Romain et aux allures bon enfant, vêtu comme un simple artisan et qui parlait avec volubilité.

Tout étonné de ce mélange de bourgeois, de prêtres et d'aristocrates qui se côtoyaient là sans contrainte et sans avoir l'air de craindre le cachot, je me sentis étourdi par une lourde et capiteuse odeur dominant même celle du tabac.

— C'est le café, m'expliqua d'Auteroche.

— Ça sent plutôt le fagot, l'abbé, et ce bon Diderot aurait intérêt à se faire oublier quelque temps ! dit une voix derrière nous.

L'homme qui avait prononcé cela d'un ton léger devait être un peu plus âgé que Chappe. Un grand nez bosselé, des yeux vert d'eau, de longs cheveux blond roux plaqués sur le front — car il ne portait pas perruque — lui donnaient une allure de barbare, à peine atténuée par une bonhomie un peu distante.

— Permettez-moi, sire chevalier, répartit d'Auteroche, de vous présenter Jérôme-Joseph Lalande. Ce jeune homme, seize ans à peine, fait preuve de connaissances étonnantes en mathématiques. Je crois que nous tenons là une bonne recrue.

Je devais avoir l'air benêt, moi, le fils du maître de poste bressan, en me laissant broyer la main par l'authentique gentilhomme Guillaume Joseph Hyacinthe Le Gentil de La Galaisière. Pourtant, Le Gentil, comme il se faisait couramment appeler, ne semblait faire aucun cas de ses origines aristocratiques. Il était vêtu fort simplement, parlait et riait haut, rustre parfois à force de se vouloir familier. De petite fortune, il ne possédait que quelques arpents dans le Cotentin, non loin de son Coutances natal, une ferme et ses dépendances qui devaient remonter au moins au Conquérant de même prénom. Comme d'Auteroche, de trois ans son cadet, il avait dû prendre l'habit pour pouvoir monter à Paris, y faire mine de suivre des études de théologie, avant de gagner enfin sa vie par la science astronomique. Ils s'étaient rencontrés sur les bancs du collège Louis-le-Grand, et Chappe l'avait entraîné aux cours de Delisle, où il mit un zèle si extraordinaire à l'étude de l'astronomie et de la géométrie qu'il jeta sa soutane aux orties.

Le Gentil gardait dans sa tenue quelque chose de vaguement ecclésiastique, mais qui ne faisait pas illusion, contrairement à Chappe affichant clairement son état. Toutefois, on sentait une sorte de connivence entre eux, quelque chose dans l'attitude qui n'était pas seulement dû à leur amitié ou à leur profession. Sans doute eux-mêmes n'en étaient-ils pas conscients. Mais moi qui n'étais pas de leur caste, je le voyais parfaitement.

Quel fossé nous sépare de ce temps-là ! Moi-même qui, pourtant, me suis battu toute ma vie contre les préjugés et l'intolérance, j'ai du mal à mesurer le progrès, que dis-je ? le bouleversement profond qui s'est fait dans notre pensée. Aujourd'hui, je me soucie comme d'une guigne de savoir si tel ou tel de mes interlocuteurs est catholique, protestant, juif, mahométan ou brahmane, alors qu'en ce temps je « soupçonnais » le pauvre Chappe d'être parpaillot. Quant à savoir le nombre de quartiers de noblesse que comptait le défunt Le Gentil, je m'en fiche bien ! Mais, à seize ans, traînant sous mes semelles nombre de générations serviles, je ne pouvais que me sentir vassal du seigneur normand. Je montrai donc, ce jour-là, dans mon premier café, une révérence obséquieuse à ce nobliau de sept ans mon aîné. Il me considéra en disant :

— L'extrême précocité en mathématiques est un phénomène mystérieux, mais somme toute courant. Bizarrement, passé trente ans, chez ces anciens enfants prodiges, les choses se gâtent. Regardez Clairaut. Ses coups de génie sont tous derrière lui. Après vingt-cinq ans, pfutt ! fini, plus rien. Moi, je n'ai pas eu cette chance. Ou cette malchance, c'est selon. Je ne serai jamais qu'un bon observateur, un géomètre appliqué. Méfiez-vous de votre génie, mon garçon, essayez plutôt d'avoir du talent.

— Oui, monsieur le chevalier, répondis-je.

— Oubliez le canasson, Lalande. Si Jean-Baptiste me désigne ainsi, ce n'est que par une de ses sempiternelles taquineries. Il croit avoir de l'esprit. Pas vrai, l'abbé ?

— Montons ! répliqua l'interpellé. Clairaut doit commencer à s'impatienter. Et vous savez comment il soigne son impatience.

— Bah, il n'est que midi, il ne doit pas être encore ivre. Permettez-moi un conseil, Lalande : devant Clairaut, ne jouez surtout pas l'effarouché. Brillez, mon cher, brillez, tout en lui montrant que pour vous, géométrie et mathématiques ne sont pas un amusement. Il veut en effet que ces sciences, considérées jusqu'à présent par l'opinion en place comme un aimable passe-temps de gens éclairés, des rêvasseries de personnages croqués par La Fontaine, ou encore des tours de magiciens, deviennent un véritable métier, admis comme utile aux progrès de l'humanité. Deux générations après Newton, vous vous rendez compte de notre retard ?

II

Examen de passage

Alexis Clairaut nous attendait à l'étage, dans un cabinet.

— Entrez, jeunes gens, dit-il. Installez-vous.

Malgré ses trente-cinq ans, l'inventeur du calcul des perturbations avait un aspect fort juvénile, même si des poches sous les yeux, une légère couperose et une tendance à l'obésité prouvaient qu'à l'évidence, l'éminent géomètre ne menait pas vraiment la vie austère que l'on prête volontiers aux savants.

D'Auteroche me présenta à lui de façon encore plus élogieuse qu'il ne l'avait fait avec Le Gentil, exagérant même en disant qu'il ne m'avait fallu qu'un clin d'œil pour reconnaître sur ses papiers envolés les tables de Halley. Clairaut, en m'observant d'un air narquois, me tendit un verre rempli à ras bord d'un vin noir. Je lui dis que je préférerais une tasse de café, « pour goûter », ajoutai-je comme un sot. Chappe éclata franchement de rire, Clairaut se pencha en dessous de la table « pour voir, précisa-t-il, si j'avais encore des sabots », tandis que Le Gentil, outragé, demanda que l'on cessât de se moquer de moi. Bizarrement, son attitude protectrice m'agaça bien plus que les railleries des deux autres.

Je ne me souviens plus trop de ce qui se passa par la suite. Le café, puis le vin et le repas fort plantureux me mirent dans un état d'excitation telle que je me surpris à expliquer à Clairaut le calcul à trois corps qu'il avait inventé quelques années auparavant. J'affirmai doctement qu'en calculant les perturbations causées par Jupiter et Saturne à la comète dans son attraction vers le Soleil, on démontrerait que Halley s'était trompé dans ses prévisions, qu'elle serait en retard au rendez-vous avec la Terre, fixé selon le défunt savant anglais en 1758. Dans dix ans...

Soudain je me tus et restai bouche bée. L'immensité des espaces infinis ne m'avait jamais effrayé plus que cela, mais la marche du temps en revanche... Dix ans me semblaient toute une vie, ou plutôt ce n'était rien, cela n'avait aucun sens. Je serais dans dix ans plus vieux que Le Gentil qui me dévisageait férocement de l'autre côté de la table, plus vieux que Chappe qui me lançait des regards désespérés, visiblement terrorisé par l'audace de mes propos. Clairaut, lui, je le pense aujourd'hui, avait dû comprendre ma soudaine panique, puisqu'il chassa l'ange qui passait en déclarant, non sans se départir d'une indolente ironie :

— Dix ans, mais ce ne sera pas trop, mon jeune ami, pour que vous acheviez le travail nécessaire à cette correction. Il s'agira en effet pour vous de calculer tous les degrés et, pour un siècle et demi, les distances et les forces de Jupiter et de Saturne par rapport à la dite comète. Travail de bénédictin plus qu'herculéen. Tout cela pour montrer que l'homme admirable que fut Halley s'était trompé de quelques mois ? Ne croyez-vous pas, mon cher, que vous feriez mieux de consacrer vos jeunes talents, qui me semblent grands, à d'autres calculs, à d'autres observations bien plus nécessaires au progrès humain ?

— Mais Newton... commençai-je à protester.

— J'ai récemment démontré devant l'Académie que la loi de gravitation en carré inverse de la distance est inadéquate pour décrire le mouvement de la Lune, susurra-t-il.

J'allais cette fois m'insurger lorsque d'Auteroche me coupa la parole, moitié pour me sauver, moitié pour aborder le sujet qui l'avait fait venir à ce rendez-vous : les conclusions d'un mémoire qu'il voulait communiquer à l'Observatoire, mais qu'il préférait auparavant soumettre à Clairaut. À l'audition de sa lecture, interrompue seulement par quelques corrections de forme du « maître » et quelques questions de Le Gentil, je compris que j'avais beaucoup de chemin à faire avant d'atteindre le niveau de compétence de Chappe d'Auteroche, et a fortiori de Clairaut. Je n'intervins d'ailleurs pas quand les trois autres débattirent, une fois la lecture terminée, de la meilleure manière de présenter cet ouvrage à Jacques Cassini, car, visiblement, le directeur de l'Observatoire se montrait très pointilleux et formaliste ; il avait ses exigences, ses manies, dont mes nouveaux amis s'amusaient beaucoup. Les savants que j'admirais n'étaient donc pas de purs esprits, mais des hommes de chair et de sang, avec leurs passions terrestres, leurs ambitions, leurs avidités, leurs jalousies. Ils mangeaient, aimaient, dormaient et buvaient, parfois même plus que de raison.

Comme l'atmosphère semblait se détendre à nouveau, j'osai interrompre Le Gentil qui dissertait d'un ton badin sur une question que je considérais être de vulgaire mécanique. Clairaut leva la main sèchement pour me faire signe de me taire. Je rougis jusqu'aux oreilles, en comprenant brutalement que les trois hommes continuaient de travailler. Je me renfrognai dans mon coin, n'écoutant plus, les maudissant pour ne pas me maudire. Je sursautai quand Clairaut m'interpella, jovial :

— Vous avez tort, monsieur Lalande, de ne pas

vous intéresser à la question de l'horlogerie. Elle est aussi essentielle que l'observation ou le calcul. D'ailleurs, maintenant que nos amis en ont fini, il faut nous pencher sur votre cas. Vous me paraissez fort doué, mais le don n'est jamais que de l'instinct. Nous devons mettre un peu d'ordre dans vos lectures brouillonnes et les leçons cahoteuses des pères jésuites de Lyon. Essayons, messieurs, de lui établir un programme d'études clair, méthodique et qui lui laissera le loisir de se déniaiser un peu. Je vous demanderai, mon cher Chappe, de ne pas intervenir dans cette deuxième partie de nos débats, où vous n'êtes guère compétent...

Chappe haussa les épaules. Et les voilà qui me dressent un emploi du temps pour le moins touffu, dans lequel j'étais censé passer mes journées et une partie de mes nuits entre l'Observatoire avec Cassini, le Collège royal pour écouter Le Monnier, l'Hôtel de Cluny pour travailler avec Delisle. Le reste de mon temps — car il en restait — aurait été consacré à fréquenter les cabarets avec Clairaut, les salons à la mode avec Le Gentil et les philosophes avec Chappe.

— Mais, protestai-je, si mon père apprend que j'ai abandonné mes études de droit, il me fera revenir de force au pays.

— Il est vrai que le garçon est mineur, rappela Le Gentil, et qu'il n'a pas la chance, comme Jean-Baptiste, de pouvoir cacher son télescope sous une soutane.

— Vous devenez grossier, Le Gentil, protesta Chappe en riant. Je vous rappelle que vous aussi, jusqu'à votre majorité, vous passiez pour un séminariste fort dévot.

— ... Et qui avait avec le ciel certains arrangements, ajouta Clairaut. C'est sans doute le Dieu des armées qui lui commanda un jour de me voler en un tournemain la pétulante petite vicomtesse de...

— Pas de nom, Clairaut, pas de nom ! s'exclama

Le Gentil. Et puis, vous aviez déjà suffisamment profité des dites ardeurs de la donzelle.

Un peu effrayé de ces propos blasphématoires, je ricanai, surtout à voir les mines outrées que prenait Chappe d'Auteroche.

— Pour ce qui est de votre père, Lalande, dit Clairaut de nouveau sérieux, ne vous inquiétez pas. J'ai quelques amis à l'Université à qui je peux demander de faire croire à Bourg-en-Bresse que vous êtes le plus assidu des Sorbonnards. Votre pension ?

— Mon père se montre, je crois, généreux.

— Parfait ! Demain, je vous habille. Pourquoi un apprenti savant porterait-il nécessairement des vêtements de défroqué ?

— Peuh, soupira Le Gentil.

— Le chevalier Don Quichotte de La Galaisière et autres lieux peut se permettre d'avoir des traces de tabac sur un pourpoint froissé ; pas le fils du maître de poste Lalande.

— Vous avez raison, opina Le Gentil. Comme toujours.

Le lendemain matin, à l'aurore, je me réveillai avec un abominable mal de tête. Mes excès de la veille ne m'avaient guère réussi. Je m'apprêtais, grognon, à partir pour mon cours de droit romain, quand on frappa à ma porte. Clairaut entra. Malgré mes protestations de timidité, il me traîna jusqu'aux appartements et à l'observatoire de Delisle qui logeait à l'Hôtel de Cluny, à deux pas de ma garçonnière.

L'éminent professeur nous fit attendre quelque peu dans l'antichambre. Voyant que je m'impatientais, Clairaut me prévint :

— Vous savez sans doute que notre homme a passé vingt-deux ans à Saint-Pétersbourg, où il fut appelé par Pierre le Grand pour organiser l'astronomie dans ce pays et y fonder un grand observatoire. Il en est revenu il y a quelques mois à peine. Depuis lors, il cherche à vendre au gouvernement français la considérable bibliothèque qu'il a acquise là-bas à moindres frais, et il est fort occupé à cette affaire...

Au même instant, un homme à la grise allure de clerc, portant sous le bras des liasses de documents, sortit de chez Delisle. Ce dernier nous accueillit enfin dans son bureau. Je crus au premier regard que nous le dérangions dans un rude travail, car il se montra fort bougon. Puis, pendant qu'il bavardait avec Clairaut de la pluie, du beau temps et de sa bibliothèque, je remarquai que sa table était vide de tout papier à l'exception d'un seul, vierge, qu'il avait sous les yeux ; la plume qu'il tenait en main gouttait sur le buvard, prouvant qu'il venait de la tremper dans l'encrier. Ses joues étaient grises de barbe, sa perruque de travers et ses bas-de-chausses godaillaient sur des pantoufles éculées. Il émanait de lui une vague odeur de fauve. À l'évidence, le vénérable savant n'était pas, comme il voulait le faire croire, au bureau depuis l'aube. Tout au contraire, notre visite l'avait fait tomber du lit. Cette constatation me ravit au plus haut point.

— On m'a rapporté, dit Clairaut à Delisle, que ton secrétaire t'avait quitté.

— Quitté ? Ah ouiche ! Je l'ai flanqué dehors à coups de bottes. Cet abruti, au lieu de reporter sur papier mes observations, se livrait à des considérations métaphysiques sur ce prétendu Grand Horloger sans qui l'univers ne serait qu'un chaos. Tu vois le genre ? Il n'avait qu'une seule qualité, sa fort belle écriture. Mais voilà qu'un jour, il me déclama que ce serait pour moi la consécration que d'ôter aux planètes et aux étoiles leur toponymie païenne pour les baptiser du nom des apôtres, des archanges, des prophètes et des saints. Tu connais ma patience, Alexis. Aussi lui montrai-je fort aimablement la porte. Ne riez pas, monsieur Lalande, ça n'a rien de drôle. C'est à ce genre de choses que l'on s'attache, en France, et à de pires encore, tandis qu'à Londres ou à Berlin, seules comptent la science et la vérité. Si je comprends bien, Alexis, tu veux me proposer cet enfant comme secrétaire. Possède-t-il une belle écriture, au moins ?

— Cela, maître, je peux vous le montrer tout de suite, répliquai-je en tendant la main vers la plume qui s'asséchait.

— Très bien, très bien, grogna Delisle. Mais dis-moi, Alexis, ton protégé a-t-il aussi quelques notions de mathématiques ?

— Je te le promets, répliqua Clairaut. Ce garçon me semble plus un calculateur, comme moi, qu'un observateur ou un géographe, comme toi. Lalande est un géomètre dans l'âme.

— Ça lui passera, rétorqua Delisle. Jaugeons-le un peu. Voyons... Savez-vous ce qu'est la parallaxe ?

— Monsieur, je ne serais point digne de vous être présenté si j'ignorais que la parallaxe est la mesure d'une distance à partir de celle d'un angle...

— Poursuivez...

— Si je puis me permettre une image simple... fis-je en hésitant sur le ton à adopter dans cet examen improvisé.

— Faites, faites. Admettons un instant que je sois votre jeune élève.

Clairaut, qui s'était confortablement installé dans un large fauteuil pour nous écouter et avait fermé les yeux, esquissa un sourire amusé.

— Hé bien, continuai-je, supposons que j'observe la flamme d'une bougie située à dix pieds de moi, d'abord avec mon seul œil droit, ensuite avec mon seul œil gauche. J'aurai l'impression que la position de la flamme bouge par rapport à l'arrière-plan. Si j'éloigne la bougie, disons à cinquante pieds, et si je ferme à nouveau et alternativement l'œil gauche puis l'œil droit, le déplacement de la flamme me paraîtra cinq fois plus petit. La parallaxe varie en effet en raison inverse de la distance.

— Fort bien, mais encore ?

— La parallaxe, repris-je d'une voix plus affermie, la parallaxe est donc l'angle sous-tendu à la bougie par l'écartement de mes yeux. Si cet angle est connu et l'écart de mes yeux mesuré, j'en déduis la distance de la bougie. Remplacez la bougie par le Soleil, l'arrière-plan par les étoiles fixes, mes yeux par deux stations d'observation à la surface de la Terre, et j'obtiens la distance du Soleil !

— Mon jeune ami, vous me semblez avoir quelque facilité à expliquer simplement la géométrie. À défaut de devenir astronome, vous ferez peut-être un honorable précepteur...

Je sentis un peu de raillerie dans le ton du maître. Comprenant que j'avais peut-être parlé avec trop d'assurance, je me fis à nouveau humble :

— Je vous remercie, monsieur, mais à dire vrai, je n'ai fait que répéter comme un perroquet les explications de mon bon maître Béraud.

— Allons, pas de fausse modestie. Dans toute l'histoire de l'astronomie, à laquelle je m'intéresse fort, il n'y a guère de quête plus profonde que celle que vous me racontez là. Mesurer la distance de la Terre à la Lune, au Soleil et aux étoiles, les plus grands astronomes de l'Histoire s'y sont essayés en vain. Eratosthène d'Alexandrie a mesuré correctement le diamètre terrestre, mais Aristarque, Hipparque et Ptolémée ont grossièrement sous-estimé la parallaxe solaire. Même Tycho, le grand Tycho, a commis une erreur considérable.

— L'angle de visée est en effet très faible, murmurai-je.

— Et les longitudes, que faites-vous des longitudes ?

— Je crois comprendre que pour apprécier avec

justesse la parallaxe solaire, il faut connaître avec précision les positions des stations d'observation en longitude, rapportées au même méridien. Celui de Paris, par exemple.

— Et cela, nous ne savons toujours pas le faire ! rugit Delisle. Je me tue à le répéter au ministère depuis mon retour de Pétersbourg, il faut combiner l'Horlogerie, la Mécanique, la Géométrie, l'Astronomie et la Marine ! Mais ces imbéciles...

— Voyons, Delisle, intervint Clairaut comme s'il se réveillait, ce jeune homme n'est pour rien dans le désintérêt actuel de la Cour pour nos disciplines, et vous allez l'effrayer avec vos colères !

— Vous avez raison, fit Delisle d'un ton radouci. Mais, enchaîna-t-il aussitôt en enflant de nouveau la voix, la déclinaison de l'aiguille aimantée varie, comme tout le monde sait, suivant les lieux et les temps, et partant les cartes magnétiques seront toujours insuffisantes. Le compas de route ni le loch n'indiquent si la marche du vaisseau a été accélérée ou retardée, s'il a été détourné par la dérive ou par quelque courant. Avec ces instruments, le navigateur ne peut se passer de l'Astronomie. L'Astronomie peut se passer d'eux. La découverte des satellites de Jupiter, en perfectionnant les cartes marines, a suffi pour produire une révolution dans l'esprit humain et dans les relations commerciales et diplomatiques.

Il se tut un instant, songeur. Je ne savais quelle contenance adopter. Mais mon examinateur revint à son affaire :

— Bon, bon, voilà que je m'emporte encore. Reprenons notre petit examen. Voyons, sauriez-vous calculer à quelle distance correspond, à la surface de la terre ou en mer, une imprécision d'un demi-degré en longitude ? Telle est notre incertitude actuelle, comme vous le savez peut-être...

Il me désigna la plume et l'unique feuille de papier blanc qui se trouvaient sur son bureau. Je griffonnai en hâte quelques chiffres. Mon cœur battait à tout rompre dans la crainte de commettre une erreur, qui aurait été due davantage à l'émotion qu'à mon ignorance. Au bout de deux minutes, je répondis enfin :

— Ce demi-degré équivaut à dix lieues sous l'équateur ; à huit lieues deux tiers sous le parallèle de trente degrés ; à sept, sous celui de quarante-cinq.

Delisle parut surpris.

— Comment vous prénommez-vous ?

— Jérôme-Joseph, monsieur

— Ah, comme moi. Bien, bien... Alors, monsieur Joseph ou Jérôme qui savez tout, vous aurez peut-être une petite idée sur la façon de procéder pour mesurer l'univers mieux que nos maîtres du passé ?

— Cela, je l'ignore, monsieur. Je ne suis qu'un modeste apprenti.

— Hé bien moi, je vous le dis, il faut pointer les planètes inférieures, vous entendez, les planètes inférieures !

— Vous voulez parler de Mercure sans doute...

Delisle haussa les épaules.

— Bah, il y a plus de vingt-cinq ans, j'ai observé le passage de Mercure devant le Soleil, mais je n'ai pu déterminer sa parallaxe.

— Cette planète bouge trop vite peut-être, avançai-je.

— Bien vu, jeune homme. Je me suis rendu à Londres pour en discuter avec Halley. Ce gentilhomme m'accueillit fort bien. Il me donna une copie de ses tables astronomiques inédites. Celles-là mêmes que j'ai publiées l'an dernier, et qui vous intriguèrent tout récemment, à ce que l'on m'a dit...

— Je voue la plus vive admiration aux prédictions de monsieur Halley sur le retour de la comète. Et plus encore, à la loi de la gravitation universelle de monsieur Newton, sans laquelle cette prédiction n'eût pas été possible.

— Je dois dire que Newton lui-même m'a réservé un accueil fort aimable, fit Delisle avec une certaine suffisance. Le vieux lion était assez imbu de sa personne. Savez-vous ce qu'il m'a offert en souvenir de notre rencontre ? Un portrait de lui ! Plus exactement, une copie de portrait, car il était fort avare. Tenez, le voici !

Je sursautai, m'attendant à voir paraître, tel un fantôme, l'ombre immense du savant que je déifiais. Delisle me désignait simplement un portrait joliment encadré, posé sur le tablier de la cheminée.

— Oui mais voilà, nos deux grands hommes sont morts, et nous allons passer le siècle à vérifier leurs théories. Sans ennui si possible ! ajouta-t-il en partant d'un gros rire accompagné d'un clin d'œil à Clairaut.

Le mathématicien haussa les épaules, un brin agacé. Sur le moment, je crus qu'il manifestait sa réserve à accepter complètement les théories de l'Anglais. Je ne compris que plus tard le calembour de Delisle, lorsque je racontai mot pour mot cet entretien à Chappe d'Auteroche. Il m'expliqua qu'au retour de l'expédition en Laponie, à laquelle Clairaut avait participé, Voltaire, déjà ennemi de Maupertuis, lui avait adressé cette perfide paire d'alexandrins : « Vous allâtes en des lieux pleins d'ennui vérifier / Ce que Newton trouva sans sortir de chez lui. »

— Mais revenons à nos planètes. Exit Mercure ! Que reste-t-il ?

— Il reste Vénus, fis-je.

— Vénus, précisément. Et j'y songe, à Vénus, j'y songe. Mais nous aurons le temps d'en reparler.

— Alors, le verdict ? fit Clairaut qui s'impatientait.

— Vous êtes embauché, Lalande. Je ne doute point que vous saurez tirer profit de mes enseignements. Puissiez-vous participer, un jour, au progrès de la Science et de la Raison.

III

Paris - Berlin - Paris

Embauché ! Mon père pouvait désormais me couper les vivres, j'étais logé, nourri et blanchi par Delisle, qui me versait en plus quelque argent pour salaire. Salaire qui fut englouti, du moins le premier, dans un festin que j'offris à ceux que je décrétai mes deux éternels amis : Le Gentil et d'Auteroche. Clairaut avait décliné l'invitation. Comme je m'inquiétai de ce refus, mes compagnons de table m'expliquèrent que l'apparente familiarité que nous montrait Clairaut ne devait pas me faire oublier qu'il y avait entre nous toute la distance du maître aux disciples ; je devais considérer les rencontres hebdomadaires au café, où souvent venaient d'autres étudiants, à l'égal d'un cours au Collège royal, et non comme d'aimables badinages autour d'une tasse.

Clairaut fuyait la notoriété. Il préférait le rôle obscur du mentor, et quand l'un de ses disciples se hissait à la gloire, il s'en satisfaisait comme si cette gloire était la sienne. De plus, cette manière de rester en retrait lui permettait d'être le seul, ou presque, parmi ses congénères et ses aînés, à se consacrer exclusivement à son domaine de prédilection et aux sciences afférentes, tandis que les autres butinaient de tous côtés botanique, chimie, zoologie, voire musique, poésie, philosophie, herborisant ou poursuivant les papillons du côté du petit Trianon, dans l'espoir d'y récolter aussi les bontés d'une favorite. Déjà, au temps de sa jeunesse, Clairaut boudait les mondanités ; seul son travail comptait et, en refusant de s'en laisser distraire, il se créa quelques inimitiés : on le prétendit excessivement ambitieux, des jalousies se firent jour. Il refusa toujours d'admettre que la science était aussi une lutte permanente pour le pouvoir. Quand il publia son mémoire sur le calcul à trois corps, ce fut l'hallali. De quel droit ce cuistre osait-il contredire Halley ? Querelle absurde puisqu'au contraire, la théorie de Clairaut allait plus loin encore dans la confirmation de l'attraction universelle, en l'affinant, et non en la dénonçant. La Lune, clamait-il, est fortement attirée par deux corps célestes, la Terre et le Soleil, tandis que les planètes ne le sont que par le Soleil. Le calcul de son orbite est donc un problème à trois corps, et non à deux corps seulement.

L'attaque partit d'où il ne l'attendait pas : Jean Le Rond d'Alembert savait déjà, en ce temps-là, vulgariser pour les esprits curieux les grandes découvertes de notre siècle. Clairaut avait initié à Newton ce sémillant touche-à-tout. Et celui-ci, dans la vague d'anglomanie qui sévissait alors, n'eut de cesse de construire un piédestal au vieux tyran de la *Royal Society*. Il fit de ce héros de la science un dieu. Pour d'Alembert, et jusque dans ses vieux jours, la science ne commençait pas avec Newton, elle s'arrêtait après lui. Newton était le Christ, dont les prophètes avaient pour nom Aristarque, Copernic, Galilée et Kepler, mais après lui, il ne pouvait plus apparaître que des Marc, Jacques, Jean, ou Matthieu. Et sans doute considérait-il Clairaut comme un évangéliste de Newton, jusqu'au jour où mon maître osa prétendre que le dieu suprême de l'astronomie et son Baptiste

Halley, obnubilés par la puissance attractive du Soleil, avaient omis de prendre en compte celle des planètes. Alors, d'Alembert voua Clairaut aux gémonies d'avoir mis en doute le verbe sacré. D'Alembert, qui se voulait le champion du progrès, retrouvait les gestes de l'Inquisiteur. Clairaut, étonné de la virulence de celui qu'il croyait être son ami, tenta bien de brandir quelques chiffres. Rien à faire, la meute était après lui, le mordant aux mollets. Il s'arrêta et se laissa dévorer, moins doué que d'autres pour la polémique, quelque peu indolent aussi. De son côté, d'Alembert, comprenant enfin qu'il se fourvoyait, tourna casaque et accusa désormais Clairaut de plagiat, clamant haut et fort son antériorité. Il adressa une lettre à quelques confrères, prétendant qu'il redoutait tellement d'émettre des affirmations sur un sujet aussi important qu'il n'était nullement pressé de publier quoi que ce soit là-dessus, et qu'en outre, il serait désolé de détrôner Newton ! Bref, ce polygraphe devenait fou, il finissait par se prendre pour la réincarnation de l'Anglais, l'imitant jusque dans ses tares : Clairaut devenait son Leibniz, son Hooke !

Quand j'y pense, en regardant les années qui se sont déroulées depuis, il pourrait apparaître que j'ai consacré une bonne partie de ma vie à venger Clairaut. N'est-ce pas moi, après tout, qui ai démontré avec éclat qu'il avait raison ? N'est-ce pas moi qui, dans la deuxième édition de l'*Encyclopédie*, ai jeté à la corbeille tous les articles scientifiques de d'Alembert, pour les remplacer par des textes autrement sérieux, puisque écrits de ma blanche main. Je devins le cauchemar de d'Alembert !

Clairaut tint toutes ses promesses à mon égard. Il n'essaya jamais, comme le craignait Chappe, de m'entraîner derrière lui dans sa vie agitée. Au contraire, il m'imposa une discipline de fer. Il força pour moi, je l'ai dit, les portes de Delisle. Il en fut de même avec Pierre-Charles Le Monnier qui m'initia, hors des cours, à la physique mathématique. Il en fut de même avec le vieux Cassini, doyen des astronomes, qui m'accueillit avec une immense bonté. Sans doute mes facilités à tout comprendre vite, puis à faire progresser, par des idées audacieuses, ce que je venais d'apprendre, m'y aida beaucoup.

Chappe d'Auteroche et Le Gentil m'aidèrent aussi, à leur façon, lors de mes premiers pas. L'un m'incitait à m'échapper parfois des recherches austères de la physique mathématique en me faisant découvrir philosophes et poètes en vogue, ou interdits, ou les deux. L'autre me traînait au théâtre — que j'avais en horreur, à l'exception des comédiennes — ou dans les salons lettrés où je polissais mon rôle, jouant à merveille de la grâce de ma jeunesse et de mes dons, pour me faire pardonner mes insolences et mon excentricité.

Mais ce n'étaient que simples mesures d'hygiène, sans doute préconisées derrière mon dos par Clairaut. Durant plus d'un an, Le Gentil, Chappe et moi suivîmes les mêmes cours, les mêmes chemins qui allaient des bords de Seine au Palais du Luxembourg. Pourtant, ce trio que tous croyaient parfaitement soudé se fissurait sans que nous-mêmes nous en rendions compte. L'amicale émulation de nos débuts se transforma, dès que mes deux compagnons n'eurent plus rien à m'apprendre, en une concurrence larvée. Le Gentil, qui affichait un mépris très aristocratique pour mes roturières ambitions, ma soif d'honneurs et de reconnaissance, avait pris ses distances avec Delisle et passait le plus clair de son temps à l'Observatoire, dans le clan du vieux Cassini, sa famille plutôt, puisque le doyen travaillait avec son fils de Thury et son neveu Maraldi. On donna bientôt à Le Gentil un logement là-bas et, première marche vers les portes de l'Académie, il publia un mémoire sur une étoile nébuleuse nouvellement découverte à côté de celle qui est au-dessus de la ceinture d'Andromède. L'article eut un certain retentissement, dont je m'agaçais secrètement, tout en le félicitant bien fort.

Je ne pus toutefois m'empêcher de lui faire quelques remontrances, l'accusant de trop privilégier l'observation spectaculaire, de négliger le calcul, ce qui était de mauvaise foi de ma part, ainsi que d'oublier l'optique et l'horlogerie, reproche un peu plus fondé. Mais en même temps je me demandais, sans l'avouer à personne, si par hasard Clairaut ne m'avait pas fourvoyé en me mettant entre les mains de Delisle et de Le Monnier, qui avaient tendance, surtout ce dernier, à me considérer davantage comme un domestique que comme un assistant. Je fus moins assidu aux rendez-vous hebdomadaires au café, mes rapports avec Le Gentil se distendirent, au grand désespoir de Chappe qui, plus que nous, vouait un culte à l'amitié. Mais après tout, lui aussi faisait partie du premier cercle de l'Astronomie, à l'Observatoire. N'était-ce pas lui qui avait présenté Le Gentil à Cassini ? Dès lors, pourquoi pas moi ? Pourquoi fallait-il que je reste perdu dans la masse des auditeurs ? Je me devais de faire un coup d'éclat.

Depuis quelques semaines, l'abbé La Caille se préparait à son grand voyage au sud de l'Afrique où il devait se livrer, au cap de Bonne-Espérance, à de multiples observations. J'eus l'occasion de participer, en tant que secrétaire, aux réunions qui devaient avoir lieu entre lui, Delisle et Le Monnier. Mon zèle, mes nombreuses remarques firent croire un moment aux trois vénérables savants — La Caille n'avait guère que trente-huit ans — que je voulais l'accompagner dans cette longue navigation. Mais quel ne fut pas leur étonnement quand je leur déclarai humblement que je serais mieux à ma place à Berlin, situé sur le même méridien que le futur observatoire austral de La Caille afin d'y calculer, simultanément avec l'abbé voyageur, la parallaxe de la Lune. Ils trouvèrent fort avisé un garçon de mon âge préférant le voyage en Prusse aux parfums aventureux du grand large. Le Monnier se fit seulement un peu tirer l'oreille quand, soutenu par Delisle qui connaissait bien Berlin, je lui demandai de me confier son fameux quadrant, le meilleur de France, un don de Louis XV. La récente Académie prussienne manquait cruellement de bons instruments. Je l'obtins. Alors, très fier, le mercredi suivant, j'allai claironner la nouvelle au café.

Berlin, Potsdam, le château de Sans-Souci... L'anglomanie des années précédentes était en passe d'être supplantée, du moins chez les savants et les philosophes parisiens, par une nouvelle coqueluche lancée par Voltaire : on ne parlait plus que de Frédéric le Grand, le despote éclairé, le roi philosophe, ami des sciences et des arts. Je n'avouai pas à mes amis que cet exil en Prusse allait me permettre de mener mes observations et mes calculs à ma guise, loin des grognements de Le Monnier et des lenteurs tatillonnes de Delisle. Je n'étais à Paris que depuis deux ans à peine, mais j'étais fort pressé, à l'époque.

Quand Le Gentil apprit que j'avais préféré Berlin aux mers du Sud, il entra dans une grande colère, trouvant inepte qu'à dix-huit ans, je gâche la chance unique qui m'était présentée de découvrir des pays lointains pour sacrifier à la mode dérisoire de Sans-Souci. Sur le moment, je crus que c'était de sa part pure jalousie et je lui répliquai assez sèchement que j'étais de santé fragile, qu'il n'y avait plus rien à découvrir au bout de l'Afrique, que Le Monnier m'aurait interdit de partir si loin et que... et que je souffrais du mal de mer.

— Vous avez donc déjà navigué ? demanda Chappe, candidement.

— Non, mais j'ai des vertiges qui en sont le symptôme absolu, selon Commerson, un ami médecin qui me soigne le dos et me déconseille les trop longs voyages.

— Soyez prudent quand même, Lalande, ricana Clairaut, on dit que Sa Majesté Frédéric porte une trop grande affection aux jeunes savants qui n'ont pas encore de poils au menton.

— Voyons, maître, répliquai-je, vous n'allez tout de même cautionner ces vilaines rumeurs qui n'ont pour objet que de jeter une ombre sur les bonnes mœurs de Voltaire et de Maupertuis.

— Voltaire chercherait donc à se nuire lui-même ? murmura Clairaut, fort sarcastique. Il m'a raconté un jour les épouvantables scènes de jalousie dont l'accablait le roi de Prusse. Jalousie platonique, bien sûr, mais...

— Frédéric le Grand, protesta Chappe, est un savant tout à fait estimable.

— Ce n'est pas incompatible, dit Clairaut.

— Et, paraît-il, un fin musicien, un virtuose de la flûte...

— Précisément, s'esclaffa Le Gentil.

La bourde de Chappe nous fit oublier l'orage qui grondait entre nous.

Les quelques mois qui précédèrent mon départ, j'abandonnai toute mondanité et travaillai d'arrache-pied. J'ignorais combien de temps j'allais rester à Berlin. Là-bas, je ne serais plus déférent étudiant, admiratif disciple, mais bel et bien le rival, sinon l'égal du cénacle de savants et de philosophes gravitant autour de Maupertuis, président de l'Académie des sciences prussiennes. Plus question de jouer au petit page de l'astronomie, j'ôtais mes guenilles de faux marquis pour prendre l'habit plus austère du savant. Quand vint enfin l'heure des adieux, ma métamorphose était parfaite. Clairaut s'en amusa, Le Gentil la dédaigna, d'Auteroche l'approuva.

Je restai une bonne année à Berlin, mais ne fréquentai guère les courtisaneries de Sans-Souci. Sur le moment, mon peu d'expérience du monde ne me permit pas de percevoir toute la médiocrité des querelles entre philosophes et savants français papillonnant dans les salons de Potsdam. Bien plus tard seulement, Voltaire, dont l'un des grands mérites était de savoir reconnaître ses erreurs passées, me raconta toutes les intrigues de cour dont il avait été la victime — en particulier de la part de Maupertuis — pour le détrôner dans la faveur de Frédéric. Un Frédéric qui, comme tout homme de pouvoir, se délassait en poussant ses gens les uns contre les autres, telles des pièces d'échecs, attisant les jalousies, boudant celui-ci pour mieux faire tomber celui-là. Étonné que des grands esprits comme Euler, Argens et l'immense Voltaire lui-même — que je rencontrai là-bas — se laissent aller à de telles mesquineries, au lieu de profiter au mieux de l'aubaine que leur offrait le roi de Prusse de pouvoir travailler leur art dans la sérénité, je choisis d'instinct de garder la plus stricte neutralité. Chaque fois qu'on me demandait mon opinion sur tel ou tel sujet qui n'était pas de mon domaine, j'avouais mon incompétence, ce qui désolait Maupertuis. Il me morigénait en m'intimant de descendre enfin de mes étoiles et de sortir de mes labyrinthes mathématiques, à l'heure où tout ce que la France — et donc l'Europe — comptait d'esprits éclairés se passionnait pour l'entreprise de l'*Encyclopédie*. Intérieurement, je rageais de ne pas être à Paris, mais qu'aurais-je pu y faire ? D'Alembert étant un des maîtres d'œuvre de l'ouvrage, Clairaut et ses protégés en étaient écartés.

Je ne savais pas alors que les querelles scientifiques entre les deux hommes n'interféraient jamais dans les autres domaines de la vie. Ainsi, l'année précédente, quand il s'était agi de sortir Diderot de son cachot de Vincennes, d'Alembert et Clairaut, ainsi que Monsieur de Bombarde, Voltaire, Madame du Châtelet, Fontenelle, Madame du Deffand, Buffon, Daubenton, Helvétius, gens qui pourtant s'entre-dévoraient pour la moindre virgule ou la plus petite équation, s'étaient retrouvés unis pour faire gracier celui que l'on n'appelait pas encore le Philosophe.

Mon exil me pesait. Je perfectionnais la méthode que j'avais découverte, avec les conseils de Clairaut, pour corriger le calcul de la parallaxe lunaire en tenant compte de l'aplatissement terrestre, de plus en plus sûr qu'elle aurait un certain retentissement et me vaudrait au moins la reconnaissance de mon professeur Le Monnier. Clairaut, que l'on appelait alors à Paris le « monsieur qui s'occupe des mouvements de la Lune » m'aida beaucoup, dans sa correspondance, à me conforter dans mon travail. Il me fit prendre conscience que je participais à la première coopération scientifique véritablement internationale. La Caille au Cap, moi à Berlin, Cassini de Thury à Paris, Zanotti à Bologne, Bradley à Greenwich, Wargentin à Stockholm, le stade de la simple collaboration entre astronomes étrangers, telle qu'il s'en était établi de tout temps, était dépassé. C'est alors que je me pris à rêver à bien d'autres entreprises de même nature, persuadé que l'on constituerait, demain peut-être, plus vraisemblablement dans cinquante ou cent ans, de grandes unions scientifiques. Chaque année, les astronomes du monde entier se réuniraient pour débattre du mouvement propre des étoiles, des limites dans lesquelles est circonscrit l'univers, en admettant qu'il ait des limites, ou même, pourquoi pas, de ces curieuses nébuleuses récemment observées par Charles Messier, un autre protégé de Delisle à l'œil fort exercé.

C'est avec ces prodigieuses perspectives que, ma mission enfin achevée, je publiai avec enthousiasme mes observations dans *Acta editorum* et *L'Histoire*, à Berlin. Je les signai Lefrançois de Lalande, prétextant des risques de confusion homonymique. Et je trouvais que cela ne sonnait pas mal.

Maupertuis me fit élire aussitôt à l'Académie de Berlin. J'envoyai mon article et l'annonce de cette nomination à Clairaut afin qu'il les fasse éditer en France. C'était une maladresse, car j'aurais dû garder la primeur de mon travail pour Le Monnier. Mais cette indélicatesse s'avéra fructueuse. Quelques semaines après, je reçus quatre lettres de Paris. La première, de Clairaut, m'annonçait que mes observations paraîtraient dans les *Mémoires* de l'Académie, la deuxième de Le Gentil, qui me félicitait de mon travail, mais m'avertissait qu'une cabale se montait contre moi ; il me demandait de rentrer en urgence pour me défendre. La troisième était signée de Chappe, qui me suppliait au contraire de rester en Prusse le temps que l'affaire soit oubliée. La quatrième enfin de Le Monnier, véhémente, presque injurieuse, me reprochait d'avoir pris des initiatives extravagantes sans le consulter. Il m'ordonnait de lui rapporter, dans les plus brefs délais, son quadrant qui lui semblait désormais entre des mains dangereuses et maladroites. Enfin, il osait accuser mes calculs d'être faux et mes observations ineptes. Dans un premier mouvement, je rédigeai une violente réponse à mon ancien professeur, lui clamant que je n'avais aucun ordre à recevoir de lui, que je resterais à Berlin le temps que je désirerais, que je ferais expédier son précieux appareil par une estafette de Sa Majesté Frédéric le Grand, que mes travaux de nouvel académicien ne me permettaient pas... Avant de poster ce brûlot, je consultai quand même Maupertuis que je savais extrêmement adroit dans ce genre d'affaires. Les seules sans doute où il avait quelque compétence. J'exagère. Il est toutefois de notoriété publique que lors du voyage en Laponie pour mesurer l'arc du méridien, Clairaut fit le travail, Maupertuis en tira la gloire. Il avait le talent de prendre à son compte les découvertes des autres, puis d'oublier, dans sa soif d'honneur, ce qu'il leur devait. Il m'aimait beaucoup.

— N'envoyez pas cette lettre, me dit-il, rentrez à Paris, battez-vous ! Vous voilà lancé ! Je sais que vos calculs sont inattaquables, monsieur Euler me l'a confirmé. Cette controverse sera votre triomphe. La cabale dont vous parle votre ami Le Gentil est évidemment menée par Le Monnier. Mais gare, l'homme est habile et fort en cour à Versailles : son frère est le médecin ordinaire du roi. Quant à moi, je vous promets que toute l'Académie de Berlin sera derrière vous et vous aidera à défendre votre cause.

— Surtout pas ! répondis-je sans réfléchir. Je préférerais que vous gardiez le silence. Vous connaissez la susceptibilité parisienne. Le Monnier aurait beau jeu de m'accuser de travailler pour le roi de Prusse, au propre comme au figuré.

— Bravo, monsieur Lalande, je vois que vous ne méprisez pas autant que vous le laissez paraître les contingences du monde.

Deux semaines après, je retrouvai mon appartement chez Delisle, qui m'accueillit comme un fils. Il me félicita d'avoir ébranlé le trône du tyran Le Monnier. Et moi qui croyais que les deux hommes étaient les meilleurs amis du monde ! Puis il m'affirma que mon heure de gloire était arrivée, que tout Paris parlait de moi.

Je suis toujours aussi surpris de constater combien un sujet aussi abscons que la meilleure manière de calculer la distance de la Terre à la Lune peut soulever, à la Ville et à la Cour, autant d'intérêt, surtout de la part de gens qui n'y comprennent rien. Je dois avouer que je ne fis rien pour calmer les choses. Le Monnier, aveuglé par la blessure d'amour-propre que je lui avais infligée, mettait tant de mauvaise foi à dénoncer mes prétendues erreurs qu'il contribuait encore plus à ma notoriété, surtout auprès des dames savantes. Celles-ci préféraient, par nature, le parti du jeune homme avenant à celui qu'elles imaginaient comme un barbon aux dents jaunes et aux habits râpés. Le Monnier était pourtant fort soigneux de sa personne, mais on disait qu'il avait perdu les faveurs de la Pompadour. Tandis que moi, grâce à Le Gentil, j'allais partout dans les salons où l'on se piquait de science et de philosophie. Mon visage n'étant guère mignon, je me donnais un bel aspect en arborant partout un sourire éclatant et une coquette tenue. Je reçus le soutien du vieux Cassini lui-même, le maître de l'Observatoire, qui savait depuis belle lurette faire la part des choses entre les polémiques scientifiques et les querelles personnelles. Cependant, Chappe multipliait les communications dithyrambiques sur moi et mes talents. Clairaut, lui, se taisait. Son ennemi d'Alembert aussi.

Bien longtemps après, ce dernier m'expliqua que ma querelle avec Le Monnier, qui avait tant passionné Paris, n'était en fait qu'un des épisodes de la guerre entre l'Académie des sciences et les encyclopédistes. L'Académie en effet accusait Diderot et d'Alembert d'avoir purement et simplement volé les planches des gravures composées par ses soins pour un hypothétique dictionnaire des Arts et Métiers que lui avait commandé Colbert, un demi-siècle auparavant, et qui n'en était toujours pas au premier mot de sa préface. Fort mauvaise guerre — si tant est qu'il y en eût jamais de bonnes — que livra alors l'Académie à Diderot et à son complice d'Alembert, puisqu'elle devenait ainsi l'alliée de Dame Censure, des Jésuites et de la Sorbonne. Par ailleurs, encore une chose qu'on s'était bien gardé de me dire, d'Alembert avait largement puisé l'inspiration de ses articles de l'*Encyclopédie* dans les *Institutions astronomiques* de Le Monnier, avec l'accord de ce dernier, comme il avait largement puisé dans Clairaut pour sa résolution des problèmes de précession des équinoxes, mais à l'insu de mon maître, cette fois. Enfin, Diderot aurait fort bien pu trancher dans le débat, mais, s'il se passionnait pour les mathématiques, il méprisait profondément l'astronomie qu'il considérait comme une science inutile à l'humanité. C'est à moi — et non à madame Volland — qu'il lança en premier la phrase fameuse : *Il y a près de cent ans que les comètes ne signifient plus rien.*

Bref, tout cela ressemblait fort à une stérile controverse scolastique du Moyen Âge. Toutefois, dans ma querelle avec Le Monnier, je me trouvais placé du mauvais côté : celui des Anciens, des gens du passé qui, grâce à moi, avaient obtenu une petite victoire contre les apôtres des Lumières et du Progrès.

Chauffé à blanc, je me pris à ce jeu singulier de la polémique. J'étais un chevalier sûr de son bon droit, et surtout de sa force. Comme j'aimais cela, quel cœur, quelle rage aussi je mettais, non plus à défendre ma cause, elle pouvait se défendre toute seule, mais à guetter le moindre faux pas de Le Monnier, pour enfin le faire chuter. Il chuta. Une commission nommée par l'Académie trancha en ma faveur. Alors, je piétinai mon adversaire tombé à terre, je l'humiliai. Etait-ce pour me venger d'avoir été son assistant, presque son domestique, était-ce pour oublier qu'après tout, c'était grâce à lui que j'étais parti en Prusse pour y être nommé à l'Académie de Berlin ? Clairaut réapparut, me convoqua au café de nos anciennes habitudes et, assisté de Le Gentil et Chappe, me demanda de calmer mes ardeurs guerrières. J'obéis avec d'autant plus de zèle que je fus nommé en février 1753, à l'âge de vingt et un ans, astronome adjoint à l'Académie des sciences. Triomphe complété par la sournoise satisfaction d'y précéder de quelques semaines le chevalier Guillaume-Joseph-Hyacinthe Le Gentil de La Galaisière, mon aîné et ami.

IV

La femme de l'horloger

J'avais vingt ans, il fallait bien que l'amour s'en mêle. Mon séjour prussien n'avait guère été florissant de ce côté-là. Nulle affaire de cœur avec une belle Berlinoise. Il est vrai que Maupertuis, ce grand philosophe, m'avait prévenu dès mon arrivée :

— La Prussienne comprend tellement peu la langue française que quand on l'invite à s'asseoir, elle se couche.

Je ne voulais surtout pas que l'amour m'entrave dans mes travaux et ma course effrénée vers la notoriété. Car la gloire est comme le chocolat : dès qu'on en a croqué un premier morceau, on veut en reprendre un deuxième, puis un troisième jusqu'à satiété. Une seule différence : de la gloire on n'est jamais repu.

L'amour, donc, j'en rêvais comme de celui que me porterait une auguste et savante protectrice, une comtesse d'Epinay ou une madame du Châtelet. J'aurais volontiers pris la suite de Voltaire et de bien d'autres auprès de cette dernière, talentueuse mathématicienne. Mais quelques années auparavant, elle était morte en couches des fruits d'un « inconnu ». Les dames de ce temps-là, encouragées par la

Pompadour, tenaient des salons qui n'avaient plus rien à voir avec ceux dont se gaussait Molière. Sans elles, je l'affirme, le grand bouleversement dans la pensée que fut la publication de l'*Encyclopédie* n'aurait pu se faire.

La jeune actrice dans les bras de laquelle Le Gentil m'avait jeté tenait les rôles de soubrette, mais aiguisait sur mes sens son envie de jouer tantôt les coquettes, tantôt les ingénues. J'avais aussi une affaire que je tenais secrète avec la fille de ma lingère : mes cols étaient toujours immaculés. En échange, je lui promettais le mariage, mais pas avant mes vingt-cinq ans, arguant que mon père m'aurait renvoyé à Bourg-en-Bresse s'il avait appris la chose. C'était là un mensonge éhonté, car le maître des postes, fier de ses origines rustiques, aurait préféré pour moi une brave épouse sans dot, tenant bien mon ménage, à toutes les marquises, banquières ou comédiennes du monde. Et surtout à mon célibat qui, jusqu'à sa mort, le désespéra.

J'étais devenu un libertin. Comment ne pas l'être avec cette notoriété qui tombait sur mes épaules ? Je butinais à toute fleur, mais ce n'était qu'un masque : jouant à l'enivré de ces pollens, je n'en continuais pas moins à travailler, selon des horaires draconiens que je m'imposais. Avec forfanterie, je n'en laissais rien voir.

J'avais désormais mon observatoire, dans la coupole au-dessus de la porte principale du Palais du Luxembourg. Il s'agissait en fait de celui qu'on avait jadis donné à Delisle, mais dont il avait été chassé par le Régent d'Orléans, qui y avait installé sa sœur, la duchesse de Berry. Delisle, furieux, avait dû s'établir provisoirement à l'Observatoire privé du chevalier de Liouville, à l'Hôtel de Taranne, disant en privé que les souverains n'avaient aucun respect pour la science, cependant seul vrai flambeau de l'humanité. Il y a pourtant une justice : les souverains passent, nos théorèmes demeurent. En effet, la duchesse de Berry, cette débauchée, passa et trépassa, et le Palais du Luxembourg revint dans le giron de l'Académie.

Donc, Guillaume Le Gentil était mon voisin et Clairaut n'était pas loin. Quant à Jean-Baptiste Chappe, malgré ses mérites, il attendrait encore quelques années avant que l'Académie ne lui offrît le gîte et le ciel découvert. Mais Guillaume et moi le retrouvions à heure dite, une fois nos travaux terminés, à la librairie du père Désastre. Nous descendions joyeux la rue Saint-Jacques jusqu'à la Seine, lançant des quolibets aux sorbonnards, traversions le fleuve et nous installions au Panier Fleuri, où nous étions sûrs de ne jamais rencontrer Clairaut. Lui ne venait jamais rive droite, sinon pour rôder dans les bordels du faubourg Saint-Denis.

Dans le café, de sa voix de fausset, d'Alembert imitait à la perfection les grands de ce monde. Voltaire, entre Prusse et Suisse, y faisait de furtives apparitions, et nous désignait, avec des mimiques drolatiques, l'espion que le lieutenant de police avait accroché à ses basques, engoncé dans un coin de la salle, buvant un verre de vin rouge que Condillac lui remplissait sans cesse, pour l'enivrer. Jean-Jacques Rousseau revenait de Versailles et clamait, avec des airs d'insensé, qu'il abandonnerait bientôt l'affreuse luxure de Babylone pour se retirer, tel Alceste, dans un désert. Ce qu'il fera quelques années plus tard, même si le désert en question était peuplé de jolies femmes et de beaux esprits qui, à ce qu'il en disait, complotaient contre lui. Qui ne complotait pas, d'ailleurs, contre lui, surtout ceux qui lui voulaient du bien ? Génial et misérable fou ! Admirable plume ! Comme nous l'aurions tous aimé, s'il n'avait voulu de toutes ses forces qu'on le haïsse. Diderot tentait de le calmer, Chappe, lui, se voulait son athlétique défenseur.

Vers la fin de cette année 1753, l'Académie me demanda d'aller examiner, en tant que commissaire, une pendule à une seule roue inventée par monsieur Lepaute l'Aîné, fameux mécanicien qui avait déjà fait, avec une grande perfection, la première horloge horizontale de Paris. Ce n'était pas un long voyage que de me rendre chez lui, puisque Lepaute logeait tout comme moi au Palais du Luxembourg. L'Académie avait entre autres tâches de vérifier si telle invention n'était pas issue de l'imagination d'un fou ou du calcul d'un escroc. Comment distinguer, en effet, entre la philanthropique invention de monsieur Appert pour conserver les aliments et je ne sais quelle crapulerie de Mesmer ou de Balsamo ?

Lepaute était mon voisin, mais je ne le connaissais que de réputation. Je pénétrai dans son atelier, imbu de mon rôle de commissaire, bien que Cassini m'eût rappelé que l'examen de cette pendule ne saurait être qu'une formalité, Lepaute ayant déjà largement fait ses preuves. De fait, il n'y avait rien à redire à son invention, même si j'osai suggérer quelques améliorations de détail pour la commodité du manipulateur. Lepaute aurait pu prendre en mal ces impertinentes remarques du tout neuf académicien que j'étais, de douze ans son cadet. Au contraire, cet homme modeste trouva tout à fait pertinentes mes propositions. Je m'apprêtai à prendre la plume pour y décrire sur le papier cette pendule quand il me dit, avec une timidité dont il ne se départissait jamais :

— Si vous le permettez, monsieur, je vais appeler mon épouse pour nous assister dans nos travaux. Elle est dotée d'un grand talent pour décrire mes ouvrages. C'est d'ailleurs elle qui a rédigé tous les rapports que j'ai communiqués à l'Académie. Ne trouvez-vous pas que son style est juste et précis ? Je suis désolé de vous demander une chose pareille, mais vous ne semblez pas homme à vous offusquer d'une anicroche à l'étiquette.

Je ne pouvais refuser, bien que je me sentisse, ce jour-là, d'humeur misogyne. Mon actrice, en effet, me jouait depuis quelque temps le rôle de Célimène. Lepaute se leva et, traînant ses mules sur le parquet de son atelier, se dirigea vers la porte de la pièce d'à côté.

— Reine, ma chère, venez que je vous présente monsieur Lefrançois de Lalande.

« Ils ont manigancé leur coup à l'avance, ces deux-là ! » songeai-je en me renfrognant.

Mais quand je la vis entrer, je me dressai, ébloui... À vrai dire, je ne crois pas que la première apparition de Reine dans ma vie me causât un tel émoi. Je la trouvai même plutôt ordinaire. Ainsi, sa bouche n'était pas de ces jolies cerises qui appellent d'emblée les appétits d'un jeune homme ardent. Je regarde toujours les lèvres d'une femme quand je la rencontre pour la première fois. Reine, elle... On ne découvrait sa beauté que peu à peu ; la douce lumière de son immense sapience la révélait avec lenteur.

Madame Lepaute était loin d'être contrefaite, mais l'eût-elle été que je ne l'aurais pas remarqué lors de cette première rencontre, tant elle mettait de distance avec les hommes qui l'approchaient. Distance, mais non froideur. Son apparence, tout à la fois d'élégance et de retenue, d'aménité et de noblesse, semblait nous dire : « Aimez-moi comme un camarade, non comme un objet de désir. » Toutefois, quand je m'inclinai vers la main qu'elle me tendait, je constatai que celle-ci était longue, blanche, à la fois ferme et fragile. Oui, elle avait la plus belle main du monde, au point même que Voiriot, peintre du roi qui fit le portrait de Reine, l'utilisa pour maint autre tableau. Ce fut sa main sans doute que j'aimai en premier.

Nous nous mîmes au travail. Elle me stupéfia. Certes, comme tout mâle, j'étais englué dans mes préjugés vis-à-vis du beau sexe, préjugés dont je me flatte d'être depuis débarrassé. Ce n'était pas une femme que j'avais devant moi, mais un savant, et non des moindres. Son aisance, sa virtuosité à décrire, à calculer, à manipuler, était telle que je me demandai si par hasard ce n'était pas elle le vrai horloger Lepaute, l'inventeur de la première horloge horizontale qu'on ait faite à Paris et qu'on venait d'installer au Palais du Luxembourg. Bien des années après, elle me raconta qu'elle avait été agréablement surprise par ma discrétion ce jour-là ; en effet, j'avais été le premier académicien de sa connaissance à ne pas m'être exclamé :

— Pour une femme, vous êtes très compétente.

Les Lepaute et moi nous quittâmes enchantés les uns de l'autre, en nous promettant de nous revoir souvent.

J'avais vaguement espéré que Lepaute me convierait plus précisément à dîner, mais il n'en avait rien été. Ah, songeai-je en retournant chez moi, comme le sort de l'horloger était enviable ! Après de longues journées de travail avec ou sans son épouse, il rentrait dans ses appartements, trouvait table garnie, linge propre et repassé, livres de commerce à jour, et pour finir, repos du guerrier. L'horloger et son épouse vivaient dans l'aisance et possédaient quelques domestiques. Eh bien, pourquoi pas moi ? J'eus le pressentiment, en cette fin d'année 1753, que se constituait autour de moi un univers domestique qui serait le mien jusqu'à la fin de mes jours. Un univers peuplé d'astronomes, de géomètres, d'horlogers, un univers qui, somme toute, aurait les murs du Palais du Luxembourg et de ses dépendances. Tout en marchant, je résolus de cesser mes escapades du côté du théâtre et d'épouser bientôt ma jeune lingère, afin de ne plus m'encombrer des soucis matériels du bachelier. Après tout, depuis mon entrée à l'Académie, j'avais suffisamment jeté ma gourme. Je me contenterais d'une femme qui saurait à peine lire et écrire, mais qui prendrait soin de moi et de mon ménage. Je m'installai à ma table de travail. Tout en relisant les feuillets rédigés par madame Lepaute, je grignotai un quignon de pain et les restes d'un jambon accroché à son os.

Le lendemain, une fois remis mon rapport – très favorable — sur la pendule de Lepaute, j'entraînai dans une soirée de garçons mes inséparables Le Gentil et Chappe, ainsi qu'un petit nouveau découvert par Clairaut, Véron, un enfant puisqu'il avait à peine un an de moins que moi. Naturellement, je leur parlai de ma première prestation de commissaire de l'Académie et de ma rencontre avec Lepaute.

— Avez-vous vu la belle Reine ? me demanda Le Gentil, l'œil égrillard.

— Plus que belle, lumineuse ! soupira Chappe dont les grosses lèvres charnues se gonflèrent en une allure obscène.

— Quelle est cette reine de vos cœurs et de vos nuits ? questionna Véron, avec un air de satyre.

— Hélas, de nos cœurs seulement, répondit Chappe, car ses nuits, vertueuses, elle les réserve à son seul mari.

— C'est vous qui le dites, l'abbé, rétorqua Le Gentil qui ajouta à mon adresse : vous connaissez la façon dont Chappe procède avec les femmes, mon cher Jérôme. Il pense encore que la sincérité est la meilleure manière d'en triompher. Quand il fit sa cour à madame Lepaute, il se déclara presque prêt à tuer le mari ! Tout en protestant, naturellement, de la pureté et de la chasteté de ses intentions. De plus, vos allures sanguines contrastent tant avec la vertu de vos propos, Jean-Baptiste, que même la moins farouche pourrait crier au viol quand vous lui baisez la main ! En vérité, l'abbé, vous ne connaissez rien aux femmes et vous ne les aimez pas.

— Et vous, rétorqua Chappe, ce que vous aimez chez elles, ce sont leurs quartiers de noblesse. Reine n'est-elle pas née Etable de La Brière ?

— Ma foi, lâcha Véron qui avait de l'esprit, si l'Etable en question héberge une Europe aussi désirable que vous le dites, je me ferais bien Jupiter ! Que pensez-vous, Lalande, de la Reine en question ? Vous n'avez rien dit. Cela ne vous ressemble pas.

— À vrai dire, répondis-je, madame Lepaute m'a paru avoir de grandes compétences en mécanique (en prononçant cela, j'eus la vision brutale de sa main, longue, ferme, se présentant à mes lèvres), elle est également une experte calculatrice (ses yeux, songeai-je, sont ombrés d'un crépuscule pathétique) et elle me semble d'un grand secours dans les travaux de monsieur Lepaute, qui compte sans doute parmi nos plus grands horlogers (caressait-il tous les soirs, le gris mécanicien, ces seins joyeux rebondissant dans son corsage ?). Mais, en tant que femme, ma foi, elle est tout à fait ordinaire et n'a pas suscité chez moi le moindre désir.

Au moment où je prononçai ces mots, une immense chaleur envahit mon ventre. Pourquoi eus-je envie de quitter mes amis sur-le-champ pour aller me réfugier dans le giron d'une fille des faubourgs ?

— D'ailleurs, dis-je à d'Auteroche et Le Gentil, j'ignorais que vous connaissiez les Lepaute.

— Vous étiez à Berlin, à ce moment-là, ricana Le Gentil, à observer la lune et les prussiennes ; ou la lune des prussiennes, comme on voudra. Clairaut nous présenta aux Lepaute. Il était l'amant de Reine.

— Vous diffamez ! s'écria Jean-Baptiste.

— Vous avez raison, on n'a jamais su s'il s'était passé quelque chose entre Clairaut et elle. Ce dont je suis sûr, c'est qu'il fut l'un de ses plus assidus soupirants, avant le mariage de Reine avec l'horloger. Entre le brillant Clairaut et le terne Lepaute, elle choisit ce dernier. Reine s'est toujours montrée femme de tête. À seize ans déjà, elle voulait épouser un savant dont je tairai le nom, mais qui avait trente ans de plus qu'elle. Vous voyez de qui je veux parler ? Celui-ci refusa, trouvant le fruit trop vert. Sans doute aussi fut-il effrayé par les étonnantes dispositions de la jeune fille en mathématiques. Elle risquait de faire de l'ombre à celui qui était déjà considéré comme le grand maître de l'astronomie et de la cartographie françaises.

Comprenant que cet étourdi de Chappe allait prononcer le nom de l'astronome en question, j'intervins. Nous étions attablés au café de la Régence où monsieur d'Argenson, lieutenant général de la police, laissait traîner souvent quelques-unes de ses oreilles. Nous ne divulguions certes pas des secrets d'Etat, mais, pour ces espions, tout faisait ventre.

— Cette dame m'a effectivement étonné par la prodigieuse rapidité avec laquelle elle calculait, dis-je. Excusez-moi de vous avoir coupé la parole, Le Gentil, vous disiez ?

— Nicole Reine Etable de La Brière vivait déjà au Palais du Luxembourg, elle y est née, je crois, car son père était alors attaché à la défunte reine d'Espagne, Elizabeth d'Orléans. C'est dire si la demoiselle a baigné, dès son plus jeune âge, dans la connaissance des sciences et des arts. Aussi ses soupirants, dont Clairaut et d'Alembert, étaient-ils tous des savants. Mais, telle la belle Hélène, elle choisit, à vingt-cinq ans, le plus humble d'entre tous, Ménélas Lepaute.

— Et vous êtes son Pâris ? demanda Véron en riant.

— Ça, mon cher, répondit Le Gentil avec un air fat, ce sont des questions qu'on ne pose pas !

Dès le lendemain matin, je retournai dans les appartements des Lepaute sous le prétexte de compléter quelques points de détail à propos de sa pendule. Je me disais aussi qu'il serait bon que j'affine mes connaissances avec un mécanicien tel que lui, et qu'à nous trois, elle la calculatrice, lui l'horloger et moi l'observateur, nous serions parfaitement aptes à rédiger un dictionnaire astronomique, puisque les encyclopédistes arrêtaient cette science à Newton.

En me rendant à nouveau chez les Lepaute, je me sentis convaincu de n'avoir aucun penchant pour l'épouse de l'horloger. D'ailleurs, avec ses trente ans bien sonnés, je la jugeais trop vieille pour moi.

Je n'eus pas ce jour-là, à dire vrai, le cœur à l'ouvrage. Je contemplai sa main courant sur le papier, telle une hermine dans la neige, j'attachai mon regard au remuement gracieux de ses lèvres, et me détachai difficilement de la respiration de sa poitrine serrée dans un décolleté pourtant discret. À midi, ils m'invitèrent à leur table. Le cœur pincé par un petit coup de jalousie, je constatai que la maison Lepaute était fort bien tenue, sans rien d'ostentatoire. La cuisinière elle-même nous servait, tandis que Lepaute s'excusait de la modestie du dîner, qui me sembla aussi copieux que délicat. Très jeune coq, je me mis à pérorer sur les mirifiques projets qui me tenaient à cœur : une mise à jour complète des tables astronomiques, un dictionnaire de l'astronomie des Grecs à nos jours, et d'autres œuvres encore que, je finirais par réaliser tout au cours de ma longue vie. Lui m'approuvait timidement, elle se taisait. Quand j'eus terminé, elle dit d'une voix chaude :

— Ne soyez pas trop gourmand, monsieur Lalande. Ou trop pressé. Je trouve belle et bonne l'idée de travailler ainsi, à trois, avec chacun nos compétences échangées, mais allons avec prudence. Vous vous lancez dans une véritable déclaration de guerre contre l'*Encyclopédie*. Vous vous trompez d'ennemi, je crois. Considérez plutôt qu'ils nous montrent la voie.

Alors, en quelques phrases claires, elle m'exposa

son envie de rédiger et publier, dans un premier temps, un nouveau traité d'horlogerie. Il fallait, disait-elle, mettre à jour cette science qui connaissait un grand renouveau. Et par le biais de ce traité, démontrer l'utilité de l'étude des astres.

Sur le moment, je crus qu'elle suggérait cela pour servir la renommée de son mari. Aujourd'hui, j'en suis sûr, c'était elle le seul Lepaute, mais pas lui, non, pas *eux* — car Lepaute avait un frère horloger comme lui. C'était elle et non son mari, l'inventeur des pendules où le cadran du temps vrai change par une courbe d'équation en sorte qu'une seule aiguille marque le temps moyen et le temps vrai. C'était elle et non son beau-frère, qui conçut en 1786 la superbe horloge de l'Hôtel de Ville de Paris, estimée près de cent mille francs. Jamais elle ne l'avoua, mais j'en suis aujourd'hui persuadé.

— Ah, ma chère, lui dit son mari lors de ce dîner, vous devriez tenir un salon réservé aux savants s'occupant essentiellement des domaines d'astronomie, de géométrie et de géographie. Qu'en pensez-vous, monsieur Lalande ?

Ce que j'en pensais... Grâce à Le Gentil, j'avais, je crois, fréquenté tout ce que Paris connaissait de salons, et de me frotter à tant d'hommes illustres et de femmes remarquables qui m'avaient ouvert l'esprit sur bien des choses étrangères à mon austère domaine avait été un enchantement. Philosophie, poésie, théâtre, médecine, étude des animaux et des plantes, mais aussi — et cela sentait bien plus le soufre — politique et religion. Nous étions, après tout, en pleines Lumières. En revanche, l'astronomie était mon métier et celui de mes pairs. Je me voyais mal évoquer les tables d'oscillation pour des pendules de différentes longueurs entre deux propos pétillants sur les mérites de monsieur de Malesherbes et les mots d'esprit de madame d'Epinay. De l'Observatoire à l'Académie et au Palais du Luxembourg, nous avions suffisamment de lieux de travail où nous rencontrer et débattre. Quant à la découverte d'une nouvelle constellation par l'un des nôtres, cela faisait belle lurette, depuis Newton, sinon depuis Galilée, qu'elle n'était pas censée entraîner une polémique sur l'existence de Dieu. Aux philosophes et aux théologiens d'en débattre. Il y avait de quoi être prudent, pour ne pas dire hypocrite, selon vos propos. N'oublions pas qu'en ce temps-là, le chevalier de La Barre, dix-huit ans, fut condamné à avoir la langue coupée, la tête tranchée et le corps brûlé pour n'avoir pas salué une procession.

Après ma victoire sur Le Monnier, dix mois auparavant, victoire qui fut aussi celle de Clairaut, je me sentais parmi mes pairs. On me désignait d'ordinaire comme le futur successeur de Delisle. La Caille, après quatre années admirables passées au cap de Bonne-Espérance, était revenu chargé de gloire mais perclus de maladies. Cassini me couvait comme l'un de ses enfants, son fils Thury, comme un frère cadet, et tous les autres comme un collègue, à l'exception de Le Gentil et Chappe, mes amis, et de Véron, nouveau disciple de Clairaut. Aussi, quelle joie ressentis-je quand Alexandre-Gui Pingré, chanoine régulier et bibliothécaire de Sainte-Geneviève, au demeurant académicien zélé, vint un jour me prendre à part pour me demander de me réconcilier avec Le Monnier. Je fus charmé de recevoir cet homme plein d'énergie, de fantaisie et de scepticisme, qui tirait gloire d'avoir été victime de l'intolérance romaine et de ce qu'il appelait comiquement ses « cinq lettres de cachet ». En effet, dans le temps professeur de théologie à Senlis, Pingré avait été fervent janséniste. En 1737, Monseigneur de Salignac, évêque de Pamiers et anti-janséniste acharné, avait exigé qu'il se rétractât sur les cinq propositions « de cœur et d'esprit » qu'il avait osé publier dans ses *Nouvelles écclésiastiques*. Depuis lors, Pingré s'était retiré de la bataille théologique pour entrer dans celle, moins stérile, de la Science et de la Raison.

Magnanime dans mon triomphe sur Le Monnier, je me montrai tout disposé aux démarches diplomatiques du bibliothécaire. Pingré, qui travaillait alors avec mon ennemi sur l'almanach nautique *L'Etat du ciel*, dans *La Connaissance des temps*, s'en alla jouer les pacificateurs. Il revint penaud : Le Monnier ne voulait plus entendre parler de celui qu'il appelait « la petite canaille ». C'était moi, la petite canaille. Désolé par cet échec, le bon chanoine, pour compenser, m'intronisa franc-maçon.

V

Le salon de Reine

J'étais son préféré, je n'en eus jamais aucun doute. Quand Reine recevait, tantôt dans son salon du Luxembourg, tantôt dans sa jolie demeure de Saint-Cloud, elle m'affichait à ses côtés, m'entraînant à l'écart pour de longs apartés. Elle ne s'y serait pas prise autrement pour faire croire au monde que j'étais son amant. Mais je ne l'étais pas. Et, les premiers temps, cela me désespéra. Durant toute cette année où nous travaillâmes ensemble, chez elle, sur notre traité d'horlogerie, tandis que son époux mécanisait à Saint-Cloud, j'entrepris bien quelques tentatives. D'abord verbales, elles ne me valurent, en guise de rebuffades, qu'une gentille moquerie sur notre différence d'âge. Ensuite épistolaires, elles n'aboutirent qu'à des lettres sans réponses ; rien dans son attitude ou ses propos ne me permit de savoir si elle avait lu ou non mes déclarations enflammées. Dans l'intimité de notre cabinet de travail, mon genou tentait parfois de frôler le sien, comme par mégarde, sous la table, ou mes doigts l'effleuraient sur le papier, mais elle s'écartait, sans hâte ni sursaut, sans que je puisse percevoir en elle le moindre frémissement. Que pouvais-je faire d'autre que de me résigner à cette situation que je trouvais absurde, et surtout fort blessante pour mon amour-propre ?

Au fond, je me serais contenté de ces rapports de chaste amitié et de travail colossal que furent mes premières années avec Reine. Elle me dominait en tout, mais je ne m'en offusquais pas, tant elle y mettait de discrétion, pour ne pas froisser mon orgueil. Son sens inné du calcul, sa mémoire prodigieuse, la clarté de son esprit, sa puissance de travail et son enthousiasme à la tâche en auraient fait sans doute un des plus grands savants de ce temps, mais elle était femme. J'ai fait œuvre salutaire en tentant le premier d'entrouvrir aux dames les portes du Panthéon. Bien sûr, Condorcet irait plus loin, mais un peu grâce à moi, je pense.

Reine me modelait, tel un Pygmalion femelle, me faisant marcher droit sur le chemin au bout duquel ma gloire se dressait. Moi, je suivais, et pour le reste j'attendais passivement que le désir de moi la foudroie enfin. Comme elle me guidait d'un pas prudent, calmant mes impatiences, au bout de quelques mois de travail en commun, je ne ressentis plus guère de désir pour elle. Je me résignai à imaginer qu'après un moment brutal de passion — la chose aurait pu se passer sur le tapis du bureau, au milieu des papiers épars, parmi les équations ou les graphiques déchirés — nous nous serions regardés, pleins d'angoisse, en nous demandant stupidement : « Et maintenant, que va-t-on faire ? »

Le désir me démangeait parfois, mais ce n'était qu'une gêne passagère, comme des fourmis au mollet quand vous êtes trop bien installé dans votre fauteuil. J'étais bien plus embarrassé par l'attitude que je me devais d'avoir vis-à-vis de mes amis. Ils ne me posèrent jamais de questions directes sur l'état de mes relations avec elle et, dans les premiers temps, je ressentis de leur part une espèce de gêne quand j'évoquais nos travaux en commun avec, comme je le soulignais, « monsieur et madame Lepaute », bien que le mari fût rarement de nos séances. Si, quand j'étais seul avec elle, je me contentais fort bien de cette chaste situation, il n'en était pas de même lorsque j'étais confronté à Le Gentil, d'Auteroche et Véron. Seul ce dernier d'ailleurs s'était permis quelques lestes allusions, aussitôt réprimées par les deux autres. Ma vanité de mâle face à d'autres mâles aurait dû me pousser à me flatter d'une conquête imaginaire de la belle calculatrice, mais je me contins. Et même j'exagérais et insistais pesamment sur notre studieuse vertu. Je craignais surtout une indiscrétion de Le Gentil ou de Clairaut, ignorant tout de ce que pouvaient être ou avoir été les rapports des deux hommes avec mon égérie. De leur côté, après les badinages des premiers jours, ils gardaient sur le sujet une discrétion de tombeau, ne laissant jamais paraître la moindre curiosité.

Quant à la mienne, elle s'accroissait en proportion de ma passion aussi jalouse qu'inavouée. Je voulais tout savoir et en même temps tout ignorer. J'essayais bien de sonder Reine, le plus subtilement possible, mais je n'eus d'elle, sur mes deux rivaux présumés, que des appréciations strictement scientifiques. Plus je m'obsédais sur la vie *ante* ou *extra* conjugale de Nicole Reine Lepaute, plus je me heurtais au mystère. Alors parfois, pour raison garder, je concluais qu'il n'y avait que néant là où j'avais imaginé de tumultueux secrets. Je me consolais de mon infortune en me persuadant qu'elle n'avait jamais ressenti ni plaisir ni désir d'aucun homme : sa surprenante ardeur au travail mathématique n'était qu'une manière de suppléer son incapacité à jouir d'autres flammes, bien plus charnelles. J'eusse appris que, contrairement à toute raison, elle était restée vierge, je n'en aurais pas été plus étonné que cela. Bref, je m'acharnais à la croire infirme, dépourvue de ce sixième sens que Buffon appelait génésique. D'ailleurs, après sept ans de mariage, l'infécondité de son ménage n'en était-elle pas une preuve ? Commerson, mon seul confident, m'affirma qu'il n'y avait aucun rapport entre ces deux phénomènes féminins et que lui-même avait connu une femme stérile qui n'en débordait pas moins d'enthousiasme dans l'intimité.

Après de longs mois, mon traité d'horlogerie parut enfin et eut un certain retentissement. J'y rendis hommage bien sûr à monsieur Lepaute l'Aîné, mais aussi à son épouse, malgré les réticences de celle-ci à voir paraître son nom. Elle accepta seulement que je mentionne sa participation au calcul d'une table d'oscillations, ou des longueurs pour chaque nombre donné de vibrations, depuis celui de dix-huit lignes, qui ferait dix-huit mille vibrations par heure, jusqu'à celui de trois mille lieues.

Elle tenait ces calculs pour un jeu où elle prenait le plus extrême des plaisirs, laissant parfois échapper des petits rires de satisfaction, des exclamations véhémentes et des soupirs d'aise. Insistant, inassouvie, pour continuer jusque tard dans la nuit, alors que moi, épuisé, je n'avais qu'une hâte, rentrer chez moi et dormir.

Une fois le traité paru, Reine Lepaute se décida enfin à constituer son salon. Depuis le temps que son mari et moi l'y incitions, l'un pour que ces réunions savantes servent de vitrine à ses inventions, l'autre les voyant comme une marche montant du socle de la notoriété au piédestal de la gloire. Reine se refusa toujours à admettre chez elle quiconque ne serait pas mathématicien, géomètre, astronome ou géographe. Je lui reprochai son fanatisme et lui fis valoir la nécessité aux sciences, aux arts et à la littérature de se frotter entre elles pour qu'en sortent des étincelles. Elle me répondit, impérieuse comme elle savait l'être parfois :

— Si vous voulez papillonner et faire le bel esprit, Jérôme, vous avez assez de lieux comme ça dans Paris. Et je crois qu'il n'est nul besoin que je vous donne les adresses. Chez moi, on ne parlera que de ce qui nous préoccupe, on travaillera. Nos sciences réclament le sérieux, le métier, l'étude, l'affrontement des hypothèses, et non pas des digressions poétiques ou métaphysiques sur les profondeurs infinies de l'éther ou la beauté hellénique d'une équation. Quant à votre ami Commerson, je ne doute pas un seul instant de ses grands talents, mais aucun d'entre eux ne nous concerne. Croyez que je me sentirais très honorée de faire sa connaissance, mais en d'autres circonstances que ces rencontres hebdomadaires de travail. Plus que tout autre, en France, notre domaine a besoin de rigueur, loin des vaticinations des beaux esprits. Il faudrait que l'astronomie soit enfin prise au sérieux, comme elle l'est en Angleterre depuis Newton. On avance bien mieux sur une route droite et pavée que dans les chemins de traverse, même bordés d'églantines.

Cette façon qu'elle avait parfois de me parler comme si elle était ma mère me faisait rager. Mais cette leçon resta gravée à jamais dans ma mémoire et je m'en inspirai lorsque, plus tard, en 1771, je fondai avec Helvétius et autres frères le Grand Orient de France. Notre Loge des Neuf Sœurs deviendrait une loge « encyclopédique », ouverte seulement à ceux — écrivains, scientifiques, artistes et hommes politiques — qui possédaient un réel talent particulier dans leur domaine et en avaient donné des preuves publiques. Et l'initiation de Voltaire en 1778 en fut comme le couronnement. Mais ceci est une autre histoire !

On parla beaucoup, ces années-là, dans Paris, du salon de Nicole-Reine Lepaute, tant il était nimbé de secrets. N'y venait pas qui voulait. Nous étions encore en une époque où les cerveaux mêlaient confusément dans leurs esprits science des étoiles et sottises zodiacales, mathématiques et quête de je ne sais quel chiffre d'or des alchimistes, géographie et recherche des trois fleuves menant au Paradis. Que les esprits ont changé en un demi-siècle ! Grâce à nous, je le crois, plus jamais ne reviendra le temps des superstitions et de l'obscurantisme.

Ces salons se tenaient tous les dimanches après-midi. À ma grande surprise, un jour, Clairaut y vint avec une jeune femme. Mademoiselle de Lespinasse était alors fort belle, une de ces beautés fragiles qui laissent deviner la mort alentour. En proie à toutes les jalousies, j'observai Reine du coin de l'œil pour tenter d'y deviner un quelconque déplaisir. J'avais en effet réussi à me convaincre que mon maître avait été pour celle dont je désespérais de faire un jour ma maîtresse, plus qu'un soupirant éconduit.

Les deux femmes se prirent par les mains, se donnant de « ma bonne Reine » et de « ma douce Julie ». Je ne vis bien sûr dans ces démonstrations d'amitié qu'hypocrisie féminine masquant une haine profonde. Mon agacement monta encore d'un cran lorsque Le Gentil vint se mêler à leur conversation, ainsi qu'un autre aristocrate, jeune mousquetaire noir devenu officier de marine et estimable géomètre. Et je me vis rejeté dans le camp des roturiers, tandis qu'à un autre coin du salon se constituait un groupe d'abbés plus ou moins défroqués, comme Chappe et Pingré.

Ces regroupements en Etats n'avaient rien d'ostentatoire ni de volontaire, mais ils se formaient presque malgré nous, de façon instinctive, alors que tous, en conscience, nous refusions ces préjugés et jetions des passerelles entre castes, dans les loges, les salons et les académies. Il n'empêche, ce phénomène d'attraction se répétait à chacune de nos réunions. J'étais sans doute le seul à le ressentir lucidement, et douloureusement, tant mon amour caché pour Reine s'exacerbait. Comme je maudissais alors Le Gentil faisant sa cour avec des grâces que je jugeais ridicules chez cet homme aux allures rugueuses, dans une conversation tissée de mots d'esprit sucrés, d'allusions absconses et de points de suspension ; langage, gestes et grimaces qui me semblaient aussi ésotériques que ceux de ces sociétés secrètes qui proliféraient en ce temps-là. Le pire était que Reine se prêtait volontiers à ce jeu dont je ne connaissais pas les règles. Si je tentais parfois de briser les invisibles remparts cernant leur conversation, ils m'acceptaient volontiers, mais je ressentais chez eux une vaporeuse condescendance. Ils auraient été bien étonnés si je leur avais reproché de nous rejeter, nous, roturiers, hors des murs de leur impalpable citadelle. Je ne l'aurais d'ailleurs jamais osé, craignant ainsi d'afficher une jalousie qui n'était pas seulement amoureuse.

Ces moments-là duraient fort peu, dix minutes, jamais plus, jamais moins. Reine n'était pas femme d'horloger pour rien. Après ces instants de badinage où elle nous imposait de n'évoquer en rien nos domaines d'études, elle frappait légèrement dans ses mains, le silence se faisait. Elle nous désignait notre siège, à commencer par le fauteuil de la personne autour de laquelle tourneraient nos débats, avec en vis-à-vis celui qui était censé être son principal contradicteur — ma place favorite.

Ce jour-là, Reine ne m'y fit point asseoir. Elle me désigna le canapé des seconds rôles, à côté de la nouvelle venue, mademoiselle de Lespinasse. Tout empli de mes tourments, j'imaginai alors qu'elle me jetait dans les bras de la gracieuse demoiselle pour l'arracher à ceux de Clairaut. Clairaut à qui elle avait attribué le fauteuil dit « sujet du jour ». La place de son accusateur était occupée par d'Alembert. Tout le monde comprit qu'après avoir voulu la trêve entre les deux mathématiciens, Reine Lepaute désirait que la guerre reprît : nous étions en février 1757, et dans dix-huit mois, si les séculaires prévisions de Halley s'avéraient justes, la comète passerait dans notre voisinage. Si elle ne passait pas, tout Newton serait remis en question et nous à sa suite. À moins que le calcul des perturbations de Clairaut ne démontrât que la belle fugueuse tant espérée ait pris quelque retard, tentée ici par Saturne, attirée là par Jupiter. Or, depuis une bonne décennie que Clairaut avait eu cette géniale intuition, il n'avait rien fait pour appliquer sa solution, donner sa propre prévision, une date précise étayée par son travail de sorte que le jour dit verrait son triomphe ou sa défaite.

Quand Reine lui demanda si, depuis, il s'était remis à l'ouvrage et si enfin il pouvait donner la date et l'heure du passage, il prit cet air sceptique et désabusé qu'il croyait séduisant et qui n'était que pitoyable — du moins aux yeux d'un homme. Puis il dit :

— Attendons d'abord qu'elle ne soit pas au rendez-vous de Halley. Après, il sera toujours temps.

Je crois maintenant qu'il y avait chez Clairaut une profonde humilité, qui l'empêchait d'aller à l'encontre de ces grandes ombres du passé, Newton ou Halley, tel un fils qui n'ose soulager son père d'un fardeau de peur de lui désigner sa vieillesse. Mais, à l'époque, je n'étais pas loin de partager l'opinion de d'Alembert, qui déclara de sa voix aiguë :

— Vous craignez surtout le ridicule, mon cher ami. Un double ridicule, car la comète passera et l'on rira de vous. Et l'on rira à nouveau dans deux ans ou dans dix ans, que sais-je, le jour que vous aurez fixé et publié en fanfare.

Clairaut se mordit les lèvres. On venait de l'accuser de lâcheté. Pris de pitié, je décidai de le défendre. De plus, celle qu'il nous avait affichée comme sa maîtresse, mademoiselle de Lespinasse, avait égaré son pied menu contre ma chaussure. Je ne fus pas long à m'apercevoir que ce n'était pas par mégarde.

Nous savions tous que d'Alembert, à la suite de son malencontreux article *Genève*, préparait déjà son retrait de l'*Encyclopédie*, qui en était alors à son septième volume. D'Alembert était un drôle d'homme. De pensée libre, son appétit de publicité le rendait parfois vain. Il laissait entendre que sans lui, tout s'effondrerait, ce qui n'était guère aimable pour Diderot. À quarante ans, il était le savant le plus renommé d'Europe. Il avait été l'un des plus importants mathématiciens de la décennie précédente, mais pas l'ultime, comme il le laissait entendre. Il n'y avait pas que vanité dans sa façon de dire que cette science n'irait pas plus loin et qu'il n'y avait plus rien à y découvrir. Peut-être était-ce aussi le refus d'accepter l'usure de son talent. Depuis sa résolution du problème de la précession équinoxiale, d'Alembert n'avait plus rien fait de bon. Désespéré par cette impuissance précoce, qui est pourtant notre lot à tous, en ce domaine, il se figea dans le dogme d'un univers mécanique, huilé à heure fixe par la divine burette du grand Horloger cher à Voltaire. Aussi, accepter que la parfaite trajectoire de la comète spéculée par Halley et démontrée par Newton puisse être en quoi que ce soit perturbée par l'attraction de deux vulgaires planètes lui était insupportable. J'exagère ou du moins je décris d'Alembert tel qu'il était au faîte de sa gloire, au bord de son déclin.

Et moi, pour la première fois, je montrai les dents au vieux chef de la horde, sous l'œil attentif de ces dames. Un vieux chef tout fluet au joli visage efféminé et pétillant d'intelligence vive, que je dépassais de la tête et des épaules. Mais ce n'était que combat d'idées. Ma force était dans mon enthousiasme féroce se heurtant à son expérience et à sa renommée qui le statufiaient. Il se déroba, ou plutôt il m'ignora, ne me jetant qu'un bref regard avant de repartir à l'assaut de Clairaut qui ne lui répondait que par des mots d'esprit inoffensifs sur lesquels je m'appuyais pour lancer une nouvelle charge.

Défendre un ami dans la détresse, quelle noble cause, surtout quand la maîtresse de l'ami en question m'encourageait de l'orteil. Le Gentil, cinglant, Chappe, presque grossier, vinrent à ma rescousse. Le débat devint procès. Sur le fond, nous, les accusateurs, avions raison de dénoncer chez d'Alembert sa tendance à vouloir enfermer les mathématiques et l'astronomie dans un musée et de les exclure des sciences utiles au progrès humain. La forme me semble aujourd'hui plus malheureuse et me fait irrésistiblement penser à ces sauvages, qui, dit-on, font monter leur vieux cacique dans les arbres et secouent le tronc jusqu'à ce que tombe celui qui les gouverna trop longtemps. Le mousquetaire noir qui revenait de la guerre au Canada acheva d'Alembert d'un trait qui pourtant aurait dû faire long feu : « Les astronomes seuls sont les vrais géographes. »

L'alexandrin ne manquait pas de panache. Ce n'est pas tant l'assertion en elle-même qui foudroya d'Alembert, mais le fait que ce jeune guerrier savant était son disciple, son protégé. Le fondateur de l'*Encyclopédie* bondit hors de sa bergère et, perdant tout contrôle de lui-même, nous accusa de l'avoir entraîné dans un guet-apens, d'être les complices des jésuites. Puis il partit.

Reine ne fit rien pour le retenir, au contraire. Elle était arrivée à ses fins, elle triomphait et j'ignorais pourquoi. Avait-elle vidé quelque vieille querelle avec le sémillant encyclopédiste ? Peu m'importait : j'étais encore tout échauffé par cette bataille, le goût du sang à la bouche

Notre hôtesse fit servir à souper et nous interdit, avec cette autorité qui ne souffrait pas de réplique, d'évoquer désormais l'incident. Nous nous installâmes sans étiquette, sans plan de table. Je parvins non sans mal à arracher la droite de mademoiselle de Lespinasse à Véron, tandis que le mousquetaire occupait sa gauche. Comme Reine, à l'autre bout, avait ordonné à Clairaut et à Le Gentil de l'encadrer, je me lançai dans une cour agressive de ma belle voisine, après avoir vaincu, sur l'autre flanc, le militaire qui, d'ailleurs, ne se montra guère belliqueux. Mais, tout à mes madrigaux, j'observais notre hôtesse et Le Gentil. Ils semblaient sermonner Clairaut.

À l'heure de nous séparer, Reine nous annonça, sans autre explication, qu'elle renonçait désormais à tenir salon et incita mademoiselle de Lespinasse à prendre sa suite. Pour m'endormir cette nuit-là, seul dans mon petit logis à deux pas de l'appartement des Lepaute, je dus avoir recours à une bouteille de vin de Madère.

Dès le lendemain, en fin de matinée, je rendis visite à mademoiselle de Lespinasse, mais je la trouvai en compagnie d'un Clairaut qui m'accueillit avec d'ironiques démonstrations d'amitié, comme s'il était le maître des lieux. Nous évoquâmes la déroute de d'Alembert. Je jubilai, et donnai encore quelques coups de pied à l'ennemi vaincu. Clairaut m'arrêta :

— Sous ses dehors d'homme superficiel et mondain, d'Alembert mène une vie misérable. Saviez-vous qu'il vit seul dans l'étroit appartement de la vitrière qui fut sa mère nourricière, une certaine madame Rousseau, et qu'il est parfois obligé de passer des nuits entières dans le même lit que cette pauvre vieille retombée en enfance, pour la rassurer de ses terreurs ? Ignorez-vous aussi que, dans sa sénilité, cette humble personne ignore tout de la renommée de l'enfant abandonné par deux nobles personnes ? Pourtant c'est pour elle, pour la remercier, ou pour la venger peut-être, qu'il s'est battu ainsi pour se hisser jusqu'à la gloire.

— Je l'ignorais, répondis-je sèchement, mais

aurais-je dû vous laisser crucifier sur tant de mauvaise foi ?

— Vous êtes jeune, Jérôme. Vous saurez un jour que la compassion est autrement plus ardue et plus longue à apprendre que la géométrie.

Agacé, je haussai les épaules et j'ajoutai, comme malgré moi :

— Et... madame Lepaute, connaît-elle aussi bien que vous la vie intime de monsieur d'Alembert ?

— Oui, me répondit mademoiselle de Lespinasse qui avait exactement mon âge et qui donc aurait dû, elle aussi, ignorer la compassion.

Je passai le reste de la journée et toute celle du lendemain enfermé dans mon observatoire sans pouvoir accomplir le moindre travail. La domestique que les Lepaute m'envoyaient chaque mardi pour pourvoir aux soins de mon ménage subit les effets de mon humeur massacrante et s'en fut très vite en sanglotant dans son tablier. Mes idées avaient bien du mal à se mettre en place : il était bien plus difficile pour moi de calculer les forces d'attraction entre les êtres humains qu'entre les planètes. Qu'est-ce qui me poussait maintenant vers Julie de Lespinasse, amante en titre de Clairaut, et m'éloignait de Reine dont le même Clairaut fut au moins naguère le soupirant ? Pourquoi, dans mes méditations désordonnées, interférait par moments l'image de Le Gentil ? Le soir, je dévorai le brochet à la crème d'écrevisse et le chapon de Bresse aux truffes que j'avais commandés au traiteur de la rue Saint-Sulpice, bu mon rituel verre de vin des coteaux lyonnais accompagnant ce sinistre repas solitaire. Je fus pris d'une soudaine nostalgie pour mon pays natal. C'était dit. Je partirais le lendemain pour Bourg, sous prétexte d'aller y examiner à nouveau un cadran azimutal fabriqué par Vauzelard en 1644 et que j'avais déjà décrit dans les Mémoires de l'Académie deux ans auparavant, puis je resterais là, aux côtés de mon vieux père. J'y organiserais une

Société d'émulation et d'agriculture de l'Ain en compagnie de mon cher Commerson, et nous flânerions dans son jardin, lui parlant de fleurs et moi d'étoiles. Nous épouserions les deux filles du notaire avec qui nous jouions enfants aux jeux étranges de nos verts paradis.

Le lendemain matin, alors que je traînais dans mon appartement, Reine déboula comme une furie. Elle commença par me reprocher mon attitude odieuse vis-à-vis de sa servante, exigeant que j'aille au plus tôt présenter mes excuses à la pauvre fille qui, selon elle, se mourait presque de chagrin dans sa soupente, « et n'allez pas me l'engrosser pour sa consolation », précisa-t-elle avec une vulgarité peu ordinaire chez cette dame du monde. Là-dessus, elle me reprocha mon comportement avec mademoiselle de Lespinasse, et notamment ma visite impromptue du lundi matin, où j'avais surpris Clairaut au tomber du lit.

— Savez-vous, me dit-elle, que si j'ai réanimé, volontairement, la vieille querelle entre lui et d'Alembert, c'est pour que Clairaut se redresse enfin, qu'il sorte de sa torpeur, afin que nous nous mettions au travail sur les tables de la comète ?

— Nous ?

— Oui, nous, car nous ne serons jamais assez nombreux pour entreprendre une telle quantité de calculs. Si j'ai consenti à céder à la mode des salons, c'était dans le seul but de constituer un groupe, sous la houlette de l'inventeur de la méthode des perturbations, car sans Clairaut nous ne pourrons rien faire. Et si j'ai accepté que cette cocotte de Lespinasse l'accompagne dans une réunion savante où elle n'avait pas sa place, c'est parce que je connais notre homme, mieux que vous ne le croyez. Quand il tombe sous l'emprise d'une femme, toute sa volonté s'émousse. Vous l'avez constaté, mademoiselle de Lespinasse est jeune, belle, pleine d'esprit. Si vous vous avisez de lui voler sa conquête, Clairaut sera perdu pour nous. Par ailleurs, je ne trouve pas très honnête que vous chassiez sur les battues d'un homme qui vous aime comme un père. Mais cela vous regarde, je ne suis pas votre directrice de conscience. En revanche, il m'importe, à moi, que Clairaut ne soit pas brisé avant que nous ayons accompli, sous sa direction, la grande tâche qui nous attend. Après, ma foi, si vous tenez à vous brûler les ailes aux feux de la belle Julie, ne vous en privez pas. Ce sera votre affaire. En attendant, j'ai besoin de vous, car vous seul êtes capable d'inciter Clairaut à mener nos travaux. Moi, je ne le puis pas. Trop de choses m'en empêchent.

Pris soudain d'une profonde contrition, mêlée d'une certaine jalousie devant tant de mystérieuses allusions, je m'écriai :

— Vous avez raison, j'écrirai demain à Clairaut pour lui suggérer de nous mettre au travail immédiatement. Et je lui présenterai mes excuses pour mon attitude à l'égard de sa maîtresse.

— N'en faites rien ! me réfréna-t-elle aussitôt, notre action commencera une fois que l'échéance calculée par Halley se sera avérée caduque. Puisque la comète n'arrivera pas à la date annoncée, mi-1758, cela voudra dire que Halley et Newton s'étaient trompés. Mais de combien de temps ? Quand nous l'aurons déterminé, ce sera la deuxième victoire de Clairaut. La troisième viendra le jour où elle passera, en temps et heure.

VI

Le retour de la comète

J'écrivis une longue lettre à Clairaut pour l'inciter à se mettre à l'ouvrage et, à l'insu de Reine, j'allai rendre visite à Julie de Lespinasse pour qu'elle aussi, de son côté, poussât son amant à diriger nos travaux. Grâce à elle, sans doute, plus qu'à mes instances, Clairaut donna son accord, mais refusa que nous nous réunissions chez lui, comme je le lui avais proposé par courtoisie. Nous optâmes donc pour mon observatoire, ce qui fit de moi, de fait, le maître d'œuvre.

Cela dura six mois, six mois de calculs fastidieux, répétitifs, harassants. Il s'agissait de remettre entièrement à jour les tables de Halley, calculer pour cent cinquante ans les forces perturbatrices que Jupiter et Saturne faisaient subir à la comète, et en déduire les degrés et les distances sur son orbite. Reine nous imposa une rigoureuse méthode, non pas en heures, mais en masse de travail à accomplir quotidiennement. Et si, pour une raison ou une autre, nous nous étions mis en retard, eh bien nous continuions de calculer tout en soupant, puis jusque tard dans la nuit. Je dis « nous », car Chappe et Le Gentil étaient de la partie.

Les premiers temps, Julie de Lespinasse accompagna Clairaut, mais elle ne nous était d'aucune utilité, bien au contraire. Elle masquait son manque certain de compétence sous des pépiements de coquette, répétant quelque ragot parisien, faisant l'étourdie, se morigénant en riant chaque fois qu'elle faisait une erreur, et Dieu sait si elle en faisait. Je crois qu'elle prenait la chose comme un aimable jeu de société et cherchait à jouter avec Reine, non sur le plan des mathématiques où elle sentait bien qu'elle n'était pas de taille, mais sur celui du badinage. Reine, elle, ne badinait pas. Pourtant, jamais elle n'envoya à Julie l'une de ces pointes acérées dont elle avait le secret. Je redoutais sans cesse un éclat, mais Reine se retint, craignant de s'aliéner Clairaut, entièrement sous l'emprise de sa trop jolie maîtresse. Finalement, après un mois très éprouvant, Julie de Lespinasse ne revint plus dans mon observatoire. Elle avait été assez fine mouche pour comprendre que son encombrante présence la desservait.

Nous eûmes la prudence de ne pas montrer notre soulagement à Clairaut. D'ailleurs, maintenant qu'il venait seul, celui-ci avait abandonné son air benêt de vieil adolescent éperdu d'amour, qui lui allait fort mal. Au contraire, il avait retrouvé tout son allant, toute l'autorité qui avait dû être la sienne à la grande époque, et dont j'avais pu contempler les derniers feux lors de mes débuts parisiens. Reine était pour beaucoup dans cette métamorphose, par son zèle au travail qui stimulait nos viriles énergies.

Clairaut ne venait que deux fois par semaine, pour résoudre une question sur laquelle nous achoppions, pour ramasser le fruit de nos travaux et partir les vérifier dans le secret de son cabinet, car seul l'œil de l'inventeur de ce mode de calcul pouvait déceler la moindre erreur qui se serait glissée lors d'un de nos moments de lassitude. Durant ses absences, je poursuivis avec lui une correspondance journalière où il ne pouvait s'empêcher d'exprimer son admiration étonnée pour celle qu'il appelait « la savante calculatrice ». Parfois je crus percevoir derrière ces dithyrambes un soupçon d'ironie ou peut-être d'amertume. J'étais désormais à peu près convaincu que jadis il y avait eu, comme on dit, « quelque chose » entre elle et lui, mais, craignant d'être indiscret, et désirant aussi me voiler la face, je ne poussai pas plus avant mon enquête. D'ailleurs la frénésie dont nous étions tous pris, l'urgence aussi, nous ôtaient le plus souvent toute pensée d'ordre sexuel, et Platon présidait au banquet des trois corps !

Nous avions pourtant nos moments de détente. Moments imposés par Reine, quand elle avait décidé que notre tâche quotidienne était accomplie. Alors, elle nous interdisait d'évoquer en quoi que ce soit le sujet qui nous réunissait, sous peine d'un gage, comme au temps des salons. Chappe, inévitablement, fut le plus souvent puni. Nous nous rendions alors, en bande joyeuse, de mon observatoire aux appartements des Lepaute, le long des jardins, sous les beaux soirs d'été, et nous tournions autour d'elle, faisant assaut de galanterie. Le jeu continuait durant le souper, autour de la table bien garnie. Nous improvisions ballades et madrigaux, tous composés à la gloire de notre hôtesse. Le Gentil se montrait le plus habile de tous à cet exercice, le plus gaulois aussi, ce qui choquait mes restes de pudibonderie jésuitique, d'autant que Reine y semblait prendre le plus grand des plaisirs. Chappe au contraire gonflait ses vers de passion éthérée et sans doute sincère, vagabondant dans une carte du Tendre d'où était bannie toute sensualité. Cela mettait Reine mal à l'aise : il était le seul à ne pas feindre. Nous autres, nous feignions de feindre. Surtout moi, qui forçais dans le calembour, le permanent rappel à ses savantes compétences. Je faisais de notre muse « le sinus des grâces et la tangente de nos cœurs ». Le Gentil tentait d'exciter ses sens de fille d'Ève, Chappe l'effrayait de ses sentiments trop transparents, et moi, je la faisais rire. Quel était le plus habile des trois soupirants ?

Mais nous étions tous battus par l'abbé Pingré, l'astronome le plus spirituel du monde, vrai poète aussi, et qui avait pour grand avantage de prendre ces batifolages rimés pour ce qu'ils étaient : une simple récréation. Alors que nous trois... Bien sûr nous étions conscients que ce n'était là qu'une manière de lâcher la bonde en choisissant pour victime celle qui, durant toute la journée, nous avait menés d'une main de fer. Une victime ravie et flattée.

Clairaut, quand il restait, ne versifiait pas, posant avec drôlerie au vieux professeur que les choses de l'amour ne concernaient plus. Il prenait le rôle du juge, tranchant sur la qualité strictement littéraire de nos œuvrettes. D'autres aussi participaient à nos jeux courtois. Certains même, par vanité, publièrent ces sottises dans *Le Mercure* !

Vers la fin juillet, alors que nos travaux avaient déjà bien progressé, les grosses chaleurs nous firent fuir de Paris. Le Gentil s'en fut dans le Cotentin, chez sa mère, Clairaut alla se réfugier dans la campagne de Julie de Lespinasse où, paraît-il, il croisa d'Alembert. De mon côté, je suggérai à Chappe de repartir en Lorraine, où il devait achever un certain nombre d'observations ; leur publication lui permettrait de nous rejoindre enfin à l'Académie, comme astronome-adjoint. Il aurait pu y être élu en même temps que nous, cinq ans auparavant, après sa communication remarquable sur le transit de Mercure, mais, sous ses rondes apparences, Jean-Baptiste avait l'échine trop raide pour se plier à quelque convenance que ce fût.

En ce début de mois d'août, je me retrouvai, dans mon observatoire, seul face à Reine. J'avais décliné l'invitation de Commerson à venir me reposer dans son jardin botanique de Châtillon-les-Dombes, à une journée de marche de la maison familiale. Il fallait bien que quelqu'un s'occupât de la comète, puisque tous avaient déserté. Me voilà martyr ! Un martyr qui s'imaginait déjà les douces promenades dans les jardins du Luxembourg, à la fraîche, les dîners en tête-à-tête, puis...

— Nous irons nous installer demain sur ma colline de Saint-Cloud, déclara Reine. L'air y est meilleur. Mon mari et mon beau-frère pourront nous seconder.

Je passai alors les mois les plus épouvantables de ma vie. En famille Lepaute ! Ah, comme ils étaient attentionnés avec moi ! Rien ne manquait à mes soins, linge repassé, vêtements brossés, bonne table, sages conversations, vertus bourgeoises. On me choyait comme un cousin glorieux, mais dissipé. Une telle vie aurait pu avoir ses charmes, pour une ou deux semaines, si Reine ne m'avait imposé une discipline militaire. Nous étions au travail dès l'aurore ; je me couchais avec les poules, tandis qu'ils rejoignaient la chambre nuptiale. J'espérais que ce calvaire prendrait fin en automne. Dans la dernière semaine de septembre, je suggérai que j'avais suffisamment abusé de leur hospitalité, qu'il serait préférable de réintégrer la capitale. À continuer à cette cadence, plaidai-je, nous risquions d'y perdre la santé, nos travaux étaient assez avancés pour savoir désormais que la comète nous laisserait du temps, un an au pire... Les deux frères Lepaute et leurs épouses me prirent alors sous un feu croisé d'arguments tous plus solides les uns que les autres. Le principal était que nous risquions de briser notre élan, de perdre le coup de main de ce qui n'était plus qu'une routine machinale parfaitement maîtrisée, et que nous ne pourrions passer, la conscience en repos, à d'autres travaux que le jour où nous aurions enfin déterminé la date exacte du passage. À ce point des débats, je n'étais guère ébranlé, assez confiant en ma facilité et en la ténacité de Reine, pour savoir que nous irions jusqu'au bout, même si nous ralentissions le train.

— Nous, sans doute, répliqua-t-elle, mais Clairaut ? Son faible caractère s'est plié au rythme imposé : il reçoit les tables le lundi, les vérifie la semaine et nous les renvoie pour le lundi suivant. Si ces habitudes sont perturbées en quoi que ce soit, j'ai bien peur que notre ami retombe dans ses vieux travers, aidé en cela par la chère Julie qui, je ne sais pourquoi, est en train de se prendre d'une haine farouche à mon égard.

— Il n'est pas rare, expliqua Lepaute l'Aîné, de voir les femmes ordinaires déprécier celles qui ont des connaissances.

L'argument auquel je fus le plus sensible fut quand Reine m'informa — comment l'avait-elle su, alors que nous vivions en vase clos dans ce désert de Saint-Cloud ? — que cet âne de Le Monnier prenait mon absence de Paris comme l'aveu de ma défaite. Poussé par d'Alembert, qui avait d'autres motifs, il allait claironnant partout que la méthode de calcul employée était fausse, que je m'y étais fourvoyé : plus jamais je n'oserais, affirmait-il, reparaître sur les bancs de l'Académie. Sa rancune l'aveuglait à un point tel qu'il me fourrait dans le même sac à jeter que Bernoulli, Euler, Maupertuis, Fontaine, Lagrange, et Clairaut bien sûr. Pourquoi pas Euclide, tant qu'il y était ? D'Alembert restait silencieux, trop intelligent pour ne pas comprendre, au fond de lui-même, qu'il s'était mis dans une mauvaise querelle. Après son article absurde sur Genève, il s'était empressé de fuir l'*Encyclopédie* pour aller lécher quelque ourlet de soutane du côté de l'Académie française. Depuis sa débâcle dans le salon de Reine, il excitait Le Monnier dans ses gesticulations imbéciles, tout en restant dans l'ombre. Le Monnier ? Je l'avais déjà fait tomber. Quand je détrônerais d'Alembert, il ferait en chutant bien plus de bruit.

Pour cela, Reine avait raison, il nous fallait terminer bien vite notre tâche, puis attendre, patienter, tandis que nos ennemis aveuglés par la haine s'enfonceraient dans l'erreur. Eh bien soit, je resterai donc à Saint-Cloud, soupirai-je, tel le prisonnier passant aux aveux après petite et grande question.

En moi-même je me consolai de cette chiourme dorée en me disant que, durant tout ce temps, mes principaux rivaux étaient écartés de l'objet de nos soupirs. Le Gentil et Chappe, en effet, ne firent pas le voyage de Saint-Cloud. Peut-être le premier crut-il que j'avais triomphé et baissait-il les bras. Chappe, de son côté, n'était pas un lutteur dans ce genre de domaine, et son amour pour Reine était de ceux que l'on porte à une déesse, ou à une idée, mais pas à une femme.

Je dois reconnaître que jusqu'au bout leur soutien fut sans faille, même s'ils ne mirent plus la main à la pâte. Ils se battirent au front, à Paris, tandis qu'à l'arrière, Reine et moi finissions de fourbir l'arme qui abattrait nos adversaires de façon définitive. D'ailleurs, nous n'avions plus besoin de personne et nous ne communiquions à Clairaut l'avancée de nos travaux que par courtoisie. Il n'y trouvait rien à redire, sinon des louanges.

Je ne me rendis à Paris que début novembre 1757, pour la rentrée de l'Académie, et n'y restai que le temps de m'y afficher, aux côtés de Clairaut et de Le Gentil. Et je repartis à Saint-Cloud. À la fin de la première semaine de décembre, nous étions parfaitement sûrs de notre fait : Halley s'était trompé de deux cents jours dans ses prévisions, et la comète ne serait visible dans le ciel d'Europe qu'aux premiers jours de l'année 1759. Encore un an à patienter avant le triomphe absolu.

Cette année passa comme un éclair, même si ma santé fut définitivement altérée par ce travail de forçat. Je m'en plaignis parfois, et Reine me taquinait là-dessus, me traitant d'hypocondre. Quoi qu'il en soit, depuis ces travaux intenses je n'ai jamais retrouvé ma vigueur d'antan.

À la fin de l'année, Reine convia à un dîner tous ceux qui, de près ou de loin, avaient participé à l'ouvrage ou nous avaient soutenus. Nous étions douze à table. Clairaut me laissa l'honneur d'informer les convives. Chappe bondit de joie et dit :

— Il faut communiquer le résultat de vos travaux au plus vite.

— Le 13 avril prochain, par exemple, renchérit Le Gentil en se tournant vers Clairaut. Je savoure déjà l'effet oratoire que vous en tireriez : « Dans un an, jour pour jour... »

J'attendis un instant que l'enthousiasme retombe et décrétai enfin :

— Non, messieurs. Pour des raisons stratégiques, et aussi de prudence, notre maître Clairaut communiquera le résultat de ses travaux à la rentrée de l'Académie, en novembre 1758. D'abord parce que la force de notre découverte sera amplifiée par cette circonstance solennelle. La comète passera à son périhélie le 13 avril 1759, à un mois près, mais elle sera visible à Paris dès les premiers jours de janvier. Si nous l'annonçons trop tôt, l'intérêt du public s'émoussera au fil du temps et tout le monde aura, le jour de la comète, oublié l'auteur de cette prévision... Nos adversaires ne se feraient pas faute non plus d'y ajouter de la confusion. Alors qu'en l'occurrence, la communication de Clairaut sera encore dans toutes les mémoires quand la comète passera.

— Et surtout, dit Véron étourdiment, durant tous ces mois de silence, Le Monnier et d'Alembert continueront de patauger jusqu'à s'enliser définitivement dans le ridicule.

— Je n'aurais pas formulé cela comme ça, dis-je un peu agacé que mon collègue ait ainsi révélé l'une de mes motivations cachées.

J'ajoutai d'ailleurs, en toute connaissance de cause :

— Je vous demanderai de garder, pendant ces onze mois, la plus grande discrétion, ne serait-ce que par courtoisie à l'égard de monsieur Clairaut.

— L'information devrait même être considérée par vous tous comme un secret, lança Reine, avec des regards pleins de sous-entendus à l'endroit de Julie de Lespinasse.

Elle était encore plus duplice que moi, car en provoquant ainsi la jeune femme, elle savait qu'il ne faudrait pas attendre longtemps avant que la Cour et la Ville fussent au courant. Peu de temps après d'ailleurs, Julie de Lespinasse ouvrit son salon ; Jean Le Rond d'Alembert y fut l'un des plus assidus, de même que Clairaut.

Mon état physique était tellement délabré que Commerson s'alarma et m'entraîna presque de force, au mois de janvier, dans notre pays natal. Mais le froid, ce janvier-là, y était tel qu'après notre visite à ses serres et à mon père, l'ancien étudiant en médecine décida de me traîner vers le soleil, avant que l'hiver ne m'achevât. De Lyon, nous descendîmes le Rhône en coche d'eau. À l'étape, il m'imposait les solides médications régionales dont je me gavais sans rechigner. Voyager avec Commerson était un plaisir. Il mettait en toute chose une fougue extraordinaire, jeu, bonne chair, jolies femmes... Nous avions des complicités d'amis d'enfance que rien ne pouvait gâter. Nous passâmes quinze jours à Montpellier, ville de ses études, où l'un de ses vieux professeurs décela que ma vessie avait fécondé des calculs autrement difficiles à résoudre que celui des trois corps.

Nous fûmes ensuite invités par l'humble, mais méritante Académie des sciences de Béziers ; on m'y fit examiner un chronomètre qui ne manquait pas d'intérêt ; j'en publiai la description dans *Le Journal des savants*. Mais surtout, après avoir interrogé les vieux érudits et les fougueux jeunes gens qui composaient cette académie, je pus conclure que leur observatoire, dans cette région ensoleillée, serait l'endroit idéal pour y voir passer la comète. J'y restai seul, la nuit du 21 janvier 1758, nuit parfaite qu'aucun nuage ne vint troubler. C'était dit, je reviendrais l'année prochaine à Béziers, jour pour jour, attendre celle qui, prétendaient certains, passa jadis au-dessus de Bethléem.

La communication de Clairaut du début novembre 1758 fut saluée par une assemblée houleuse : « La comète, retardée par Jupiter et Saturne d'environ deux cents jours, apparaîtra au-dessus de Paris à la mi-janvier 1759, et atteindra son périhélie le 13 avril, à trois semaines près, l'incertitude venant de la connaissance imparfaite des masses des planètes perturbatrices. » Beaucoup furent pour lui et interrompirent son discours de « bravo, très bien ». D'autres, ceux qui n'y comprenaient rien, protestèrent très fort. Clairaut rendit en particulier un chaleureux hommage à Reine Lepaute et à moi-même.

Les dés étaient jetés. Et, dès ce moment, et jusqu'à l'échéance, je fus en proie au doute. Si Clairaut s'était trompé, si nos mois de calculs étaient faux... Je n'osai faire part de mes tourments à personne, même si je percevais des hésitations similaires chez Pingré, Le Gentil et Chappe. Seule Reine Lepaute restait comme un roc, sûre de son fait. Clairaut, quant à lui, était parti à Berlin immédiatement après sa retentissante communication : la comète apparaîtrait d'abord dans le ciel de Prusse. N'y avait-il pas un peu de fuite dans ce départ précipité ?

On ne parla plus que de la comète. Les inévitables hurluberlus nous annoncèrent à chaque coin de rue la fin des temps, le règne de l'Antéchrist ou autres âneries eschatologiques. Pour étayer leurs divagations, la guerre à nouveau avait éclaté en Europe. Une guerre qui durerait sept ans.

Curieuse époque en vérité, qui fut la mienne. Nous autres, si peu nombreux, nous la croyions résolument tournée vers le Progrès et la Raison, *âge de fer*, disait Voltaire, mais nous nous trompions car les autres, *tous* les autres se prenaient de convulsions superstitieuses. Que n'avait-on entendu comme prédictions, depuis toutes ces années que l'on attendait le retour de la comète de Halley ! Des épidémies, des gouvernements qui tomberaient, des princes qui mourraient, des Teutons qui déferleraient à nouveau sur le bon pays de France, voilà ce qui devait arriver. Eh bien non ! Le grand Horloger avait oublié de remonter Sa pendule, et les quatre cavaliers de l'Apocalypse durent rentrer leur monture dans les écuries divines pour les étriller encore durant deux cents jours. Les deux cents jours calculés par Clairaut et nous. Ah, ce chiffre ! D'aucuns se démenèrent pour trouver dans la Bible et la Kabbale sa signification profonde, dont la plus réjouissante fut la thèse doctement soutenue par un excentrique, qui expliquait que Dieu n'avait pas créé le monde en six jours, mais en deux cents, ce qui, blasphéma l'abbé Chappe avec jubilation, semblait « plus vraisemblable eu égard à la tâche accomplie ». Tout cela paraît comique et ridicule. Pourtant, beaucoup de monde y croyait sincèrement, il y a à peine plus de quarante ans. Même et surtout, à Versailles, les ministres, les ducs, les princes et le roi.

Au Panier Fleuri, tout auréolé du succès de son *Père de famille*, Diderot parlait. Ce qui n'avait rien d'exceptionnel, tout au contraire, car je n'ai jamais connu un bavard aussi impénitent. Mais quel bavardage ! On eût dit un volcan en éruption, d'où jaillissaient souvent des idées incandescentes, et aussi, parfois, des cendres. Ce jour-là, il m'apostropha en ces termes :

— Eh bien, Lalande, quelle fantaisie vous est-elle encore venue de vous battre pour une comète ? Depuis Bayle, les comètes ne signifient plus rien.

— Permettez, cher maître, il me semble que vous confondez astrologie et science. Il est vrai que pour les superstitieux, les comètes ont conservé le privilège d'effrayer la terre, et à voir combien les rêveries astrologiques ont influé sur le sort des nations, nous devons rendre grâce aux efforts des philosophes pour guérir ces maladies de l'esprit humain.

— Je ne l'aurais mieux dit. Mais maintenant que nous avons aidé la société à sortir de l'enfance, en quoi votre rationnelle astronomie pourrait avoir sur elle une quelconque influence ?

— Si je vous démontrais de façon scientifique que l'une de ces comètes pourrait très bien, de par la loi de l'attraction universelle, heurter notre planète et y détruire toute vie ?

Diderot se fâcha, sans toutefois se départir de son ton bonhomme. Citant le *Pantagruel* que je n'avais pas lu, il m'affirma que si j'entreprenais et que je publiais de tels calculs, si j'arrivais à prouver la probabilité d'une telle catastrophe, je commettrais un véritable crime contre le Progrès, les Lumières et la Raison ; je deviendrais complice des gloseurs médiévaux de l'Apocalypse, qui incitent les peuples à la passivité et l'expectative. Il se plaçait sur le plan de la morale, qui n'était pas encore, à l'époque, ma préoccupation première, tout empli que j'étais de mes ambitions. Et, pendant que je le laissais aller au flot de son verbe, germa au fond de moi l'idée plutôt amusante, et qui ferait grand bruit dans Paris quelques décennies plus tard, de la rencontre brutale de notre planète avec une sœur de Halley.

Je décidai de partir à Béziers observer le passage de la comète, non seulement parce que le ciel y avait des chances d'être plus clair qu'à Paris, que mes nouveaux amis catalans me suppliaient de façon flatteuse de venir honorer leur observatoire, mais surtout parce que mes peurs et mes doutes s'amplifiaient au fur et à mesure que l'échéance approchait. Je préférais être le plus loin possible de Paris, si par malheur... J'annonçai ma décision aux Lepaute. L'horloger me proposa avec enthousiasme :

— Nicole et moi, nous vous accompagnons !

Le malheureux s'obstinait à prénommer sa femme Nicole.

Nous avions décidé d'être dans le Midi pour la Noël. Mais la veille du départ, Lepaute fut appelé à la cour pour je ne sais quel problème d'horlogerie. Désolé de nous faire faux bond, il déclara qu'après tout nous pouvions bien nous passer de lui, et nous enfourna lui-même dans la malle-poste, Reine et moi.

Le jour même de notre départ, la comète faisait son apparition au-dessus de Berlin. Un paysan aperçut le premier cette lueur fantomatique et, affolé, alla prévenir ses maîtres. Clairaut, en extase, m'écrivit sa joie. Mais sa lettre ne me parvint qu'un mois après avoir contourné bien des champs de bataille. Car nous étions en guerre. Nous, vraiment ? Pas les savants en tout cas, qui nous obstinions à vouloir échanger nos découvertes pour le bénéfice de l'Humanité, par-dessus les batailles de rois, de tyrans, de soldatesque.

Béziers était loin de la guerre et proche de la comète. L'ancienne cité cathare avait tant souffert dans son histoire qu'elle connaissait mieux que tout autre les principes de tolérance. Se côtoyaient aimablement, dans la modeste Académie, catholiques, protestants, juifs, philosophes, agnostiques et même des femmes, puisque Reine y serait associée quelque temps après. Le respect avec lequel on nous accueillit n'était dû en rien à quelque sentiment d'infériorité provinciale à l'égard des Parisiens que nous étions, mais bien à la reconnaissance de nos talents et de notre travail. Son secrétaire, un vieil homme charmant, mit à notre disposition son observatoire et les appartements attenants. Il resta, durant tout notre séjour, d'une discrétion parfaite.

Vint enfin la belle nuit du 21 janvier 1759. La comète était au rendez-vous. Elle était radieuse, l'étoile chevelue qui allait triomphalement son chemin vers le périhélie que nous avions calculé. Jamais je ne perçus dans toutes les observations que j'avais faites une telle émotion. Ce n'était pas parce qu'elle scellait notre victoire, mais j'étais possédé d'un sentiment qui tenait de l'ordre du sacré, ou plutôt de l'Art, ce qui est un peu la même chose. Reine se sentait en parfaite sympathie avec moi et la comète. Nous étions pressés l'un contre l'autre devant la lunette. Souvent, son sein s'écrasait contre mon dos, nos haleines se mêlaient, nos cheveux aussi. Nous restâmes ainsi jusqu'à l'aube ou presque, quand le ciel se mit à blanchir. Alors elle se dressa vers moi, m'ouvrit les bras, me serra contre elle, collant avec fureur ma bouche à la sienne. Elle s'enroula autour de moi comme une liane et m'entraîna jusqu'à sa chambre. Nous y vécûmes une communion sans faille. La matinée était fort avancée quand nous nous apaisâmes enfin. Lorsque je me réveillai, son visage un peu vieilli, mais au regard si neuf, était au-dessus du mien. Au lieu de me murmurer quelque mot d'amour, elle me déclara sur le ton uni et sérieux qu'elle savait si bien prendre :

— Maintenant, il faudrait s'occuper de Vénus.

VII

Plan de bataille

Edmond Halley avait éclairé le siècle de deux prévisions astronomiques d'une audace intellectuelle sans précédent, programmées à des dates que son âge ne lui permettait point d'espérer atteindre.

La première était le retour de la comète qu'il avait observée dans sa jeunesse. Malgré son retard de deux cents jours, le passage de la comète en avril 1759 marqua le triomphe posthume de Halley, à tel point que nous décidâmes d'attacher désormais son nom à la vagabonde céleste, ainsi qu'il en avait exprimé le vœu avant d'expirer dix-sept ans auparavant.

La seconde prévision de Halley était le transit de Vénus devant le disque du Soleil le 6 juin 1761, et l'opportunité exceptionnelle qu'une telle conjonction représentait pour mesurer une fois pour toutes la distance du Soleil.

Sa méthode consistait à pointer simultanément la planète depuis différentes stations de la Terre, avec l'avantage considérable que ce pointage se ferait par rapport au disque du Soleil, sur lequel Vénus se détacherait comme un point noir. En chronométrant scrupuleusement les instants d'entrée et de sortie de la planète, la parallaxe du Soleil pourrait en principe être déterminée et, par là même, les dimensions du système solaire.

Un demi-siècle s'était écoulé entre les prédictions de Halley et leur accomplissement. Le transit de Vénus sur le Soleil n'était pas, en matière d'organisation, une mince affaire. Ce vieux lutteur de Delisle se battait déjà depuis plus de dix ans pour appeler à la mobilisation de tous les astronomes du monde. Ambassadeur plénipotentiaire de la république des Sciences, il avait couru de Paris à Londres et de Vienne à Saint-Pétersbourg, en passant par Berlin, soutenu par la voix formidable de son héraut La Caille, pour que nous fussions à l'affût de ce rendez-vous de Vénus et du Soleil. Il préconisait une modification de la méthode expérimentée sans succès lorsque Mercure passa devant le Soleil, en 1753. Chappe et Le Gentil étaient déjà aux côtés de Delisle, comme ils l'avaient été au moment de cette éclipse. J'étais alors à Berlin. Me jugeant indispensable à la préparation de sa nouvelle entreprise, Delisle m'invita à les rejoindre. Reine, co-instigatrice de l'entreprise, s'était retirée quelques semaines à Saint-Cloud auprès de son mari souffrant. En amiral soucieux de bien préparer son plan de bataille avec ses officiers, Delisle nous convoqua tous trois chez lui. C'était en juillet 1759, peu après le triomphe de la comète. Au cours de cette séance de travail mémorable, Delisle nous expliqua que la durée du passage de Vénus variait avec le lieu d'observation depuis la Terre, selon la longueur de la corde que la direction de la planète traçait sur le disque. Cette durée était le seul élément à déterminer pour trouver la parallaxe. Plus les lieux d'observation seraient éloignés les uns des autres, plus la précision des mesures serait grande. En somme, il faudrait lancer des navires aux quatre coins de la planète, civilisée ou non. Certes, la guerre et autres aléas politiques pourraient nous faire obstacle. Mais nous pourrions multiplier les sites d'observation et, si nécessaire, recommencer huit ans plus tard. L'ordre invariable du mouvement des planètes groupait en effet par deux les passages de Vénus à huit ans d'intervalle, mais tous les cent dix ans seulement. De telles occasions ne pouvaient être manquées.

— Messieurs, conclut-il, le 6 juin 1761 sera un grand jour pour la science.

Nous hochâmes la tête et nous prîmes à rêver en silence aux prodigieuses perspectives qui s'offraient à nous, aux carrières dorées que Vénus nous promettait. Notre méditation fut interrompue par Delisle :

— Je vous charge de calculer les lieux de visibilité du transit, les dates précises, et de sélectionner les stations d'observation en tenant compte des impératifs politiques et militaires. Ces guerres affligeantes nous imposent, hélas, des limitations qui font déshonneur au cosmopolitisme de la science. Vous pouvez, bien entendu, vous faire assister dans ces calculs fastidieux par une personne de votre choix. Je sais, Lalande, que les calculs de la comète vous furent pénibles.

Je rougis légèrement, et Chappe ne manqua pas l'occasion de s'écrier lourdement :

— Reine Lepaute ! Notre belle calculatrice !

— Par exemple, fit sèchement Delisle. Messieurs, la séance est levée. Au travail !

Il nous recommanda d'œuvrer chacun de façon isolée, et selon nos méthodes personnelles, pour mieux déceler et résoudre *in fine* les différences entre nos résultats. L'objectif était de déterminer les lieux les mieux appropriés afin d'y observer le premier des deux transits. Nous vînmes à bout des calculs après quelques semaines. Toutes nos prévisions ou presque concordaient. Nous nous apprêtâmes à communiquer les résultats à l'Académie, puis à publier ce qui est resté dans l'Histoire comme *La Mappemonde de Delisle.*

C'est alors que surgit de l'obscurité un certain Trébuchet, astronome amateur qui fut un temps assistant de Delisle. Ce Trébuchet signait ses écrits *ancien officier de la Reine,* comme si cela pouvait lui conférer une quelconque autorité scientifique. Ses attaques contre la *Mappemonde* de Delisle étaient aussi virulentes que stupides. Il se flattait d'abord, mais la chose est commune dans ce genre de querelles, d'avoir été le premier à dénoncer les omissions de Halley, ce qui était inepte puisque le jeune Delisle en avait déjà débattu avec le vieux savant anglais au soir de sa vie, près d'un demi-siècle auparavant. Mais le pire était que « l'ancien officier de la Reine » affirmait partout que les lieux que nous avions déterminés comme meilleures stations d'observation possibles étaient mal choisis et qu'il vaudrait mieux se rendre sur la côte occidentale de la Nouvelle Hollande que sur celle de l'Afrique, à Calcutta plutôt qu'à Pondichéry, à Pékin plutôt qu'en Sibérie, en Finlande plutôt qu'au Canada...

Cette absurde polémique ne pouvait pas tomber plus mal, car certains d'entre nous s'échinaient, pendant ce temps, à courir Versailles et les ministères afin d'obtenir du roi et de son entourage les agréments, les laissez-passer et les sommes d'argent nécessaires à des expéditions aussi lointaines. Je me suis toujours demandé si notre surprenant adversaire n'était pas un pantin entre les mains d'un parti de la Cour opposé à ces voyages. Par une cruelle infortune, nos futurs observatoires se trouvaient tous placés au cœur même de la guerre. Celui de nos savants qui devrait se rendre en Sibérie traverserait les champs de bataille où s'étripaient Prussiens, Russes et Autrichiens, tandis qu'aux antipodes, nos autres voyageurs pourraient bien être les victimes des avidités anglaises et françaises sur les Indes. Que dire du malheureux qui irait s'aventurer du côté de Québec ou de la baie d'Hudson ? Par ses supposés calculs, Trébuchet eut beau jeu de faire valoir que les lieux où il prétendait nous expédier étaient loin de toute guerre. Comme par hasard, ils étaient aussi loin de toutes les commodités de la civilisation. Nous ne vîmes alors que divagations d'un sot, alors qu'il y avait intrigues de cour et complots de guerre.

Delisle me demanda, ainsi qu'à La Caille qui avait la plume aussi acérée que moi, de répondre à Trébuchet tant dans *Le Journal des savants* que dans *L'Avant-Coureur* ou *Le Mercure de France*. Articles, conférences, pamphlets, nous usâmes de tous les moyens de communication pour attirer l'attention du public sur l'importance du passage de Vénus et sur le ridicule des objections de Trébuchet. Nous en appelâmes systématiquement au patriotisme et à l'idéal des Lumières. J'eus un certain succès lorsque je mis en avant combien l'occasion que nous présentait ce rare phénomène était un de ces moments précieux dont l'avantage, si nous le laissions échapper, ne saurait être ensuite compensé ni par des efforts de génie, ni par la magnificence des rois.

Un véritable engouement pour le rendez-vous de Vénus naquit dans l'opinion. Certes, le public se passionna non pas tant pour nos querelles de savants que pour l'éclipse elle-même. En quoi la distance plus ou moins grande de quelques milliers de lieues entre la Terre et le Soleil pouvait échauffer ainsi la Cour et la Ville était, à première vue, un mystère. À dire vrai, les élucubrations astrologiques les émoustillaient plus que la distance parallactique. Quand la comète avait disparu pour se perdre dans le cosmos insondable des mémoires, ils s'étaient mis à vaticiner sur les prochains passages de Vénus. Par une imbécile onomastique astrale, des mages avaient, disait-on, déchiffré le message divin : Vénus s'apprêtait à affaiblir, par deux fois en huit ans et l'espace d'un instant, la force de l'astre du jour, alors que le monarque de l'époque, arrière-petit-fils du roi Soleil, vouait un culte exagéré à la déesse homonyme, oubliant celui qu'il devait consacrer à Mars. Voilà qui devait fâcher le Dieu pourtant unique, sur son petit nuage !

Je me souciais comme d'une guigne de ces divagations, me satisfaisant plutôt de voir mon nom grossir en renommée. Je profitai surtout de mon récent triomphe à propos de la comète, que je chevauchais encore, en attendant de trouver une autre monture. Mais, dans l'exaltation grandissante qui régnait à Paris, il y avait d'autres motifs que le simple intérêt scientifique : humilié à Rosbach par la Prusse, malmené au Canada, Versailles espérait que les savants relèveraient l'honneur de la France perdu par nos généraux. Faute de dominer le monde par la force, nous le dominerions par l'esprit.

Le Gentil, fort de ses quartiers de noblesse, mais parfaitement conscient que sa maigre fortune de hobereau provincial lui vaudrait quelque mépris de ces grands seigneurs, s'était proposé d'aller tirer les sonnettes et courir les couloirs de la Cour pour vendre notre cause. Il en revenait suffocant de colère et de rire contenus. Il nous racontait, au café, comment le duc de Chaulnes, le comte de Saint-Florentin, le contrôleur général de Silhouette, ou le maître des requêtes et commissaire pour le roi, monsieur Boutin, lui demandaient ce que signifiait pour le roi ou pour l'avenir du monde une telle éclipse. Quel avertissement le ciel voulait-il leur donner ? Pouvait-il prédire à partir des concomitances astrales de quoi demain serait fait pour eux et, accessoirement, pour le reste de l'humanité ? En bon Normand, Le Gentil répondait, matois :

— Nous pourrons peut-être apporter des réponses à ces grandes questions, si les finances royales nous permettent d'aller examiner le phénomène dans les meilleures conditions possibles. Alors, qui sait si nous ne découvririons pas quelque message divin dans ce phénomène sidéral ?

En nous racontant la chose, Le Gentil retrouvait, sans s'en rendre compte, les manières de sa caste. Il est vrai que, pour l'occasion de ces visites à Versailles, il s'était emperruqué, tout en préservant dans les couleurs sombres de son habit et la disposition de son collet quelque chose d'un abbé de cour, qui contrastait avec sa rude figure.

— Quoi, s'offusqua Chappe, le ministre de la Marine lui-même croirait à ce genre de sornettes ?

— Je n'ai pas dit cela, répliqua Le Gentil. Mais le duc de Chaulnes n'exclut pas d'étranges coïncidences, s'il faut en croire les Anciens. L'éclipse de l'an 1453, qui précéda la prise de Constantinople par Mahomet II, et la comète de 1523 annonçant l'hérésie de Luther troublent son esprit, pourtant, assure-t-il, entièrement tourné vers la Raison. Que pouvais-je faire d'autre que de l'approuver, moi qui étais venu lui demander d'ouvrir ses coffres ?

— Hypocrite ! lança Chappe.

— Non, courtisan, affirmai-je.

— Je préférerais « politique », ce serait plus amical, dit Le Gentil. Mais hélas, les choses continuent de traîner en longueur, de bureau en bureau, et le ministre de la Guerre semble bien être notre plus farouche opposant. Quant au roi...

— Il est préoccupé d'autres Vénus, plus proches du ruisseau que de la voie lactée...

— Moins fort, Jean-Baptiste, grondai-je à voix basse. Vous voulez donc vous retrouver à Vincennes ?

— De fait, reprit Le Gentil, je ne vois personne d'autre susceptible d'obtenir le consentement du roi et le contenu de ses coffres que madame de Pompadour elle-même.

— Holà, s'exclama Chappe, voilà, si j'ose dire, du gros poisson dans le panier de crabes.

— Cette fois, mon cher, c'est le gibet qui vous guette, dis-je. Et votre jeu de mot sur le nom de jeune fille de la marquise est éculé. De plus vous êtes injuste. Jeanne-Antoinette Poisson a toujours été le plus grand soutien de ce que notre pays compte d'esprits éclairés.

— C'est précisément là où le bât blesse, poursuivit Le Gentil. Car elle a ressenti l'interdiction de l'*Encyclopédie* par le Parlement comme sa défaite personnelle contre les Jésuites. Et, comme beaucoup, elle soupçonne l'Académie d'être complice. Toujours cette histoire de planches qui auraient été volées.

— La censure de l'*Encyclopédie* est, selon moi, cette catastrophe que nous annonçait la comète, s'amusa Chappe.

— Pas mal ! J'aurai donc bien des difficultés à aborder madame de Pompadour. Sauf si vous m'y aidez, Lalande. Reine Lepaute est toujours très bien en cour. Toutes les portes s'ouvriront devant une Etable de La Brière. Si vous pouviez demander à votre belle calculatrice...

Je me rembrunis. Que voulait-il insinuer ?

— Parlez-lui donc vous-même, répliquai-je. Vous connaissez madame Lepaute aussi bien que moi.

Le Gentil se mordit les lèvres. En fait, je m'étais fâché tout seul contre Reine car, depuis notre retour de Béziers, je n'avais pu la rencontrer une seule fois en tête-à-tête, comme si elle me fuyait. L'élan qui l'avait poussée vers moi après le passage de la comète n'avait-il été de sa part qu'une passade ? Pour rien au monde je n'aurais révélé à Chappe et Le Gentil ma trop brève victoire. L'amour que je lui portais désormais me torturait cruellement. Pour tenter de l'oublier, je m'étais plongé éperdument dans le travail. J'avais pris la suite de Maraldi à la direction du journal *La Connaissance des temps*, et achevé de rédiger mon *Histoire de la comète de 1759*, où je rendais à Reine le plus vibrant des hommages, attendant pour publier, par courtoisie, que Clairaut ait édité la sienne. Lancé à corps perdu dans la querelle de Vénus, j'avais multiplié communications et articles. Et voilà que Le Gentil s'adressait à moi comme si j'étais l'amant en titre. Qu'ils se débrouillent entre eux, ces gens de haute lignée. Ils me la faisaient trop bien sentir, leur naissance, à moi qui n'étais qu'un manant. La jalousie me rendait lucide et l'amour que Le Gentil portait à Reine me sauta d'un coup au visage. Serait-ce lui le prochain élu qui gagnerait les faveurs de notre Vénus terrestre ? Et Chappe, maintenant, qui évoquait la cruelle en roulant des yeux exorbités tandis que sa bouche lippue émettait des soupirs d'éléphant !

J'étais prêt à me fâcher tout rouge, quand Alexandre-Gui Pingré entra dans le café. Il tenait à la main le livre de Clairaut sur la comète. Comme toujours dans ces cas-là, nous nous jetâmes sur la page des remerciements, pour voir si « nous y étions ». Je bondis : le nom de Reine n'était même pas mentionné. Pourtant, quand il m'avait lu son manuscrit, quelques semaines auparavant, Clairaut avait salué en des termes élogieux l'immense travail de madame Lepaute.

— Je ne comprends pas, déclarai-je. Combien de fois, durant nos travaux, ne m'a-t-il écrit pour me dire que sans madame Lepaute, jamais nous n'aurions pu aller jusqu'au bout. Le paragraphe qu'il lui consacrait était un modèle d'éloge. Je ne comprends pas.

— Cherchez la femme, dit Le Gentil.

— Je ne vois pas Clairaut soumis à ce point aux désirs de mademoiselle de Lespinasse jusqu'à rayer toute mention de notre plus précieuse collaboratrice.

— Et pourtant c'est bien ce qui est arrivé, répondit Le Gentil. La jolie Julie a réussi son affaire. Désormais, Clairaut ne pourra plus espérer un regain de faveur de son ancienne idole, Reine Lepaute.

— Il s'est déshonoré ! s'écria Chappe avec véhémence. Je vais de ce pas rédiger un article pour *Le Mercure*, pour rendre à madame Lepaute l'hommage qui lui est dû. Clairaut ne s'en remettra pas. La Lespinasse non plus.

Je retrouvai tout mon sang-froid :

— Surtout, n'en faites rien. Se lancer aujourd'hui dans une telle querelle serait pain béni pour Trébuchet et ceux qui le soutiennent. On rirait bien de ces pitoyables histoires d'alcôves ! D'ailleurs, mon propre livre sur la comète est déjà sous presse, et j'y consacre assez de place à madame Lepaute pour que les choses soient remises à leur juste place.

— Vous avez raison, Lalande, dit le sage Pingré. Et je vous en prie, n'entreprenez rien contre Clairaut. Ne lui faites même pas de reproches quand vous le verrez en tête-à-tête. Lui et moi, nous arrivons à un âge où l'amour d'une jeune femme est une bénédiction. Depuis le temps, je connais assez le bonhomme pour savoir combien il doit être malheureux de sa faiblesse disons... sentimentale.

— De son indélicatesse ridicule, corrigea Le Gentil.

— De sa veulerie coupable, précisai-je.

— De sa lâcheté déshonorante, décréta Chappe.

— Jeunes gens, jeunes gens, dit Pingré, je vous rappelle à plus de modération. Vous me semblez oublier ce que vous devez tous trois à celui qui reste l'un des plus éminents géomètres de ce temps. Et je ne suis pas sûr que votre colère ait pour seul motif cette omission du nom de votre collaboratrice. Regardez-vous ! Vous êtes déjà prêts à vous battre entre vous pour les faveurs de la dame.

Il avait raison. Nous avions les allures de trois jeunes fauves qui, ayant chassé le vieux mâle de la horde, s'apprêtent à s'entre-déchirer, tandis que la femelle feint de somnoler à l'ombre des grands arbres.

Dès que Reine accompagna Le Gentil et Delisle à Versailles, les coffres royaux s'ouvrirent, les lettres de créance furent rédigées et le fameux Trébuchet sombra dans l'oubli. Reine sut à merveille convaincre la Pompadour du bien-fondé de l'entreprise. Et la marquise, comme à l'accoutumée, réussit facilement à circonvenir le roi en lui fournissant sans doute en prime un de ces tendrons qu'il aimait tant.

Qu'ils avaient l'air heureux et complice, Le Gentil et Reine, quand ils revinrent de Versailles en cette froide journée de décembre 1759 ! Bien sûr, ils avaient triomphé, mais était-ce une raison pour roucouler ainsi ? Ils riaient de telle manie d'un grand personnage de la Cour, du nez de travers d'une courtisane, d'un mot lancé par un homme d'esprit à la mode, toutes choses qui n'avaient rien à voir avec ce qui nous réunissait. Etait-ce là des manières de savants sérieux ? Je me sentis vengé quand l'amiral de Vénus, Delisle, excédé par ces badinages insipides, les rappela à l'ordre. Je supportai tout aussi mal l'évidente jalousie de Chappe qui n'avait jamais su dissimuler ses sentiments : ses yeux jetaient des éclairs furieux, ses doigts pianotaient sur la table, sa voix grondait... Ensuite, quand Reine, enfin redevenue sérieuse, s'exprima longuement, il la contempla avec une indécente dévotion.

Nous nous réunissions ainsi de plus en plus souvent chez Delisle, à l'Hôtel de Chaulnes, avec les anciens La Caille, Pingré, et la nouvelle génération, d'Auteroche, Le Gentil et moi. Notre doyen avait trouvé bel et bon que Reine Lepaute assistât à nos débats, pour y tenir le rôle de greffier, concentrant les informations qui nous venaient des quatre coins du monde. Car partout ailleurs, même parmi les nations ennemies, les astronomes avaient répondu présents à l'appel que Delisle leur avait lancé. Érudits portugais en Afrique, jésuites de Chine, officiers de marine anglais dans une baie d'Hudson qu'ils venaient de prendre à la France, géomètres suédois, mathématiciens prussiens, astronomes autrichiens, tous étaient prêts à braquer leurs lunettes dans le ciel, malgré les canons qui couvraient les neiges de sang et les océans de noyés. L'impératrice de Russie avait fait écrire une lettre par le secrétaire de l'Académie de Saint-Pétersbourg, demandant « si quelqu'un des astronomes de l'Académie voudrait aller en Sibérie voir le passage de Vénus, sous ses bons auspices ».

Le Gentil se porta très tôt volontaire pour se rendre à Pondichéry, possession française sur la côte orientale de l'Inde, la station la plus lointaine et la plus périlleuse à atteindre. Nous en fûmes étonnés, car il s'était montré jusqu'à présent fort sédentaire, ne quittant guère son observatoire parisien que pour visiter sa mère, dans ses terres de Coutances. En tout cas, il devait partir bien avant les autres, l'un pour la Sibérie, l'autre pour le cap de Bonne-Espérance, le troisième pour les côtes de l'Afrique portugaise. Le choix des voyageurs n'avait pas encore été fixé. Delisle, en vieux renard, préférait attendre le plus longtemps possible avant de demander passeports et lettres de créance : qu'il y eût la moindre défaillance de l'un d'entre nous et tout était à reprendre à zéro.

Aussi, en sortant de cette réunion du 19 janvier 1760 où Le Gentil avait annoncé la date de son départ, hésitais-je encore à être de l'aventure. Une heure après, en sentant la main froide de Reine sur mon avant-bras alors que je la raccompagnais chez elle, je n'hésitai plus. Je partirais. Je choisis d'un coup ma destination : Luanda, au cœur de l'Afrique.

J'avais désigné naguère à Delisle cette station comme étant bien meilleure que celle de l'île de Sainte-Hélène, plus à l'ouest, dont les Anglais nous refusaient l'accès. Les Portugais, en principe, restaient neutres dans le conflit. « Oui, songeai-je alors que nous marchions prudemment sur le pavé verglacé, et que Reine s'accrochait à moi uniquement pour ne pas glisser, oui, je partirai. » Luanda, Angola, Benguela sonnaient à mes oreilles comme les tambours des sauvages au fond de la forêt. Comme Reine se languirait de moi, cependant, Pénélope pleurant son Ulysse. Et, moi, un jour, je reviendrais glorieux, chargé d'épices, de pierres précieuses, de peaux de panthère et accessoirement de quelques observations sur le passage de Vénus. J'aurais aussi dans mes bagages un libelle incendiaire dénonçant l'affreux trafic d'esclaves et une princesse vêtue de soie dont la peau serait chaude et douce comme une nuit d'été.

— Vous ne me laisserez pas souper seule, mon ami ?

Nous étions sur le pas de sa porte.

— C'est que... Je suis attendu.

— Eh bien, elle attendra encore.

— Non, non, vous vous trompez. J'ai rendez-vous avec mon ami Commerson...

Je la suivis. Dans le vestibule, un vieux domestique nous ôta nos pelisses, puis disparut comme un fantôme. Au boudoir, sur une petite table en acajou, un repas fumait dans son service en argent. Un repas pour deux. La servante, elle aussi, avait disparu.

— Eh bien, dit-elle en s'asseyant, tout semble aller pour le mieux. Notre ami Le Gentil est sur le départ. Les réponses enthousiastes de vos confrères étrangers affluent de partout. Si au moins cette vilaine guerre pouvait s'arrêter. Selon ce que m'a affirmé le duc de La Vrillière, tout sera fini au printemps. Servez-moi une coupe de vin de Champagne, je vous prie.

J'obtempérai, mais me versai un rouge très jeune des coteaux lyonnais. J'étais un paysan, moi, et ne fréquentais pas les ducs et les marquises ! Je la laissai faire la mondaine, observant un agréable rosissement de ses joues et une prometteuse brillance de ses yeux. Enfin, je prononçai gravement :

— Ma décision est prise. Demain, je dirai à Delisle que je suis volontaire pour la station de l'Afrique portugaise. Je suis jeune, et je ne voudrais pas avoir sur la conscience la mort d'un ancien comme La Caille ou Pingré si je les laissais partir à ma place.

Elle reposa son verre sur le guéridon et répliqua avec froideur :

— Vous ne partirez pas, Jérôme. Ce serait une stupidité. Delisle est très vieux. S'il venait à disparaître, qui pourrait le remplacer sinon vous ? L'abbé La Caille, dont les mérites sont grands, est un esprit brouillon qui serait incapable de mettre en ordre les informations qui lui seraient envoyées des quatre coins du monde. Vous seul serez capable d'assumer cette tâche, en cas de malheur. Quoi ? En six mois, vous avez transformé *La Connaissance des temps* en un almanach digne de ce nom, et vous jetteriez votre œuvre au milieu du gué ? D'ailleurs, vous êtes de santé fragile ; vous ne résisteriez pas une semaine aux climats africains.

— Peuh ! On croit toujours que les grands efflanqués se brisent au moindre choc. Malgré les apparences, ma chère, la carcasse est solide !

— Peut-être, mais avouez que si vous pouvez vous flatter d'être le meilleur défenseur de la cause astronomique, vous êtes un médiocre observateur.

— C'est faux ! Je tiens ma partie devant un télescope aussi bien qu'un autre.

— Vous pourriez la tenir mieux qu'un autre, Jérôme, mais cela vous ennuie. Donc, vous la tenez mal. En revanche, mieux que quiconque, vous savez transmettre votre savoir, par votre parole et par vos écrits. À ce propos, savez-vous que Delisle songe très sérieusement à prendre sa retraite ? Il m'a d'ailleurs affirmé que vous seriez la personne la plus apte pour lui succéder à sa chaire de professeur d'astronomie au Collège royal...

L'appel du grand large se fit soudain moins pressant. Toutefois, je résistai encore :

— Non, non, je partirai ! Pour l'amour de la science.

— Et moi, je dis que vous resterez. Pour l'amour de moi.

Je me jetai à ses genoux, enfouis la tête sous ses dentelles, dévorai sa main, la serrai contre moi. Et jamais je ne vis les côtes africaines.

Longtemps, j'en ai conçu de l'amertume contre Reine. Pas sur le moment, non, car poussé par elle, je posai, dès cette époque, les fondations de cette œuvre qui ferait de moi, à quoi bon m'encombrer de fausse modestie, le pape de l'astronomie française. Seuls le secrétariat de l'Académie des sciences et la direction de l'Observatoire de Paris m'échappèrent. Mais la première demeurait le fief héréditaire des Cassini ; quant à la seconde, elle nous sembla toujours une conquête de moindre importance qui aurait alourdi mon irrésistible ascension.

Aurais-je pu monter aussi haut si mes condisciples n'étaient pas partis ? N'ai-je pas profité de leur absence pour prendre la place qui leur était due, tant dans le cœur de Reine que dans la gloire du siècle ? Cette question n'a pas de sens et il faudrait pour y répondre imaginer un Lalande appareillant à la poursuite de Vénus et vivant les aventures que les autres ont vécues. Mais ce Lalande-là ne serait pas Lalande.

J'eus parfois des regrets d'être celui qui reste. Je n'en ai plus, je ne dois plus en avoir, car si j'en étais chargé, je ne descendrais plus, serein, dans le tombeau. J'y chuterais. Parfois, quand je recevais leurs lettres, il me semblait que je voyageais avec eux, mais quelle noire nostalgie me prenait ensuite, avec quelle hargne je me querellais alors avec Reine, sous les plus futiles prétextes. Et je partais, à mon tour, même si je n'allais pas au-delà des remparts policés des vieilles cités d'Europe.

Quand ils revenaient, s'ils revenaient, blessés, fourbus, mais la mémoire et la parole pleines de tempêtes, de mers laiteuses, de soleils énormes, de nuits limpides aux étoiles figées, de bêtes monstrueuses, d'arbres géants, de villes en ruine ou de ports hérissés de canons, d'esclaves résignés ou de princes barbares, de filles au corps de miel, je les écoutais, comme un enfant écoute des contes avant de s'endormir et qui voyage en rêve.

Étrange voyage dans la mémoire qu'il me prend envie d'entreprendre là, dans le sillage de mes amis perdus. Les bagages sont inutiles. De l'encre, du papier et une plume suffisent.

VIII

À bord du *Berryer*

Guillaume Le Gentil n'avait jamais pris la mer. Pourtant elle fut sa compagne d'enfance quand il la contemplait du haut des falaises normandes ou courant le long des grèves avec les enfants des pêcheurs. Parfois, il voyait à l'horizon les navires corsaires filer vers les îles à la conquête de rançons et d'or.

Jamais Le Gentil ne m'avait parlé de son père, perdu très jeune, d'après ce que je crois. Guillaume fut-il parent de cet autre Le Gentil qui vécut mille et une aventures en Chine ? Je l'ignore. En tous les cas, comme ses compatriotes, il était possédé des horizons lointains. Un moment, il avait même été tenté de se faire jésuite, ce qui lui aurait permis, pensait-il, de partir pour des contrées reculées, sous le prétexte d'évangéliser, mais avec l'ambition secrète d'y étudier les mœurs indigènes et la nature. C'est curieusement Chappe, à qui il avait fait la confidence, qu'il l'en avait détourné, en l'entraînant aux cours de Delisle. Et maintenant, il pouvait voyager, plus loin que jamais il n'aurait osé l'imaginer : là-haut, dans les étoiles.

Sous ses apparences tantôt renfrognées, tantôt caustiques, Le Gentil était d'un naturel rêveur, un vagabond. Pourtant, ce rêveur s'était plié avec une grande rigueur aux austères études mathématiques et mécaniques, indispensables passeports avant la grande navigation immobile dans l'immensité. Pour nous autres astronomes, l'observation des phénomènes célestes n'est que la voluptueuse récompense de nos arides calculs. Encore qu'il nous arrive parfois d'éprouver, même et surtout au cœur d'une plongée dans les plus fastidieuses opérations, une véritable extase apparentée à celle des grands mystiques ou des grandes amoureuses.

Peut-être est-ce aussi pour Reine qu'il partit de l'autre côté du monde, comme ses courtois ancêtres se battaient en tournoi, allaient aux croisades, à la guerre ou à la quête du Saint Graal pour plaire à la Dame.

Car Le Gentil aima Reine. Alors même que je le formule, l'amour qu'il portait à l'épouse de l'horloger m'apparaît comme une évidence. Elle-même ne m'en a jamais rien dit, bien qu'elle eût, avant moi, et peut-être pendant, quelques amants de cœur ou de corps, dont Clairaut et, à ce qu'on m'en a dit, un haut personnage de Versailles promis à une grande destinée politique. Il lui fit longtemps une cour assidue, selon les règles des gens de leur race, jeu auquel elle se prêtait volontiers, jeu cruel où on laisse entrevoir quelque espoir. S'il n'était pas parti, aurait-elle fini par céder ? Dans ma brouillonne jalousie de l'époque, je voyais dans tout homme qui approchait d'elle un rival potentiel. Seul Commerson gardait toute ma confiance. Jalousie d'autant plus forte que Reine affichait alors à mon égard une grande froideur après notre sauvage flambée sous le signe de la comète, puis sa tendre manière de me dissuader de mes velléités africaines. Non, pas une froideur, une sorte d'affection maternelle un peu distante. Elle attisait en toute conscience mes tortures, trop affectueuse avec Chappe, trop rieuse avec Véron, trop complice avec

Clairaut, trop coquette avec Pingré. Mais, aussi stupide que cela puisse paraître, Le Gentil était celui que je redoutais le plus. Raison pour laquelle je m'étais ingénié à ce qu'il naviguât si loin, presque aux antipodes... Et je craignais son retour, auréolé de gloire, et marchant en toute conscience sur mes brisées. Elle savait bien que Le Gentil n'était pas un autre Lalande et qu'il avait trop de fierté, trop d'indépendance, pour devenir l'un de ses courtisans. Il n'aurait accepté d'autre titre que celui d'amant. Et cela, la belle calculatrice ne l'aurait pas voulu. Ces questions que je me pose n'ont d'autre motif que de tenter d'atténuer en moi le remords de la trahison que je commis, par amour de cette femme, à l'égard de l'homme le plus intègre qu'il y eût jamais.

Guillaume quitta ses amis avec une grande discrétion, sans élan ostentatoire ni solennité, bien que son entreprise fût pleine de dangers et qu'il risquait fort de ne pas en revenir. En célibataire endurci, il nous convia à souper, Chappe, Pingré et moi, chez un quelconque traiteur, repas qui fut morose et embarrassé. Clairaut ne fut pas invité. Depuis qu'il avait omis de mentionner madame Lepaute dans son livre sur la comète, nous lui battions froid.

Comme je m'étonnais que Le Gentil n'ait pas fait plus de réclame autour de son voyage, alors que tout Paris se passionnait déjà pour l'universel rendez-vous, il me répondit que seules ses actions et sa réussite suffiraient à sa notoriété. Son orgueil aristocratique étouffait en lui toute vanité. Il ne cherchait pas la gloire éphémère d'avoir son nom imprimé dans les gazettes, gloire dont j'étais friand. Il fuyait les querelles tonitruantes pour lesquelles le public se passionnait et que, pour ma part, j'adorais provoquer et alimenter.

Le lendemain de ce souper entre amis de jeunesse qui ne l'étaient déjà plus, ni d'amitié ni de jeunesse, il se rendit à Coutances saluer sa mère et régler ses affaires. Puis, de là, chargé de ses malles et de ses caisses d'instruments, parmi les meilleurs qu'il y eut à l'époque, il traversa la Bretagne et embarqua à L'Orient le 26 mars 1760 vers la mer des Indes. Il monta à bord du *Berryer*, un vaisseau de cinquante canons qui partait pour l'Ile-de-France combattre l'Anglais, en compagnie d'un autre vaisseau, le *Comte d'Artois*, armé de soixante-quatre canons.

Quelques jours plus tard, j'appris que la veille de son départ, Le Gentil avait envoyé un mémoire à l'Académie sur ses calculs anticipés des rendez-vous de Vénus. Il terminait sur une apostrophe patriotique, proclamant la France comme étant le seul pays à engager « les grandes entreprises qui concourent si fort au progrès des Sciences les plus utiles, l'Astronomie, la Géographie, la Navigation ».

Parmi ces soldats prostrés par le mal de mer et qui attendaient que la bataille leur donne enfin du grain à moudre, parmi ces matelots courant lentement vers leurs tâches précises et périlleuses, à la table de ces officiers rêvant d'un navire arraisonné ou d'une île découverte qui porterait leur nom, Le Gentil se sentait au milieu des siens. Il se savait travailler pour eux, pour leur survie, quand il déterminait les longitudes par l'angle horaire de la Lune, ou qu'il observait la variation de la boussole par les azimuts.

Aux officiers sceptiques, il se lançait dans un vibrant plaidoyer : sans l'Astronomie, la Géographie serait encore au berceau. C'est en rapprochant les observations célestes, les expériences faites à divers degrés du méridien, qu'on avait déterminé la figure de la Terre et révélé le vrai système du monde. Mais le point de vue sous lequel il insistait, c'était l'influence de l'astronomie sur la marine et le commerce, qui avait fait la gloire et la richesse de la Phénicie, de Rhodes et de Carthage.

Quand un gabier ou un mousse osait lui demander pourquoi il allait si loin, au péril de sa vie, mesurer la distance qui sépare la Terre du Soleil, lui le savant que les croyances populaires imaginent plus volontiers barbe blanche et besicles, figé à tout jamais dans la poussière de son cabinet de travail, il répondait avec cette maladresse timide des gens trop instruits quand ils parlent à des gens trop incultes, que ses travaux pourraient un jour éviter aux bateaux d'aller se fracasser sur des écueils dont on n'aurait pas, autrement, déterminé la place exacte sur la carte du monde. En trouvant la meilleure et la plus exacte manière de déterminer une longitude en mer, en relevant les vents et les courants, on sauverait bien des vies de marins, on leur épargnerait le brisant dans la tempête, les errances sous la canicule, tandis que la soif et la faim ébranlent leurs forces et leurs dents. Alors les marins l'aimèrent et le reconnurent comme l'un des leurs. Il mettait tellement de feu à montrer que sa place était parmi eux que les officiers s'en amusaient et finirent par l'appeler « le prophète », ce qui ne lui déplaisait pas.

Le voyage fut lent et hasardeux. On disait toute la côte africaine menacée par les bateaux anglais. Le *Berryer* dut suivre une route faite de tours et de détours, de changements de bord constants. Il était impossible de prendre la vieille route découverte par les Portugais, la plus rapide, celle des vents alizés qui les aurait menés jusqu'aux confins du Brésil avant de retrouver d'autres vents portants les entraînant directement vers l'Est, vers Bonne-Espérance ; là-bas, ils ignoraient quel serait l'accueil des Hollandais.

Le Gentil profitait au mieux de cette errance, améliorant ses déterminations des longitudes selon les méthodes préconisées par La Caille. Son œil ne quittait plus le ciel, la nuit, s'émerveillant comme un enfant de voir enfin « pour de vrai » la danse du Centaure et du Navire Argo autour de la Croix du Sud, cascade de mille diamants figés dans la voûte d'un noir limpide. Oh ! comme j'envie encore l'enthousiasme païen qu'il eut alors, moi qui n'ai jamais vu les constellations australes ailleurs que sur des cartes, moi que les vanités du monde et l'amour d'une femme ont planté sous les cieux boréaux, chaussé de ces semelles de plomb que sont l'appétit insatiable de pouvoir et le giron trop douillet d'une amante !

Durant cette longue traversée, Le Gentil imagina même une nouvelle manière de calculer la longitude fondée sur la mesure de l'angle horaire de la Lune, qui lui donna satisfaction. Cette méthode, et d'autres qu'il découvrit par la suite, aidèrent sans doute, près de dix ans plus tard, le chevalier de Borda à imaginer ce cercle de réflexion que tous les navires du monde utilisent aujourd'hui. Mais, en cela comme en d'autres choses, Le Gentil ne fut jamais qu'un précurseur destiné à l'oubli.

Il se faisait assister dans ses travaux par un jeune matelot à l'intelligence vive nommé Gratot, qui de plus était natif de Coutances et se prénommait, lui aussi, Guillaume. Pour toute horloge, le « prophète » ne disposait que d'un sablier de trente secondes, qu'il demandait à son assistant de tourner, sitôt prise la hauteur du Soleil, et de renouveler cette manipulation autant de fois qu'il le fallait jusqu'à la deuxième observation. Il arrivait ainsi à des données assez exactes. Il les corrigeait plus tard, à terre, avec une horloge mécanique, car le sablier dépassait la minute de huit secondes et des poussières.

Le jeune matelot accomplissait sa tâche avec un grand zèle et une grande promptitude. Ce garçon de quinze ans à peine se serait fait tuer pour lui, ce qui, dans les premiers temps, embarrassa fort l'astronome. Il percevait dans ce dévouement absolu des siècles de servitude courbant l'échine du vilain Gratot devant le seigneur Le Gentil de La Galaisière.

Il négocia avec le commandant, puis avec le maître d'équipage, pour que soit dénoncé l'enrôlement de Gratot, dont il voulait faire tout à la fois son domestique et son assistant jusqu'à la fin de l'expédition. Le maître d'équipage lui promit de laisser Gratot poser sac à terre à l'Ile-de-France, si la guerre cessait entre-temps, si Le Gentil trouvait un embarquement vers Pondichéry à bord d'un autre bâtiment de la Royale, s'il lui dénichait là-bas un remplaçant, et surtout si le *Berryer* arrivait à l'Ile-de-France. Le Gentil décida donc de ne pas parler de son initiative à son assistant avant la fin du voyage, pour ne pas lui donner de faux espoirs.

Il s'aperçut vite qu'il avait sur les gens de mer bien des idées reçues. Non, ce n'était pas par goût de l'aventure, du grand large et de la liberté que Gratot s'était enrôlé comme mousse à Cherbourg, dès l'âge de neuf ans. Son père, lui-même marin, l'avait traîné de force jusqu'au recruteur. Il fallait bien que l'enfant rapportât ce qu'il coûtait. Les évocations que le matelot faisait de la guerre sur mer étaient épouvantables : la mitraille balayant le pont et déchiquetant les hommes, les mâts brisés qui écrasent, les corps qui chutent et s'écartèlent sur le pont, les boulets qui arrachent les têtes, la mer qui engloutit ceux que l'on croit morts... Pour chasser ces affreuses images, Le Gentil détournait la conversation, évoquant plutôt avec son jeune « pays » leur Cotentin natal. Ils se découvrirent des connaissances et des expériences communes, ils avaient eu les mêmes jeux dans les dunes ou le long des grèves. Il incitait aussi Gratot à parler de la vie quotidienne des gens de son fief, et fut atterré de n'avoir jamais compris l'univers séparant les Gratot des La Galaisière. Mais, sans s'en rendre compte, Le Gentil instillait dans la cervelle de son disciple un mal terrible qui frappe parfois les marins, lors des longues traversées, un mal qui leur fait perdre toute force et les mène parfois aux pires extrémités : la nostalgie.

Un soir, quelque part au cœur de l'Atlantique sud, le vent était tombé et le navire s'était figé sur une eau plate teintée d'un sang noir. Un lourd silence, souligné encore par le grincement des bois et des poulies, rendait les âmes moroses. Sans être lui-même d'un caractère mélancolique, Le Gentil se laissait aller à une sorte de douce tristesse qui ne lui déplaisait pas. Gratot vint le rejoindre et Le Gentil s'en agaça. Sans doute avait-il été trop familier avec le matelot, et celui-ci en prenait maintenant à son aise, oubliant la retenue que devait avoir un domestique vis-à-vis de son maître. Il fallait le remettre un peu à sa place, d'autant que Gratot, pour chasser les angoisses du crépuscule, parlait très fort, volubile, d'une apparition de Notre Dame de Coutances, quelques années auparavant, sur les rives du Prépont, pour annoncer à deux bouviers la future victoire française de Port-Mahon.

— Si tu continues à me rebattre les oreilles avec tes sornettes, menaça Le Gentil, je te ferai remonter dans les vergues bien plus vite que tu ne crois. Qu'aurais-je à m'encombrer d'un assistant qui gobe ce genre d'infâmes superstitions. Débarrasse-moi le plancher !

Le matelot prit ses jambes à son cou. Quelques secondes après, Le Gentil entendit un cri : « un homme à la mer ! » suivi de tout un branle-bas autour des chaloupes. Il se précipita à l'endroit où s'entassaient une dizaine de marins penchés sur le bastingage, les bouscula, aperçut dans l'eau de plus en plus noire et éclairée par les fanaux Gratot qui se débattait en criant au secours, toute envie de mettre fin à ses jours oubliée. Sans réfléchir plus avant, Le Gentil ôta ses chaussures, arracha sa veste et se jeta dans l'océan. D'une brassée vigoureuse, il rejoignit le désespéré, lui flanqua un coup de poing au menton pour qu'il cessât de s'agiter, et put se rapprocher, en traînant son fardeau, de la coque du *Berryer* qui s'éloignait doucement, porté par le courant. Il attrapa un filin qu'on lui avait jeté et se laissa remorquer ainsi jusqu'au moment où enfin, lui et le matelot, grelottants, furent hissés à bord de la chaloupe qu'on avait pu mettre à l'eau.

Nul applaudissement de l'Académie à la suite d'une communication ne lui avait fait autant plaisir que les vivats qui l'accueillirent ce soir-là à bord du *Berryer*, nous raconta-t-il bien des années plus tard. Et il apprit que, si les suicides de matelots étaient monnaie courante, symptôme ultime de la *nostosalgia,* la maladie du retour, les malheureux choisissaient exceptionnellement la noyade, qui les terrorisait. Ils optaient plutôt pour la corde ou le couteau, pourtant moins sûrs : la plupart d'entre eux ne savaient pas nager.

Gratot devint alors le plus dévoué des serviteurs, sinon le plus discret, car Le Gentil, par crainte d'une rechute, l'autorisa à toutes les insolences. Gratot n'en abusa pas, mais, par un drôle de retournement, il s'improvisa protecteur de son maître, estimant que celui-ci, perdu dans ses étoiles, ne pouvait se défendre tout seul des pièges de la rude vie qu'ils menaient. Le maître d'équipage, puis le commandant ne firent plus aucune difficulté pour que Gratot fût rayé du rôle d'équipage et devînt le domestique de l'astronome. Ils ne tenaient pas à ce que le matelot renouvelât son geste ou qu'il servît d'exemple au reste de l'équipage.

IX

Le rendez-vous manqué

Le *Berryer* ne fit que deux escales durant cette longue traversée de trois mois et demi. La première aux îles Canaries, où les Espagnols, pourtant bientôt liés à la France par « le pacte de famille », famille de rois cela s'entend, les reçurent fort mal ; la seconde au cap de Bonne-Espérance, où les Hollandais les accueillirent à bras ouverts, bien que leur stathouder penchât plutôt du côté de l'Angleterre. Il faut croire que les alliances et les guerres de princes ne correspondent que rarement avec les inimitiés et les sympathies de leurs sujets.

Il n'empêche, en sortant du port du Cap, Le Gentil vit enfin que la guerre était là. À peine s'était-il éloigné de la côte que le *Berryer* fut pris en chasse par un navire anglais. Un de ses boulets forma même une haute gerbe à la poupe. Par bonheur, le bateau français était bien plus rapide et l'ennemi fut distancé. Durant cette course qui dura une longue journée, notre paisible savant se sentit pris d'une étrange exaltation. Il aurait presque souhaité l'abordage.

Pour éviter qu'une autre rencontre de ce type se reproduisît, le commandant décida de remonter vers le Nord en passant par le canal de Mozambique et en longeant la côte ouest de Madagascar, où les Anglais ne s'aventuraient pas, la sachant écumée par des corsaires ennemis. Le voyage s'en rallongea d'autant, dans des vents contraires ou inexistants. Ils abordèrent l'Ile-de-France par le nord, non sans être passés au large de l'île Rodrigue, dont Le Gentil put relever la position à quelques lieues de longitude près.

En mettant le pied sur le débarcadère de Port-Louis de l'Ile-de-France, Le Gentil n'avait qu'une hâte, repartir et profiter des vents de moussons estivales qui auraient poussé sans encombre son navire jusqu'aux rivages de l'Inde. Il avait pourtant du temps devant lui, onze mois avant le rendez-vous de Vénus, mais le rêve qu'il couvait depuis si longtemps avait pris, durant la longue traversée, la forme d'un vrai projet, raisonné, calculé : faire le tour du monde. Il savait maintenant d'expérience que son corps vigoureux supportait sans peine les rigueurs d'un voyage en mer, tant dans la tempête que dans les affreuses chaleurs des calmes plats, et que son âme bien trempée acceptait les promiscuités de la vie à bord avec ces rudes matelots et ces officiers arrogants. Il savait aussi qu'un astronome et géographe, tout comme un marin, avait toujours quelque chose à faire sur un navire, même dans sa contemplation d'un troupeau de dauphins ou d'un sanglant coucher de soleil. Non, jamais le sire de La Galaisière, descendant des intrépides pillards normands, ne souffrirait de l'ennui durant les longues journées monotones, loin de tout rivage. Durant ces mois sur le *Berryer*, il s'était observé lui-même, méthodiquement, comme s'il était son propre médecin. Puis il avait interrogé les officiers sur les possibilités et les risques d'une expédition autour du monde pour un voyageur solitaire. Il en avait conclu que s'il échappait aux naufrages, à la guerre, aux pirates, aux cannibales, aux bêtes féroces, au scorbut et autres fièvres putrides, il lui serait aisé d'accomplir cet exploit. Il lui suffirait, après l'observation de Vénus à Pondichéry, de rallier Manille et, de là, embarquer sur un de ces vaisseaux espagnols qui reliaient les Philippines à la Nouvelle-Espagne en traversant le grand océan Pacifique. Parcourir le Mexique d'ouest en est, d'Acapulco à Santa Cruz ne serait alors qu'une promenade de santé, puis rejoindre le Vieux Monde, une routine depuis Christophe Colomb.

Jamais un Français n'avait entrepris ce grand périple, sinon, peut-être, quelques matelots basques à jamais oubliés, embarqués avec Magellan. Jamais dans l'histoire de l'humanité un homme n'avait tenté l'aventure en solitaire ou, s'il y en eut, il resta anonyme, poussé par le hasard, le goût du lucre ou de l'errance. Le Gentil, lui, entendait bien l'accomplir en savant, dûment accrédité par le roi de France, dont il se faisait fort d'obtenir encouragement et crédit, par l'intermédiaire de ses protecteurs à Versailles ou à l'Académie, le duc de La Vrillière, Cassini, Delisle et — qui sait ? — Jérôme Lalande...

L'astronomie et les sciences afférentes seraient désormais à la navigation ce que la botanique se devait d'être à l'agriculture. Car il avait aussi dans l'idée de partir en quête des plantes étranges qui nourrissent ou qui soignent, des minerais qui enrichissent ou de la philosophie naturelle des sauvages qui offrirait peut-être en exemple un peu de vertu et de bonté à notre monde très chrétien qui en avait tellement besoin. Dans cette ambition, point de terre nouvelle à découvrir, à conquérir, ni continent antarctique, ni Cipanghu, ni Eldorado, ni royaume du prêtre Jean. Car Le Gentil n'était ni amiral, ni marchand, ni conquistador, ni croisé. Il était homme de science.

Parfois, allongé dans son étroite couchette, il faisait défiler sur les planches disjointes du plafond de sa cabine les images flamboyantes de son retour glorieux. Et il imaginait Reine éblouie accourant vers lui pour lui témoigner dans sa chair son admiration.

Il fut étonné de l'accueil enthousiaste que lui fit l'Ile-de-France. L'Ile-de-France des notables, pas celle des esclaves nègres, ni des miséreux pêcheurs grimpés à bord de n'importe quel esquif, venus de Rosporden affamé ou de Québec martyrisé, ni celle des déserteurs fuyant le fouet de leurs officiers et s'enfuyant dans les mornes pour bâtir des villages de liberté. Ceux-là, Le Gentil ne les vit pas, car les autres, ceux qui l'attendaient, messieurs enfouis sous les chapeaux de soie à larges bords et les dentelles, appuyant leur nonchalance sur une canne de bois précieux, et leurs femmes, transparentes sous les robes lourdes qui étouffent le sein en faisant mine de le faire palpiter, protégeant sous l'ombrelle un teint qui se voulait d'albâtre, mais que Phébus déjà avait trop attaqué, créoles indolentes et voluptueuses.

L'éminent académicien, tout frais débarqué de Paris et annoncé dans la colonie depuis de longs mois, eut un aussi grand succès que les deux vaisseaux de guerre qui arrivèrent dans la rade décorée de jolies maisons roses et vert tendre à deux étages, où la foule impatiente attendait des nouvelles de Paris.

Une calèche conduite par un nègre en perruque vint le chercher au quai, tandis que d'autres esclaves, sous les ordres aboyés par Gratot, chargeaient ses malles et ses caisses. Le gouverneur Desforges-Boucher l'accueillit sur le perron de son palais, longue bâtisse plantée au milieu d'un parc où se trouvaient réunies les plus belles essences d'Inde et d'Afrique. À ses côtés, l'intendant Poivre et le comte de L'Eguille, commandant l'escadre des mers de l'Inde.

Le Gentil vit dans ce dernier l'homme qui lui trouverait le plus rapide embarquement vers Pondichéry. Il décida de lui faire sa cour. Il fut aussitôt submergé sous les compliments, les admirations, les révérences, comme s'il eût été tout à la fois Newton, Buffon et l'ambassadeur plénipotentiaire des planètes du système solaire. Étonné que dans cette île perdue, on se passionnât autant qu'à Versailles, sinon plus, d'une affaire aussi absconse que la parallaxe du Soleil, flatté aussi qu'on le traitât comme un prince du sang, il ne fut toutefois pas dupe : on l'aimait car il était nouveau, et sous ces latitudes, la nouveauté est une vertu bien plus éphémère qu'à Paris même.

Une gracieuse jeune femme, qu'apparemment on avait chargée de cette mission, lui posa la main sur le bras et le guida vers la salle à manger. Elle se présenta sous le nom d'Aphrodite Nihil, épouse du juge de Port-Louis. Ce dernier, vieille ganache au visage hideusement marqué par la petite vérole, ne le salua qu'à peine.

Aphrodite chantonna à son oreille de son délicieux accent créole :

— Ah, monsieur, comme je suis désolée de vous voir, car vous serez bien incapable de me dire ce qui se porte aujourd'hui à la Cour. Vous autres astrologues, toujours le nez dans vos étoiles, ne penchez jamais votre regard sur ces futilités.

— Il est vrai, madame, répondit l'astrologue en question, que mes travaux m'éloignent des choses de ce monde, mais je puis quand même vous informer que, peu avant mon départ, la marquise de Pichon-Fardin avait lancé la mode de la crapudinière, dite « de Candide », en ton sur ton, juchée sur le gaudémihi, et plissée à la « tremblement de terre lisboète ». Mais c'était il y a six mois, les choses ont dû changer.

— Ton sur ton, vous êtes sûr ? s'exclama la jeune femme époustouflée par le savoir de son cavalier. Ah, monsieur l'astrologue, vous allez nous plaire.

En attendant, tout en dévorant des boulettes de

thon lourdement épicées et agrémentées d'un assortiment de mangues et de tarots frits, qui le changeaient de l'ordinaire du bord, Le Gentil tentait vainement d'accrocher l'attention du commandant de L'Eguille. Mais rien à faire, sa coquette voisine lui interdisait de « parler affaires, ça ne se fait pas devant les dames ». Elle le ramenait en permanence à ses chiffons, ou l'interrogeait sur les secrets d'alcôve de Sa très libidineuse Majesté Louis le Quinzième, secrets bien éventés partout ailleurs qu'à l'Ile-de-France.

Il fut logé dans une dépendance de la grande résidence du juge Nihil et quand, enfin, il put se soustraire à toutes ces mondanités provinciales, il se jeta tout habillé sur son lit. Il obtint dès le lendemain matin un entretien avec le gouverneur, qui le reçut en compagnie du commandant de L'Eguille.

— Ah, mon cher ami, lui dit Desforges avec un air désolé. Vous n'avez pas de chance, car la guerre bat son plein aux parages de Pondichéry. Il nous sera très difficile de vous trouver un bateau osant s'aventurer sur la côte de Coromandel.

— Pourtant, s'étonna Le Gentil, je croyais que le *Berryer* et le *Comte d'Artois* avec lesquels je suis parti de L'Orient avaient pour mission de renforcer là-bas l'escadre qui...

— Hélas, monsieur, interrompit le commandant, les ordres de Paris nous obligent à cantonner nos forces navales autour de l'Ile-de-France et de Bourbon. Si les Anglais venaient à investir ces deux bastions, ce serait la fin de l'empire français dans ces régions.

— Versailles sacrifie donc nos comptoirs de l'Inde ?

— Toute l'Amérique nous file déjà entre les doigts. En Inde, là où il nous aurait fallu un nouveau Mahé de La Bourdonnais, on nous a donné un Lally-Tollendal.

— Qui est-ce ? demanda Le Gentil, jouant au

mieux son rôle de savant dans la lune ne comprenant rien aux choses de la politique, alors que son collègue à l'Académie et frère en maçonnerie le duc de La Vrillière, du Conseil du Roi, l'avait parfaitement informé avant de partir.

— Lally ? Une brute d'Ecossais qui méprise et malmène ses officiers parce qu'ils sont marins, et qui traite les princes indigènes comme des sauvages, alors qu'il faudrait user avec eux de la plus subtile diplomatie. Bref, un terrien qui ne connaît rien aux choses de la mer. Son échec devant Madras en est la meilleure preuve. Je me demande quelle mouche a piqué la compagnie des Indes de nommer syndic cet incapable. On dit aussi, mais ce ne sont que des rumeurs, qu'il s'enrichit là-bas bien plus grassement et de manière encore plus éhontée que monsieur de Dupleix, ce qui n'est pas peu dire.

— Vous êtes bien sévère, mon cher commandant, dit malicieusement le gouverneur. Je mets votre véhémence sur le compte de la saine émulation qui règne depuis toujours entre le Grand Corps et l'Armée. Quant à moi, je dirais que Lally souffre d'un mal assez commun que j'ai remarqué chez nombre de mes homologues français ou étrangers, mal que j'ai baptisé *rex insularum mania*.

— Quels en sont les symptômes ? demanda Le Gentil.

— Une soudaine frénésie de luxe et d'apparat, l'enfermement dans un splendide isolement, des velléités tyranniques et l'oubli que l'on est seulement le représentant du roi de France. Parfois, je crains de souffrir de cette maladie du roi-dans-l'île, et je me garde toujours sous haute surveillance.

— Vous ne risquez rien, Votre Excellence, répliqua Le Gentil. En dénonçant le mal, vous vous en préservez.

— N'allez pas croire ça, dit de L'Eguille, notre ami Desforges est fortement atteint. Ainsi use-t-il et abuse-t-il sur les jolies créoles et les jeunes négrillonnes de l'antique droit féodal de courte cuisse.

— Voulez-vous vous taire, mon épouse est dans la pièce à côté. Mais revenons à votre affaire, monsieur Le Gentil. J'ai le projet d'envoyer dans le mois qui vient un vaisseau à Batavia pour y chercher des vivres avant le temps de la contre-mousson. Il vous déposera sur la côte de Coromandel. D'ici là, reposez-vous et profitez des charmes de notre beau pays.

Le bateau de vivres n'appareilla jamais pour Batavia. Les semaines passaient et Le Gentil s'impatientait de ne pouvoir partir, au point de se dégoûter de la vie aimable et émolliente de l'Ile-de-France. Il passait ses journées soit avec le gouverneur et sa famille dans la campagne du Réduit, soit à visiter le jardin botanique que l'intendant et commissaire général Poivre avait commencé de constituer. Les deux maîtres de l'Ile-de-France, sous leurs sourires et leurs révérences, se haïssaient farouchement, et si, en ces temps de guerre, Desforges-Boucher avait le dessus, il était clair que quand la paix reviendrait, et avec elle le négoce, Poivre saurait regagner l'avantage. Le Gentil s'acharnait à ne pas prendre parti dans cette querelle de cocotiers. Malgré lui, son cœur de savant penchait plutôt du côté de l'intendant qui avait de grandes clartés en matière de botanique et dont Le Gentil suivit avec intérêt les leçons appliquées.

Ce Poivre se passionnait surtout pour les épices. L'homme, pourtant très séduisant, ne lui plaisait guère. Il le sentait envahi d'un immense appétit de pouvoir et de rêves de grandeur, dont le moindre était de tailler des croupières aux Hollandais dans l'archipel indonésien où ils avaient la presque totale exclusivité dans le négoce des épices.

Plus de trois mois, Le Gentil languit ainsi, voyant la date fatidique du passage de Vénus se rapprocher inexorablement. Il tomba malade. Non d'une glorieuse fièvre tropicale qui vous entraîne entre vie et mort dans des délires lyriques, mais d'infects flux dysentériques qui lui tordaient le ventre, l'empuantissaient, l'humiliaient. Tout le mois d'octobre et une bonne partie de novembre, il resta isolé, refusant même de recevoir sa gracieuse hôtesse dans sa maisonnette en bois posée à l'écart de la demeure du juge Nihil, sur un tapis de gazon dru au bord de la mer. Il flanqua à la porte le médecin personnel du gouverneur, un Diafoirus qui s'obstinait à vouloir lui administrer un clystère pour le guérir de ses coliques. Il n'accepta les soins que d'un vieil esclave nègre, plus ou moins sorcier, qui fut sans doute pour beaucoup dans sa guérison. Quand ses tripes le laissaient en repos, pour calmer l'angoisse qui le tenaillait de manquer le rendez-vous de Vénus, il refaisait les calculs, d'après les meilleures hypothèses du passage de la planète sur le Soleil. Il lui paraissait de plus en plus improbable qu'un navire puisse ou veuille le mener jusqu'à Pondichéry. Là-bas, le siège durait depuis la mi-août, et visiblement, la marine de Sa Majesté ne mettait aucun zèle à venir à la rescousse. Le gouverneur Desforges-Boucher, seul visiteur accepté par Le Gentil durant sa maladie, s'en désespérait. Cet ancien corsaire, qui ne devait qu'au mérite et au courage sa nomination à la tête des îles françaises de l'océan Indien, rageait de voir ces amiraux emperruqués laisser mourir notre dernier comptoir de l'Inde, sous le prétexte que le général de cette place n'était ni marin, ni français ni surtout pourvu d'aussi nombreux quartiers de noblesse qu'eux.

Beaucoup ont oublié, quarante ans après, ce que pouvait être l'état des choses et des esprits en ce temps-là, et dont les conséquences se font sentir encore aujourd'hui, malgré tous les événements survenus depuis. Commander un navire, et *a fortiori* une escadre, est une véritable science qui demande des connaissances parfaites en matière de mathématiques, de géographie et d'astronomie. Bref, il faut être un « océanographe », selon le néologisme de mon ancien élève Bontemps-Beaupré. Or, au temps dont je parle, pour devenir officier du grand corps, point besoin de connaître Euclide. En revanche, si votre ancêtre n'avait pas été au moins mignon d'Henri III, inutile de rêver de devenir un jour amiral de Sa Majesté. Etre capitaine n'était pas un métier, mais un privilège. Un roturier que la mer appelait n'avait d'autre choix que de se faire corsaire, pirate ou mousse. Et quand ce privilège fut comme les autres aboli, les amiraux émigrèrent. Il est bien plus facile de devenir général sur terre que capitaine sur mer. Voyez toutes les avanies que mon cher Bougainville a dû essuyer pour être le premier Français à faire le tour du monde. Pourtant il était bon marin, bon mathématicien — j'y suis pour quelque chose — homme de cœur et de raison. Mais il n'avait qu'un seul défaut : il était de petite noblesse de robe. Et de plus officier d'infanterie. Deux tares rédhibitoires qui lui valent encore la haine et le mépris de la Royale. C'est pourquoi, en l'an de grâce 1760, la flotte de Sa Majesté Louis le Bien-Aimé ne vint jamais en aide à Lally-Tollendal, cet Ecossais baron de fraîche date, ce terrien. Qui était le traître, Lally ou ceux qui refusèrent de le secourir par esprit de caste ?

Le Gentil finit par trouver une solution de remplacement au cas où il ne trouverait pas d'embarquement pour Pondichéry, dont on était sans nouvelles : l'île Rodrigue, possession française à quelque cent lieues au vent de l'Ile-de-France et dont il avait eu l'occasion de relever la position à bord du *Berryer*. Il ne se faisait guère d'illusions : sur ce bout de terre perdu le Soleil serait encore bien trop bas sur l'horizon au moment du transit de Vénus pour que ses observations fussent satisfaisantes. Malgré ses coliques, il se traîna jusque chez le gouverneur pour lui faire part de ce nouveau projet. Desforges-Boucher se montra visiblement soulagé que le savant n'ait plus la velléité d'aller mettre son nez et sa lunette au cœur de la guerre. Le Gentil dut donc souligner que Rodrigue n'était qu'un ultime recours et que sa volonté restait toujours de se rendre à Pondichéry. Ou sur tout autre point de la côte de Coromandel, au cas où il ne pourrait forcer le siège des Anglais. Dès lors, l'astronome convalescent passa le plus clair de ses journées au port, à guetter l'arrivée des navires. Cela dura jusqu'en février de l'année suivante, l'année du grand rendez-vous. Les rares nouvelles que l'on avait n'étaient guère réjouissantes. On annonçait partout que des navires ennemis s'approchaient dangereusement de l'Ile-de-France ou de l'île Bourbon, où la flotte française était frileusement réfugiée, attendant des ordres de Versailles qui ne venaient pas.

Le Gentil se sentait pourrir sur pied. Il avait recouvré toute sa santé, et même une vigueur nouvelle. Il aurait eu envie de partir tout de suite, d'explorer les côtes inconnues de l'Afrique si proche ou des archipels méconnus baignant dans l'océan des Indes, ou tout simplement visiter et étudier l'intérieur de l'île. Il passait ses journées entre le port, le palais du gouverneur et la résidence du commandant de L'Eguille, qui n'en savaient pas plus que lui sur les événements du continent indien, ni sur les intentions françaises. Eux aussi attendaient, impuissants. Il s'étonnait de cette indifférence. Quoi, ne rien tenter vers les Indes, ne serait-ce que pour savoir ce que devenaient les comptoirs ? Non rien. Avec Bourbon, l'île était devenue un camp retranché où la totalité des forces navales restaient sur la défensive.

Un matin de février, à l'aube, Gratot, qui avait passé, comme d'habitude, la nuit dans les bouges de Port-Louis, entra sans frapper dans la chambre de Le Gentil :

— Maître, maître ! Une frégate venant de France vient de s'annoncer dans le port !

— Gratot ! Il est cinq heures du matin. Tu pues le rhum et la putain.

— Ah, mon maître, je suis amoureux ! Une négresse de Madagascar, avec un cul comme ça. On peut y poser son verre sans qu'il se renverse.

— Si tu faisais autant de progrès en algèbre que dans le déduit, je n'aurais plus rien à t'apprendre.

— Tout le monde ne peut pas s'offrir une madame le juge. Comme on dit : « Pour le cap'taine, les femmes d'amiraux, pour les mousses, les putes à matelots. »

— ... Et le bâton pour le valet insolent. Enfile-moi mes bottes. Je file chez le gouverneur.

— Mon amie, elle est drôlement gentille, vous savez. Ce n'est pas une fille. Elle s'appelle Conception.

— Avec un nom pareil, si j'étais toi, je me méfierais. Mon chapeau.

— Elle a une sœur qui vous a vu, l'autre jour, chez monsieur l'Intendant. Elle est esclave là-bas. Elle vous a trouvé très beau. Il faut dire qu'elle raffole des blonds, surtout les vieux.

— Trop aimable. Va me seller mon cheval avant que je t'astique les reins.

Et, tout émoustillé par le souvenir de la serveuse à la peau de miel sombre, au violent parfum de pollen, qui le frôlait en lui servant à boire, l'autre soir, chez Poivre, Le Gentil s'en fut aux nouvelles.

Elles étaient bonnes pour lui, mais catastrophiques pour la France. En Amérique, Montréal avait capitulé en octobre dernier, les îles des Antilles tombaient les unes après les autres, en Afrique, le Sénégal était aux mains des Anglais. En Europe seulement la situation semblait stable.

— Le roi nous ordonne d'envoyer immédiatement un vaisseau à Pondichéry pour demander à

Lally de résister jusqu'au bout, en attendant les secours battant retraite d'Amérique, expliqua le gouverneur. Les Indes doivent tenir, sinon tout est perdu, même nous. Notre frégate la plus rapide, la *Sylphide,* appareillera sitôt que la mousson le permettra.

— C'est-à-dire ? demanda Le Gentil.

— Nous sommes le 19 février, répliqua le commandant de L'Eguille. En temps de paix, je n'aurais pas autorisé le moindre départ avant la renverse des vents, début avril. Mais, avec un peu de chance, la *Sylphide* pourra partir dans la première partie du mois prochain. Dans les circonstances exceptionnelles que nous vivons, j'ai décidé de donner le commandement de cette frégate à un jeune lieutenant intrépide, le marquis Bovier de Lacuesta, qui ne rêve que d'exploits pouvant faire oublier la nouveauté de son blason. Il est d'origine génoise.

— Comme Christophe Colomb, ce qui est de bon augure, dit le gouverneur. Monsieur de La Galaisière, pour contempler les charmes de Vénus, seriez-vous prêt à prendre tant de risques ? Vous connaissez d'ailleurs le marquis de Lacuesta pour avoir navigué avec lui sur le *Berryer* ?

Oh oui, Le Gentil connaissait ce jeune homme plein de morgue et de suffisance, méprisant vis-à-vis de ses subalternes, confit en obséquiosité envers ses supérieurs. Lors de la traversée sur le *Berryer,* il n'avait pas adressé un seul mot à Le Gentil qui, pourtant, lui en remontrait sacrément du côté des quartiers de noblesse, mais n'était à ses yeux qu'un hurluberlu de savant, un philosophe, un terrien qui n'avait pour fief qu'une ferme délabrée, alors que lui possédait un orgueilleux château dominant la Provence.

Bien que les ordres venus de France fussent arrivés le 19 février, il fallut attendre encore trois semaines avant que la *Sylphide* appareillât. Le Gentil bouillait d'impatience. Toujours flanqué du fidèle Gratot, il questionna longuement les marins de la frégate sur les qualités de leur navire. Selon eux, deux mois suffiraient largement à rejoindre la côte de Coromandel, ce qui, au pire, lui laisserait trois bonnes semaines pour installer son observatoire. Tout entier à Vénus attaché, Le Gentil ne tenait pas compte des quelques obstacles accessoires qui pourraient bien l'empêcher d'atteindre son but : un Pondichéry assiégé par une dizaine de navires de guerre anglais riant de tous leurs canons, des vents contraires, et d'autres fortunes de mer.

Le 10 avril au soir, il était déjà installé dans son étroite cabine quand le jeune commandant surgit sans frapper :

— Monsieur, j'ai appris que vous avez, sans m'en faire part, embarqué avec votre domestique. Il est hors de question que je m'encombre dans une mission aussi délicate d'une deuxième bouche inutile à nourrir. Déjà que vos caisses et vos malles nous font perdre une place énorme...

En toute autre circonstance, Le Gentil aurait souffleté le jeune cuistre et l'affaire se serait terminée par un duel. Mais Vénus lui fit ravaler sa colère :

— Vous devez détenir, monsieur, les documents dûment signés par monsieur de L'Eguille et le gouverneur qui m'autorisent à emmener avec moi un assistant. Je vous rappelle également que je suis ici sur les ordres exprès de Sa Majesté.

— Nous sommes loin de Versailles, et croyez bien que si monsieur de L'Eguille ne s'était pas entiché de vous, vous vous retrouveriez tout de suite sur le quai.

Ils se dressèrent l'un contre l'autre comme deux coqs. Le Gentil tenta de se faire conciliant.

— Gratot, mon domestique, a servi six ans dans la Marine et je suis tout prêt à le laisser à votre disposition durant toute la traversée.

Croyant avoir gagné la bataille, le lieutenant Bovier se radoucit :

— Comme ça, cela me va. File te présenter au quartier-maître, mon garçon. Et pas de bêtise, hein ? Nous sommes en guerre. Quant à vous, monsieur le savant...

Le lieutenant s'interrompit. À la mine de Le Gentil, il comprit que celui-ci était prêt à lui bondir à la gorge.

— ... Quant à vous, je ferais de mon mieux pour que votre voyage soit le plus agréable possible.

La *Sylphide* appareilla le lendemain à l'aurore. À la grande surprise de Le Gentil, la frégate faisait cap au sud sud-est vers l'île Bourbon. Sans doute, songea-t-il, des ordres du gouverneur à transmettre à ses subalternes de l'île sœur. Mais tout de même, pour un navire qui devait se rendre en urgence au secours d'une armée française en péril, ce détour lui semblait pour le moins cavalier. « Bah, songea-t-il, ne nous mêlons pas de ces choses. Un retard d'une journée, cela n'est pas trop grave. »

Il se trompait. La *Sylphide* resta une longue semaine au port de Saint-Denis de la Réunion. Le Gentil n'osa descendre à terre que quand il fut certain que l'escale se prolongerait, craignant que Bovier de Lacuesta appareillât dès qu'il aurait le dos tourné, le laissant en plan ici. Un officier marinier qui l'avait pris en amitié le rassura. Il se rendit directement chez un certain monsieur de Lanux, qui était correspondant de l'Académie, pour lui confier ses écrits depuis le départ de L'Orient, plus d'un an auparavant. De Lanux était un homme sage et hospitalier. Et surtout, Le Gentil trouvait en lui quelqu'un avec qui l'on pouvait parler géométrie et astronomie comme à un égal, sans être obligé de se lancer à chaque fois dans une leçon élémentaire des lois de Kepler. Il existe ainsi entre nous, comme d'ailleurs vraisemblablement dans tout corps de métier, un langage tout en ellipses, en sous-entendus, un jargon, en somme. Le correspondant de l'Académie, qui vivait à Bourbon depuis de nombreuses années, révéla à son collègue parisien des choses bien plus ahurissantes que la découverte d'une nouvelle planète au-delà de Saturne.

— Ne vous étonnez pas, dit-il, du comportement de ce jeune lieutenant de Lacuesta. Il est conforme à ce que veut aujourd'hui le grand Corps : la perte de Lally.

— Mais c'est la perte de l'Inde, cela ! Une véritable trahison !

— Vous exagérez. Trahison me paraît un peu fort, mais... Vous souvenez-vous qu'en 1757, au début de la guerre, Sa Majesté envoya une escadre dans l'océan Indien soutenir nos possessions là-bas ?

— Vaguement, oui. Je ne m'intéressais guère à ces événements à l'époque. J'y suis obligé aujourd'hui, par force.

— L'amiral commandant cette escadre était un de vos compatriotes, mon cher ami. Le comte d'Aché.

— Aché ? Je l'ai rencontré plusieurs fois. Il est de la parenté des Cotentin de Tourville. Grande famille dont je suis, en quelque sorte, le vassal, pour parler gothique. À son retour en France, l'an passé, le roi l'a couvert d'honneurs. Et monsieur le comte fut l'un de ceux qui nous aidèrent au mieux dans la grande entreprise de l'observation du passage de Vénus.

— Possible. En tout cas, en 1757, il mit sept mois pour joindre Brest à l'Ile-de-France. Jamais on avait fait plus lent depuis Vasco de Gama. Ensuite, il cantonna ses vaisseaux à Port-Louis, pendant un an. Ils n'osèrent qu'une petite escarmouche contre les Anglais, à Gondelour, et pfuit ! retour à l'Ile-de-France, dont ils ne bougèrent pas un an durant. Là-bas, Lally était abandonné à ses seules forces. Il l'est toujours.

— Mais pourquoi ?

— Ils veulent sa peau, à l'Ecossais. Et tant pis si toutes les possessions françaises tombent aux mains de l'ennemi. Ils ont fini par avoir celle de Montcalm. Celle de Lally leur sera bien plus tendre. Vous apprendrez vite à connaître cette engeance des officiers rouges, du grand Corps, mon cher. Et peut-être à vos dépens.

Le 23 mars enfin, la *Sylphide* quitta Bourbon. Les premiers jours du voyage rassurèrent Le Gentil. Certes, la *Sylphide* n'allait pas bien vite, car les vents alizés de sud-est étaient faibles, mais leur régularité poussait la frégate de quelque trente à cinquante lieues par jour. En continuant de la sorte, ils seraient assez vite sous la longitude de l'Inde. Les difficultés commenceraient à ce moment-là, mais enfin, ils seraient au rendez-vous à l'heure dite. Ils doublèrent l'île Rodrigue et Le Gentil sourit en songeant que la chance était enfin avec lui.

Mais le lendemain, brusquement, la *Sylphide* vira de bord et mit cap au nord. Trop tôt, gronda Le Gentil. Il avait eu suffisamment de loisir pour étudier les cartes, à l'Ile-de-France, et comprendre qu'il y avait là une erreur de manœuvre. Bien sûr, il ne pouvait questionner le commandant : les deux hommes ne s'adressaient plus la parole. Il entraîna à part l'officier marinier, pour qui il s'était pris d'amitié.

— Nous avons bien essayé de le dissuader, lui répondit ce dernier, mais rien à faire, le commandant a décidé de masquer son erreur sous un exploit qu'il veut réaliser.

— Et quel exploit ?

— Faire la route à contre-mousson.

— Mais sa mission ?

L'officier-marinier se contenta de hausser les épaules, désabusé.

Alors, la *Sylphide,* ballottée, plia sous des vents insensés qui la repoussaient inexorablement vers les mers d'Arabie. Parfois, tout se calmait, et la frégate, pourtant si svelte et si rapide, restait encalminée sous la chaleur torride. Ils errèrent ainsi cinq semaines et finirent par atteindre l'embouchure de la mer Rouge. Rongeant son frein, s'entraînant aussi à la résignation, Le Gentil observait, relevait les positions, travaillait d'arrache-pied. Puis, soudain, les vents tournèrent et la *Sylphide* se mit à filer vers l'Est, toutes voiles gonflées. L'espoir revint. Parut bientôt la côte de Malabar. Bientôt... On était le 24 mai. Contourner la pointe sud ne serait plus qu'un saut de puce. Dans quatorze jours, Vénus... Le Gentil y serait.

Ils n'étaient plus qu'à deux lieues du comptoir de Mahé quand une embarcation musulmane les aborda. Refusant de monter à bord, le pilote leur cria dans ce jargon où s'entrechoquent les mots de toutes les nations :

— Fuyez, Français, vos ennemis ont pris Mahé et Pondichéry.

Le commandant, quelques officiers et un pilote arabe descendirent sur le pont du petit bateau. Quand ils remontèrent à bord, ils en étaient convaincus : tous les comptoirs français étaient tombés. La *Sylphide* s'en fut à toutes voiles. Le Gentil entra dans le carré où l'état-major était réuni. Envoyé par le roi, il se sentait le droit de participer aux débats. Quand enfin, le commandant décida qu'on rentrerait en droiture sur l'Ile-de-France, après s'être approvisionné à Ceylan, territoire neutre car hollandais, Le Gentil prit la parole :

— Puisqu'il nous est impossible, après cette défaite, de nous rendre à Pondichéry même, je vous demanderai de me déposer n'importe où sur la côte de Coromandel, avec mon domestique et mes instruments aux parages du cap Calimère, par exemple, qui est sur la bonne longitude pour mes observations.

Cela ne vous déroutera que d'une ou deux journées de navigation.

— Vous plaisantez, monsieur, répliqua le commandant. L'heure n'est plus à contempler vos petites étoiles. Nous devons alerter au plus vite l'amiral de L'Eguille. Veuillez sortir.

— Je suis ici par ordre du roi. Quant au temps perdu, vous me semblez avoir, commandant, de grandes aptitudes en la matière. Et vous n'avez pas le droit...

— À bord, j'ai tous les droits. Mais pas celui de laisser à terre quelqu'un comme vous qui connaît suffisamment bien l'importance de la flotte française dans l'océan Indien pour pouvoir les monnayer avec l'Anglais.

— Quoi, vous me traitez d'espion ?

Cette fois, il y aurait duel. Mais de retour à Port-Louis. En attendant, Le Gentil fut consigné dans sa cabine et la *Sylphide* s'enfuit dans la tempête, vers l'Ile-de-France.

Le 6 juin, là-haut, un point noir apparut sur le Soleil. Vénus était à son premier rendez-vous. Perdu en pleine mer, si loin, là où se croisent la longitude de Calcutta et la latitude de Zanzibar, ballotté par une mauvaise mer, mais sous un ciel pur, Le Gentil, pleurant de rage, braqua son télescope. Il assujettit tant bien que mal à l'oculaire les verres fumés au travers desquels il pouvait contempler en toute impunité la face radieuse du Soleil finement tachetée d'un point noir. Mais tout balançait en tous sens. Pendant quatre heures, oubliant le mal de mer, sa plume griffonna au gré du fort tangage, tandis que Gratot, le geste prompt, tournait le sablier. Il savait que cette observation ne vaudrait rien, ou guère plus que celle des simples curieux qui, un peu partout dans le monde, contemplaient le phénomène comme une attraction de foire.

De retour à l'Ile-de-France, Le Gentil rédigea en toute hâte son rapport à Fouchy, secrétaire perpétuel de l'Académie des sciences. Un rapport qui ne serait pas publié dans les gazettes. L'histoire d'un échec n'intéresse personne, surtout quand son auteur ne veut pas l'épicer d'anecdotes croustillantes. Le rapport partit sur le premier navire en route vers la France, en même temps qu'une lettre annonçant la prise de Pondichéry. À bord, il y avait aussi Bovier de Lacuesta, rétrogradé à ses fonctions de jadis.

Le Gentil n'eut donc même pas la consolation d'un beau duel.

X

Un amour désespéré

Chappe n'eut jamais pour moi aucun mystère. Il faisait tant d'efforts pour être transparent. Truculent, gourmand, bavard, paillard, du moins en paroles, il mettait en toute chose une passion volubile et naïvement indiscrète, qui lui valut bien des déboires. Pourtant, ce sanguin était chaste. De tous les exploits amoureux dont il se vantait, deux ou trois paraissaient sonner juste, surtout celui qu'il aurait accompli avec une célèbre et noble dame tenant salon, âgée d'un demi-siècle et à moitié aveugle.

Mais là où Chappe se faisait le plus prolixe, c'était quand il évoquait ses « vraies » amours, toujours désespérées, jamais abouties, à croire que l'échec était pour lui le comble des délices. Il évoquait sans retenue, devant ses amis, en se moquant de lui-même avec verve, ces passions terribles dont souvent la principale intéressée ignorait l'existence. Comment alors le prendre au sérieux ?

Ainsi, un soir, il aurait bien failli provoquer entre nous deux une brouille définitive, si quelque temps auparavant Reine ne m'avait rassuré, par de doux aveux et de tendres promesses. Elle venait de m'écrire pour promettre que bientôt elle m'offrirait à nouveau et pour toujours ce que je désespérais de reconquérir. Elle en avait même fixé la date précise : le 6 juin 1761, dans un an. Coquetterie de femme et poésie d'astronome, sans doute, mais ma Vénus terrestre avait également choisi ce jour-là afin de me retenir à Paris, loin de la Vénus céleste.

Ce soir-là, donc, Chappe, qui ne savait rien des subtiles et chaotiques relations que j'entretenais avec la femme de l'horloger, se lança dans des confidences emphatiques dont tous les convives profitèrent, alors qu'elles étaient censées ne s'adresser qu'à moi, son « plus grand ami, depuis que Le Gentil était parti dans les mers du Sud ».

Quelques jours après ce 16 novembre 1760, Pingré et lui devaient partir, le premier vers l'île Rodrigue, car les Portugais lui refusaient l'Afrique, le second vers la Sibérie. Nos deux abbés avaient organisé un gigantesque dîner d'adieu dans le réfectoire de l'abbaye Sainte-Geneviève, dont Pingré était le bibliothécaire. Naturellement, dans cet endroit, une présence féminine aurait été mal venue. Pingré l'avait choisi sans doute pour cela, bien qu'il portât plus souvent qu'à son tour le bas de sa soutane entre les dents. Mais Chappe et lui avaient estimé, à raison d'ailleurs, que les amis et néanmoins confrères invités auraient alors, en présence de dames, modéré leurs propos, leur appétit et leur soif. Car nous fûmes bien loin, cette nuit-là, du furtif repas d'adieu que nous avait offert Le Gentil.

Ce dernier avait fui. Pingré et Chappe, eux, partaient à la recherche de la Toison d'or. Ils étaient les seuls membres de l'Académie à n'avoir jamais fait de voyage scientifique. Et les conquérants se doivent, avant leur départ, de sacrifier fastueusement aux dieux et à leurs amis. Ils sacrifièrent surtout à Bacchus.

Ah, ils étaient beaux, tous ces illustres savants, académiciens, philosophes, devant leurs verres toujours vides ! Moi seul, je crois, avais gardé toute ma lucidité, car depuis mes éreintants travaux sur la comète, ma santé était devenue fragile, un troisième verre de vin m'aurait été fatal. J'avais la voix plutôt jolie, à l'époque, et, ma foi, cette soirée-là, je tins fort bien ma partie. Pingré obtint en cadeau d'adieu que je m'y réconcilie avec Le Monnier, lequel, empli comme une barrique, me poursuivit jusqu'au bout de la nuit en m'appelant « son meilleur disciple, son émule, son fils, son dauphin ». Clairaut et d'Alembert étaient au mieux. Diderot, particulièrement en verve, faisait assaut avec l'abbé La Caille, en ce lieu consacré, des pires blasphèmes, les cousins Cassini et Thury nous interprétèrent un ahurissant duo comique en apparence improvisé, mais qu'ils avaient répété, malgré eux, depuis la prime enfance, formidable complicité qui nous mettait en joie. Je passerai sur le duel d'obscénités auquel se livrèrent le duc de La Vrillière et le secrétaire perpétuel de l'Académie des sciences, le digne Fouchy. Je passe aussi sur les deux collégiens, Véron et Commerson, tirant un feu nourri de boulettes de pain sur le vénérable Delisle, leur ancien professeur qui essayait en vain de se souvenir d'un bon mot que lui aurait adressé jadis le roi d'Angleterre.

Seuls Pingré et Chappe d'Auteroche se forçaient pour se mettre au diapason. Ils partaient, et peut-être ne nous reverraient-ils jamais. Ils recevaient nos rires, nos chants, nos gaudrioles, comme un hommage posthume. Pingré s'abstenait de ses délicieux mots d'esprit habituels, de cette ironie bonhomme masquant une érudition universelle qui faisait d'ordinaire le piment de ses communications et de ses publications ; Chappe ne tenta pas de nous faire rire à ses dépens de ses fausses bourdes. Ils étaient en partance, et nous autres jouions les marins en bordée. Pour une fois, Pingré avait le vin triste, et Chappe pleurnichait. À un moment, alors que la nuit était fort avancée, il me prit à part et me postillonna au visage :

— Jérôme, tu crois qu'elle m'aime ?

C'était la première fois qu'il me tutoyait et m'appelait par mon prénom.

— Elles t'aiment toutes, Jean-Baptiste, et aucune ne saurait te résister.

— Non, pas toutes, il ne s'agit que d'une seule. De Reine, de la douce, de la vertueuse, de la belle, de la savante Reine Lepaute.

Je sentis mon cœur se pincer un bref instant, puis, me souvenant de Béziers, de l'Afrique et de notre prochaine rencontre promise pour le 6 juin, je trouvai la situation amusante. La douce, la vertueuse... S'il savait, le bougre. Avec une fate cruauté, je décidai de le torturer un peu :

— T'a-t-elle au moins laissé quelque espoir ? Un mot, une œillade, un soupir ?

— Rien, non, rien ! Et pourtant, j'étais à l'affût de tout indice. Sans me vanter, je crois m'y connaître en femmes. Pourquoi ris-tu ? Je suis convaincu que Reine-Nicole Lepaute est la seule de tout Paris qui soit toujours restée fidèle à son mari.

— Je ne ris pas. Je suis simplement stupéfait par ta finesse de jugement. Lui as-tu fait part au moins de tes sentiments à son égard ?

— Je ne suis pas un dissimulateur. Quand j'aime, j'aime ! Depuis trois semaines je lui écris une lettre par jour où je déverse mon cœur. Je veux l'étourdir, l'enivrer, l'assommer sous le poids de ma passion. Puis, durant tout mon voyage sibérien, je ne lui donnerai aucun signe de vie, plus rien, le silence. Elle s'inquiétera de cette disparition, ses journées et ses nuits seront longues, impatientes. Son mal grandira avec le temps, et quand je reviendrai, elle ne pourra que m'ouvrir ses bras, soumise, conquise enfin. Bonne stratégie, n'est-ce pas ?

— Excellente ! Je n'y trouve rien à redire. A-t-elle déjà répondu ?

— Bien sûr que non ! Quand nous nous rencontrons, elle fait comme si de rien n'était. Quelle comédienne elle aurait pu être ! Mais moi, je souffre en silence, car l'incertitude où elle me laisse m'est la pire des tortures. Je lui ai tout avoué de mes sentiments, et je ne sais encore rien des siens. Que faire, maintenant ?

— Rends-la jalouse. Quand tu seras à Saint-Pétersbourg, laisse entendre, en finesse, que tu vis une belle aventure avec une dame de la Cour. La grande-duchesse Catherine, par exemple.

En lui donnant ce sage conseil, j'eus beaucoup de mal à garder mon sérieux. Il perçut sans doute mon ironie et me tourna le dos, en quête d'une autre bouteille :

— On ne peut jamais rien te confier, à toi, grommela-t-il, tu prends tout à la plaisanterie.

Peut-être que si Chappe n'était pas parti en Russie, j'aurais été plus vigilant. Mais Vénus arrangeait au mieux mes affaires de cœur. Le Gentil, mon plus sérieux rival, était au diable, Clairaut s'était perdu depuis longtemps aux yeux de la belle par sa malhonnête omission ; quant à Chappe, il faisait tout pour se figer, avec complaisance, dans son rôle d'amoureux transi, à croire qu'il n'aimait rien tant dans l'amour que le malheur d'aimer, que l'échec. L'échec ou l'absolu. Il n'aimait pas Reine comme une femme faite de chair et de désirs, il l'adorait comme une déesse de marbre et de vertu. Il procédait de même dans son travail, et son sacrifice final sur l'autel de la Science fut l'aboutissement du destin qu'il s'était forgé.

Il quitta donc Paris à la fin du mois de novembre 1760. Alors que cet hiver s'annonçait terrible, il partait s'enfoncer au cœur du froid. Bien sûr, depuis plus de cinq ans que la guerre durait, on savait qu'en Europe au moins, les rigueurs de la saison imposaient sinon une trêve, du moins un ralentissement des combats. Comme nous tous, Chappe se croyait au-dessus des nations. Le titre de savant lui semblait le meilleur des passeports, lui permettant de traverser les pays ennemis sans encombre. Il imaginait volontiers que Frédéric de Prusse, le roi philosophe, l'aurait accueilli à bras ouverts. Naturellement, tant du côté français que prussien, on lui refusa la route directe. Il lui faudrait contourner les lieux des batailles. Chappe ne connaîtrait jamais Sans-Souci.

Chappe proposa une idée curieuse : partir sur un vaisseau hollandais pour arriver à Saint-Pétersbourg par la mer Baltique. En effet, au contraire de Le Gentil qui avait réduit son bagage au minimum consacré exclusivement à l'observation astronomique, Chappe s'était chargé d'un nombre considérable d'instruments et de matériel sans rapport avec le rendez-vous de Vénus. Il y ajouta une véritable bibliothèque et tout ce qu'il fallait pour se protéger des frimas sibériens. Le transport par terre de ces fragiles et encombrants instruments était une affaire extrêmement compliquée. Chappe s'y prit trop tard et rata le dernier départ du vaisseau hollandais avant l'hiver. Bien lui en prit : le navire en question se fracassa quelque temps après sur les côtes suédoises.

Une semaine après le départ de Pingré, en une sinistre fin de nuit de novembre, Chappe quitta le Palais du Luxembourg, où il avait lui aussi son logement depuis qu'il avait été nommé adjoint, le même jour où l'on m'avait fait associé. Pour des raisons de commodité, sa voiture et le chariot où s'entassaient ses caisses et ses malles l'attendaient de l'autre côté de la Seine, à l'Arsenal.

Je m'étais levé bien avant l'aube et étais allé tambouriner à sa porte pour le réveiller, comme il me l'avait demandé, car il se savait gros dormeur. Il était prêt, sa gargantuesque anatomie engoncée sous la pelisse et sa tête joufflue disparue à moitié sous une haute toque de fourrure. Son sac de cuir rebondi lui pesait une plume. Nous allâmes en silence jusqu'au porche de la rue de Vaugirard. Il pleuvait d'une eau lourde et froide qui hésitait à se faire neige avant que d'être boue. Quand nous fûmes au milieu de la chaussée, il s'arrêta et me dit :

— Quittons-nous là, Jérôme. Je préfère être seul, maintenant.

J'allais protester, mais il me prit dans ses bras et me serra à me broyer contre sa poitrine. Les poils de sa pelisse me chatouillaient les narines. Puis il s'en fut sans se retourner dans la rue Saint-Sulpice, la démarche dandinant comme celle d'un ours. Quand je rentrai dans le Palais du Luxembourg, je crus voir, là-haut, remuer un rideau des appartements de Reine Lepaute.

La solitude m'accabla alors. Pourtant, ce n'était pas moi qui m'isolerais au bout du monde, mais mes amis. Être celui qui reste n'est pas le meilleur rôle. On vieillit plus vite immobile. Quelqu'un démontrera bien cela un jour.

XI

De Paris à Pétersbourg

La pluie imprégnant ses fourrures alourdissait plus encore son pas. Mais Chappe était joyeux et croyait voler à la rencontre de Vénus. Sous le porche de l'Arsenal, les chevaux piaffaient. Un fringant jeune homme à l'élégance criarde se précipita vers lui, lui saisit la main et la baisa. Chappe eut un mouvement de recul. L'autre se présenta avec un accent roulant :

— Mon père, c'est un grand honneur de faire ce long voyage avec un aussi émérite et pieux savant : je suis le comte Lech Shimanovitz, au service du roi de Pologne.

— Lequel ? ironisa Chappe qui possédait à fond tout un répertoire d'anecdotes polonaises, fort en vogue à cette époque où les riverains de la Vistule passaient toujours pour des idiots de village.

Le convoi s'ébranla bientôt. Les routes de l'est étaient inondées de boue. La pluie, bien vite, se transforma en neige. Enfoui sous ses couvertures, l'abbé ne songeait qu'à dormir. Mais il s'avéra que le comte Shimanovitz était un intarissable bavard, qui décida de se faire le défenseur de sa nation, devant un Chappe qui n'en pouvait plus. Tout y passa, le roi

Stanislas de Lunéville et père de la reine de France, l'autre monarque en place, Auguste II, la diète de la noblesse, l'absurde système du *libero veto* qui permettait à un seul parlementaire de dissoudre l'assemblée, les appétits de la Russie, de la Prusse et de l'Autriche, l'indéfectible amitié du roi Louis XV, les noirs complots intérieurs ourdis, selon lui, par les protestants, les orthodoxes et les juifs. Dans son inépuisable discours, le comte prenait souvent Chappe à témoin, surtout quand il s'agissait de la défense de la religion catholique, et mon ami opinait d'une approbation souriante, le regard perdu sur le paysage monotone qui défilait lentement.

À Ozoir-la-Ferrière, excédé, Chappe s'excusa, fouilla dans son nécessaire, en sortit un gros livre dans lequel il se plongea. Il lisait en bougeant les lèvres, comme s'il priait. Le Polonais contempla avec dévotion son compagnon de voyage que la foi semblait nimber dans sa pieuse lecture : il s'agissait, mais comment l'autre aurait-il pu le savoir ? du *Traité d'optique sur la gradation de la lumière* de Pierre Bouguer.

Le voyage s'embourbait, d'auberges grelottantes en relais de poste glacés. Et le comte polonais parlait. Chappe ne faisait même plus mine de l'écouter. Il ne tentait même plus de se cacher derrière ses livres. Il hibernait. Le convoi mit huit jours pour arriver à Strasbourg. Ils durent, en plus, s'arrêter une journée à Nancy, car le comte Shimanovitz ne pouvait que rendre ses hommages à son roi. Chappe s'abstint de l'accompagner à la cour du beau-père de Louis XV, non par manque de curiosité, mais parce qu'à Paris, notre collègue le duc de La Vrillière, subtil diplomate, lui avait déconseillé de le faire. À cause de la guerre, le sort de la Pologne restait en suspens. Mais nos deux alliés d'alors, la Russie et l'Autriche, n'attendaient que la fin des hostilités pour dépecer ce royaume, à coups de canon s'il le fallait. La France, elle, semblait s'en être désengagée, se satisfaisant de ce fief que Louis XV avait offert à son beau-père. Mais si, à Vienne ou à Saint-Pétersbourg, on avait appris qu'un représentant officiel de la France, Chappe en l'occurrence, avait eu un entretien avec le roi fantoche, Marie-Thérèse d'Autriche et Elisabeth de Russie auraient sans doute considéré le candide savant comme un espion sournois, chargé de quelque ténébreuse mission secrète.

Chappe resta donc à l'hôtel de poste le temps que l'autre passager fît sa visite au château. Le comte revint et demanda à son compagnon pourquoi il n'était pas venu saluer Stanislas. Chappe répondit que les seules motivations de son expédition étant scientifiques, il n'avait pas à entrer dans des considérations d'ordre diplomatique. Dès lors, le représentant du roi de Pologne se méfia de son compagnon de voyage, persuadé d'avoir affaire à un louche agent de Versailles. Chappe n'eut pas à s'en plaindre, au contraire, car, jusqu'à leur séparation, les deux hommes n'échangèrent plus que des propos superficiels, par simple courtoisie.

Peu avant Strasbourg, le chariot qui les suivait versa dans une ornière. En aidant à le redresser, Chappe entendit dans ses caisses un bruit fort désagréable de verre brisé. Heureusement, on n'était plus qu'à une journée de la capitale alsacienne.

Alors qu'ils étaient encore en rase campagne, ils virent arriver à leur rencontre une dizaine de cavaliers portant les armes du prince évêque de Rohan, qui les escortèrent jusqu'au palais épiscopal. Dans les rues, et malgré le grand froid qui régnait, des gens applaudissaient sur le passage du convoi. Certains même criaient « vive Vénus, vive les savants ! ».

Chappe était un modeste qui n'aimait rien tant que l'anonymat car, pensait-il, seul cet effacement lui permettait d'accomplir les tâches qu'il s'était imparties. L'officier de l'escorte dut presque le supplier de répondre à ces ovations, ce qu'il fit enfin. Mais ne pouvant, comme d'habitude, s'empêcher de se moquer de lui-même, il prit l'air le plus dévot et, de l'index et du majeur, distribua à la pieuse population strasbourgeoise de généreuses bénédictions. Des « vive l'abbé ! » se mêlèrent alors aux « vive Vénus ! » sans que personne, sinon l'astronome, ne perçoive l'incongruité de ce rapprochement.

À leur entrée dans la cour du palais épiscopal, le prince évêque descendit les marches du perron à leur rencontre. Surpris de tant de familiarité, Chappe sauta à bas de la voiture, s'agenouilla, mais alors qu'il s'apprêtait à saisir la main du prélat pour lui baiser l'anneau, celui-ci le releva et lui donna l'accolade en lui glissant à l'oreille :

— Laissez donc là ces simagrées, cher monsieur. Ce serait plutôt à moi de m'incliner devant un héros prêt à risquer sa vie pour l'amour de la science. Rentrons, vous devez être transi. Un chocolat bouillant va vous remettre d'aplomb.

— C'est que, monseigneur, je voudrais d'abord inspecter mon matériel. Nous avons eu un accident hier et je crains d'avoir quelques appareils brisés.

Le vieux prélat le prit familièrement par le bras et l'entraîna :

— Nous verrons cela tout à l'heure, une fois que vous serez restauré et baigné. Savez-vous qu'avant de prendre le petit collet j'ai servi vingt ans dans le grand Corps ? J'aurais bien persévéré, mais il paraissait alors que le royaume avait plus besoin d'évêques que d'amiraux. Le nom de Rohan n'est pas facile à porter. J'ai gardé toutefois un grand goût pour les choses de l'astronomie et de la géométrie. Certains de mes serviteurs étaient déjà avec moi à Rochefort. Ils sauront réparer vos instruments brisés. D'ailleurs, Strasbourg ne manque pas d'horlogers et de mécaniciens. Vous comptez repartir quand ?

— Dès demain, monseigneur, si le temps et mes cochers le permettent.

Ils le permirent. Quelques baromètres et thermomètres étaient hors d'usage. Ils furent remplacés par des instruments d'excellente facture, dons du prince évêque Louis-Constantin de Rohan. L'horloger personnel du prélat répara parfaitement quelques autres appareils déréglés.

Chappe repartit à l'heure dite, traversa le Rhin sur un bac et se dirigea vers Ulm dans la voiture spacieuse que le prince avait mise à sa disposition, ainsi que des chevaux frais et des domestiques. La traversée des monts de la Forêt-Noire et du Wurtemberg fut pourtant pénible ; il fallait descendre pour alléger le véhicule. Parfois, Chappe poussait le chariot de matériel, avec les laquais, pour l'extraire de la boue. Et ce, au grand scandale du comte Shimanovitz qui n'aurait jamais consenti à déchoir de cette façon. L'aristocrate polonais avait encore changé d'attitude vis-à-vis de Chappe. Sur sa méfiance de naguère contre le supposé espion, se greffait désormais un respect teinté de crainte : cet abbé devait être un très important et redoutable personnage, pour avoir été accueilli ainsi, à Strasbourg, par le rejeton d'une des plus anciennes et plus puissantes familles d'Europe. Au lieu de se réjouir de ne plus être importuné par le fâcheux, Chappe s'en désola : il aimait qu'on l'aime et détestait qu'on le craigne. Aussi, à son tour, se lança-t-il dans de grands témoignages d'amitié auquel l'autre ne répondait que dans les justes limites de la politesse, ce qui chagrinait profondément le tendre savant. Le charroi versa une nouvelle fois à la sortie de Tübingen, juste après la traversée du pont du Neckar. Sous le choc, une des montres se trouva définitivement hors d'usage.

À Ulm, pour éviter que ce genre d'incidents ne se reproduisît, et malgré les conseils des autorités locales, Chappe décida de poursuivre sa route par le fleuve qui lui semblait une voie autrement plus moelleuse à ses fragiles instruments que les nids-depoule des grands chemins. Le comte Shimanowitz, arguant de la lenteur de ce moyen de transport, préféra abandonner son compagnon et prendre la route du nord, la route de la guerre, fort de la neutralité de son pays et de ses passeports diplomatiques. Chappe ne le revit plus jamais. Plus tard, à Varsovie, on lui apprit que le représentant du roi de Pologne avait disparu : dans leur haine de la Pologne, les soudards russes ou prussiens n'eurent sans doute aucune considération pour les lettres de créance du malheureux ambassadeur, d'autant que la bourse de ce dernier était fort arrondie, et ses chevaux appétissants.

Chappe alors descendit le fleuve gris de fer, roulant ses eaux et ses boues, charriant ses glaçons. La grosse barge était halée par des hommes maigres et des bœufs étiques, tandis que du pont, les bateliers écartaient de leurs perches la coque du rivage. Debout à l'avant, Chappe s'exaltait de cette tourmente et de cette peine. On ne pouvait progresser qu'à la lumière du jour, et souvent les tempêtes de neige ou le brouillard les immobilisaient. Chappe profitait de cette lenteur pour cartographier le parcours du Danube, peu connu dans ces parages. Il escaladait les montagnes dominant le fleuve, baromètre en main, mesurait leur hauteur, dessinait les paysages, herborisait aussi. La nuit, il dormait sur la banquette de sa voiture qui avait été embarquée, tandis que sous leur toile de tente, à côté, les chevaux piaffaient. Ratisbonne, Linz, et Vienne enfin s'ouvrirent devant lui.

À Vienne, où il arriva le dernier jour de l'année 1760, il fut reçu par Marie-Thérèse elle-même, impérieuse impératrice dont l'immense autorité rejetait dans l'ombre son falot époux François et son jeune fils Joseph, qui ne cachait pourtant pas sa hâte à monter sur le trône.

Chappe le modeste s'étonna d'être traité par eux comme s'il était un ambassadeur extraordinaire. La souveraine lui fit visiter, alors qu'il était recru de fatigue, le cabinet royal d'histoire naturelle. Marie-Thérèse lui tenait le bras. Mais Chappe ne perçut pas l'immense honneur qu'on lui faisait. Il s'impatientait de n'être pas déjà en route.

Dès le lendemain, il se rendit à l'observatoire de l'Université pour y conférer avec l'astronome jésuite Maximilien Hell et ses associés. Hell lui expliqua que des lettres de recommandation de Delisle et de Thury l'avaient précédé partout dans les capitales d'Europe, lettres tournées de telle façon que Chappe y passait pour le plus grand mathématicien et astronome français des temps à venir. Aussi, les princes l'attendaient-ils avec impatience, et ses collègues étrangers avec respect. Pour rassurer la vénérable assemblée, Chappe bouffonna, se ravala plus bas que terre. Mais ses interlocuteurs ne furent pas dupes de ces protestations d'humilité : ils étaient presque tous jésuites. Puis ils se mirent au travail.

Il quitta Vienne le 8 janvier, accompagné par un certain Favier qui devait prendre son poste de secrétaire d'ambassade à Saint-Pétersbourg, un homme fort jeune, plaisant et discret qui le changeait du comte polonais. Cette fois, Chappe plongea au cœur de l'hiver. Plus question de descendre rivières et fleuves pris par les glaces, glaces encore trop peu solides pour pouvoir y cheminer.

Bientôt, ils durent quitter les vallées. Les deux véhicules escaladèrent les monts Sudètes par des sentiers gelés, sous les sapins noirs et alourdis de neige, oscillant douloureusement sous la bourrasque. Le plus souvent, ils allaient à pied, pour soulager les bêtes. Le vent leur écorchait le visage. Les rares et misérables cités qu'ils traversaient semblaient mortes. Dans les auberges au sol de terre battue et aux cloisons de rondins disjoints, ils avalaient une maigre soupe aux choux où flottaient des filaments de lard. Puis ils se jetaient sur leur paillasse, devant la cheminée de la salle commune, enfouis sous leur manteau et leurs fourrures, pour y plonger dans un sommeil sans rêve.

Quand enfin, après plus de dix jours, ils aperçurent, hérissant une colline, le château royal, les clochers, les dômes et les remparts de Cracovie, ils ne furent pas loin de croire que c'était la plus grande ville du monde, même si, en y pénétrant, ils comprirent vite que l'ancienne capitale de la Pologne était à l'abandon, ou presque. Ils n'eurent guère le loisir de la visiter. En effet, alors que le diplomate et l'astronome se dirigeaient vers l'archevêché, un officier autrichien les entraîna presque de force vers sa résidence. Dans les écuries de ce charmant petit palais, une théorie de domestiques et d'artisans, maréchaux-ferrants, charrons, carrossiers, forgerons, valets s'activèrent à réparer leur équipage. Chappe voulut inspecter le contenu de ses caisses afin de mesurer les dégâts que la pénible traversée des Sudètes avait fait subir à ses instruments. L'officier autrichien intervint assez brutalement :

— C'est inutile, monsieur l'abbé. Et quand bien même vous auriez quelques appareils cassés, nous n'avons rien ni personne, ici, qui puisse les réparer. Allons souper, si vous voulez partir à l'aurore, demain.

Chappe allait protester. Le secrétaire Favier le retint par le bras et lui murmura à l'oreille :

— N'insistez pas. Les Français ne sont pas bienvenus, ici. À table, si l'on vous interroge, veillez à ce que vos propos restent les plus anodins possibles.

Chappe n'eut pas à surveiller son langage. Le souper fut avalé très vite, en silence, sous l'œil inquisiteur du représentant de l'impératrice Marie-Thérèse. Ensuite, les deux hommes furent emmenés à leurs chambres, situées aux deux extrémités du palais. Un domestique réveilla Chappe avant même que le jour fût levé. Ils sortirent de Cracovie comme des voleurs.

Ils suivirent les rives de la Vistule prise par les glaces. La plaine défilait, blanche sous le ciel gris. Aux relais, les chevaux étaient promptement changés. Ils ne s'arrêtaient que quelques heures, la nuit, dans des auberges aux hôtes craintifs. Puis ils repartaient, comme s'ils fuyaient. Pour leur protection, on leur avait donné, à Cracovie, une petite escorte, dont le chef s'était installé à bord du véhicule, de sorte que le savant et le diplomate ne purent échanger, durant les trois jours qu'ils mirent pour rejoindre Varsovie, que des propos futiles sur le climat et le morne paysage.

Ils n'eurent guère le temps non plus de s'attarder dans la nouvelle capitale. Cette fois, ce fut un Russe qui les prit en charge et qui se présentait comme le résident moscovite à la cour de Pologne. L'homme se montra bien plus courtois que son homologue autrichien de Cracovie. Il affirma et répéta à Chappe que tout Saint-Pétersbourg l'attendait impatiemment. Il y mit même assez d'insistance pour faire comprendre que plus vite l'astronome quitterait Varsovie, mieux cela vaudrait, laissant entendre qu'il serait mal venu d'aller rendre ses hommages au roi Auguste. Puis, bien que ce discours parût incongru dans la bouche d'un diplomate, il peignit la Cour et les monarques polonais sous les traits les plus noirs, affirmant, à juste titre, que Varsovie vivait sous un règne de terreur et d'intolérance, fermé aux Lumières, persécutant orthodoxes, protestants, juifs et philosophes. Chappe approuva hautement, renchérit en s'indignant de cet obscurantisme, tandis que Favier, fort gêné, tentait de changer le cours de la conversation. Chappe refusa donc de se rendre à la Cour. Favier y alla seul et n'y resta que le temps autorisé par le protocole. Toutefois, le résident moscovite les retint deux jours de plus, sans doute pour ne pas montrer de façon trop ostentatoire qu'ils étaient indésirables, mais aussi pour d'obscures raisons politiques.

Ils repartirent au bout de quatre jours. Le froid empirait. Après Königsberg, occupée par les Russes et à moitié en cendres, ils suivirent la Baltique gelée. Enfin, après douze jours, ils atteignirent Riga. Ils étaient en Russie. On leur offrit un nouvel équipage, d'étranges calèches posées sur de longs patins et tirées par trois chevaux. Derrière, la carriole de matériel s'était métamorphosée en luge. L'équipage filait maintenant sur l'immense plaine de glace, traversant en un éclair des lacs gelés et plats comme le dos de la main. Enivré par cette vitesse, Chappe ne pouvait s'empêcher de pousser des cris de joie, des cris d'enfant. Parfois, debout sur sa banquette, il chantait à tue-tête. Et, oubliant sa dignité de diplomate, Favier, à ses côtés, se surprit à l'imiter.

Ils arrivèrent à Saint-Pétersbourg à la mi-février. Chappe voulait repartir au plus tôt, car soudain les effrayantes distances qu'il avait encore à franchir lui donnèrent le vertige : près de trois mois pour atteindre la capitale de la Russie ; pourtant il n'avait même pas parcouru la moitié du chemin. Et les difficultés qu'il avait rencontrées n'étaient rien, une promenade sur l'avenue qui lie Paris à Versailles, en comparaison de ce qui l'attendait maintenant. Dans ses rêves, l'Oural se dressait, telle la muraille d'une forteresse inexpugnable derrière laquelle le Soleil ne se levait jamais. Le Soleil, donc Vénus.

Durant la dernière partie de son voyage avec Favier, il avait fait part de ses craintes au nouveau secrétaire d'ambassade à Saint-Pétersbourg. Celui-ci lui promit qu'il sacrifierait au besoin ses propres obligations aux nécessités de l'astronome. Il tint parole. À peine franchi le porche de la résidence française, et malgré les fatigues du voyage, bousculant toute étiquette, Favier entraîna son compagnon de voyage chez Son Excellence le baron de Breteuil. Bien que le nouveau secrétaire l'en eût prévenu, Chappe fut tout de même surpris de la familiarité entre les deux jeunes diplomates, l'aristocrate de haute lignée et le roturier. Breteuil n'avait pas vingt-sept ans, Favier encore moins. C'est tout juste si les deux hommes ne se tapèrent pas sur le ventre. Foin des lettres de créance ! Ils échangèrent quelques souvenirs drolatiques de leur enfance dans le même collège. Coupant cours, Favier expliqua alors l'urgence de la situation de l'astronome. C'était inutile. Breteuil était parfaitement au courant. À Paris, Delisle avait bien fait son ouvrage. Et ici, à Saint-Pétersbourg, l'autre Cassini, le deuxième, s'était occupé de tout.

Au fil de la conversation avec Breteuil et Favier, dans son for intérieur, Chappe bénit mille et mille fois son aîné l'abbé Pingré d'avoir tant insisté pour qu'il ceignît le tablier de Maçon.

Puis Breteuil, sans plus de manières, entraîna les deux nouveaux venus jusqu'à l'Académie des sciences, où Chappe tomba dans les bras de Cassini. Celui-ci acheva de rassurer le voyageur. Grâce à ses interventions et à celles de Breteuil, deux astronomes russes étaient déjà en route, l'un vers Irkoutsk, aux bords du lac Baïkal, l'autre vers Selengisk, aux confins de la Mandchourie. Ainsi, même si Chappe n'atteignait pas Tobolsk à temps, les observations en Russie, point capital selon les tables de Delisle, auraient lieu. Chappe sentit se desserrer l'angoisse insidieuse qui ne le quittait plus, depuis Cracovie. Avec ou sans lui, l'observation aurait lieu. Cela seul lui importait, et non sa gloire.

Malgré le soutien de tous ces gens, il voulut alors agir par lui-même, tout voir, tout inspecter, tout contrôler. Non par goût du commandement, le cher Jean-Baptiste étant parfaitement étranger à ces jeux de pouvoir, mais simplement parce qu'il estimait que c'était son devoir. Il quitta sa chrysalide de bon garçon. De son propre chef, refusant tout soutien et tout conseil, il demanda et obtint audience auprès du vieux comte Voronzoff, le grand chancelier de toutes les Russies, ancien amant de l'impératrice agonisante. Agonisante, vraiment ? Élisabeth accepta de le recevoir à son chevet. Cette très vieille femme fut séduite par le vigoureux abbé français, qui lui fit une cour à frôler l'indécence, mais qui plut beaucoup. Pour lui, désormais, tous les moyens étaient bons afin d'arriver à temps à Tobolsk. S'il eût fallu coucher avec l'antique tsarine, il eût couché. Il était prêt à tout. Breteuil l'avait prévenu que le dauphin Pierre était un épouvantable crétin, qui tentait vainement d'imiter, bien qu'il ne sût lire ni A ni B, son ennemi Frédéric le Grand. Chappe demanda pourtant audience.

Il sut plaire à cette brute criblée de petite vérole et accablée d'alcool. Il accepta même un duel avec le futur tsar. Duel où le sang n'est pas versé. Il s'agit plutôt d'une course. En voici la règle : le long d'une grande table, vous alignez une vingtaine de petits gobelets remplis de cette eau-de-vie que les Allemands appellent schnaps. Puis vous progressez le long de cette table en vidant, le plus vite possible, le contenu des gobelets. Pierre Romanov était passé maître en ce jeu. Mais Chappe aurait pu gagner cette compétition si, sans doute par déférence envers son hôte, il ne se fût évanoui le premier, un gobelet avant la fin.

Dès lors, tout ce qu'il voulait, il l'obtint. Plus les jours passaient, plus l'expédition en Sibérie de monsieur l'abbé Chappe d'Auteroche devenait, dans les vastes couloirs des labyrinthiques palais de Saint-Pétersbourg, le plus grand voyage du siècle, auprès duquel le voyage de Magellan n'aurait été, deux siècles auparavant, qu'une promenade de santé.

La politique aussi entrait dans ce remue-ménage, car la tsarine Elisabeth voulait que l'Europe s'étendît au plus loin, par-dessus l'Oural jusqu'aux confins de l'Asie et même au-delà. La croisade recommençait.

Tous, empereurs, rois, ducs et princes chrétiens se berçaient du rêve illusoire de reconstituer l'empire d'Auguste cernant de ses *limes* toute la Méditerranée, et partir sur les traces d'Alexandre jusqu'aux berges de l'Indus. Mais qui serait ce nouveau conquérant ? Les deux vieilles impératrices en rêvaient. Frédéric, dans ses derniers bastions, attendait l'heure de la revanche. Louis XV coulait ses vieux jours au parc aux Cerfs. Le roi d'Angleterre dévorait d'appétit tout territoire que les gâteuses puissances espagnole et portugaise lui abandonnaient. Pourtant, tous ces princes, dans leurs imaginations, se seraient bien vus Tamerlan chrétien et empereur du monde. Ils oubliaient les peuples.

XII

L'expédition en Sibérie

Jean-Baptiste Chappe d'Auteroche, lui, ne voulait que Vénus. Le comte Voronzoff avait mis à sa disposition une cohorte de soldats, d'artisans et de mécaniciens qui travaillaient avec un très grand zèle à la préparation de l'expédition. Il s'agissait en effet de démontrer à l'éminent savant français, et ces consignes venaient du plus haut, que l'Empire russe n'était plus terre barbare, en proie au feu et au sang dans des déferlements de Mongols, mais une nation policée qui se bâtissait sur le modèle de Versailles, parangon de toutes les vertus, de toutes les libertés, de toutes les Lumières. Chappe ne perçut pas ces immenses efforts de néophytes de la Raison. Il ne voyait rien de toute cette séduction dont il était l'objet. Il voulait partir, il voulait être à temps à Tobolsk.

Cette préparation frénétique dura trois semaines. Enfin le 10 mars, quatre grosses voitures sur traîneaux, tirées chacune par cinq chevaux, quittèrent Saint-Pétersbourg. Dans la première, un sergent prêté par l'impératrice servirait de guide ; à ses côtés, un interprète. La voiture de Chappe suivait, puis une autre occupée par le meilleur horloger de la cour impériale et un domestique ; en queue de convoi, celle contenant le précieux matériel. Il ne leur fallut que quatre jours pour rejoindre Moscou, où à nouveau Chappe fut reçu comme un roi, et où il eut la satisfaction de toucher quatre mille livres envoyées par l'Académie des sciences. Il ne prit pas le temps de visiter la ville, expédia à Paris plusieurs lettres où il racontait son voyage, veilla au transfert du matériel, à l'approvisionnement de vivres sur un nouveau traîneau, et repartit deux jours après dans ce grand équipage renforcé par une escorte de quatre grenadiers armés jusqu'aux dents. Point d'auberge, point de relais de poste à espérer des jours durant, jusqu'à l'étape de Nijni Novgorod, avant la monotone plaine tartare.

Sur les conseils de son sergent, Chappe gardait toujours à portée de main un pistolet chargé. Ils bivouaquaient dans d'immenses forêts de bouleaux et de sapins autour d'un grand feu. Au loin dans la nuit, les loups chantaient à la lune. Ils filèrent longtemps sur la Volga gelée. Le vent et le crissement des patins sur le fleuve blanc accroissaient encore l'impression voluptueuse de vitesse. Pourtant les jours d'hiver étaient bien courts, et l'on ne parcourait souvent qu'une dizaine de lieues avant la tombée de la nuit. Il fallait ménager les chevaux, car on ne pourrait en changer que rarement, faute de relais. Parfois, perdues dans ce désert, défilaient des cabanes en rondins, dont les habitants se cachaient au passage du cortège. Enfin, ils franchirent l'Oural et Chappe fut presque déçu que la mythique barrière entre l'Europe et l'Asie se laissât escalader aussi facilement. Puis la steppe, à l'infini : la Sibérie.

Tobolsk le surprit. Il s'attendait à un de ces fortins de bois comme il en avait entraperçu quelques-uns durant sa longue équipée. Les remparts de pierre le rassurèrent, ainsi que les dômes en poire des églises, sans compter les maisons de plusieurs étages qui voulaient imiter sans doute des palais. Son seul souci était de trouver le meilleur lieu pour installer son observatoire. Aussi ne vit-il pas les masures délabrées, les rues de boue gelée où traînaient des misérables en haillons. Il savourait surtout sa chance d'avoir relié Saint-Pétersbourg à la Sibérie sans encombre, ni trop d'incidents. Le gouverneur, l'archevêque et quelques personnes qu'on lui présenta comme des notables locaux, mais qui, sous leurs longues barbes sales lui parurent des rustres, l'accueillirent comme le messie. On lui alloua trois nouveaux grenadiers et un autre sergent pour sa garde personnelle. Cette escorte était tellement vigilante qu'il se demandait parfois si ces rudes gaillards étaient là pour le protéger ou le surveiller. D'autant que, depuis le début du voyage, il avait appris, par son horloger, qu'il devrait aussi se méfier de l'interprète. Avec sa tête de fouine, ce dernier ne le lâchait pas d'un pas, même quand sa présence n'était d'aucune utilité : le gouverneur et l'archevêque de Tobolsk parlaient un français parfaitement pur, et c'était cette langue que l'on pratiqua lors des deux ou trois réceptions que Chappe eut à subir. L'astronome finit par comprendre que l'homme était une créature de l'entourage du tsarévitch chargée de surveiller ses faits et gestes.

Une semaine durant, Chappe, toujours conseillé par son horloger — dont il apprit plus tard qu'il lui avait été imposé par la grande-duchesse Catherine — dut sacrifier aux mondanités pitoyables et barbares de ce comptoir de pelleterie. Les femmes étaient exclues, mais l'alcool coulait à flots. Enfin, il put se mettre au travail. Dès le lendemain de son arrivée, il avait choisi le site où il ferait construire son observatoire, sur une haute colline à l'écart de la ville, et surtout du réseau inextricable de rivières sur lequel Tobolsk était bâtie. Là-haut, quand viendraient le dégel et les premières chaleurs, il serait au-dessus des lourdes brumes montant des rives du Tobol, de l'Irtych et de leurs nombreux affluents.

Bien lui en prit, car le printemps explosa d'un coup. En une journée, la température monta brutalement de quinze degrés. La neige disparut, les eaux roulèrent d'énormes glaçons. Bientôt des torrents de boue inondèrent les rives et la ville, emportant des chiens et du bétail crevés, des épaves de toutes sortes et même quelques cadavres humains. Au lieu de lutter contre les flots, les paysans priaient et pleuraient, les églises ne désemplissaient pas.

— Prenez garde, dit alors le gouverneur à Chappe. Bientôt, les moujiks, et même leurs maîtres vous tiendront responsable de cette catastrophe. Ne quittez pas d'un pouce votre escorte. Ces brutes commencent à se persuader qu'avec vos diaboliques instruments, vous mécontentez Dieu et tous les saints.

— Pourtant, ces crues ont lieu chaque année. Ils devraient avoir l'habitude.

— Ce sont encore des animaux qui, certes, n'ont plus d'instinct, mais pas encore de mémoire.

Tous les matins, une armée de bûcherons, de paysans, de pauvres en guenilles, de serfs, d'esclaves escaladait les pentes de la colline sous l'œil vigilant d'une trentaine de soldats en armes. Parfois, on entendait le fouet claquer. Toute l'éminence avait été essartée. Plus un arbre, plus un buisson. Un chemin pavé allait maintenant tout droit à son sommet. En moins d'un mois se dressa là-haut, moitié pierres, moitié rondins, l'observatoire et une cabane de planches où purent se loger à l'aise Chappe, l'horloger, l'interprète et le domestique.

Au début mai, les plaines et les collines se couvrirent d'or. Le ciel était d'un bleu parfait. Chappe jugea qu'il était bon de transporter ses instruments depuis l'arsenal où ils étaient entreposés jusqu'à son observatoire. Quand le chariot traversa la ville, sous escorte, les rues étaient désertes. Mais derrière les volets entrebâillés, l'astronome sentait des frémissements de peur. Une vieille égarée se signa et s'enfuit. D'une grange, un cri s'éleva, puis une sorte de discours imprécateur.

— Que dit-il ? demanda Chappe.

L'interprète haussa les épaules :

— Ce sont des brutes. Aucune importance.

Le gouverneur, qui avait tenu à assister à l'installation des instruments, traduisit alors :

— Il vous a simplement traité de créature du diable. Il vous accuse de venir voler pour votre maître Satan les diamants du ciel. Il prédit des malheurs abominables qui vont bientôt s'abattre sur Tobolsk et toute la Russie.

— Il n'a pas si tort que cela, répliqua Chappe. Du moins pour le vol...

— Ne plaisantez pas. Ces sauvages peuvent devenir dangereux.

Puis le gouverneur se pencha par la fenêtre du vieux carrosse brimbalant et lança un ordre en russe à l'officier de l'escorte. Cette fois, l'interprète consentit à traduire :

— Son Excellence a cru reconnaître le coupable : il s'agit d'un pope fanatique à qui les moujiks vouent un véritable culte. Une centaine de coups de fouet et la geôle jusqu'à votre départ.

Chappe allait protester, mais le gouverneur lui intima l'ordre de ne pas s'occuper de ces affaires internes à son administration. D'ailleurs, l'astronome était sous sa responsabilité et s'il lui arrivait quelque chose, lui-même risquait bien soit les prisons du tsar, soit pire, un exil du côté du lac Baïkal, face aux Mongols...

Chappe n'insista pas. L'essentiel pour le moment était que l'observatoire fût prêt le jour dit. Le soir, toutefois, il nota scrupuleusement l'incident dans son journal et décida d'en tirer les conclusions plus tard.

Le 11 mai, un mois tout juste après son arrivée à Tobolsk, tout était en ordre. Attendant le rendez-vous cosmique du 6 juin, il passa alors ses journées et une bonne partie de ses nuits derrière le télescope ou la table de travail. Il observa ainsi une éclipse de Lune invisible en France, puis une éclipse de soleil, détermina exactement la longitude et la latitude de Tobolsk. Il confiait deux ou trois fois par semaine le fruit de ses observations à un courrier à cheval, qui filait ensuite à Saint-Pétersbourg.

La guerre avait au moins ceci de bon qu'estafettes, émissaires et messagers sillonnaient sans cesse les chemins entre pays alliés, avec une diligence extraordinaire. Pas seulement alliés d'ailleurs, car Delisle m'avoua, non sans malice, qu'il recevait également les observations de confrères anglais et prussiens, par le truchement d'agents secrets du roi George ou de Frédéric, avec bien sûr, le consentement de ces monarques dont le vieil astronome avait su gagner jadis la confiance. Indifférents et même hostiles à ces guerres de princes, nous qui n'avions qu'une seule nation, la république des sciences, que nous importait que nos travaux, nos découvertes puissent aussi constituer de précieux renseignements pour les belligérants ?

Lorsque j'en eus connaissance, le zèle et l'ardeur de Chappe me surprirent et me rassurèrent. J'avais cru auparavant que mon ami était un esprit brouillon et indolent. Il est vrai que sa peu brillante carrière, jusqu'à présent, ne plaidait pas pour lui, de même que son comportement dans la vie quotidienne. J'avais d'ailleurs été quelque peu inquiet quand il s'était porté volontaire pour ces confins de la Sibérie. Or, Tobolsk était un point capital pour nos observations. J'avais d'abord tenté de le dissuader de partir si loin, puis j'avais fait part de mes craintes à Delisle, avec qui je commençais à travailler étroitement. Le vieil astronome me répliqua que j'étais encore trop jeune pour voir la vraie nature humaine derrière le masque et que Chappe était, derrière ses allures bon enfant, notre meilleur observateur, un véritable athlète de la science, qui irait pour elle jusqu'au bout de son effort.

Les quelques jours qui précédèrent le transit, Chappe ne dormit pas ou si peu. Il avait toujours quelque chose à faire, à vérifier, à ajuster. L'horloger se traînait derrière lui, au bord de l'épuisement. La nuit du 5 au 6 juin, il ne put tenir en place. Le ciel était pourtant, comme depuis plus d'un mois, d'une pureté inespérée. Vers les deux heures du matin, il prit sa décision, mû par une inspiration soudaine. Il réveilla le malheureux horloger et le domestique. Il leur demanda de l'aider à transférer sa principale lunette dehors, à l'écart des bâtiments, craignant d'infimes perturbations. Puis il commanda au sergent d'emmener ses grenadiers au pied de la colline afin de demander à ses invités de laisser leur équipage en bas par crainte que les chevaux soulèvent de la poussière. Chappe, en effet, n'avait pu faire autrement que d'autoriser le gouverneur, l'archevêque et les notables locaux, qui l'avaient tant aidé dans son installation, à venir observer avec lui le passage de Vénus sur le Soleil. Quand ceux-ci arrivèrent, malgré leur essoufflement d'avoir escaladé cette pente ardue, ils marchaient presque sur la pointe des pieds. Chappe ne les accueillit même pas. Il était déjà à l'ouvrage. Ils le regardèrent de loin, respectueusement, avec même un peu de crainte. Puis le domestique les mena vers les lunettes de secours que Chappe avait laissées à l'observatoire. Ils s'apprêtaient à mettre l'œil à l'oculaire lorsque Chappe hurla :

— Les verres fumés, sacré nom, les verres fumés ! Aveugles que vous êtes déjà, vous voulez donc vous griller définitivement les yeux ?

Puis Chappe revint sans perdre de temps à sa propre observation. Les conditions étaient parfaites : pas le moindre brouillard, le Soleil s'était levé sur un horizon net. La lunette de Chappe, qu'il avait tant dorlotée durant les six mois précédant le transit, était la meilleure qui pût se trouver. Pour avoir un enregistrement plus sûr, il avait décidé d'utiliser la technique de la projection, plutôt que l'observation directe à travers un filtre protecteur. Il fixa à l'arrière de l'oculaire une feuille de papier graduée qu'il avait soigneusement préparée, de telle façon que l'image du Soleil emplissait un cercle de six pouces. Il avait divisé le diamètre horizontal du cercle en trente parties égales, et c'est en suivant ce quadrillage qu'il pourrait enregistrer ses données avec la plus grande précision. Un fil à plomb était suspendu de façon à ce qu'il jette une ombre verticale sur le centre de l'image du Soleil, afin d'aider à la mesure.

Le point-clé de l'observation était le chronométrage des instants de contact : le moment où Vénus mordrait pour la première fois le disque du Soleil, puis, cinq ou six heures plus tard, celui où elle le quitterait. Soudain, la tache de Vénus parut. Chappe vit distinctement comme une atmosphère ou une ombre obscure autour du corps de la planète, qui perturba l'appréciation exacte du premier contact. À cet instant précis, la tache noire de la planète sembla rester connectée comme une gouttelette à la frontière du limbe solaire, jusqu'à ce que soudain la connexion fût cassée et que la planète fût vue bien après la bordure. L'astronome jura intérieurement. Ils n'avaient pas prévu cet effet, et il faudrait plus tard faire des corrections, en tenant compte de l'écart moyen mesuré par divers observateurs. Chappe fut ensuite étonné de voir combien la tache enfin nette de Vénus était petite : un minuscule cercle noir maculait la face radieuse du Soleil, et le traversait majestueusement, sans se presser. La caresse dura cinq heures trente-sept minutes. Le dernier contact de Vénus avec le bord du Soleil fut aussi difficile à mesurer que le premier. Plus de dix secondes avant, la tache redevint gouttelette, irrésistiblement allongée en direction du bord solaire. Plus elle disparut brusquement.

Sitôt le phénomène terminé, Chappe reporta fébrilement le fruit de son travail dans ses carnets, le vérifia et le revérifia. Puis il rédigea une communication et confia la lettre cachetée à son sergent qui, immédiatement, prit la route de Saint-Pétersbourg. Elle arriva à Paris à peine un mois plus tard.

Delisle avait raison : je ne savais pas encore lire sous le masque des hommes. Les observations de Chappe furent sans doute les meilleures qu'on eût faites du transit de juin 1761.

Alors, Chappe d'Auteroche baissa les yeux et regarda autour de lui. Et ce qu'il vit l'épouvanta. Des troupeaux de serfs, sales et affamés, courbaient le dos sous le fouet de leurs surveillants. Parfois, des maladies remontées du fond des siècles les balayaient par centaines. Ou peut-être était-ce la famine. Il vit les yeux immenses et le ventre ballonné des petits tentant de tirer un peu de lait du sein desséché de leur mère. Il vit des popes hirsutes et pouilleux leur marteler la cervelle des plus stupides superstitions : que la Terre était plate et posée sur quatre piliers, que la fin des temps était proche, que bientôt déferleraient sur eux les hordes de Gog et Magog, que l'Irtych, la Tavda, l'Ob et le Tobol étaient les quatre fleuves coulant de la Jérusalem céleste, que si les inondations ou les glaces les tuaient, c'était pour leurs péchés.

Il circula deux mois dans la région, toujours accompagné soit par le gouverneur, soit par l'un de ses sbires. Mais les vrais maîtres de ces troupeaux d'esclaves vivaient à Moscou, à Saint-Pétersbourg, à Vienne ou à Versailles, ignorant le nombre de têtes de ce cheptel humain que l'on appelait « âmes », par cynisme ou par hypocrisie, qui sont au fond l'avers et le revers de la même sinistre médaille.

Jadis, Chappe d'Auteroche était le plus modéré d'entre nous. Il devint le plus révolté. Mais il voulait asseoir cette révolte sur une logique explicative. Il renia Rousseau, car s'il était vrai que l'homme vivait partout dans les fers, ces « âmes » sibériennes n'avaient pu naître libres. Il réfugia alors sa raison dans Montesquieu. Le climat à l'évidence était responsable de la résignation de ces serfs, de la bêtise de leur clergé, de la cruauté de leurs gardiens, et du mépris de leurs maîtres. Les maîtres en question, il voulait les voir maintenant, les observer, les analyser. En effet, durant les trois mois où, après le transit, il parcourut la région de Tobolsk, constatant que si la terre était pauvre et ingrate, en revanche le sous-sol contenait d'incroyables richesses, minerai de fer, or et autres métaux précieux. Si cette manne restait inexploitée, était-ce parce qu'on en ignorait l'existence, ou bien les Russes ne s'intéressaient-ils pas à l'industrie et au progrès, en raison des influences du climat et de la géographie ?

Il n'en continua pas moins ses travaux de géomètre et d'astronome, à partir de ses observations du transit, tel le parallélisme d'un télescope fixe sur son quadrant. Il s'occupa aussi d'électricité naturelle, des variations magnétiques, de météorologie...

Comme par hasard, tout allait maintenant dans le sens de ses premières intuitions sur la vie et les mœurs des Russes : il y avait bien, selon lui, quelque part dans l'air, un fluide subtil, électrique, composé de phlogistique ou de bien autre chose, qui façonnait la physiologie des races. Cela lui paraissait bien plus flagrant dans ces contrées. Il était devenu anatomiste de l'âme slave.

Il revint à Saint-Pétersbourg par le chemin des écoliers. Il visita les énormes mines de fer de la ville qui ne s'appelait pas encore Ekaterinbourg, où il fut horrifié des conditions dans lesquelles travaillaient les ouvriers.

De retour à Saint-Pétersbourg au début de l'automne, il ne put savourer le triomphe qu'on lui fit, tant il était hanté par les monceaux de misères qu'il avait vus. Il fit toutefois sa première communication, par obligation et courtoisie, à l'Académie impériale des sciences. La grande-duchesse Catherine elle-même honora de sa présence, ce jour-là, la docte assemblée.

Tout à son idée fixe, il fut persuadé qu'elle seule comprenait ce qu'il disait : elle était allemande. On l'ovationna longtemps. Lui les regardait comme des animaux curieux, tentant malgré lui de deviner à la largeur de leur front ou la hauteur de leurs pommettes leur degré d'intelligence.

Le soir même, il fut invité à souper chez la grande-duchesse. Catherine avait fait bien des efforts pour attirer à elle le plus grand nombre de Français qu'elle pouvait. Seuls vinrent le jeune peintre Leprince et Grimm, qui semblaient se détester. Ce dernier bondissait ainsi de cour en cour, pour vendre à toute altesse intéressée sa *Correspondance littéraire*, où lui-même n'écrivait que fort peu ; mais il savait mieux que quiconque attirer les plus fameuses signatures pour plaire à ses augustes abonnés. Or Leprince, qui devait orner bon nombre de plafonds du palais de Saint-Pétersbourg, avait proposé au publiciste un certain nombre de gravures représentant la vie quotidienne des paysans russes. Grimm les refusa avec horreur. Les publier lui aurait fait perdre toute sa clientèle russe, dont l'impératrice Elisabeth, son successeur Pierre, sans oublier une bonne dizaine de courtisans et grands-ducs. Et si plus tard, dans ses *Salons*, Diderot éreinta Leprince, je crois bien que Grimm y fut pour quelque chose. Il en est de même pour Chappe.

Le souper se déroula pourtant fort bien, trop bien peut-être. Pour des raisons diplomatiques, l'ambassadeur Breteuil et Favier, l'ancien compagnon de voyage de Chappe, avaient décliné l'invitation. En effet, il ne se passerait pas un hiver avant que Pierre montât sur le trône. Brutal, ivrogne, à moitié fou, le futur tsar clamait partout qu'il répudierait Catherine qui, il est vrai, était loin d'être une épouse irréprochable. Mais comment l'être avec un tel mari ? Entiché jusqu'au fanatisme de Frédéric II, Pierre risquait bien, sitôt arrivé au pouvoir, de renverser les alliances, alors même que la Prusse était pratiquement vaincue.

On comprend que les Français de Saint-Pétersbourg n'avaient guère envie de se compromettre chez la grande-duchesse, à l'exception d'un jeune peintre qui n'avait rien à perdre, d'un publiciste, au demeurant allemand, et qui savait ménager tout le monde et son frère. Et de Chappe, qui n'entendait rien à toutes ces intrigues. Lui ne voyait qu'une chose : la malheureuse jeune femme, qui allait tout de même sur ses trente-trois ans, si belle, si bonne, si savante, si brillante, si férue d'art et de philosophie, était la prisonnière de cette brute barbare au cerveau forcément dérangé sous le poids de ces fluides géographico-climatiques. Tant pis si l'ex-duc de Holstein-Gottorp était né à Kiel, Prussien de bas en haut. Dans sa nouvelle religion, l'abbé n'y regardait pas de si près. Je dois avouer qu'à l'époque je partageais, comme bien d'autres, cette opinion sur l'origine des différences entre les races et les coutumes. Diderot, Condorcet et la Révolution nous ont incités à plus de prudence.

Chappe était placé à la droite de la grande-duchesse. Le sentiment qu'il lui portait aux hors-d'œuvre n'attendit pas les entrées pour se transformer en amour absolu. Elle s'en aperçut tout de suite et attisa la flamme. Ils furent les deux seuls à converser durant tout le repas. Il raconta avec fougue son voyage et les malheurs du peuple russe. Elle l'approuva hautement, lui raconta d'autres misères bien plus épouvantables encore, lui affirma qu'elle aussi rêvait d'une Russie sans servage, un empire prospère d'où disparaîtraient l'obscurantisme et la superstition sous l'aveuglante clarté de la raison, du progrès, des arts et de la science.

Il sortit de ce dîner, envoûté. Quelques jours plus tard, Favier lui recommanda de rentrer le plus vite possible en France. Il refusa, arguant qu'il avait encore du travail à accomplir et que d'ailleurs il ne voulait pas faire un deuxième voyage hivernal. Il travailla effectivement, nous inondant, Delisle et moi, de sa correspondance. Il était tellement imbu des théories de Montesquieu qu'il m'arrivait parfois de me demander si le climat ou la longitude de Saint-Pétersbourg ne lui avaient pas un peu dérangé l'esprit. Il nous suppliait en effet d'attirer en France par tous les moyens, et avant que la Russie ne détruise leur génie, l'académicien Lomonossoff et surtout le jeune astronome Rumosky, qui avait accompli des prodiges, disait-il, dans son observation du transit de Vénus aux confins de la Mandchourie. Puis il me raconta, de façon plaisante, la mort de l'impératrice Elisabeth et le sacre de Pierre III, en y mettant le sel de l'ironie, suffisamment pour couvrir de ridicule ces cérémonials aussi biscornus que barbares. Avant de les faire éditer, j'ôtai malgré tout quelques imprudences, mais les censeurs ne firent aucune difficulté. Le temps que la lettre arrive, nous avions déjà appris que Pierre III avait signé la paix avec la Prusse et que Frédéric, que l'on croyait perdu, était de nouveau à Berlin, prenant chaque jour plus de puissance. Il nous expédia ensuite la première ébauche de son *Voyage en Sibérie*, que La Caille corrigea. Puis, quelque temps après, il nous raconta avec enthousiasme comment, aidée par le peuple, l'armée, le clergé et la noblesse, Catherine renversa son tyran de mari et comment le malheureux, perclus de vices et de maladies, mourut une semaine plus tard « d'une colique hémorroïdale compliquée d'un transport au cerveau ». Chappe fut sans doute le seul dans toute l'Europe à croire à cette version officielle de la mort de l'éphémère tsar Pierre III.

Chappe contribua plus que tout autre à la naissance du mythe de Catherine la Grande, la Nouvelle Sémiramis. Il ne revit pourtant qu'une fois l'impératrice, bien qu'il eût passé de longues heures d'attente dans son antichambre. Il s'en consolait en se disant que la maîtresse d'un aussi puissant empire avait pour l'heure d'autres chats à fouetter que de s'occuper d'un petit astronome français en habit d'abbé.

Enfin il fut reçu en audience privée. Catherine II fut encore plus charmante à son égard qu'elle ne l'avait été la première fois. Et surtout, elle l'incita à écrire un livre sur son voyage en Russie, sur tout ce qu'il avait vu, d'aller répéter en France que désormais les choses allaient changer dans ce pays, que Saint-Pétersbourg deviendrait bientôt le refuge de tout ce que l'Europe, et surtout la France, comptait de philosophes et de savants persécutés.

— Partez, monsieur l'abbé, partez, c'est à Paris que nous avons besoin de vous. Et revenez-nous.

Il s'en fut, enivré, fier d'être le flambeau de ces nouvelles Lumières naissant à l'Orient. Il arriva à Paris après un an d'absence. Désormais, sa passion pour Reine et l'impératrice se confondaient dans son cœur.

XIII

Le choix de Le Gentil

Pingré était à Rodrigue ! Le Gentil en aurait pleuré de joie, de soulagement. Mais, devant les mines compassées des notables de l'Ile-de-France, il devait se contenir, ne rien montrer de la profonde blessure que fut pour lui l'échec de son expédition à Pondichéry. Il s'était même interdit de dénoncer le moins que ce fût la stupide et lâche conduite du commandant de la *Sylphide*. Il ne voulait pas que ces gens, qui se comportaient à son égard comme s'il était frappé d'un deuil inconsolable, décèlent en lui quelque amertume de son échec. Il est si facile de passer de la commisération à la pitié et de la pitié au mépris. Aussi se contenta-t-il de lancer, désinvolte :

— Ce cher abbé Pingré ! Dieu fasse qu'il ait eu plus de chance que moi.

Dès lors, dans la petite maison du juge ouverte sur le soleil couchant, il attendit avec impatience le retour de notre ami. Pingré était homme de bon conseil ; dans sa savoureuse conversation, toujours truffée de citations d'Ovide ou d'Horace, entre deux joyeux madrigaux, une recette de petit plat, un verre de vin savamment commenté, une histoire de femme, il saurait trouver les mots pour que Le Gentil ne se laisse pas aller au découragement.

Les mois de juillet et d'août se passèrent sans qu'il eût de nouvelles de son collègue. Des marins lui avaient appris que Pingré avait voulu prolonger son séjour de Rodrigue pour en étudier l'histoire naturelle. Au bout de deux semaines, Le Gentil s'inquiéta. Il avait lui-même eu l'occasion d'apercevoir l'an passé ce petit archipel perdu. Les lieux ne lui semblaient pas mériter qu'un savant tel que Pingré y consacrât autant de temps.

On disait un peu partout à l'Ile-de-France que les Anglais, forts de leurs triomphes sur toutes les mers, s'enhardissaient maintenant dans les eaux des derniers bastions français de l'océan Indien, pourtant solidement défendus. Mais ce qui restait de la Royale ne sortait guère de Port-Louis et sans doute de l'île Bourbon. Seuls les navires marchands de la Compagnie des Indes et quelques corsaires osaient s'aventurer au loin. Malgré ce véritable état de siège, nul parmi les autorités ne semblait s'alarmer du sort de Rodrigue qui n'était pourtant qu'à trois jours de voile de l'Ile-de-France. À croire que ce poste avancé était délibérément sacrifié, ainsi que sa petite garnison, ses deux corvettes au mouillage et Pingré bien sûr.

Fin août, le capitaine du *Volant*, de la Compagnie des Indes, rendit visite à Le Gentil. Son bateau faisait régulièrement la navette entre Port-Louis et Rodrigue ; il s'apprêtait à appareiller. Il proposa à l'astronome de le prendre à son bord. Après un moment d'hésitation, Le Gentil refusa, craignant d'être indiscret : il ne voulait pas laisser croire à Pingré qu'il venait dans son jardin ramasser quelques miettes de ses travaux.

Le 12 septembre 1761, alors que Le Gentil se préparait à fêter dans la solitude l'anniversaire de ses trente-six ans, Gratot vint lui annoncer le retour du *Volant*. En toute hâte, il se rendit au port. Bientôt,

Pingré sauta sur le quai de Port-Louis, aussi vif qu'un gabier, malgré ses cinquante ans et ses crises de goutte. Les deux hommes se tombèrent dans les bras. Puis Pingré prit un air de fausse colère comique :

— Pourquoi n'êtes-vous pas venu me chercher à Rodrigue ? Vous vous seriez couvert d'une nouvelle gloire : celle d'avoir été l'homme qui a tiré le redoutable moine soldat génovéfain que je suis des griffes des Anglais. Parfaitement ! Je suis resté près de cent jours prisonnier, réduit à une seule boisson : l'eau ignoble. Ah, nos fiers vaisseaux ont fait long feu devant les leurs. Quand l'ennemi m'a mis la patte dessus, j'eus beau brandir les laissez-passer délivrés par la Royal Academy et l'Admiralty, ils s'en fichaient bien. Savant ou pas, je n'étais à leurs yeux qu'une « grenouille » comme les autres, tout juste bon pour leurs pontons. Les Anglais ont gagné la guerre, mon cher.

— Vous aviez des laissez-passer britanniques ?

— Notre cher vieux Delisle, qui a beaucoup d'amis de l'autre côté de la Manche, n'a eu aucun mal à m'en obtenir, avant mon départ, et malgré la guerre. Car vous, bien entendu, vous n'aviez même pas pris cette précaution élémentaire ? Je vous reconnais bien là. Pouvez-vous me loger ?

— Avec joie, mais il faudrait d'abord que j'en avertisse mon hôte, le juge Nihil.

— Nous verrons cela plus tard. Recevoir sous son toit deux académiciens de Paris devrait suffire à la vanité de votre juge. Si vous m'aimez un peu, emmenez-moi tout de suite chez vous, par pitié ! Depuis trois mois, j'ai oublié les douceurs du savon, de la chemise repassée et d'une bouteille de vin frais partagée avec un ami.

— Mais vous devriez d'abord rendre visite au gouverneur...

— J'ai passé l'âge de faire des courbettes à des coqs de village. Un bain et du vin, Guillaume, ou vous aurez ma mort sur la conscience. D'ailleurs Thuillier ira rendre mes hommages à vos notables.

— Qui est ce Thuillier ?

— Je ne vous ai pas présenté ? Denis Thuillier est l'assistant que m'a imposé monsieur de Buffon afin qu'il lui rapporte quelques tortues et autres bestioles, tout en grevant sur les maigres fonds qu'a consenti à me verser le duc de Chaulnes. Je plaisante, Thuillier, ne faites pas cette tête. Filez maintenant. Les belles Créoles vous attendent.

Durant tout le trajet en calèche qui mena les deux savants jusqu'à la coquette maison de Le Gentil, Pingré ne cessa de parler, s'excusant de ce qu'il appelait sa « logorrhée », mais il fallait bien, disait-il, que ça débonde après ces longues semaines enfermé dans une île sinistre. Il raconta comment deux navires anglais avaient attaqué Rodrigue durant le mariage de la fille du gouverneur local, la prise facile d'une des deux corvettes françaises et le naufrage de l'autre, puis les sinistres conditions de détention de la petite colonie de Rodrigue, le comportement brutal d'un certain capitaine Fletcher et de ses soldats, sitôt que les deux vaisseaux anglais furent repartis avec leur prise. Cela dura jusqu'au jour où deux autres navires ennemis mouillèrent à Rodrigue. Leur commandant vint voir les prisonniers, Pingré présenta à nouveau ses laissez-passer signés de l'Amirauté anglaise et de la Royal Academy, protesta très fort contre les agissements de son geôlier. Le commandant en question lui donna ses plus galantes excuses et promit de transmettre à Londres la plainte de l'astronome français. Sur ces entrefaites, on lui annonça l'arrivée d'un navire français. C'était le *Volant*. Alors, contre toute attente, après avoir libéré les prisonniers, les deux vaisseaux anglais brassèrent en fuite.

— Apparemment, dit Pingré, l'île Rodrigue ne

les intéressait pas. Ils gagneront la guerre, je vous dis. Ils l'ont déjà gagnée.

— Malgré toutes ces aventures, votre observation du transit s'est-elle bien passée ? demanda Le Gentil.

— Visibilité parfaite, même si lors du passage, le Soleil était encore un peu bas sur l'horizon. Mais les Anglais ne m'ont pas laissé le loisir de mettre mes observations en forme. Bah, nous aurons tout le temps de parler de cela.

Le Gentil eut un pincement au cœur, non de jalousie, ce sentiment lui était étranger, mais parce que lui aussi aurait pu être à l'île Rodrigue, s'il n'avait pas été embarqué, au dernier moment, à bord de la *Sylphide*.

Alors que Le Gentil s'était installé sur la véranda, au-dessus de la pelouse qui descendait jusqu'à la plage dorée, il entendait derrière la maison les petits cris émoustillés que poussait le très honorable bibliothécaire de Sainte-Geneviève sous le gant de crin dont une esclave noire le frottait énergiquement. Puis sa voix de basse-taille entonna une sorte de chant grégorien improvisé :

Ci-gît qui chérit tant Vénus
Qu'à Rodrigue il fut surprendre.
De l'astrologue in partibus
Cher passant respecte la cendre.

Ah que cet homme le ragaillardissait ! Enfin, l'autre sortit du bain et apparut sur la véranda, pieds nus, dans une longue robe blanche. Il avait des allures d'empereur romain.

— Admirable, votre épitaphe, Alexandre ! s'amusa Le Gentil. J'en aurais pleuré, si mes yeux avaient encore des larmes.

— N'est-ce pas ? Quand la muse me taquine, je confine au sublime. À propos de muse et de taquineries, votre plantureuse négresse vous sert-elle aussi de cuisinière ? Oui ? Parfait ! Holà, ma fille, il faut que je vous parle.

Et Pingré disparut à nouveau dans la maison pour un long conciliabule avec l'esclave prêtée par le juge Nihil. Il revint en se frottant les mains.

— Elle est parfaite, mon cher. Vous allez goûter la meilleure soupe au foie de tortue de votre vie.

Le Gentil fit la grimace.

— Vous n'en avez jamais mangé ? reprit Pingré. J'oubliais que vous étiez un ascète. La soupe à la tortue est un véritable délice. Les marins disent qu'il n'y a pas de meilleur remède contre le scorbut. Gratot, mon garçon, servez-nous donc ce petit vin du Cap que je vous ai demandé d'aller chercher chez l'Indien.

« Comment cet homme réussit-il à se faire aimer tout de suite par tous, à se sentir partout chez lui ? se demanda Le Gentil. Ou est-ce moi qui n'ai pas la manière ? »

Ils s'installèrent face à la mer, côte à côte, dans de grands fauteuils d'osier garnis de coussins, les pieds sur des tabourets. L'après-midi tirait à sa fin.

— Eh bien, Guillaume, demanda Pingré entre deux gorgées, comment s'est passé votre rendez-vous vénusien ? Je dois avouer que je fus bien surpris quand le capitaine du *Volant* m'a appris que vous étiez déjà de retour à l'Ile-de-France. Je vous imaginais plutôt parcourant les Indes fabuleuses, perché sur un éléphant couvert d'or et de soie.

Le Gentil raconta alors ses mésaventures, l'inepte périple dans l'océan Indien jusqu'aux confins de la mer Rouge, les rodomontades du jeune capitaine de la *Sylphide* et son lâche refus de le déposer quelque part sur la côte de Coromandel encore épargné par la guerre.

— Pourquoi n'êtes-vous pas descendu à l'escale de Ceylan ?

— Ce cuistre m'avait consigné dans ma cabine.

Pingré se leva d'un bond et se mit à arpenter la véranda de long en large. Sa voix vibrait de colère rentrée :

— Le Gentil, Guillaume Le Gentil, oubliez-vous que vous êtes un savant, un géomètre, un assez grand géomètre, un assez grand savant, pour que le roi de France lui-même vous confiât ses deniers, ses bateaux ? Vous représentez le roi de France, vous êtes le roi de France, Guillaume Le Gentil. Vous êtes aussi à vous seul toute la Science. Et voilà que vous baissez les bras, que vous vous inclinez devant le premier imbécile venu sous prétexte qu'il dirige le véhicule, j'ai bien dit le véhicule, qui vous transporte vers l'endroit où il a le devoir absolu de vous déposer. Vous obéiriez à votre cocher s'il refusait de vous emmener au bordel ?

— Que pouvais-je faire ? Ce cocher, comme vous dites, était le seul maître à bord après Dieu.

— Sur ce bord-là, il n'y avait ni Dieu ni maître. Il y avait l'académicien Guillaume Le Gentil que l'on devait mener, par ordre de Sa Majesté Louis le Quinzième, à l'endroit qu'il désignerait. Il fallait lui brandir sous le nez vos lettres de créance, vos ordres de mission, crier plus fort que lui, le terroriser, montrer que c'était vous, le maître, le dieu, le roi. L'argument d'autorité, il n'y a que cela qui compte à leurs yeux. Et, croyez-moi, ce petit crétin aurait plié.

— Vous l'auriez fait, vous ?

— Je l'ai fait pas plus tard qu'il y a six mois, quand monsieur Marion-Dufresne, le capitaine qui m'avait emmené de France, m'annonça que son chef, Blain des Cormiers, lui donnait l'ordre de ne pas aborder à Rodrigue où il devait me déposer. Je lui ai rédigé une de ces lettres : *Nous vous sommons, messieurs, par le présent acte*... Je vous montrerai. Ils m'ont obéi sur-le-champ. Par la suite, Marion-Dufresne s'est montré à mon égard le plus sincère des amis. Je crois qu'il était plutôt content de mon initiative. Il n'avait pas le droit de désobéir aux ordres imbéciles de son supérieur. Mais moi, mais nous, Guillaume, n'avons d'autres supérieurs dans ces aventures que le ministre, le roi, l'Académie des sciences. Servez-vous toujours, auprès de ces gens-là, de cette seule arme, de ce seul grade d'académicien mandaté par Sa Majesté. Je sais bien que votre orgueil, vos nobles origines aussi vous font paraître bien dérisoire ce titre de savant par rapport à ceux d'amiral, de comte ou de marquis. Vous devez choisir votre camp : la science ou la naissance. Même pas la naissance ; les multiples hiérarchies qui structurent la société ordinaire. Les savants ne font pas partie de cette société-là. Cela fait longtemps d'ailleurs que vous avez choisi : le jour où vous avez franchi pour la première fois le seuil du Collège royal, afin d'y écouter le cours de Delisle.

— La leçon est rude, Alexandre. Mais vous avez raison. Je me suis comporté comme un lâche.

— Un lâche ! Ah ! voilà le grand mot prononcé. Lâche, un homme qui quitte son douillet manoir normand pour conquérir Paris ? Lâche, un savant de bonne réputation qui s'en va au milieu des guerres afin d'y observer un curieux et amusant phénomène astronomique ? Allons donc ! Vous êtes un héros, Guillaume, et c'est bien cela que je vous reproche. Nous n'avons pas besoin de héros, *ergo* de martyrs. Nous avons besoin de savants qui accomplissent leur travail. Mais vous, vous vous emberlificotez dans votre honneur, vos préséances, vos maîtres à bord après Dieu. Ce n'est pas cela que la science vous demande, sacré nom d'un chien ! Elle vous demande des résultats. Vous n'êtes pas un chevalier de la Table Ronde. Vous êtes un savant mandaté pour aller observer un phénomène naturel qui peut être utile au progrès. Je ne vous ai pas offensé au moins ?

— Pas du tout. Vous m'avez éclairé. Buvons.

Je ne suis pas bien sûr que ce fût le discours que

lui tint Pingré. En tout cas, tel est celui que moi, je lui aurais tenu. Mais j'étais absent.

Le soleil couchant, à l'horizon d'une île tropicale, est, dit-on, l'une des plus merveilleuses choses qu'il ait été de contempler. Les deux hommes s'étaient tus. Derrière eux, le ciel déroulait une chape d'un noir sans faille. En face, tombant dans l'océan, l'astre s'agrandissait, rosissait, puis saignait au fur et à mesure de son déclin. Il inondait la mer et les franges du ciel encore épargnées par la nuit de toutes les nuances du bleu, du rose et de l'or. Puis il s'effondra, ne laissa qu'une cicatrice qui bientôt disparut à son tour. Il paraît qu'à ce moment-là, certains pleurent. En ce crépuscule, Guillaume Le Gentil murmura à Alexandre Pingré :

— Je reste.

Huit ans ! Il était maintenant prêt à attendre huit ans que la planète verte revînt se glisser devant le Soleil. Huit ans loin de ses amis, de son cabinet, de ses livres, loin de Paris enfin, là où tout se passait. Ne serait-ce pas à Paris, par exemple, que conflueraient les cent vingt résultats des observations du transit de Vénus faites par un essaim de savants de toutes nationalités éparpillés aux quatre coins du monde ? Jamais il n'y eut, de mémoire d'homme, une aussi considérable entreprise scientifique, et Le Gentil se refusait à participer à son apothéose. Car, quels qu'en seraient les résultats, cela ne pourrait que donner un nouvel essor à notre art. À tout le moins, les erreurs commises lors du premier transit seraient corrigées, les méthodes affinées, voire entièrement renouvelées, et qui sait si, d'ici le deuxième passage, et grâce au premier, de nouveaux instruments de mesure ne seraient pas inventés ?

— Je compte bien que l'Académie me les communique, plaida Le Gentil.

— À quelle adresse ? « Aux bons soins de monsieur le juge Je-ne-sais-quoi, coquette maison de campagne au bord de l'océan Indien, Baie des Tombeaux, Ile-de-France » ou bien « prison centrale du roi d'Angleterre, Pondichéry » ?

— Je vous assure, cher ami, que cette guerre ne saurait durer.

— Quand bien même, si la guerre cesse enfin, vous savez fort bien que le courrier arrive ici, ou ailleurs dans ces contrées, de façon irrégulière, tous les trois mois, tous les six mois, quand il arrive, car un bateau n'est pas une malle-poste. Si vous restez, vous vous perdez, Guillaume, vous vous noyez. Revenez en France avec moi, je vous en conjure.

— Je n'y puis reparaître après un tel échec.

— Sornettes ! On a besoin de vous à Paris. Et puis d'ici 1769, il sera toujours temps de partir à nouveau sur les chemins de Vénus. J'ai d'ailleurs fermement l'intention d'être du deuxième transit. J'aurais alors bientôt soixante ans, le bel âge, n'est-ce pas ? Et vous ?

— Nous célébrons ce soir mon trente-sixième anniversaire. J'en aurais donc quarante-quatre lors du deuxième passage.

— La force de l'âge, son cœur, son sommet, son zénith ! Après, cette force décroît et le nadir vient plus vite qu'on ne le pense, croyez-moi.

— Vous n'êtes pas vieux.

— Vous, vous le serez avant l'âge, sous ces climats, parmi ces gens. Votre sève de savant, votre sang d'homme vont s'y blettir bien plus rapidement que sous le dôme du Luxembourg.

— Je connais ces risques, je les ai pesés bien souvent, depuis mon échec. Mais je ne veux pas rentrer les mains vides.

— Allons bon, revoilà le chevalier à la charrette et son Saint Graal raté de peu ! Il n'y a pas une histoire de femme, au moins, là-dessous ?

— Ne soyez pas sot, répliqua Le Gentil.

Le visage de Reine traversa sa cervelle comme une lame de rasoir. Pingré poursuivit :

— Les mains vides ! Mais nous tous, crénom, pouvons bien rentrer les mains vides. Duchoiselle au retour de Grand Mount, Cassini de Vienne, le jésuite Dolier de Pékin, et Chappe de Sibérie, pour ne parler que des Français.

— Chappe, en Sibérie ! Et Lalande ?

— Il attend les résultats du transit à Meudon, en pantoufles, sur les genoux de Delisle. Ou sous les jupons de madame Lepaute.

Jusqu'à son départ, Pingré tenta encore souvent de convaincre Le Gentil de revenir en France. Les deux hommes finirent même par se battre froid. Mais il était difficile de se fâcher avec Pingré. Aussi, c'est en pleurant qu'ils se firent leurs adieux. Quand, le 17 octobre, Le Gentil vit s'éloigner la frégate *Le Boutin*, il ressentit toutefois un immense soulagement : maintenant, il était libre. Soudain, son ventre se tordit d'une terrible douleur, son visage s'inonda de sueur. Les fièvres qui l'avaient laissé en paix pendant un an le reprirent.

Après une escale d'une vingtaine de jours à l'île Bourbon, où il eut tout loisir d'explorer les lieux avec son assistant Thuillier, Pingré reprit la mer, toujours à bord du *Boutin*. Portée par un joli vent de nord-ouest, la frégate franchit rapidement le cap de Bonne-Espérance. Pendant que Thuillier veillait sur les collections d'histoire naturelle récoltées sur les côtes d'Afrique et dans les archipels des mers de l'Inde : coquillages, plantes, oursins, tortues, perroquets, singes, les uns dans des cages, et qui amusaient les matelots, les autres empaillés par les soins de l'assistant, Pingré commençait déjà à transformer son journal en un récit de voyage. Outre ses précieuses informations astronomiques et maritimes, ce compte rendu sera le plus plaisant et le plus vif ouvrage qu'il m'ait été donné de lire sur cette aventure de Vénus.

Mais, après deux mois de paisible navigation au large des côtes africaines, son livre dut se charger d'un nouveau chapitre. Un navire anglais parut à l'horizon. La bataille ne pouvait être évitée. Quelques boulets de canon furent échangés, puis, contre l'avis de son état-major, le capitaine français amena pavillon. Le *Boutin* fut arraisonné. Toutes sortes de politesses eurent lieu entre les deux commandants ennemis. Enfin, un marin anglais vint chercher Pingré. Notre ami attendait, laissez-passer en main, cantonné sous bonne garde au milieu des autres passagers, négociants se rendant en France pour leurs affaires. Dans le carré des officiers, l'astronome fut accueilli avec mille civilités par le capitaine ennemi, qui ne jeta qu'un œil aux documents qu'on lui présentait. Il était visiblement informé que Pingré avait envoyé deux vigoureuses lettres de protestation à l'Admiralty et à la Royal Academy contre le traitement dont il avait été victime à l'île Rodrigue. Aussi le vainqueur se fit-il magnanime avec lui et son assistant. Alors que les autres passagers et l'équipage français étaient transférés à bord du navire ennemi, sans doute à fond de cale, Pingré put rester sur le *Boutin* auprès de ses instruments et de ses collections, ou plutôt celles de monsieur de Buffon.

Le navire anglais et sa prise naviguèrent ainsi de conserve, pendant douze jours, durant lesquels on laissa le savant et son assistant travailler en paix. Les choses changèrent quand le 23 février, les deux navires jetèrent l'ancre dans le port de Lisbonne. Installé sur le gaillard d'arrière du *Boutin*, en attendant d'être autorisé à débarquer, Pingré contemplait la ville, en tentant d'y trouver des traces du fameux tremblement de terre de 1755 qui fit tant de milliers de morts et bouleversa l'Europe entière. Point de ruines, point de murs noircis : il avait sous les yeux un immense chantier hérissé de grues, de chevalements, de sapines. Une foule d'ouvriers s'activait entre des empilements de briques et de moellons bien taillés, les façades d'un palais s'élevaient autour de l'ébauche d'une vaste place carrée ouverte sur la mer de Paille. Là-haut, planté sur la crête d'une colline, l'antique château Saint-Georges, intact, inébranlable, veillait sur le fleuve.

Le capitaine anglais vint rejoindre Pingré, d'un pas martial. Plus de courbettes ni de révérences.

— Monsieur, de graves événements dont on vient de m'informer m'obligent à vous faire débarquer immédiatement.

— Je ne demande que cela, capitaine. Mais quels sont donc ces événements ?

— L'Espagne vient d'entrer en guerre aux côtés de la France. Ces circonstances rendent vos laissez-passer obsolètes et m'obligent à inspecter le contenu de vos caisses et bagages, ainsi que tous vos écrits et vos cartes.

Contenant sa fureur, Pingré exigea d'assister à la fouille et d'en contresigner l'inventaire. L'inspection commença par la cabine. Mais, à l'exception de ses affaires personnelles et de quelques vers d'un poème ébauché, d'une esquisse de croquis de la tour de Belém, rien, pas le moindre écrit.

— J'exige que vous me remettiez votre journal, monsieur, et le relevé de vos observations, ordonna le capitaine anglais.

Avec un grand sourire benoît, Pingré répliqua :

— Je craignais que l'humidité du bord ne les détériore. Aussi, j'ai demandé à monsieur Thuillier d'aller les confier à l'ambassade de France.

— Votre assistant est descendu à terre sans ma permission ?

— Le pauvre garçon était souffrant. Vos hommes en faction ont eu pitié de lui. Ils étaient d'ailleurs trop occupés par une partie de dés acharnée pour lui interdire son débarquement.

Rageant d'avoir été ainsi dupé, le capitaine entreprit une fouille méticuleuse des instruments, démontant les télescopes, plongeant ses longues mains roses dans la graisse protégeant les pendules, comme s'il pouvait trouver là des messages secrets qui auraient fait basculer le destin des nations. « C'est tout juste s'il ne sonda pas le cul des singes », nous raconta Pingré.

Bredouille, il expulsa immédiatement l'astronome du bateau, après avoir tâté jusqu'au fond de ses poches et confisqué instruments et collections comme « prises de guerre ».

Thuillier l'attendait sur la grand-place en chantier. Dans une calèche, ils filèrent jusqu'à l'ambassade de France, palais flambant neuf, dominant le port d'Alcantara. Il fut reçu immédiatement par l'Envoyé spécial extraordinaire. Pour celui-ci, l'incident diplomatique que lui relata Pingré tombait à pic : depuis le début du mois de janvier, date à laquelle l'Espagne s'était rangée aux côtés de la France par ce qu'on appelait le « pacte de famille », les deux puissances tentaient de rallier le Portugal. En vain, car cette nation ne tenait pas à risquer son or brésilien et ses épices orientales dans une guerre qui ne la concernait pas. L'ambassadeur promit à Pingré d'intervenir auprès du Premier ministre portugais, le marquis de Pombal, véritable maître du pays et de son roi polichinelle. En attendant, il demanda au savant de se tenir tranquille.

C'était mal connaître Pingré, qui se mit immédiatement en campagne. L'Académie des sciences portugaise n'existait pas encore, aussi rencontra-t-il d'abord don Ciera, un astronome qui avait bien sûr observé le transit de Vénus. L'homme avait de l'influence. Il mobilisa, pour récupérer les instruments de son collègue, tout ce que Lisbonne comptait d'ordres réguliers ou séculiers. Les plus chauds partisans de Pingré furent un quarteron de capucins français. Seuls les Jésuites manquèrent à l'appel : ils avaient été expulsés plus de deux ans auparavant.

Pour ne pas être en reste, Pingré se tourna vers ses frères francs-maçons qui, eux aussi, firent des pieds et des mains. « Le vol des instruments du savant français par un pirate anglais » fit l'effet d'un nouveau raz-de-marée qui submergea la ville. L'ambassadeur d'Angleterre, dont le principal souci était que le Portugal restât neutre dans le conflit, monta lui-même à bord de l'ex-*Boutin* et exigea du capitaine que les caisses fussent immédiatement débarquées. Il était temps : la frégate allait appareiller. Les collections d'histoire naturelle restèrent à bord. Les singes pelés et les perroquets déplumés avaient crevé, faute de soin, depuis belle lurette. Quant aux tortues, il n'en restait que la carapace. Elles avaient disparu, bien avant l'arraisonnement, dans les estomacs de l'état-major français, mitonnées par l'astronome lui-même. Tout en clamant sa grande colère, Pingré, en son for intérieur, se réjouissait de la petite vengeance qu'il tenait sur Buffon. L'intendant du Jardin du Roi ne lui avait-il pas imposé, avant son départ, un assistant naturaliste et rogné du même coup une bonne part des fonds alloués pour cette expédition par le comité de Trésorerie ?

Les instruments de Pingré arrivèrent au Havre de Grâce dans un piteux état. Lui préféra rentrer à Paris en traversant l'Espagne, dégoûté à tout jamais, croyait-il, des aventures maritimes.

XIV

Science et politique

Quand, après sept ans de guerre, la paix fut enfin signée en février 1763, elle fit au moins un heureux : Jérôme Lalande. Bien sûr, comme tout honnête homme, j'étais soulagé que ce massacre stupide, qui assouvissait les appétits des princes et les plus bas instincts de ceux qui les suivaient, cessât enfin. Mais j'avais un autre motif de satisfaction : observations et calculs du transit de Vénus faits par des amateurs ou des vrais savants, des laïcs ou des prêtres — des jésuites en particuliers — affluaient de partout, de la Chine au Canada, d'Uppsala au cap de Bonne-Espérance. Ne manquait à l'appel que Pondichéry. En disant cela, je suis de mauvaise foi, car ailleurs aussi de fâcheuses conditions climatiques ou autres circonstances défavorables empêchèrent d'observer le phénomène. Mais Le Gentil était le seul absent à avoir été dûment accrédité par une académie royale. Une première ombre imperceptible se glissa sur sa réputation. Bien malgré lui, Pingré contribua à la noircir un peu plus, car il allait répétant qu'il avait rencontré un Le Gentil dans un état d'abattement tel qu'il avait dû « lui frotter vigoureusement les oreilles ». Sa commisération n'était pas simulée, il était fort inquiet pour notre ami, il avait essayé de le faire revenir en France mais en vain, et il craignait fort que la carrière de Le Gentil fût définitivement brisée par ce coup de tête insensé.

Je ne partageais pas ces inquiétudes. Malgré cette observation manquée, Le Gentil n'avait pas perdu son temps dans les mers de l'Inde, et le programme de travail qu'il proposait à l'Académie d'accomplir durant ses huit années d'absence était l'œuvre d'un homme ayant toute sa raison. Nulle part dans ses lettres, je ne sentis la moindre blessure d'amour-propre, même si sans doute c'était cela qui, à l'origine, avait motivé sa décision. J'étais même plutôt content qu'il reste ainsi à proximité de son futur observatoire du passage de 1769. J'avais encore, je l'avoue, une sourde inquiétude vis-à-vis d'une possible attitude de miséricorde de Reine à son égard, s'il était revenu penaud. Mais surtout, cela me ferait toujours un souci de moins, papiers, passeports, argent à arracher au ministère, appareils, quand viendrait le moment de préparer la prochaine expédition de Vénus...

Eh oui ! Car c'était moi qui prendrai alors la succession de Delisle à la tête de l'organisation universelle de savants qui, dans quelques années, s'éparpilleraient à nouveau à travers le monde pour renouveler l'expérience. J'avais tout mis en œuvre pour cela. Enfin... Reine, surtout.

Dès 1760, j'avais succédé au vieux héros de l'astronomie à sa chaire au Collège royal, grâce à son appui, bien sûr, mais aussi aux intrigues de celle qui était désormais ma maîtresse officielle et affichée.

Delisle mourut à l'âge de quatre-vingts ans, peu de temps après le premier passage de Vénus sur le Soleil, sans avoir eu la satisfaction d'étudier les résultats d'une observation pour laquelle il avait consacré les dix dernières années de sa vie. Clairaut, Cassini, Chappe, Pingré, Reine Lepaute et moi-même nous mîmes à l'ouvrage pour parachever son œuvre. Quelqu'un d'autre nous manquait : l'abbé La Caille, mort prématurément à l'âge de quarante-neuf ans, épuisé par une vie de labeur et de voyages au service de la science. Quant à Clairaut, il était de plus en plus difficile de le faire sortir de son ermitage de Vaugirard, où il vivait en reclus avec sa jeune gouvernante, son dernier grand amour.

Les résultats ne furent pas aussi satisfaisants que nous l'escomptions. Il apparut en effet que Vénus était sans doute dotée d'une atmosphère qui, en gâchant la mesure précise des instants de contact avec le disque solaire, perturbait le calcul de la parallaxe. Au prochain rendez-vous, il faudrait tenir compte de ce phénomène et ne pas renouveler les erreurs inhérentes à ce qui avait été une répétition générale. Je m'attelai presque immédiatement à la tâche. Au fond, Le Gentil et moi avions au moins ce point commun de nous préparer bien longtemps à l'avance.

Mon emploi du temps était cependant extrêmement chargé. Mes cours d'astronomie au Collège royal ne désemplissaient pas et je prenais un immense plaisir à enseigner mon art, plaisir dont, je crois, mes auditeurs profitaient largement, d'autant qu'ils le partageaient. J'avais également succédé à Maraldi, lui aussi décédé, à l'almanach *Connaissance des temps*, que je modifiai en profondeur pour le rendre accessible à un plus grand nombre de lecteurs. Et surtout, je mettais la dernière main à ce que je voulais être mon grand œuvre et qui devrait montrer que sans conteste, j'avais mérité d'être le successeur de Delisle : mon *Traité d'astronomie*. Je venais d'avoir trente ans et, malgré une santé fragile, les séquelles de nos mois éreintants sur la comète, j'étais affamé de travail et d'ambition. Je connaissais mes limites et savais que je ne serais jamais l'un de ces messies, de ces grands découvreurs aux intuitions fulgurantes, un Kepler, un Newton, un Clairaut ni même un d'Alembert. Je n'étais pas non plus un Hercule de la science, héros, aventurier ou martyr, un Delisle, un Pingré, un Le Gentil ou un Chappe, prêts à tout abandonner pour elle, agréments d'une vie sédentaire, femme ou maîtresse, et partir au bout du monde y cueillir une étoile. Non, mon rôle à moi serait de collecter le savoir, de le diffuser, de l'enseigner, de le répandre dans les populations. Ce n'était pas la plus obscure des tâches. Dans ce dessein, je m'entourai, à l'instar des Cassini, d'un solide escadron de jeunes gens. Oserai-je les appeler disciples ? Ils n'avaient guère que quelques années de moins que moi. Je sus leur faire partager ma ferveur. Nous étions de force à tout bousculer, et à prendre d'assaut l'Observatoire, l'Académie et les vieilles idées.

Reine régnait dans l'ombre, resplendissant pourtant des beaux feux de l'automne. Amante passionnée la nuit, elle était le jour la plus sage des conseillères et la plus précieuse des aides. Nous finîmes par vivre presque comme mari et femme. Je dis « presque », car il fallait bien concéder aux conventions du monde. Lepaute, son époux devant Dieu, s'était résigné à cette situation. Je ne suis pas sûr d'ailleurs que ce fût de la résignation. Quand nous allions en ville, personne ne s'offusquait de la voir à mon bras. Cette époque était légère.

Quand Chappe revint de Sibérie, à la fin de l'année 1762, après ses obligations familiales, sa première visite fut pour Reine. Ce jour-là, je donnais mon cours au Collège royal, tandis qu'elle, restée au Luxembourg, mettait la dernière main à une table des angles parallactiques sur laquelle elle travaillait depuis longtemps et qui devait paraître dans *La Connaissance des temps* du début de l'année suivante. Cette visite non annoncée la perturba dans son travail. On était en effet à ce moment de la matinée où l'esprit, clair et reposé, entièrement dégagé des brumes du sommeil, est au plus fort et au plus lucide de sa course. Reine n'était pas de ces gens à s'encombrer d'hypocrites manières. Elle montra à Chappe, par son accueil froid et revêche, qu'il dérangeait. Il ne s'en aperçut pas. En bon voyageur revenant au pays après une longue absence, il était persuadé que tout le monde l'attendait comme le messie, qu'il avait été durant toute cette année l'unique sujet de conversation et de préoccupation et que le temps, ici, s'était figé. En plus, il s'était imaginé que cette arrivée impromptue provoquerait chez la femme de ses pensées une telle émotion qu'elle s'abandonnerait à lui. Reine fit un effort sur elle-même pour ne pas faire trop grise mine, écouta les aventures sibériennes du fâcheux, y prit même un peu d'intérêt, lui fit servir un café et des gâteaux et, avant de le pousser gentiment vers la sortie, l'incita à rédiger sur-le-champ son récit. Puis elle se remit à la tâche, tout en sachant que sa matinée était perdue.

Planté devant la porte, Chappe comprit enfin la maladresse de sa visite et se maudit.

Quand, un peu plus tard, Véron, qui avait pris en charge la réacclimatation de notre ami, lui apprit que j'étais depuis bientôt deux ans l'amant déclaré de Reine, Jean-Baptiste prit très mal la chose. Et il expliqua à qui voulait bien l'entendre que j'avais jeté mon dévolu sur elle à cause des confidences qu'il m'avait faites à propos de sa passion, la veille de son départ. Je faisais ainsi partie à ses yeux de ces gens qui, par une bizarre manie, n'ont de cesse que de conquérir l'objet du désir de leur meilleur ami. Peut-être que, quelques années auparavant, ces accusations auraient pu être fondées. Mais le temps de ces jeux-là était passé, Chappe avait du mal à s'en rendre compte. Pingré m'alerta de la mauvaise réputation que mon condisciple commençait à me faire dans les cercles que nous fréquentions. Sur les sages conseils du bibliothécaire, je décidai de ne pas laisser les choses se gâter. Après bien des dérobades de sa part, je réussis enfin à isoler Chappe en tête-à-tête dans un cabinet du Procope, café que ne fréquentaient pas nos collègues académiciens. Et je lui racontai dans les moindres détails l'histoire de ma liaison avec Reine, depuis mes premiers soupirs et ses premières rebuffades, notre séjour enflammé à Béziers au temps de la comète, puis ses froideurs, mes nouvelles avances, son rendez-vous de Vénus et notre union sans faille, depuis ce jour-là. Il ponctuait mon propos de « je ne savais pas... si tu m'avais dit... je suis un misérable... ». Il me proposa même d'aller présenter ses excuses à Reine. Je le lui interdis formellement, bien sûr, et finis par le persuader que nous avions d'autres choses à faire que de nous encombrer d'intrigues de collégiens. Alors, il me parla avec fougue de Catherine, impératrice de toutes les Russies, qu'il allait aider et soutenir dans son œuvre de réformation, par son futur livre sur la Sibérie, un livre qui ferait grand bruit. Depuis cet entretien, Chappe afficha toujours vis-à-vis de Reine une politesse guindée qui nous amusait, elle et moi, en secret.

Ai-je jamais su quelle fut la douleur profonde de Chappe après cette révélation ? Toutes les blessures d'amour-propre, tous les chagrins, tous les malheurs semblaient pénétrer dans sa charpente colossale comme des flèches dans une éponge. Elles rebondissaient sur lui ou il les absorbait sans mal apparent, en riait, et parlait d'autre chose. Nous le croyions invulnérable, insoucieux de toutes ces contingences. Il se refusait à prendre les apparences du savant austère et sérieux. Nous, nous trouvions un peu ridicule de sa part qu'à trente ans passés, celui que nous considérions comme le meilleur observateur de notre génération jouât encore au bon gros garçon, un peu chien fou, qui n'inspirait pas le respect qu'auraient mérité ses talents. Cette pose m'agaçait au plus haut point, car depuis longtemps je me battais pour que le commun des mortels considérât notre art comme digne d'autant de considération que la médecine ou la philosophie. Quand je regarde ce portrait de Chappe exécuté par Leprince, où on a l'impression qu'il raconte au peintre une de ses lourdes plaisanteries, j'ai encore envie de lui dire : « Jean-Baptiste, qui veux-tu tromper, avec ces airs hilares ? Toi-même ? »

Il soumit aux censeurs son récit de voyage en Sibérie six mois après son retour en France. Bien que la paix fût signée, on lui demanda de couper un bon nombre de passages qui avaient trait au gouvernement de la Russie, pourtant renversé, et aux mœurs indigènes ; en particulier le servage. La nouvelle impératrice Catherine était en effet la plus fragile alliée du roi de France. Il était inutile de la mécontenter avant que sonnât l'heure de la revanche. Chappe tenta bien de prouver que son ouvrage viendrait au contraire à la rescousse de la jeune tsarine ; rien n'y fit. Le directeur de la Librairie, monsieur de Malesherbes, conseilla alors à Chappe de ne publier que des extraits concernant le strict domaine scientifique. Comme d'habitude, Chappe fit semblant de prendre cette interdiction à la blague. Il n'empêche, quand il m'en parla, il était évidemment touché, car il avait mis dans ce livre beaucoup de choses auxquelles il tenait : sa dénonciation du servage, la vie affreuse du peuple russe, la sottise et les brutalités de leurs gouvernants, ainsi que tous les espoirs qu'il mettait dans l'arrivée au pouvoir de Catherine. Il me demanda si je pouvais intervenir auprès de Voltaire afin que son ouvrage fût publié en Suisse et diffusé clandestinement en France, ou si par hasard, je ne connaissais pas en Hollande un imprimeur qui... Je lui répliquai que dans les circonstances actuelles, avec le travail qui nous attendait ces prochaines années, je préférais le voir sous la coupole des observatoires du Luxembourg et de Sainte-Geneviève, plutôt qu'à Vincennes ou à la Bastille ; que par ailleurs son livre pouvait bien patienter quelques mois ou quelques années, le temps que les alliances entre princes se renversent. Il consentit alors à ne publier que *Les Extraits du voyage fait en Sibérie pour l'observation de Vénus sur le disque du Soleil faite à Tobolsk le six juin 1761*. Il réussit malgré tout à y faire passer un certain nombre d'informations sur la vie et les mœurs indigènes, en prenant bien soin de protéger ces allusions derrière des références à Montesquieu, ce qui, sans doute, impressionna les censeurs.

En le convainquant de surseoir à la publication intégrale de son récit, j'avais péché par excès de prudence. Comme je l'ai dit, j'avais déjà, en cette fin d'année 1763, pris la succession de Delisle, comme organisateur du prochain transit de Vénus en procédant de manière cavalière, sans consulter personne d'autre que Cassini et Reine. Je voulais mettre l'Académie des sciences devant le fait accompli. En effet, pour des questions de préséance, ils auraient plutôt choisi, je le savais, un des six pensionnaires astronomes ou géomètres. Or, je n'étais encore qu'associé. Ils auraient opté pour un homme rassis, or je n'avais que trente ans. Ils auraient rêvé d'une célébrité dont le nom seul aurait ouvert toutes les portes, de Saint-Pétersbourg à Londres, or mon *Traité d'astronomie* n'était pas encore paru. Clairaut et Cassini ne voulant pas, pour des raisons différentes, assumer de telles responsabilités, une seule personne s'imposait : d'Alembert. Jamais ni Reine ni moi n'aurions supporté d'être ses subalternes.

Pour mener à bien mon coup de force, je me devais d'être prudent. L'éclat qu'aurait eu la publication de l'ouvrage de Chappe, malgré l'interdiction, aurait pu nuire à l'entreprise, car on le savait de mon parti. Je sus par la suite qu'il avait également consulté Pingré et que celui-ci lui avait donné les mêmes conseils que moi. Sur le moment, je crus que, par jalousie d'auteur, ce dernier craignait que le livre de

Chappe fît de l'ombre à sa propre relation de voyage, mais c'était mal connaître la probité sans faille du bon bibliothécaire.

La *Relation de mon voyage de Paris à l'île Rodrigue*, d'Alexandre-Gui Pingré, connut un très grand succès. Il avait su réserver à l'Académie le détail et l'inventaire de ses observations, pour mieux consacrer sa relation aux anecdotes, aux péripéties, aux aventures et mésaventures de son voyage. D'un côté, la grande rigueur et le sérieux de son travail, de l'autre, la fantaisie, la drôlerie, les épigrammes et l'exotisme. Il avait la plume allègre, pleine de verdeur, et son érudition dans tous les domaines plut au plus grand nombre. Son livre consacra et justifia le grand engouement qu'avait eu le public pour le premier transit et stimula l'impatience qu'on avait du second. Son talent balaya toutes les réticences de la censure. Il ne risquait pas grand-chose : la plupart de ses coups allaient vers l'Anglais, ennemi héréditaire, et vers la marine royale de France, que ses débâcles à Québec, dans les Caraïbes et les Indes avaient déconsidérée aux yeux de l'opinion. En plus, et sans que personne parmi nous ne l'eût voulu, le livre parut peu de temps avant l'ouverture du procès de Lally-Tollendal, que l'on accusait de haute trahison pour avoir livré Pondichéry aux Anglais.

Pingré, bien entendu, n'évoquait en rien cette affaire qui devait émouvoir la France pendant plus d'une décennie. Mais au fond, Versailles n'était pas mécontent qu'un petit savant peu au fait des choses de la guerre désignât à la vindicte publique quelques sous-fifres, pas même contre-amiraux. Il fallait des boucs émissaires afin de détourner l'attention des vrais responsables d'une des plus grandes défaites que la France ait connues, sur mer et sur terre. Or, les vrais coupables étaient ailleurs. Ils étaient ministre de la Marine et ministre de la Guerre, ils étaient amiraux et maréchaux. Ils s'appelaient Louis XV, ils s'appelaient Versailles. Pingré, dès lors, devint très populaire, et avec lui ces savants qui avaient fait fi des dangers de la guerre pour sacrifier à leur art. Le Gentil aurait pu profiter de cet engouement, mais il ne nous envoyait que de rares communications fort austères, concernant le découpage de la côte de Madagascar. Comment intéresser les gazettes avec des articles pareils ? Le récit de sa navigation hasardeuse jusqu'aux côtes de l'Inde et de son échec était tellement biscornu, plein d'allusions et de sous-entendus, que moi-même n'y compris rien et n'essayai même pas de le faire publier. Pingré avait raison : Le Gentil s'était perdu en mer, ou sous les cocotiers, bercé par l'air émollient ; il était inutile désormais de compter sur lui.

Pour en finir avec cette histoire du livre de Chappe, sachez que l'impératrice Catherine II, la paix revenue, changea ses alliances, se rapprocha de la Prusse, mit sur le trône de Pologne un de ses amants, le comte Poniatowski, et décida de faire la guerre aux Turcs qui la taquinaient un peu du côté de la mer Caspienne. Mais les Turcs en question étaient fort amis, tout infidèles qu'ils fussent, avec le royaume de France. Il n'y eut pas guerre, mais on ne s'appela plus, quelque temps, « mon cousin, ma cousine ». Un homme de la Librairie vint voir Chappe qui se moquait éperdument de ce qui se passait sur le Bosphore, pour lui affirmer qu'il avait désormais tout loisir de raconter son voyage en Russie, et d'en dire pis que pendre.

Chappe était alors en train d'étudier les chronomètres et les pendules de Berthoud, ainsi que les travaux de Borda. Ce n'était pas là un mince travail car, la suite le prouvera, grâce aux inventions de ces deux hommes, nous pourrions enfin calculer en mer et n'importe où la longitude, problème titanesque sur lequel géographes, horlogers et marins achoppaient depuis près de trois siècles, depuis que Christophe

Colomb découvrit l'Amérique, que dis-je ! depuis vingt-deux siècles, depuis que Pythéas, de Marseille, passa le détroit de Gibraltar et parvint jusqu'à l'Islande. Cela pour vous expliquer que nous tous, nous nous souciions comme de colin-tampon des rapports entre la Grande Porte, la Russie et la France. Chappe nous demanda toutefois, à Pingré et à moi, s'il pouvait consacrer une part de son temps à la remise en forme de son manuscrit.

— Ma foi, lui dis-je, la publication serait assez bien venue, et nous ferait un peu de réclame.

— Si tu veux, Jean-Baptiste, renchérit Pingré, je t'aiderai à alléger un peu la première mouture de ton récit. Avoue-le, elle pèche par un trop grand goût de la démonstration. Il lui faudrait du piment, de la fantaisie.

Chappe avoua, et ils se mirent à l'ouvrage. Un ouvrage qui traîna longtemps, plus d'une année, car, en plus des travaux qu'ils avaient en cours, les deux hommes devaient également préparer leurs voyages, l'un au Mexique, l'autre à Saint-Domingue, pour le prochain transit de 1769. En tant que maître d'œuvre, je ne voulais plus qu'aucune part fût laissée à l'improvisation. Je les menais à la baguette, moi, mes soldats de Vénus ! En toute amitié et dans la plus grande convivialité !

Le Voyage en Sibérie fait par ordre du Roi en 1761, contenant les mœurs et les usages des Russes et l'état actuel de cette puissance parut, avec le consentement de la censure, début 1768, alors que Chappe était sur le départ.

Il tombait bien puisqu'il participait à tout le branle-bas que j'avais savamment orchestré à propos du second rendez-vous de Vénus. Malgré mes craintes, l'intérêt du public ne s'était pas émoussé, bien au contraire.

On se jeta donc sur le livre de Chappe. Et la polémique éclata. De Saint-Pétersbourg, Grimm et le sculpteur Falconnet, qui avait reçu commande par Catherine II de créer la colossale statue de Pierre le Grand, publièrent très vite des lettres de protestation contre ce qu'ils appelaient les mensonges de Chappe. Ils l'accusèrent de n'être que la plume de Rome et des Jésuites, face à l'Église orthodoxe et aux Lumières. Chappe, pourtant, avait bien pris soin de répéter que son tableau de la Russie datait de 1761 et que sans doute, l'impératrice œuvrait à réparer ce triste état des choses. Mais il affirmait que les Russes étaient, par nature et en raison du climat, inaptes au travail scientifique et à la spéculation philosophique, ce qui était aller sans doute un peu loin. Il sous-entendait ainsi que tout effort pour tenter de leur apporter les Lumières était vain, ce qui n'était guère encourageant pour les réformateurs locaux, dont Catherine se flattait d'être le guide. Toutefois, il dépeignait avec tant de drôlerie la lenteur d'esprit des Moscovites que ses théories quelque peu alambiquées passèrent fort bien. De plus, sa description de l'état épouvantable de pauvreté et d'ignorance dans lequel vivaient les paysans de là-bas fit naître en France, du moins dans les cercles éclairés, une grande vague d'apitoiement. Grimm et Falconnet, voyant que leurs libelles ne mordaient pas sur l'opinion française, firent appel à Diderot.

Le décret du Philosophe tomba, brutal : *Chappe est un sot,* écrivit-il dans la *Correspondance littéraire*. En lisant ces lignes, notre ami fut comme assommé. L'homme dont il vénérait le plus la pensée, après Montesquieu, l'assassinait. Il ne voulut même pas se défendre, car il venait de s'apercevoir qu'en se laissant aller à sa verve et au plaisir d'un bon mot, non seulement il avait déplu au Philosophe, pour des raisons qu'il ne comprenait pas, mais aussi et surtout à celle qu'il avait dressée sur un piédestal fait d'amour sans espoir et d'une vénération sans borne confinant à l'idolâtrie : Catherine, la Sémiramis du Nord comme il disait. Sous cet aspect, sans doute Diderot n'avait pas tort : Chappe était bien sot de n'avoir pas compris que les princes — et les princesses — ne s'intéressent aux savants que quand ils peuvent leur servir.

Je décidai d'aller voir Diderot pour qu'il rétracte les vilains propos à l'encontre de mon collègue. Je ne tenais pas à ce qu'il gâte la fête de Vénus, dont j'étais l'organisateur. Par ailleurs, il était de plus en plus question que je reprenne tous les articles concernant l'astronomie et les mathématiques dans la nouvelle édition de l'*Encyclopédie*. Ce que je ferais bientôt avec une immense volupté : les anciens textes étaient de d'Alembert, et je les jetterais tous à la corbeille. Clairaut serait vengé.

Diderot me reçut dans son modeste appartement avec sa bonhomie et sa simplicité habituelles, sans perruque, vêtu de sa vieille robe de chambre. Mais, pour une fois, sa parole était moins agile, son explication plus confuse. Lui aussi, comme Voltaire naguère, était tombé dans le piège du « despote éclairé », mais pas pour les mêmes raisons. Les siennes n'étaient que pécuniaires. Diderot était, sinon pauvre, du moins besogneux. En bon père de famille qu'il était, la dot de sa fille le hantait. Pour l'aider, mais aussi pour le garder à sa merci, Catherine de Russie, sur les conseils de Grimm, lui avait racheté sa bibliothèque en viager. Durant notre conversation à propos de Chappe, il commença à comprendre qu'il avait perdu une part de sa chère liberté et que sa parole, d'ordinaire indépendante de tous les pouvoirs autres que celui de sa propre pensée, avait cette fois plié sous des contingences matérielles. Mais, devant moi, il refusa de se déjuger. Je suppose qu'il avait encore beaucoup de mal admettre en lui-même sa petite malhonnêteté. Je repartis de chez lui déçu de son attitude, et me jurai de ne jamais dépendre en rien des grands de ce monde. J'ai bien des défauts, mais sur ce point, j'ai tenu parole.

XV

Errances tropicales

Nous n'avions plus de nouvelles de Le Gentil, ou si peu, par l'intermédiaire de Lanux, correspondant de l'Académie à l'île Bourbon. Il longeait les côtes de Madagascar, explorait l'intérieur de la grande île inconnue, entre deux escales à l'Ile-de-France et à Bourbon. La mauvaise rumeur qui avait commencé à se répandre autour de lui prenait corps : Le Gentil était perdu pour la science. Écœuré par son échec, il aurait décidé de rester dans les Indes pour s'enrichir dans le commerce des épices, et même des esclaves, grâce aux deniers royaux. Je finis par prêter l'oreille à ce que l'on disait : notre corsaire de l'astronomie se serait fait pirate. Et Pingré, désespéré, ne faisait rien pour dissiper mes doutes, soupirant ses « je l'avais pourtant prévenu ».

Nous ne reçûmes un courrier de lui qu'au cours du dernier trimestre 1766. Il l'avait expédié de l'Ile-de-France sept mois auparavant. L'une de ces lettres m'était adressée, en tant qu'organisateur du prochain passage de Vénus. Elle était destinée à être lue devant l'Académie. En guise d'accompagnement, un mot assez sec où ne transparaissait pas notre complicité de jadis. La deuxième lettre était destinée au duc de

Chaulnes, académicien zélé, mais qui avait surtout le mérite, aux yeux de Le Gentil, de pouvoir mieux que quiconque obtenir des différents ministères intéressés les fonds et les laissez-passer nécessaires à son entreprise, en particulier son projet de tour du monde par l'Est, après le transit. Il lui donnait la primeur des travaux qu'il avait accomplis durant ces quatre ans, notamment un relevé complet de la côte orientale de Madagascar et un rapport sur cette île qui, selon lui, mériterait que la France l'occupât et l'exploitât à nouveau.

Le Gentil aurait voulu me blesser dans mon amour-propre, il n'aurait pas agi autrement. Quoi ! Il me jugeait donc incapable d'intervenir et d'aller moi-même frapper aux portes de Versailles, sous prétexte que je n'étais qu'un roturier, et il me préférait un duc, alors que celui-ci n'était qu'un pion dans ma grande entreprise ?

Reine me raisonna : comment Le Gentil pouvait-il savoir, après six ans d'absence, la place et l'influence que j'occupais désormais ? Tant de choses s'étaient passées, en France, dont la mort du dauphin Louis et de la Pompadour, décès qu'il avait dû apprendre, mais avec combien de temps de retard. Il avait sans doute deviné que ces événements, et d'autres qu'il ignorait, avaient bouleversé les éléments qui concouraient aux intrigues, et dans lesquels j'étais bien forcé de me débattre pour la plus grande gloire de Vénus. Le Gentil avait donc supputé à raison que le prudent de Chaulnes ne s'était jamais mêlé de tout cela, et qu'il avait su éviter la disgrâce d'une nouvelle égérie royale. En revanche, qu'en serait-il d'un Lalande, sans blason, sans ancêtres ?

— Non, Jérôme, me dit Reine, Le Gentil a au contraire fait preuve d'une très grande sagesse. Je crois qu'il a parfaitement conscience de vivre dans un autre monde. Les nouvelles arrivent là-bas avec tant de retard. Vous en avez pour preuve cette troisième lettre, qu'il adressa à Clairaut.

Quand Le Gentil lui expédia son courrier, Clairaut était mort depuis quinze mois, d'un coup, à l'âge de cinquante-deux ans, alors qu'il avait retrouvé toute son ardeur au travail. Reine et moi ne lui tenions plus rigueur depuis longtemps d'avoir, sur les instances de mademoiselle de Lespinasse, omis dans son livre de la comète le travail considérable de ma compagne. Clairaut n'avait pourtant pas brisé ses liens avec son ancienne maîtresse qui, de son côté, avait ouvert un salon littéraire. Il ne rompit pas avec Lespinasse, car il ne le pouvait : en effet, la belle Julie fut frappée cette année-là d'un accès de petite vérole qui la défigura à jamais. Elle se lança alors dans les œuvres de charité, déclarant élégamment que seuls l'amour-passion et la bienfaisance lui paraissaient valoir la peine de vivre. En tout cas, l'abandonner dans ces conditions n'était pas dans les manières de notre trop généreux maître.

Pourtant, le jour des funérailles de Clairaut, l'absence de mademoiselle de Lespinasse fut remarquée. Ainsi que celle de d'Alembert. De mauvaises langues ont prétendu que, tandis que tout ce que Paris comptait de savants et de philosophes pleurait l'un des plus grands mathématiciens de ce siècle, d'Alembert et Lespinasse inauguraient leur liaison, liaison qui ferait couler beaucoup d'encre.

La lettre envoyée par Le Gentil au défunt Clairaut me vexa plus encore que celle au duc de Chaulnes. En effet, avec le mathématicien, il se confiait à cœur ouvert, et lui communiquait quelques-unes de ses aventures à faire publier dans les gazettes, notamment *Le Mercure de France*. Cette fois, Le Gentil n'avait pas l'excuse de l'ignorance et de l'éloignement. Il savait fort bien que Clairaut n'avait aucune compétence hors de son seul domaine, et que j'étais bien plus qualifié pour choisir la feuille dans laquelle ce genre de compte rendu pouvait être édité. Je décrétai donc, sans consulter personne et surtout pas Reine, que ces articles n'avaient aucun intérêt, et les rangeai dans le dossier que j'avais constitué sur le voyageur. On disait tant de choses sur ses agissements réels ou supposés que soutenir la publication de ses écrits aurait pu me compromettre. Mesquinerie dont je ne pouvais mesurer à l'époque les conséquences.

Naturellement, je ne pouvais, ni ne voulais en faire de même avec la communication qu'il désirait que je fisse en son nom devant l'Académie : elle avait exclusivement trait au prochain transit de Vénus. Il proposait d'aller porter son observatoire plus loin à l'Est, à Manille ou dans les îles Mariannes car, expliquait-il, le Soleil serait alors plus haut sur l'horizon, au moment de l'éclipse, et donc les calculs plus sûrs. Après avoir examiné nos propres tables, celles de Clairaut, La Caille, Delisle et Halley, Reine et moi ne trouvâmes à ce projet aucune objection.

D'autres en eurent pour nous. Lorsque j'eus fini de lire la communication de Le Gentil devant mes collègues, et après que j'eus donné un avis favorable, Pingré demanda la parole. Il affirma que, selon son expérience et ses propres calculs, en préférant les Philippines ou les Mariannes à Pondichéry, Le Gentil allait trop loin au levant, dans des endroits dont longitudes et latitudes étaient mal déterminées, les Espagnols ayant gardé, depuis près de deux siècles, un goût morbide du secret. Par ailleurs, il était mieux pour la sécurité et la commodité du voyageur que celui-ci installât son observatoire en terre française, puisque « Messieurs les Anglais ont eu le bon goût de nous rendre Pondichéry en même temps que monsieur Lally-Tollendal ». L'abbé ne pouvait s'empêcher, lors de ses interventions, de faire entrer le siècle dans nos spéculations scientifiques. Et toute l'assemblée comprit que « le génovéfain aux cinq lettres de cachet » envoyait ainsi une pique aux juges iniques du Parlement de Paris qui avaient fait exécuter, quelques mois plus tôt, le vaincu de Pondichéry.

En tout cas, les arguments de Pingré pour contester le projet de Le Gentil n'étaient pas dénués de fondement. L'Académie parut pencher de son côté, d'autant que le bibliothécaire de Sainte-Geneviève avait eu, peu après son retour du transit de 1761, une sévère polémique avec deux astronomes anglais dont il avait dénoncé la fausseté des calculs. Finalement, la Royal Academy et nous-mêmes, bien sûr, avions donné raison à Pingré, ce qui lui avait conféré une grande autorité auprès de nos collègues non astronomes. L'ancien prisonnier de l'île Rodrigue, qui tenait ainsi sa revanche sur l'Anglais, était également passé maître dans la connaissance des relations entre nations et leurs conséquences sur les voyages scientifiques. Il me fut d'une aide précieuse dans la préparation des prochains voyages de nos collègues français et étrangers.

Je proposai alors de réexaminer avec lui le projet de Le Gentil et de remettre nos conclusions à la séance suivante. Pingré m'avoua par la suite que ses objections à un observatoire en terre espagnole n'étaient pas seulement d'ordre politique ou scientifique. Il se tenait toujours pour responsable de ce qu'il appelait « les errances tropicales de Le Gentil », n'ayant pas su jadis le convaincre de rentrer avec lui.

Peu de temps après ce débat, un valet du duc de La Vrillière vint me voir pour me dire que j'étais attendu en toute urgence et dans le plus grand secret à l'hôtel parisien de son maître. Une telle convocation n'était pas dans les manières de cet homme affable, lui-même académicien, et notre plus solide soutien au Conseil du roi, dont il était membre quasi inamovible depuis des éternités.

En me recevant, le duc semblait fort embarrassé, un peu distant, contrairement à ses habitudes où il forçait plutôt la familiarité avec les gens qui n'étaient pas de sa naissance. Pendant une bonne demi-heure, alors que j'avais nombre de travaux urgents en cours, il tourna autour du pot, expression qui peut paraître incongrue appliquée à un aussi grand personnage. Il me demanda des nouvelles de mon père, dont la santé, de fait, m'inquiétait, s'enquit de l'état de mes travaux, me parla de l'Italie, dont j'étais revenu quelques semaines auparavant. Enfin, il posa les coudes sur la table, croisa les doigts devant sa bouche et soupira. Un moment de silence et enfin :

— Je suis bien embêté, mon cher Lalande, bien embêté. Je reviens de Versailles. Ce matin, au Conseil, j'ai dû subir les assauts concertés des ministres de la Guerre, de la Marine et des Affaires étrangères, moi qui pourtant m'applique à être le plus terne et le plus gris de toute cette assemblée. Il était question de votre communication d'hier à l'Académie.

— Qu'ai-je dit qui aurait déplu au Conseil du roi ?

— Vous, rien, mon ami, et sans doute pas un seul d'entre eux n'a compris un traître mot de votre remarquable discours. Il s'agissait plutôt de l'intervention de notre frère Pingré. Son allusion au prétendu traître Lally a déplu. On a cru y lire en sous-entendu que Sa Majesté avait commis un déni de justice. Il est vrai que le procès de feu le gouverneur des Indes a été mené en dépit du bon sens. Le roi n'y est pour rien, mais, comme vous le savez, Sa Majesté n'a aucune envie de se mettre sur les bras une nouvelle affaire Callas. Même avec Pingré dans le rôle de Voltaire. À propos de l'ami Voltaire, savez-vous qu'il vient de repartir en guerre ? L'inepte et affreuse exécution du chevalier de la Barre, en juillet dernier, par le Parlement de Paris, a fait bondir sur ses grands chevaux notre vieil imprécateur de Ferney. Le voilà prêt à nouveau à en découdre. Il a raison, bien sûr, mais qu'il se batte contre ces pantins du Parlement, pas contre Versailles qui n'y peut rien.

Depuis le temps que je me frottais aux grands de ce monde, j'avais appris que le rôle qu'ils attendaient de moi et qui les ravissait était celui du savant misanthrope, rugueux, brutal et ne s'encombrant pas de leurs politesses :

— Holà, Votre Altesse, dans quel salmigondis m'entraînez-vous ? Vous me parlez de Voltaire, de Callas, du Parlement, de l'exécution de Lally, du chevalier de la Barre, dont je ne sais rien. C'est Pingré qui devrait être dans ce fauteuil, pas moi.

— Ne vous emballez pas, Lalande, je vais tout vous expliquer. Vous connaissez Pingré. Avec son impulsivité, je le devine prêt à répéter dans tout Paris que le roi veut faire du transit de Vénus une affaire politique.

— Politique ? je ne comprends pas.

— Sa Majesté et le ministre de la Marine ne veulent pas qu'un savant — donc un philosophe, selon eux — séjourne de longs mois à Pondichéry, suffisamment en tout cas pour obtenir des informations sur le siège de ce comptoir, en 1760, et sur le comportement du défunt Lally. Ils ne veulent pas que l'on revienne sur son procès et son exécution.

— Comme si Le Gentil allait se préoccuper de ce genre de choses ! C'est absurde.

— Je ne sais pas. Je le connais moins bien que vous. A fortiori le Roi et monsieur de Choiseul ! En revanche, l'idée qu'il se rende à Manille les enchante au plus haut point. Vous savez sans doute que monsieur de Bougainville est en partance pour accomplir le premier tour du monde français ?

Ça oui, je le savais ! J'avais eu suffisamment de mal à convaincre Pingré, que je jugeais trop vieux pour une telle entreprise, de laisser sa place à Véron. Suffisamment de mal aussi à embarquer Commerson à Rochefort, sur *L'Etoile*.

— Par tout ce qui nous rapproche, monsieur, continua le duc, j'insiste pour vous demander le silence le plus absolu sur ce que je vais vous révéler. L'une des missions de notre ami Bougainville sera de faire escale aux Philippines, capitale Manille, et d'y estimer si oui ou non, cet archipel, négligé par le royaume d'Espagne, vaut la peine que la France en négocie l'échange avec l'une de nos dernières possessions américaines qui ne produit rien. Comme vous le savez, nous manquons cruellement d'épices et nous sommes obligés d'en passer par les fourches caudines de la Hollande. Il serait assez bien venu que, quand Bougainville atterrira aux Philippines, votre ami Le Gentil lui ait mâché le travail.

— Pouah ! Vous voulez que je demande à l'un de nos meilleurs astronomes et au plus courageux des hommes de se faire espion...

— Espion ? Comme vous y allez ! observateur, simplement, observateur. D'ailleurs, vous n'avez aucun besoin de lui demander quoi que ce soit. En savant scrupuleux, lorsqu'il sera à Manille, outre son strict travail d'astronome, il étudiera la flore et la faune locale, les coutumes indigènes, lèvera des cartes géographiques et hydrographiques, recueillera même des renseignements sur l'administration espagnole et ses forces militaires. Par la suite, il sera tenu de communiquer le fruit de ses observations au gouvernement, comme toute personne envoyée en mission à l'étranger par le roi. Ainsi ont procédé avant lui messieurs Maupertuis, Delisle, La Condamine, Chappe d'Auteroche et même Pingré. Les considérez-vous pour autant comme des espions ?

— Vu sous cet angle, non. À ceci près que, cette fois, le Conseil impose à l'Académie la destination de Le Gentil, pour des raisons qui n'ont rien de scientifique.

— Bah ! Je vous ai connu moins tatillon, mon cher Lalande. Et puis, n'est-ce pas à Manille que notre ami désire se rendre ? Vous-même avez déclaré hier que vous ne voyiez aucune objection au choix de ce site. Vous saurez bien convaincre Pingré de revenir sur son opposition. Inutile pourtant de lui parler de cet entretien qui doit rester strictement confidentiel. Je compte sur vous.

Je n'avais plus qu'à m'incliner. J'expliquai le jour même à Pingré que des pressions venues du plus haut nous obligeaient à accepter la proposition de Le Gentil et que peut-être le sort de toutes les expéditions de 1769 en dépendait. L'abbé était assez subtil pour comprendre qu'il ne fallait pas insister. Puis j'écrivis à Le Gentil pour annoncer que le lieu d'observation qu'il choisirait, Pondichéry, Manille ou les Mariannes m'était égal et je lui faisais confiance. Je compensai toutefois cette désinvolture de Ponce Pilate en lui faisant part des objections de Pingré. Je l'informai également des nouvelles instructions dans la manière d'observer le phénomène, fort de l'expérience de 1761, et je donnais à ma lettre un ton profondément amical, lui racontant toutes sortes de nouvelles de Paris, dont la mort de Clairaut. Connaissant le bonhomme et sachant que de toute façon, il n'en ferait qu'à sa tête, j'envoyai ce courrier à l'adresse suivante : « Monsieur Le Gentil de La Galaisière, membre associé de l'Académie royale des sciences, envoyé de Sa Majesté Louis le Quinzième dans les mers de l'Inde, aux bons soins du représentant de la France auprès du gouvernement espagnol des Philippines, Manille. »

XVI

Dans les mers de l'Inde

Durant les quatre ans qu'il resta à l'Ile-de-France, Le Gentil ne chôma pas. Il ne séjournait guère plus d'un mois d'affilée dans la petite maison louée au juge Nihil. Il s'y reposait de ses fatigues dans les bras de sa gracieuse hôtesse ou dans ceux, bien plus aimants, d'une jeune négresse qu'il avait rachetée à l'intendant Poivre et affranchie. Le reste du temps, il était en mer.

Toujours flanqué de son inséparable Gratot qui avait appris avec une facilité surprenante à devenir un assistant précieux, il explora systématiquement et au cours de nombreux voyages du sud au nord toute la longue côte orientale de Madagascar. Il en étudia non seulement la géographie, l'hydrographie, les courants, le climat, mais aussi la faune et la flore, le sous-sol, les coutumes et le gouvernement des multiples tribus locales. Il aurait aimé s'aventurer plus avant dans les terres, où il avait appris qu'y existait un puissant royaume auquel les peuples du littoral étaient liés par un réseau complexe de vassalité. Mais il ne put en savoir plus. En effet, les capitaines qui l'accueillaient à leur bord l'empêchèrent de chercher à rencontrer le mystérieux monarque ou même ses féaux, sous peine d'être interdit d'embarquement. Une telle initiative venant de Le Gentil aurait risqué d'anéantir les fragiles accords commerciaux qu'ils avaient conclus avec le roi Sakalavé : le troc d'esclaves contre des pacotilles et des armes à feu. Ces capitaines étaient pour la plupart employés par la Compagnie des Indes et fournissaient le plus souvent les îles de France et de Bourbon en esclaves malgaches. Le reste du temps, pour arrondir leur pécule, ils érataient quelques bons gros navires marchands hollandais ou portugais chargés d'épices. Nul n'ignorait les louches activités de ces navires affrétés par la Compagnie des Indes, à commencer par l'intendant Poivre et le gouverneur Desforges-Boucher, mais, tant que cela profitait à la colonie, les représentants de la France préféraient fermer les yeux. Le Gentil lui aussi était au courant. En homme de cœur, il se scandalisait de la traite des esclaves et de la cruauté dont étaient victimes ces misérables. Mais il s'abstint de rendre publique son indignation. Cela aurait risqué de nuire à cet autre projet qui mûrissait en lui et qu'il voulait proposer au roi, dès son retour en France : la colonisation et l'exploitation de tout le littoral oriental de Madagascar.

Il était devenu un excellent spécialiste de l'art de la navigation. Il en parlait avec feu, quand il était à Port-Louis, à la table des rares officiers supérieurs de la Royale passant dans ces eaux. Tous ces hauts personnages lui proposaient de revenir avec eux en France, lui affirmant qu'il serait bien plus utile là-bas, à l'Arsenal ou au ministère de la Marine. Mais Le Gentil refusait ces insistantes propositions. Pour lui, seule comptait sa revanche sur Vénus.

Au bout de trois ans, il estima sa tâche d'explorateur accomplie. Il s'était constitué un trésor de huit grosses caisses d'échantillons en tous genres, avait contracté une maladie des yeux en mangeant une pièce de bœuf avariée dans la baie d'Antongil et acheté un esclave à Foulpointe. Gratot lui avait forcé la main : le jeune homme, désormais imbu de son grade d'assistant, n'avait plus que mépris pour les tâches domestiques. La fraîcheur des chemises et le brillant des bottes de Le Gentil s'en ressentaient singulièrement. En plus, dès que son maître avait le dos tourné, il maltraitait à plaisir la grosse esclave qui avait tant plu à Pingré, jadis. Quant à la jeune et gracieuse affranchie offerte par Poivre, elle finit par se plaindre, une nuit, des assiduités brutales dont Gratot la harcelait. Le lendemain, Le Gentil astiqua rudement les reins de son assistant et le menaça de le flanquer à la porte. Le jeune homme se le tint pour dit. Désormais, il méprisa les deux servantes, dédaignant même de leur transmettre les ordres de son maître.

Avec l'esclave malgache, son comportement fut bien plus amène. Les deux garçons avaient le même âge, respiraient la même joie de vivre ; ils sympathisèrent immédiatement. C'était un plaisir de voir le jeune Normand trapu, blond de paille, rougeaud, le geste pataud et vif tout à la fois, rire et plaisanter dans un langage de leur composition avec ce Noir tout en longueur, en minceur et en nonchalance. Dans son for intérieur, Le Gentil les appelait Girafon et Patapouf, estimant que ces duettistes auraient un fier succès sur les planches de bateleurs du Pont-Neuf.

Le nouveau venu portait sans effort un patronyme extraordinaire que j'ai, lors d'un pari, retenu par cœur : Adrianampoiniménérina. Comme il se disait de sang impérial, son nouveau maître le rebaptisa Hadrien, prénom plus facile à garder en mémoire.

L'année 1765 venait de s'achever. Le Gentil jugea qu'il était temps de songer à Vénus. Avec trois ans et demi d'avance, mais, en chat échaudé qu'il était devenu, il craignait l'eau froide. Dès qu'il fut remis sur pied de sa récurrente crise de dysenterie, une routine annuelle, il informa le gouverneur Desforges-Boucher et l'intendant Poivre de son intention de prendre le premier bateau en partance vers l'Est.

Cette fois, il crut bien que la chance était de son côté, car, peu de temps après cette audience, un vaisseau espagnol de trente-six canons, le *Bueno Consejo*, entra dans la rade de Port-Louis. En provenance de Cadix, il devait se rendre en droiture à Manille, mais de graves avaries l'avait obligé à se détourner sur l'Ile-de-France. Le Gentil fut invité à la réception que donnait le gouverneur en l'honneur de l'état-major des nouveaux arrivants.

Il s'y rendit en compagnie d'Aphrodite Nihil. Le juge avait prétexté une crise de goutte qui le tenait cloué au lit pour ne pas se rendre à cette invitation où, pourtant, tous les notables de Port-Louis se précipitaient. La vérité était que cet homme plein de hargne, et qui était premier conseiller du gouvernement local, détestait les étrangers dans lesquels il voyait des ennemis de la France cherchant à s'accaparer ses colonies. Ne pouvant retenir son épouse, il demanda à son locataire de lui servir de chevalier servant, ce que Le Gentil accepta volontiers, comme d'habitude.

Dans les jardins, sous la véranda et les salons, un défilé d'esclaves en perruque et en livrée rouge agitaient en cadence de longs éventails, armes dérisoires contre la lourde chaleur de l'été austral. La sueur qui dégoulinait des perruques striait les visages de fines coulées blanches de farine. On ouvrit un chemin à Le Gentil et à la femme du juge qui, par préséance, devaient être présentés les premiers aux marins espagnols, alignés en rang d'oignon à l'entrée du grand salon.

— Ah ça, par exemple ! Don Juan de Langara ! Si je m'attendais...

— Le Gentil ! Mais qu'est-ce que vous faites là, *hombre*, dans cette île du bout du monde ?

Les deux hommes tombèrent dans les bras l'un de l'autre en se tambourinant le dos, sous l'œil interloqué de l'assemblée tout entière. Le Gentil avait rencontré Juan de Langara bien des années avant, à Paris, alors qu'il préparait son voyage. Il avait fait part à l'Espagnol, qui avait navigué sur toutes les mers, de son projet de rallier l'Europe par l'Est, et faire ainsi le tour du monde une fois son observation du transit de Vénus accomplie. Le Galicien s'était enthousiasmé pour ce projet, et avait donné à l'astronome nombre de renseignements précieux, en particulier la fréquence des navires de son pays reliant Philippines et Mariannes à la côte ouest du Mexique ou du Pérou, renseignements en principe gardés secrets. Mais très vite, entre le savant français et le marin espagnol, il n'y avait plus eu de Pyrénées. Grâce à ses talents et malgré son jeune âge, Langara avait été depuis promu commandant en second du *Bueno Consejo*.

Faisant foin de toute étiquette, Langara prit alors Le Gentil par le bras et, négligeant les autres officiers de son navire, le présenta, en termes fort élogieux, à son capitaine, don Juan de Caseins.

C'est alors que naquit dans la cervelle de Le Gentil l'idée d'abandonner Pondichéry pour se rendre à Manille ou aux Mariannes, toutes deux possessions espagnoles, et y dresser son observatoire. Il n'y avait dans ce changement rien de très scientifique. Il constatait simplement que son embarquement sur un navire espagnol en réparation, et à portée de main, était bien moins aléatoire que la venue d'un hypothétique vaisseau français qu'il devrait attendre, pour combien de temps encore, dans le confinement de la petite colonie.

Par scrupule, il calcula l'heure du passage de Vénus sur le soleil à Manille, se convainquit très vite que l'endroit était bien meilleur que la côte de Coromandel pour ses observations, et, quand il fut sûr de son fait, me communiqua son nouveau projet. J'ai déjà raconté comment je fus obligé de l'accepter.

Le lendemain de cette réception, Le Gentil fut invité à dîner à bord du *Bueno Consejo*. Au fil de la conversation, il en vint à évoquer le passage de Vénus devant le disque du Soleil, qui aurait lieu trois ans plus tard. Il fit comprendre aux officiers espagnols que le phénomène serait plus facilement observable à Manille qu'à Pondichéry.

— Venez donc avec nous, s'exclama alors don Langara. Enfin, si notre commandant le permet. Qu'en pensez-vous, monsieur de Caseins ?

— Ma foi, répliqua le capitaine du *Bueno Consejo*, l'invitation du lieutenant Langara ne respecte guère le protocole, mais elle a le mérite de la spontanéité. A priori, la chose me paraît tout à fait possible. Qu'en pensez-vous, monsieur Le Gentil ? Après tout, n'êtes-vous pas le principal intéressé ?

Le Gentil se confondit en protestations, formula nombre d'objections, évoqua la possibilité d'un refus du gouverneur à cet embarquement sur un vaisseau étranger, l'ignorance dans laquelle serait pendant longtemps l'Académie royale des sciences de ce changement d'observatoire... Les Espagnols réfutèrent un à un ces arguments, et Le Gentil rentra chez lui très content de son bon coup.

Son ami le gouverneur Desforges-Boucher trouva cette idée de partir pour Manille excellente. Seul l'intendant Poivre parut mécontent. Que Le Gentil ne l'eût point consulté en même temps que son rival avait froissé son orgueil. Mais il était surtout déçu d'apprendre que le savant, après son observation, ne reviendrait pas à l'Ile-de-France et continuerait son périple par l'Est, sans lui rapporter les plants d'épices hollandaises et espagnoles dont il rêvait.

Sûr maintenant de son fait, Le Gentil put enfin

rédiger ses trois lettres au duc de Chaulnes, au défunt Clairaut et à moi. Mais, dans le courant du mois d'avril, alors que la date du départ du vaisseau approchait, les officiers espagnols changèrent brusquement d'attitude. Ils exigèrent de l'astronome toutes sortes de documents impossibles à obtenir dans un aussi bref délai, faute de quoi son passage sur le *Bueno Consejo* et son débarquement à Manille lui seraient interdits.

Les raisons de ce retournement s'expliquaient par des événements qui se produisaient à des milliers de lieues de là, et vieux déjà de plusieurs mois. « Quelqu'un » avait en effet informé le capitaine Caseins qu'au sud de l'océan Atlantique, dans les îles Malouines, Bougainville avait, de son propre chef et sur ses propres deniers, transplanté soixante-quinze colons français d'Acadie, chassés de leur terre par les Anglais. Nulle nation n'avait jusqu'alors revendiqué la propriété de ces quelques îles perdues. Mais quand Madrid apprit la prise de possession des Malouines par la France, Sa Très Catholique Majesté Charles VII envoya une vigoureuse protestation auprès de son cousin Louis XV. Le petit archipel désolé, prétendait-on à l'Escurial, appartenait à l'Espagne depuis 1494, date à laquelle une bulle papale avait tracé un méridien partageant le monde entre ce royaume et le Portugal. Puisqu'il fallait en remonter à Alexandre Borgia, le duc de Choiseul, ministre de la Marine, rappela que les Philippines étaient, aux antipodes, dans le domaine imparti à Lisbonne. Comme le Portugal avait d'autres soucis en tête, et qu'il était plus ou moins allié à l'Angleterre, pourquoi ne pas faire un échange en famille, entre Bourbons : les Malouines contre les Philippines ? Des Philippines qui coûtaient à l'Espagne bien plus qu'elles ne rapportaient. Madrid hésita à accepter cette proposition, à cause de l'opposition farouche du Saint-Office. De son côté, Bougainville préparait son tour du monde, comptant bien visiter les lieux, pour voir si cela en valait la peine. En plus, on avait appris aussi qu'une expédition anglaise dirigée par Wallis s'apprêtait à pénétrer dans le Pacifique.

Que d'étrangers, en si peu de temps, à piétiner les plates-bandes espagnoles ! Et voilà maintenant qu'un petit savant français voulait venir fourrer son nez à Manille et y récolter sans doute de précieuses informations.

Les négociations entre le gouverneur Desforges-Boucher et don Caseins durèrent plus d'un mois Enfin, la veille du départ, le 30 avril 1766, Le Gentil put monter à bord du vaisseau espagnol, avec son assistant Gratot, son esclave Hadrien et ses appareils. Il confia ses caisses d'échantillons de minerais, plantes et coquillages à son hôte le juge, qui promit de les expédier dès que possible à l'Académie royale des sciences.

Quelques jours plus tard, en pleine mer, Caseins et Langara avouèrent à Le Gentil que ce n'était pas pour lui nuire qu'ils lui avaient imposé ces tracasseries, mais pour se protéger eux-mêmes : le « quelqu'un » qui les avait informés de l'affaire des Malouines irait sûrement répéter à Madrid qu'ils avaient tout fait pour dissuader le Français de se rendre à Manille. Les trois hommes philosophèrent longtemps sur la folie, l'avidité et la sottise des princes.

La navigation fut longue et périlleuse. Ils ne firent que trois escales, très brèves, dans des ports appartenant aux Hollandais. Ceux-ci voyaient avec méfiance un navire espagnol s'aventurer dans leurs eaux, où ils détenaient à eux seuls le trafic des épices. Le Gentil expérimenta différentes méthodes pour relever en mer la position du navire, il étudia également le régime des moussons, les courants, les climats et fit un grand nombre d'observations astronomiques.

Alors qu'ils étaient au cœur de la mer de Chine

orientale, au large de Bornéo, une violente tempête éclata. Elle dura sept jours. Quand elle fut dans sa plus grande force, tous les marins et même leur capitaine se jetèrent à genoux et entonnèrent un Ave Maria. Le Gentil qui, par déférence pour ses hôtes, les avait imités, s'étonna et fut presque bouleversé de la ferveur des prières espagnoles. Don Caseins jura que, s'ils ne périssaient pas, pour remercier la Sainte Vierge et les saints de les avoir sauvés, il mènerait, dès leur arrivée aux Philippines, tout l'équipage, nu-pieds, du port de Cavité à la cathédrale de Manille, trois lieues à l'intérieur des terres. Le Gentil s'aperçut par la suite que cet homme pourtant fort éclairé sur bien des points était profondément sincère dans sa dévotion. En comparaison, le plus superstitieux des marins bretons aurait passé pour libertin.

Seul l'esclave Hadrien n'avait pas prié. Moitié païen, moitié musulman, il souffrait surtout d'un épouvantable mal de mer. Il resta prostré pendant presque tout le voyage sur le plancher de la cabine de son maître. L'équipage finit par voir dans le Malgache un suppôt de Satan responsable de tous leurs maux. Plusieurs d'entre eux l'entraînèrent un jour dans la cale et, tout en le bourrant de coups de poings, le forcèrent à réciter des prières et à répéter le signe de croix. Le pauvre sauvage, qui ne comprenait pas ce qu'on lui voulait, répéta docilement les mots latins qu'on lui demandait de prononcer, et s'en tira à bon compte. Depuis, Le Gentil exigea d'Hadrien de sortir le moins possible de la cabine, et toujours accompagné de Gratot. Après cent deux jours de voyage, le 10 août, Le *Bueno Consejo* jeta l'ancre enfin dans le port de Cavité.

Caseins demanda à Le Gentil de rester à bord le temps d'obtenir l'autorisation du gouverneur des Philippines, un certain don José Raon, que l'on disait soupçonneux. Le Gentil s'inclina avec d'autant plus de grâce qu'on lui épargnait ainsi une marche nu-pieds jusqu'à Manille. Il en serait quitte plus tard à brûler quelques cierges dans la cathédrale en compagnie du capitaine. Il vit s'éloigner l'équipage en procession, sur le quai. Ne restaient à bord que quatre hommes de garde, son esclave et son assistant.

Au premier soir, alors qu'il s'apprêtait à dîner de viande et de fruits frais qu'on lui avait fait livrer, une poignée de soldats monta à bord. Leur sergent demanda à Le Gentil d'ouvrir ses caisses et ses bagages. Cette fouille était ordonnée par le gouverneur lui-même. Puis les soldats repartirent. Le sergent emportait avec lui les journaux et les papiers du Français, après lui avoir affirmé qu'ils lui seraient rendus si l'on n'y découvrait rien de nuisible au royaume d'Espagne et à ses colonies. Le Gentil trouvait le procédé cavalier, mais il ne protesta pas. Il s'était préparé depuis longtemps à ce genre d'incidents.

Le lendemain, pour se désennuyer, il bavarda, de bord à bord, avec les marins d'un petit trois-mâts affourché à quelques brasses du *Bueno Consejo*. Le Gentil connaissait assez bien l'espagnol pour comprendre que ses voisins allaient appareiller bientôt pour les Mariannes afin d'approvisionner les missions et les quelques soldats en garnison là-bas.

Les Mariannes ! Le troisième site envisagé par Le Gentil pour son observation. Il avait déjà parlé de cette éventualité à Caseins et Langara. Tous deux avaient eu l'occasion de visiter cet archipel de la mer du Sud et en parlaient avec des soupirs dans la voix. À les en croire, c'était un véritable paradis, peuplé de doux sauvages fraîchement évangélisés et de femmes-fleurs peu farouches, du moins quand les missionnaires avaient le dos tourné.

La petite colonie blanche, prêtres compris, s'était volontiers pliée au rythme bienheureux de la vie locale et de son ciel toujours clément. Alors, Le Gentil se décida : il partirait aux Mariannes. Là-bas, au moins, on le laisserait faire son travail en paix, loin des tracasseries et des hostilités partisanes dont il venait de subir de nouveaux prémices. Les marins du navire voisin lui affirmèrent que le gouverneur de Manille ne ferait aucune difficulté pour lui délivrer un passeport lui permettant de les accompagner là-bas. À mots couverts, ils laissaient entendre que, depuis la nomination de Son Excellence José Raon à la tête des Philippines, il ne faisait pas bon être étranger dans ses parages. Ces propos confortèrent Le Gentil dans son désir de partir à nouveau.

Il traîna encore deux jours son ennui et son impatience sur le pont du *Bueno Consejo*. Enfin, don Caseins revint à bord en brandissant son permis de séjour provisoire et lui annonça que le gouverneur Raon le convoquait immédiatement à une audience dans sa résidence. Dans la calèche qui les emmenait de Cavité à Manille, le capitaine espagnol raconta toutes les difficultés que lui avait opposées le maître de l'archipel.

— Ce Raon est un homme dangereux. Vous devrez faire très attention à lui. Moi, de mon côté, sitôt de retour en Espagne, je ferai tout ce qui est en mon pouvoir pour qu'il soit démis de ses fonctions. Il y a quelques années de cela, il était encore simple commis à Mexico auprès du vice-roi. Comme vous le savez, l'archipel n'est qu'une simple dépendance de la Nouvelle-Espagne et n'a donc pratiquement aucun lien avec Madrid. Raon intrigua tant et si bien qu'il finit par obtenir ce poste de gouverneur des Philippines, laissé vacant par la mort de son prédécesseur durant le siège de Manille par les Anglais en 1762. Nulle personne de bon sens n'en aurait voulu. Mais pour lui, c'était un véritable couronnement à sa médiocre carrière. Dès son arrivée, Raon mit en place un pouvoir tyrannique appuyé sur une corruption généralisée et une nuée d'espions qui battent la campagne et la ville.

— Un cas typique de la maladie du « roi-dans-l'Ile » diagnostiquée par le gouverneur Desforges-Boucher.

— Je veux bien le croire. Raon s'est également mis en tête de faire venir à Manille la Très Sainte Inquisition. Il est persuadé, dans son fanatisme, que les Philippines sont devenues le refuge des marannes de toutes les Espagnes. C'est ainsi qu'on appelle les Nouveaux Chrétiens, ces Juifs convertis de force par Isabelle la Catholique et qui pratiqueraient encore leur religion en secret.

— J'ai lu quelque chose sur le sujet. Une œuvre du marquis d'Argens, je crois. Mais je pensais qu'en près de trois cents ans de persécution, la religion hébraïque avait eu le temps de disparaître dans votre pays.

— Peu importe, répliqua Caseins d'un air un peu gêné. Mais à cause de votre patronyme, il a commencé à vous soupçonner. C'est ridicule, je le sais, mais tout fait ventre pour lui. Pour le moment, Mexico n'a pas répondu à sa demande et le Saint-Office n'est pas prêt de venir ici. Les Philippines causent assez d'embarras au vice-roi, et lui coûtent pas moins de cent dix mille piastres par an. Alors... En ce qui vous concerne, vous ne courrez plus de risques quand vous aurez reçu les documents que vous attendez de France et d'Espagne. En attendant, soyez excessivement prudent. D'autant que Raon a appris, comme nous tous, que Madrid pourrait fort bien céder les Philippines à votre pays. Ce serait alors la fin de son règne et sans doute sa déchéance.

— Quel noir tableau ! Pourrais-je lui parler de mon projet de me rendre aux îles Mariannes ?

— Certainement, il se fera un plaisir de vous voir déguerpir au plus vite de son fief. Mais avant de partir, n'oubliez pas ce que vous m'avez promis : me donner la position exacte de Manille comme vous savez si bien le faire. À ce propos, don Langara vous a trouvé un observatoire qui vous plaira, un donjon en fort bon état et qui a le mérite d'appartenir à un *odior* de l'audience royale. Cet homme n'est donc pas un affidé de Raon. Mon second vous a également déniché un toit. Vous serez hébergé chez le seul négociant français de l'archipel, un monsieur Pignon. Mais là encore, méfiez-vous. Nous avons appris que cet homme fort riche a donné sa fille au premier secrétaire du gouverneur. C'est à cette alliance sans doute qu'il doit sa tranquillité... À cette alliance, et aux sommes rondelettes que ce marchand peu scrupuleux verse périodiquement pour les bonnes œuvres de Son Excellence don José Raon. Bref, ne vous confiez pas trop à votre compatriote.

Durant l'audience qu'il eut en tête à tête avec le gouverneur, Le Gentil finit par penser que Caseins avait beaucoup exagéré. Raon, qui parlait parfaitement le français, était de ces Aragonnais tout en rondeur, la parole douce, charmant et drôle. Il s'excusa mille fois d'avoir été obligé de fouiller ses affaires, « règlement-règlement » et d'avoir lu ses cahiers qu'il jugeait passionnants, fort bien écrits, tout en avouant que ce jargon scientifique lui passait largement au-dessus de la tête. Il fut encore plus amical quand Le Gentil lui demanda s'il pouvait embarquer vers les Mariannes avec le petit trois-mâts en partance. Raon lui promit de lui délivrer ses passeports dans les plus brefs délais car, affirmait-il, ce navire d'approvisionnement était le seul à se rendre là-bas, tous les trois ans.

— Il a menti, s'exclama Caseins quand Le Gentil lui rapporta cet entretien. Les galions qui font la navette entre Acapulco et Manille, deux fois par année, s'arrêtent toujours aux Mariannes, à l'aller et au retour.

Sur ce point, Caseins avait raison, Le Gentil put le vérifier par la suite. Il laissa donc partir le trois-mâts en question. Bien lui en prit car, quelques jours après l'appareillage, ce navire fit naufrage en sortant du détroit des Philippines. Il n'y eut que trois ou quatre morts, mais, s'il était monté à bord, noyé ou pas, ses appareils et ses journaux auraient été perdus.

Il n'avait pas fait de gros efforts pour obtenir son embarquement, car il voulait auparavant tenir sa promesse auprès de Caseins : relever la position exacte de Manille. Le mauvais temps ne lui permit de faire que quatre observations de la longitude, mais je pus constater quand je reçus son courrier, dix-huit mois après, que ses conclusions, qu'il appelait approximations, étaient exactes à quelques secondes près. Il en ferait les corrections lui-même quand la saison sèche serait revenue.

Ces nuages et cette pluie qui sévissaient depuis la fin du mois d'août l'avaient un instant inquiété, dans la perspective de son observation vénusienne qui aurait lieu un mois de juin. Mais on le rassura en lui affirmant qu'à partir d'avril, le temps se mettait au beau et n'en bougeait plus pendant au moins cinq mois. Don Caseins ne pouvait attendre jusque-là, car il appareillerait vers la mi-février 1767. Il recommanda à Le Gentil de faire une copie de ce mémoire, afin de la transmettre aux ministères espagnols concernés.

Quand je lus devant l'Académie, en 1768, sa communication, où il énumérait également toutes les observations faites depuis son départ de l'Ile-de-France, j'appris que le duc de Choiseul, ministre de la Marine, avait fait part de son mécontentement vis-à-vis de mon confrère aux antipodes : selon lui, en donnant à une puissance étrangère des renseignements d'ordre stratégique, Le Gentil avait commis un acte frôlant la trahison. Affirmation absurde, puisque les dits renseignements venaient d'être rendus publics et seraient bientôt édités. Je m'abstins toutefois de protester, car j'avais déjà suffisamment de difficultés avec Versailles pour obtenir les fonds nécessaires aux autres voyageurs de Vénus. Mais le mal était fait. La rumeur nimbant la longue absence de Le Gentil, et qui s'était calmée deux ans auparavant, après ma lecture de son premier courrier, reprit de plus belle. On le disait maintenant à la solde des Espagnols. Après avoir appris qu'il résidait chez ce riche marchand français, on murmurait aussi qu'il se constituait une fortune dans divers trafics louches. D'où venaient ces bruits diffamatoires, personne ne le savait, mais ils gonflaient, s'exagéraient et se répandirent jusqu'à Coutances.

XVII

Le tyran de Manille

Naturellement, comme à chacune de ses escales, les érudits locaux ne furent pas longs à venir tourner autour du prestigieux savant français. Le Gentil s'appliqua à se mettre à leur niveau, sans les écraser de sa supériorité. Mais cette fois, il fut surpris des clartés qu'ils avaient, de l'application et du zèle qu'ils mettaient dans leurs travaux, de la richesse de leur bibliothèque, de leurs collections d'histoire naturelle, et surtout de la manière très libre dont ils critiquaient le gouvernement de don José Raon. Il est vrai que les trois hommes qui constituaient cette petite académie improvisée étaient aussi d'importantes notabilités, du moins à l'échelle locale, sur qui le « tyran de Manille » ne pouvait se livrer à aucune persécution, sinon quelques mesquines tracasseries.

Le premier membre de ce trio, don Andrès Roxo, était rien moins que le neveu de l'archevêque de Manille. Membre de droit du gouvernement des Philippines, il avait épousé la fille d'une des plus puissantes familles d'Espagne. Le second, chanoine de la cathédrale, don Estavan Roxas, était surtout un cartographe de talent, très féru également de l'histoire naturelle et humaine de l'archipel. Le troisième enfin était l'ingénieur en chef de Manille, don Marquès. Un prêtre théatin italien, le père Enamarchi, se joignit bientôt à eux. Plutôt porté sur l'astronomie, il avait surtout le mérite de parler un excellent français. Il permit à Le Gentil d'abandonner parfois la langue de Cervantès que, par courtoisie, il pratiquait avec ses hôtes.

Le Gentil passait maintenant son temps entre son observatoire et les maisons de Roxo et Roxas ; lesquels devinrent rapidement des amis fidèles. Ils ne lui cachèrent rien de leurs nombreux travaux sur l'archipel : cartes bien plus précises que celles que l'on possédait en Europe, fertilité du sol et richesse du sous-sol, projets portuaires et miniers, possibilités de relations commerciales avec la Chine et les Moluques hollandaises toutes proches et si riches en épices, fréquence du trafic maritime, critique des graves erreurs stratégiques de la flotte et de la garnison espagnoles face aux forces anglaises, désintérêt de Madrid pour ce territoire riche en potentialités, mais qui coûtait pourtant très cher : depuis la prise de possession en 1565, Sa Majesté Catholique était tenue par le pape d'y entretenir une pléthore d'ordres missionnaires poussant au massacre et à l'expulsion d'une importante colonie chinoise réfractaire à l'évangélisation. Le chanoine Roxo, le neveu de l'archevêque Roxas et le père théatin Enamarchi déploraient cette toute-puissance de l'Eglise entre les mains de laquelle le gouverneur Raon n'était qu'un polichinelle. Avec une nation libre et pleine d'humanité comme la France, soupiraient-ils, ce malheureux pays pourrait connaître enfin la prospérité.

Ils ne s'affichaient pas espagnols. Roxas, né à Lima, se disait seulement Péruvien. Roxo, originaire de Veracruz, avait banni de son vocabulaire le terme de Nouvelle-Espagne. « Je suis Mexicain et rien d'autre », affirmait-il. Et Le Gentil songeait que l'Empire espagnol était bien mal en point.

Ses difficultés avec le gouverneur Raon commencèrent dès les premiers beaux jours, en avril. L'ingénieur Marquès lui avait proposé de l'accompagner dans une tournée d'inspection autour de l'île principale. Comme Le Gentil voulait informer le gouverneur de ce périple, Marquès l'en dissuada.

— Il vous ferait mille et une difficultés. Tenez-le pour quantité négligeable. Vous avez dans ce pays des protections suffisamment solides pour ne rien avoir à craindre de lui. Cet homme est fou. Je le dis avec d'autant plus de regrets que je suis catalan, comme lui. Un renégat à la botte de la Castille, voilà la vérité.

À son retour, trois semaines plus tard, son hôte, le négociant français Pignon, l'accueillit avec des cris d'effroi et de reproche :

— Ils sont venus. Ils ont tout fouillé. Ils m'ont menacé de m'expulser du pays. À cause de vous et de la désinvolture que vous avez eue en partant sans prévenir les autorités. Si mon gendre n'était pas secrétaire du gouvernement, je serais peut-être en prison à l'heure qu'il est... Monsieur Le Gentil, vous êtes mon compatriote et je suis donc tenu, par réquisition du roi de France, de vous loger. Mais je vais être dans l'obligation d'écrire à Paris pour y faire part de vos agissements.

Le Gentil se retint de hausser les épaules. Faute de mieux, la France et la Compagnie des Indes avaient donné à Pignon un vague titre de représentation à Manille, mais la très mauvaise réputation du trafiquant n'était plus à faire, de Pondichéry à Versailles en passant par Port-Louis. Toutefois, Le Gentil s'abstint d'entrer avec lui dans une mauvaise querelle. Son logement était on ne peut plus agréable et surtout gratuit. Il ne voulait pas dépenser en vain les deniers que le Royaume lui avait confiés. Il préféra rassurer son hôte, lui expliqua que lui-même avait des appuis assez puissants dans la colonie pour ne rien craindre du gouverneur. Puis il s'en fut dans ses appartements, insoucieux des résultats de la fouille : ses journaux et les informations qu'il était en train de réunir sur les Philippines étaient en lieu sûr chez son ami Roxo.

Mais, quelques heures plus tard, il eut la désagréable surprise de voir que son observatoire perché dans ce donjon proche de la cathédrale avait été lui aussi visité. Certains des instruments avaient été démontés et d'autres malmenés avec une évidente volonté de nuire. Cette fois, il eut peur. Qui sait si, dans deux ans, la nuit précédant le transit de Vénus, une bande d'inconnus ne surgirait pas ici pour l'empêcher de mener à bien une observation pour laquelle il avait tant sacrifié ? On lui en avait raconté de pires, sur Raon et ses sbires. Ne valait-il pas mieux prévoir dès maintenant une porte de sortie, au mieux les îles Mariannes, au pire Pondichéry ? Il parla de ses craintes à ses amis Roxo et Roxas, qui promirent de faire intervenir l'archevêque lui-même, devant qui Raon n'était rien. Désormais, il n'aurait plus rien à craindre.

Ils ne s'étaient pas trompés : durant trois mois, jusqu'au 10 juillet 1767, le gouverneur le laissa en paix. Ce jour-là, le soleil n'était pas encore levé. Le Gentil revenait de son observatoire où il avait passé la nuit derrière son télescope. Une nuit d'une parfaite transparence, comme elles l'étaient toutes depuis la mi-avril. Encadré par Gratot et Hadrien, armés, comme lui-même, d'un pistolet et d'une épée, il entra dans les dépendances de la maison Pignon, au fond du jardin, et qui leur servaient de logement. En pénétrant dans sa chambre, son cœur bondit : sur la table, bien en évidence, un paquet de lettres. Sa fatigue en fut dissipée d'un coup. Puis la colère le prit : elles étaient toutes décachetées et marquées du sceau du gouverneur Raon. Il eut l'impression qu'on venait de lui cracher au visage.

La première qu'il lut était du duc de Chaulnes. Notre honorable collègue lui annonçait qu'avec l'accord du duc de La Vrillière, il avait entrepris toutes les démarches nécessaires et que bientôt arriveraient des lettres de recommandation de la cour d'Espagne. Bientôt... Ce courrier avait mis six mois pour venir de France, en passant par le Mexique, ce qui était fort peu, compte tenu des périls et des retards d'un tel voyage. Il lui fallait maintenant attendre la protection officielle de Madrid, l'arme la plus sûre contre le tyran Raon.

La seconde lettre était de moi. Il fut satisfait d'avoir l'aval de l'Académie, dont il avait fait peu de cas, puisqu'il était parti à Manille avant de nous consulter, mais enfin cela le confortait dans le bien-fondé de sa décision et lui offrait des garanties si le gouverneur lui faisait encore des difficultés. Les objections de Pingré le firent sourire. Il reconnaissait là l'homme toujours plus soucieux de la réussite et la sécurité de ses amis que de la sienne propre. Il remit à plus tard les nouvelles directives concernant l'observation de Vénus, s'amusa des nouvelles que je lui donnais de Paris jusqu'à celle que, pour le ménager, j'avais mis en fin de lettre : le décès de Clairaut.

Il reposa la lettre sur la table. Dehors, un coq chantait. D'où lui venait soudain cet étau qui lui broyait le cœur, cette envie de pleurer ? Pourquoi dansaient devant ses yeux, outre le visage de notre ami défunt, celui de Reine, le mien et Chappe, les cours improvisés que Clairaut nous donnait au café, la sage cohue, à la sortie du Collège royal, nos travaux frénétiques sur la comète, images qui défilaient lentement devant ses yeux clos, encore plus crues que si elles avaient été réelles ? Soudain, il eut peur de cette douleur étrange, il eut peur de sa soudaine envie de mourir. Il serra les poings, essuya ses larmes et dit à voix haute :

— Laissons la nostalgie à Gratot et voyons plutôt de quelle poétique histoire d'argent et de rente nous gratifie ce cher maître Tringlot, digne procureur de Coutances.

Très cher et très estimable monsieur Le Gentil,

J'ai l'immense chagrin de vous annoncer...

« Maman est morte ! » Le Gentil poussa un cri, se heurta avec force le front sur la table et sanglota longtemps. Ce n'était plus la nostalgie qui le bouleversait ainsi, mais le remords impuissant de ne pas avoir été à son chevet pour les dernières instants de cette très vieille dame qu'il avait trop négligée, par souci de la gloire et de la science. Il se redressa, relut la date du décès, reposa à nouveau son front contre la table.

« Ce jour-là, songea-t-il malgré lui, nous passions au sud de l'archipel des Maldives. Latitude... »

Et il s'endormit, la face sur la lettre, les bras en croix.

Il ne se réveilla que vers midi, endolori, entreprit de relire ses lettres, la tête froide et l'œil sec. On frappa à sa porte. Son hôte entra.

— Excusez-moi de vous troubler dans votre deuil...

— Vous avez lu mes lettres ?

— Non, enfin oui. Pas moi... Mais mon gendre, sur ordre du gouverneur, a dû les lui traduire. J'ai été forcé d'assister à cette lecture au cas où il n'en comprendrait pas quelque nuance.

— Charmante délicatesse ! Et ces lettres étaient arrivées quand ?

— Avant-hier soir, par le *San Carlos,* en provenance d'Acapulco. Mais vous n'étiez pas présent à la descente du courrier, au contraire de vos habitudes. Quelle malchance ! Pour la première fois qu'il vous arrivait des nouvelles.

Le guignon, toujours le guignon.

— Je suppose que don Raon a été rassuré sur mes intentions et qu'il attend avec autant d'impatience que moi les recommandations de la cour d'Espagne à mon sujet.

— Justement non. Il affirme que vous avez rédigé des faux.

— Des faux ! Mais comment ose-t-il ?

Monsieur Pignon s'effraya de la violence de l'exclamation. Depuis qu'il savait, après enquête, que son invité avait l'oreille de l'archevêque et de sa parentèle, il était avec lui d'une amabilité frisant l'obséquiosité. Et puis, tous ces ducs, ces amiraux, ces ministres français ou espagnols dont il était question dans ces lettres lui faisaient croire qu'il avait affaire à un très puissant personnage. Il cherchait déjà le moyen de répudier son gendre. Après tout, Le Gentil était garçon...

— Cher monsieur, cher monsieur, de grâce gardez votre sang-froid. Raon est aveuglé par la haine qu'il vous porte. Si vous tentez quelque chose maintenant, je crains bien que la protection de *nos* amis nous sera superflue. Tout Français lui est désormais odieux. Je crains même pour mes affaires.

— Je me fiche bien de vos affaires. Mais vous avez raison. Essayons de regarder les choses posément et de comprendre par quel tortueux chemin l'idée que j'aie pu commettre des faux est entrée dans sa cervelle malade. Il a bien vu pourtant que ces lettres étaient en provenance d'Acapulco, puisqu'il les a confisquées sitôt descendues du *San Carlos*.

— Ses soupçons ont été éveillés par la rapidité avec laquelle ce courrier est venu de France. Pour lui, la chose est impossible. Dans sa folie de voir des complots partout, Raon a élaboré un florilège de fables qui, en d'autres circonstances, vous auraient sans doute amusé.

— Epargnez-les-moi. Votre gendre, que pense-t-il de tout cela ?

— Oh, celui-là ! Comment ai-je pu avoir la faiblesse de donner ma fille unique à un tel drôle ? Il ne devrait pas tarder à rentrer du palais. Si je ne craignais pas de vous perturber dans vos travaux, je vous demanderais de l'attendre avec moi. Peut-être nous donnera-il des nouvelles fraîches.

Monsieur Pignon allait sortir, à reculons, quand soudain il s'arrêta :

— J'oubliais... Permettez-moi de vous présenter mes condoléances. Votre pauvre maman doit cruellement vous manquer.

— C'est ça, c'est ça. À tout à l'heure.

Le secrétaire du gouverneur Raon arriva quelques minutes plus tard, époussetant ses manches, faisant bouffer ses dentelles et virevolter ses rubans.

— Eh bien, lui dit son beau-père, qu'en est-il de cette affaire de lettres ?

— Père ! Nous vous avions demandé de garder le secret et de ne pas en parler à monsieur Le Gentil. Vous avez fait preuve d'une légèreté...

— Je vous rappelle le respect que vous me devez, mon garçon. Et j'en ai assez, quant à moi, de souffrir depuis des années vos incartades qui font le malheur de ma fille.

— Paix, messieurs, intervint Le Gentil. Je ne suis pas là pour assister à vos scènes familiales. Don Manuel, avez-vous du nouveau sur mon affaire ?

— Quel nouveau ? Son Excellence ne consacre pas toutes ses pensées à votre considérable personne. Don José a bien d'autres soucis en tête, avec ces Hollandais de plus en plus arrogants, ces Chinois... À propos, père, nous venons d'arraisonner une jonque en provenance des Moluques et chargée de santal jusqu'au pont. Le gouvernement vous revend la cargaison pour la moitié de son prix, et autres conditions habituelles.

— Enfin une bonne nouvelle, répliqua monsieur Pignon. La commission est toujours d'un quart ?

— Un tiers, père, les temps sont durs.

— Paix, messieurs ! gronda de nouveau Le Gentil.

— Puisque vous tenez tant à le savoir, lança don Manuel, Son Excellence et moi-même avons relu avec beaucoup d'attention la copie de vos prétendues lettres de France. Pour lui, ce sont des faux. Et je ne suis pas loin de partager cette opinion. Tous ces ministres, tous ces ducs, tous ces savants qui s'intéresseraient à la promenade d'une étoile sur le soleil ! Vous avez quand même chargé un peu trop la barque, mon cher. Mais je dois reconnaître que la lettre du soi-disant procureur est un coup de génie. La mort de votre mère ! Ah, vous auriez pu atteindre la pitié d'un homme aussi sensible que lui, si...

Le Gentil se dressa d'un bond et souffleta le jeune élégant. Un soufflet qui avait toutes les allures d'un coup de poing, car l'autre alla heurter la paroi et s'étala sur le sol. Puis l'astronome sortit comme un furieux, alla réveiller Gratot et Hadrien, leur demanda de s'armer et de les suivre. Mais où ? La joyeuse animation qui régnait dans la rue, un vent léger, chargé de parfums, qui atténuait la chaleur de l'après-midi, lui firent reprendre ses esprits.

Son honneur de gentilhomme l'incitait à forcer les portes de la résidence du gouverneur pour aller le défier ; sa sagesse de savant lui conseilla finalement d'aller consulter des personnes autrement mieux au courant des us et coutumes des lieux : Roxo et Roxas.

Se tint dans la demeure du neveu de l'archevêque un véritable conseil de guerre. L'ingénieur Marquès et le père Enamarchi étaient présents. Ils décidèrent de solliciter à nouveau l'aide des plus hautes autorités ecclésiastiques de l'île. Roxo proposa ensuite à Le Gentil de l'héberger jusqu'à la fin de son séjour. L'astronome s'y refusa, sous prétexte qu'il risquait ainsi de le compromettre ; en réalité, il ne voulait pas donner l'impression à Pignon et à son gendre qu'il les fuyait, après ce vigoureux soufflet qui devait déjà faire jaser tout Manille.

Il ne parla à personne de la mort de sa mère. Enfin, quand tout le monde fut parti et qu'il resta seul avec le bon chanoine péruvien, celui-ci lui tapota la cuisse en lui disant d'un ton affable :

— Mon ami, je me flatte de connaître les hommes. Quelque chose vous tracasse. N'allez pas me faire croire qu'il s'agit seulement de cette fumeuse histoire de lettres.

Ses gros yeux globuleux qui semblaient émerger de la barbe en bataille flamboyaient d'une immense compassion. Le Gentil, malgré son scepticisme, crut voir ce bon visage noyé sous le poil s'illuminer de l'aura d'un saint. Alors, effondré de chagrin, il lui parla de ses deuils du bout du monde. Roxas n'eut pas une parole de consolation. Il laissa l'astronome débonder sa peine. Mais l'indicible façon que le chanoine avait de l'écouter faisait plus de bien à cet orphelin quadragénaire que toutes les condoléances du monde.

Les incidents ne cessèrent alors de se multiplier. Le Gentil crut d'abord qu'il souffrait d'une manie de la persécution due à son isolement dans cette terre étrangère, comme le jour où une tuile tomba d'un toit juste devant son nez. Peu de temps après, un tonneau détaché d'une charrette faillit l'écraser. Une autre fois, deux prétendus ivrognes le bousculèrent volontairement dans la rue qui menait à son observatoire. D'instinct, il refusa de répondre à la provocation. Où l'aurait mené une rixe de caniveau ? Peu de temps avant, et malgré les recommandations de prudence que lui avait données son maître, Gratot, lors d'une soirée de bamboche, fut entraîné dans une bagarre de marins, passa une nuit au cachot et ne dut sa délivrance qu'à son geôlier, un policier avec qui l'ancien matelot avait eu le bon goût de se lier lors de l'une de ses parties de plaisir dans les bordels de Manille. Gratot, dès lors, fit preuve de plus de prudence. Il devint même exagérément soupçonneux, et finit par convaincre Le Gentil qu'on les surveillait en permanence. Il y avait toujours quelqu'un assis sur une borne devant leur porte. On les suivait dans la rue. Le Gentil rassura son assistant : ces gens les épiaient en vain, puisqu'ils n'avaient rien à cacher. Hadrien, quant à lui, restait toujours dans les pas de son maître, armé jusqu'aux dents, et dormait devant sa chambre, sur une natte.

Le Gentil se refusait à se laisser entraîner dans ce climat de terreur que l'on faisait régner autour de lui. D'ailleurs, il n'était pas la seule cible des persécutions de Raon, dont le despotisme incohérent allait s'accroissant. On parlait de massacres de Chinois, à l'autre bout de l'île. Tout bateau espagnol ou étranger qui osait mouiller dans le port de Cavité était mis en quarantaine et ses officiers interrogés brutalement par les soudards du fils Raon et de don Manuel : le gendre de monsieur Pignon s'enivrait de son pouvoir grandissant. Les prisons étaient pleines, les maisons de tolérance et les cabarets fermaient les uns après les autres. L'archevêque avait commencé par se réjouir de cet état de choses, d'autant que Raon avait fait expulser les Jésuites avec un grand zèle. Mais maintenant, dans son idée fixe de faire venir la Sainte Inquisition, Raon soutenait sans vergogne les Dominicains, et monseigneur Roxo devait subir les plaintes incessantes des autres ordres missionnaires présents dans l'archipel. Là, sans doute, Raon commit une grave maladresse qui finirait par lui valoir sa disgrâce. Les amis prêtres de Le Gentil, Roxas et Enamarchi, ne s'inquiétaient guère de ce comportement. L'Eglise avait mille sept cents ans, Raon n'en avait que cinquante-deux. Le Gentil, lui, ne possédait que vingt et un mois avant le passage de Vénus.

Une nuit qu'il observait l'émersion d'un satellite de Jupiter, il sentit une odeur de brûlé montant du rez-de-chaussée du donjon. Gratot, Hadrien et lui dévalèrent les escaliers. La porte d'entrée brûlait. Ils entendirent au loin un bruit de pas de gens qui fuyaient. On avait entassé un monceau de chiffons et de bois arrosé d'eau-de-vie. Les trois hommes n'eurent aucun mal à éteindre le foyer. Mais cette fois Le Gentil eut vraiment peur : ce n'était plus au Français qu'on s'en prenait, mais au savant.

Dès le lendemain, sans consulter personne, il écrivit au gouverneur pour solliciter une audience. La réponse tarda une semaine. Enfin, le secrétaire particulier lui fit savoir que Son Excellence ne pourrait le recevoir en raison d'un emploi du temps trop chargé. S'il voulait formuler sa demande par écrit, on tâcherait d'y faire suite. Aussitôt, Le Gentil reprit la plume. Il sollicitait l'autorisation d'embarquer dans le premier navire en partance pour Acapulco, en l'occurrence le *Santa Rosa* qui appareillerait dans quelques semaines. Il crut bon d'appuyer sa demande sur des arguments diplomatiques : le fameux pacte de famille qui liait les Bourbon de France et d'Espagne depuis six ans et qui obligeait les fonctionnaires de ces pays à aider de tous leurs efforts les ressortissants de l'autre nation. Il croyait piéger Raon. Celui-ci lui répondit de sa propre main en déclarant qu'on ignorait l'extension de ce fameux pacte à Manille. Il signifiait également à Le Gentil que son insistance à vouloir accomplir ses travaux en terre espagnole devenait de plus en plus suspecte. D'ailleurs, argumentait-il, des collègues et compatriotes de Le Gentil n'avaient-ils pas déclaré que l'astronome ferait tout aussi bien ses observations à Pondichéry, territoire français. Il lui refusait donc tout passage sur un vaisseau de Sa Majesté Très Catholique. Le gouverneur de Manille était peut-être fou, mais il était habile. Et Le Gentil maudit Pingré qui, dans ses bonnes intentions, avait contribué à préparer l'enfer dans lequel il s'engluait.

Le *Santa Rosa* partit de Cavité. Le Gentil resta à terre. Il avait perdu la partie. Que faire alors ? Attendre ici de longs mois, dans la menace et dans la crainte, que Vénus veuille bien passer ? Battre en retraite devant ce misérable lui semblait lâche. Son honneur lui disait de rester, mais aussi le fait qu'ici il était sûr de pouvoir observer le transit dans les meilleures conditions possibles. De Pondichéry, il ne connaissait rien du climat en cette saison ; ce qu'on lui en avait dit n'était guère encourageant. En plus, grâce à son petit cercle d'amis, il avait appris à apprécier cette contrée, ses colons et ses indigènes, contrée qui pourrait devenir un paradis quand elle serait débarrassée de ses tyrans et de ses prêtres. Mais non, il lui fallait partir, revenir parmi les siens. Il avait raté le premier transit à cause de la guerre, ce qu'il pouvait justifier facilement aux yeux de ses pairs. S'il ratait le deuxième, par la seule faute du satrape de Manille, on ne se ferait pas faute de lui reprocher d'avoir pris de trop grands risques, alors qu'il avait encore le choix. C'était dit, il rebroussait chemin, il partait à Pondichéry.

Il fit part de sa décision à Roxo, Roxas et compagnie. Ceux-ci poussèrent les hauts cris, lui ouvrirent leur bourse, lui proposèrent de l'héberger gratuitement jusqu'à la fin de son séjour. Pourquoi affronter de nouveaux périls en mer, alors qu'ici, tout était fin prêt, si longtemps à l'avance, et qu'il avait encore tant de choses à découvrir ? Et puis, on attendait maintenant l'arrivée de cette fameuse expédition française qui les délivrerait peut-être du joug sous lequel ils ployaient. Le Gentil resta inflexible. Malgré les tentatives réitérées de ses amis pour le convaincre de rester, il guettait le port. Il n'en continua pas moins ses explorations de l'archipel et réunit de précieux renseignements qui, un jour, pensait-il, inciteraient la France à prendre possession de ce pays. S'il contribuait ainsi à agrandir le royaume de deux aussi riches contrées que Madagascar et les Philippines, il n'aurait pas perdu sa vie, ce conquistador pacifique.

Un navire portugais se présenta courant décembre 1767, en provenance de Macao. Le Gentil puisa dans sa bourse de plus en plus plate pour payer son voyage. Il quitta le 2 février ces îles qu'il chérissait, malgré tous les chagrins qu'il y avait connus. Il partait rassuré : pendant plusieurs semaines, il avait longuement expliqué à Roxo, Roxas et Enamarchi comment observer le transit de Vénus. Ses élèves lui avaient donné toute satisfaction.

Au bout de quelques heures de navigation, le bateau portugais dut rebrousser chemin. La cargaison avait été mal arrimée. À peine rentré dans la rade de Cavité, Le Gentil reçut un mot du chanoine Roxas le suppliant de revenir à terre et d'abandonner ce voyage. Cette avarie n'était-elle pas un avertissement divin ? L'espace d'un instant, Le Gentil fut troublé. Il se souvint du petit trois-mâts qui devait l'emmener aux Mariannes et qui avait fait naufrage. Ne forçait-il pas le destin ? La mer rend superstitieux les hommes les plus sensés. Dans sa réponse au chanoine, il promit que s'il voyait un défaut dans le nouvel arrimage, il redescendrait à terre. Le bateau portugais repartit bientôt et le voyage, par le détroit de Malacca, fut fort rapide et instructif.

Le 27 mars 1768, ils arrivèrent en vue de Pondichéry. Il avait encore quatorze mois avant le rendez-vous de Vénus. Quant au projet de tour de monde : « Bah, se dit-il, avec un peu de chance, je trouverai bien d'ici là un bateau qui m'emmènera jusqu'au Mexique. »

Avec un peu de chance.

XVIII

Le maître de Vénus

S'il n'y avait eu Reine, moi aussi je serais parti. Pourtant, plus notre union durait, plus je prenais de l'ascendant sur elle, du moins dans les domaines intimes qui ne concernaient pas notre travail. Elle avait dépassé ses quarante ans, âge inquiet chez les femmes. Elle commençait à peine à connaître l'apaisement et la sérénité qui s'ensuivent. En mal d'enfants, elle n'avait de cesse que d'appeler autour d'elle ceux de sa famille, de celle de son mari, et de la mienne, puisque mon propre neveu vécut quelques-unes de ses tendres années dans les jupons de madame Lepaute.

Persuadée à juste titre que les dons mathématiques se décelaient dès le maillot, et qu'il fallait les cultiver très tôt de crainte qu'ils ne se fanent, elle éleva un neveu de son mari qui, dès l'âge de six ans, faisait des calculs astronomiques. Il est vrai que les enfants prodiges étaient alors à la mode, comme en témoignait l'exhibition du petit musicien autrichien Mozart à Versailles. Sans doute Reine n'avait pas l'intention de montrer son neveu comme un phénomène de foire, mais, au bout de quelque temps, la mère de l'enfant, effrayée, vint le reprendre. Il est aujourd'hui notaire à Montmédy. Reine ambitionnait de fonder une dynastie de savants, les Lepaute-Lalande, à l'imitation des Cassini ou des Jussieu. Elle y réussit en partie. Même si j'étais sevré depuis bien longtemps, je restais l'aîné de sa couvée, et pour cela aussi, elle ne voulait pas que je quitte sa pouponnière. Pour y arriver, elle employa toutes sortes de ruses, et même un peu de fourberie.

Un jour de janvier 1766, j'eus la surprise de voir, à mon cours de clôture au Collège royal, s'installer au premier rang, en grand uniforme, mon ami Louis-Antoine de Bougainville. Il attendit patiemment que tous mes auditeurs fussent sortis pour venir vers moi. Après les compliments d'usage, il m'apprit qu'il revenait de la cour d'Espagne où il avait eu d'âpres négociations à propos des îles Malouines. Puis :

— Mon cher maître, permettez-moi de vous dire toute mon admiration. Je n'ai pu prendre connaissance que récemment de votre *Traité d'astronomie* que vous m'avez fait l'honneur de m'adresser il y a plus de deux ans. Cet ouvrage devrait avoir sa place sur tous les navires du monde. Jamais je n'ai lu des informations aussi précieuses pour l'art de la navigation.

Venant d'un tel homme, le compliment valait de l'or, même si mon *Traité* faisait désormais référence dans toutes les Académies d'Europe. Tout en continuant à évoquer mes travaux, nous nous dirigeâmes bras dessus, bras dessous de l'autre côté de la Seine, jusqu'à un restaurant du Palais Royal où notre entrée fut très remarquée. Nous nous isolâmes dans un cabinet.

Au cours de ce repas, Bougainville me donna la primeur de cet événement qui aurait un tel retentissement et ferait toute sa gloire : la première circumnavigation française, mais aussi la première expédition au monde dont les objectifs étaient strictement scientifiques. Ou presque.

— Je veux, à bord de mes vaisseaux, les meilleurs et les plus prestigieux savants français. Vous qui les connaissez tous, cher maître, qui me proposez-vous ?

Je voyais fort bien où il voulait en venir. Mais une telle décision était difficile à prendre. Et surtout, je voulais qu'il me le propose lui-même. Je fis semblant de réfléchir profondément. Enfin :

— Dans le domaine de la botanique, Jussieu le jeune s'imposerait, mais à soixante-cinq ans passés... Je le consulterai. Pour la minéralogie...

— Comme vous y allez ! Mes bateaux sont trop petits pour embarquer toute une académie. Je souhaiterais un naturaliste suffisamment éclectique...

— Je tiens votre homme, répliquai-je. Mon ami Philibert Commerson n'est certes pas encore académicien, il y rechigne, mais il est jeune, vigoureux et il connaît tout du monde minéral, végétal et animal. Il vient de publier un ouvrage fort utile sur les poissons de la Méditerranée. Le plus difficile sera de le faire sortir de son ermitage bressan, où il se complaît dans un veuvage inconsolable. Mais je me fais fort d'y parvenir.

— Bien.

— En matière d'astronomie, pousuivis-je, le meilleur observateur aujourd'hui me paraît être l'abbé Chappe. Je pense également à monsieur Véron, qui de son côté a prouvé ses talents en cartographie.

— Je récuse l'abbé Chappe. Anglais, Hollandais, Espagnols voient déjà mon entreprise d'un œil méfiant, je ne tiens pas à provoquer en plus l'hostilité des Russes. Quant à monsieur Véron, que je ne connais pas, je le récuse également. Ne tournons plus autour du pot : c'est vous que je veux, Lalande, et personne d'autre. J'appareille sur *La Boudeuse* en novembre, cela vous laisse le temps de la réflexion. Vous aurez même un délai supplémentaire puisque mon deuxième vaisseau, *L'Etoile,* me rejoindra sur les côtes brésiliennes au début de l'année prochaine.

Cette nuit-là, je ne pus fermer l'œil. Je connaissais les risques d'une telle entreprise, les longues années où je serais séparé des miens et de mes habitudes. Je savais aussi que j'avais le corps timoré, fuyant l'effort et la douleur, même si je crois avoir souvent prouvé mon courage en d'autres domaines.

J'étais alors dans une période de doutes et d'interrogations. À trente-quatre ans, j'avais obtenu beaucoup plus que n'en aurait espéré le jeune étudiant ambitieux de jadis. Ma voie semblait désormais toute tracée. D'associé, je passerais pensionnaire de l'Académie sitôt qu'un des trois fauteuils réservés aux astronomes se libérerait. Mon nom faisait autorité, et nul n'aurait osé provoquer une polémique contre moi : ceux qui ne m'admiraient pas me craignaient. Quant à ma vie domestique, elle était douce, calme et propice à l'étude. Bref, je m'ennuyais.

La proposition de Bougainville avait tout pour me séduire. Les périls à affronter étaient largement contrebalancés par la perspective de découvrir de nouveaux mondes, d'autres étoiles, en compagnie du meilleur ami que j'eus jamais, Commerson. De surcroît, depuis le temps que mon travail et mes correspondants me faisaient naviguer sur le papier dans des lieux aux noms parfumés : Zanzibar, Chandernagor, îles Nicobar ou Lacquedives, comment l'envie de partir ne se serait-elle pas insinuée en moi ? Mais la tentation se faisait encore plus grande quand j'imaginais la gloire éternelle qui serait la mienne, à mon retour : Jérôme Lalande, astronome et mathématicien français qui, le premier, fit le tour du monde. Ce dernier rêve me décida.

Dès son réveil, je parlai à Reine de l'entretien que j'avais eu avec Bougainville. Naturellement, elle poussa les hauts cris, commença par user d'arguments de femme trop aimante et que l'on délaissait, puis affirma que cette absence serait l'arrêt définitif de mon ascension vers les sommets de la gloire. Enfin, elle lâcha :

— D'ailleurs, tu ne survivras pas à ce voyage. As-tu pensé à tes vertiges, à ton dos dont tu te plains si souvent ? Tu as une trop petite santé, mon Jérôme, pour supporter de telles épreuves.

Je protestai, avec un peu de mauvaise foi, que je me portais comme un charme. Elle se fâcha plus encore :

— Qu'en sais-tu ? Te voilà médecin maintenant, et médecin de toi-même ? Ne joue pas à l'enfant. Fais-toi au moins examiner par ton collègue académicien, le docteur Bourdelin.

— Ma pauvre amie ! Je ne t'ai pas attendue pour prendre cette décision. Je vais de ce pas lui demander un rendez-vous. Il te dira bien lui-même que tes craintes ne sont que le fait d'une femme trop possessive. Une pieuvre, voilà ce que tu es, une pieuvre. Ah ! j'étouffe, à la fin.

— Mon pauvre chéri ! Voilà donc tes vertiges qui te reprennent !

— Trait d'esprit admirable ! Siffle, Nicole, avant de mordre.

Le bon docteur Bourdelin me trouva quelques faiblesses, mais comme il estimait qu'elles étaient dues à la vie trop studieuse et recluse que je menais, je bondis sur l'occasion qu'il m'offrait : avec Bougainville, j'allais m'en donner, du grand air ! Pris d'une frénésie que je ne me connaissais pas jusqu'alors, je me précipitai chez ce grand marin lui annoncer que je partirais avec lui, que l'Académie ne m'opposerait aucun obstacle et qu'au contraire j'avais assez de poids pour obtenir de son trésorier une somme d'argent conséquente pour moi et Commerson. Nous parlâmes longtemps des préparatifs du voyage, il me donna des conseils précieux qui profiteraient par la suite, à certains de mes collègues. Logiquement, nous évoquâmes le transit de Vénus sur le Soleil, prévu pour le 4 juin 1769. Il se déclara incapable de me dire où nous serions à ce moment-là. Notre voyage pouvait durer de deux à quatre ans, selon les fortunes de mer et nos découvertes. Mais il finit par se prêter à ce jeu de spéculation tout à fait gratuit, et conclut que la meilleure probabilité était que nous nous trouverions, à cette date, aux parages de Manille.

Je revins à mon observatoire et lui confirmai par courrier, comme il me l'avait demandé, mon désir de prendre place à son bord. Une fois cette lettre envoyée, j'allai affronter Reine. J'eus droit à une scène épouvantable dont je passe les détails. Une semaine durant, le Luxembourg tout entier profita des bruits de nos disputes. Le bon Chappe s'en inquiéta et vint me demander ce qui se passait et s'il pouvait m'être utile. Je le congédiai sèchement.

Puis je reçus la réponse de Bougainville. J'en fus anéanti. Après s'être excusé mille fois, il m'informait qu'il était au regret de ne pouvoir me prendre comme passager. Il disait admirer le courage avec lequel j'avais dissimulé mon état de santé. Mais il ne pouvait se permettre, expliquait-il, d'assumer, dans une entreprise aussi dangereuse, le risque d'être complice du décès d'un savant aussi éminent que moi et dont la vie lui était plus précieuse que tout :

« Le sacrifice auquel vous vous prépariez vaut plus que le respect : il mérite la dévotion. Mais, mon ami, au nom de la Raison, songez que la Science profitera mieux d'un astronome moins éminent que vous, mais vivant, plutôt que du cadavre d'un savant, fusse-t-il de génie. Votre place n'est pas en mer, elle est à Paris, au milieu de vos livres et de vos austères travaux. Elle est aussi aux côtés d'une personne qui, dans l'immense affection qu'elle vous porte, est allée jusqu'à accomplir des démarches auprès de moi, démarches que le vulgaire aurait pu qualifier d'inconvenantes venant d'une dame de son rang. J'y ai vu, quant à moi, de l'héroïsme. Entre son honneur et votre sauvegarde, elle n'a pas balancé. Aimez-la, adorez-la ! Jamais vous ne découvrirez dans le ciel une étoile aussi digne d'être admirée. »

Ah la mégère ! Que lui avait-elle raconté ? Que j'étais à l'agonie ? Et ce mollusque de Bourdelin qui la poursuivait de ses assiduités depuis tant d'années, était nécessairement son complice, n'hésitant pas à violer le serment d'Hippocrate ! Comme par hasard, elle était partie la veille, prétextant la fermeture de l'Université pour aller prendre du repos à Montmédy dans la famille de son mari. Elle s'y rendait chaque année à la même date. Et alors ? Eh bien, je partirais en voyage quand même. Depuis le temps que j'avais envie de visiter l'Italie ! Avant mon départ, j'envoyai à Reine une lettre de rupture.

Au bout de cinq mois de pérégrinations italiennes, je revins à Paris. Quand j'y pense aujourd'hui, j'aurais fort bien pu retourner à la charge de Bougainville. Mais, sans doute, ma subite vocation de voyageur n'était pas assez forte. Et puis Pierre-Antoine Véron, dans la fougue de sa jeunesse, s'était déclaré volontaire. Je m'employai plutôt à convaincre cette tête de mule de Commerson, mon ami d'enfance. Outre ces liens personnels, Philibert me semblait l'homme le plus approprié. Solide Bressan de trente-sept ans, il était devenu le plus réputé des botanistes français, ayant réussi à constituer la plus grande collection privée de plantes au monde, bien qu'il ne fût jamais sorti de France.

Mais le joyeux compagnon de ma jeunesse avait profondément changé. Sa jeune épouse était morte en couches, lui laissant un fils qui avait maintenant quatre ans. Pour l'élever, il vivait désormais en reclus dans son jardin de Châtillon-les-Dombes, au milieu de ses herbiers, avec pour seule compagnie sa gouvernante, le voisinage de son beau-frère, curé de la paroisse, et les visites de son dessinateur attitré, Jossigny. Il venait le moins souvent possible à Paris travailler auprès de Buffon ou de Jussieu. Malgré son renom, il s'était toujours refusé à la moindre démarche pour entrer à l'Académie des sciences et fuyait les honneurs, se complaisant dans son deuil. J'étais l'une des rares personnes qu'il acceptait derrière les grilles de son jardin. Sûr de mon fait, j'avais déjà posé Commerson comme candidat au grand voyage, sans le consulter. Je voulais aussi le mettre devant le fait accompli.

Je me rendis donc à Châtillon. Je ne pouvais tomber plus mal. Il était d'une humeur inconcevable. Son gamin venait de piétiner, en jouant, l'une de ses plus précieuses plates-bandes. Puis sa colère tomba sur sa gouvernante, Jeanne Baret, qui était également sa maîtresse. La jeune femme avait du répondant. Je dus intervenir pour qu'ils n'en vinssent pas aux mains. Ils s'apaisèrent enfin, mais je préférai attendre le lendemain avant d'entamer avec Philibert des négociations qui s'annonçaient plus âpres que celles que j'avais en cours avec les ambassades du monde entier. Elles durèrent une semaine. Heureusement, je me trouvai la meilleure des alliées en la personne de Jeanne Baret. Enfin, un matin, hirsute et plus bougon que jamais, il déboula dans la cuisine, où je déjeunais d'une fripe de fromage de Bresse trempé dans un bouillon de poule que m'avait préparée Jeanne. Il se versa un verre de vin qu'il avala d'un coup et grogna :

— C'est dit. Puisque vous voulez tous vous débarrasser de moi, je partirai avec ton Bougainville. Mais à mes conditions.

— Je les accepte toutes à l'avance.

— Deux mille livres d'appointements. Le même montant pour la pension de mon garçon que je confierai à mon beau-frère le curé. J'exige que monsieur Jossigny m'accompagne comme dessinateur.

— Tout cela me paraît assez facile à obtenir, même si la somme... Bah ! je me fais fort de décrocher l'aval du ministère de la Marine.

— Je n'ai pas fini. Il me faut un domestique.

— Bien sûr.

— Elle !

Jeanne Baret, oubliant toute retenue, se pendit à son cou en s'exclamant :

— Mon chéri, que tu es bon !

— Mais, me récriai-je, Jeanne est une femme !

— Eh bien, elle se travestira.

Je ne pus que m'incliner. Mais, sitôt que je fus rentré à Paris, Philibert fit de nouvelles difficultés auprès du ministère, par-dessus ma tête, de sorte qu'en fin de compte, le duc de Choiseul-Praslin lui-même exigea qu'il donne sa réponse définitive dans les trois jours. Commerson augmenta encore ses prétentions. C'est ainsi que le ministre et moi-même fûmes les deux seules personnes à savoir que Jeanne Baret serait la première femme à accomplir le tour du monde.

La frégate du roi *La Boudeuse* appareilla depuis Brest à l'automne 1766. Le voyage de Bougainville autour du monde serait suivi avec passion par le pays tout entier, et ce prestige panserait quelque peu les humiliantes blessures de la guerre de Sept Ans. Qui sait si l'explorateur ne découvrirait pas ce mythique continent austral et d'autres terres, afin de reconstituer un empire français désormais dépecé ? Outre le sursaut d'orgueil national ainsi provoqué, ce voyage avait cet autre mérite d'être la première expédition scientifique au monde jamais constituée, même si le départ en avait été précipité : en effet, les navires anglais de Wallis et Carteret étaient déjà sur les routes de la découverte. Véron embarqua sur un deuxième navire, la flûte *L'Etoile*, qui devait rejoindre *La Boudeuse* sur les côtes du Brésil. Au cas où les deux vaisseaux seraient déjà rentrés en France quand le second passage de Vénus, en juin 1769, se produirait, j'avais donné consigne à l'astronome de se faire déposer à l'endroit qu'il jugerait le plus approprié pour y observer le phénomène.

Pour ma part, après avoir réglé quelques affaires, notamment les corrections de *La Connaissance des temps* de l'année suivante et la suspension de mes cours au Collège royal, je repartis en Italie sans avoir rencontré Reine. Lors d'un souper à trois, la veille de mon départ, Chappe et Pingré essayèrent de me rappeler à la raison. Selon eux, cette brouille faisait jaser tout Paris, mon absence prolongée passait pour un coup de folie dont pourraient bien profiter mes ennemis. Chappe crut bon d'ajouter que Reine était au désespoir. Ils m'entendirent, les bons Samaritains ! N'avais-je pas le droit de vivre, moi aussi ?

Je passai les fêtes à Bourg-en-Bresse, avec mon pauvre vieux père. Pourquoi pauvre ? Malgré son grand âge, il restait aussi vif et sec que le froid régnant dans la campagne où nous nous promenions ; j'avais parfois du mal à le suivre. Puis je redescendis en Italie. Je reçus à Palerme une lettre de Reine. Pas une lettre d'amoureuse, une lettre de collègue et de conseillère. Elle m'incitait en particulier à rentrer en France avant que quelqu'un d'autre ne prît ma relève dans l'organisation des voyages de Vénus. Elle m'apprit aussi que sir Maskeline, de la Royal Academy, avait grande envie de me rencontrer. À Venise, je lui répondis. Nous étions début février 1767 et l'on fêtait le carnaval. De ma chambre, qui donnait sur le Grand Canal, j'entendais les bruits de la fête, tandis qu'une pluie fine pleurait sur mes fenêtres où se reflétaient les feux d'artifice. Les rires, les chants rendaient encore plus lourd le poids de ma solitude. Alors, ma réponse à Reine ne parla que d'amour. Je rentrai bientôt à Paris et frappai à sa porte. Dès que nous fûmes seuls, sans un mot, elle se colla à moi.

Cette année 1767 fut pauvre en événements astronomiques. J'en profitai pour rédiger mon voyage en Italie qui parut l'année suivante. Sur les conseils de Reine, je m'appliquai à ce que ce récit fût le plus sérieux et le plus documenté possible. Mon but était d'en faire le compagnon indispensable des voyageurs qui iraient sur mes traces. Je donnai les itinéraires les plus pratiques et les plus sûrs, l'horaire des relais de poste, le prix des chambres d'hôtel, énumérai les commodités qu'on pouvait trouver dans chacune des cités visitées. Sans oublier les ruines antiques, les palais et les différentes curiosités que l'on pouvait y voir. Je crois que la manière dont je traitai mon sujet était assez originale et plus utile au voyageur que les innombrables relations que l'on comptait alors concernant ce pays. Son succès auprès du public en fut d'ailleurs la meilleure preuve.

En même temps, je m'occupais d'organiser la préparation de la future observation du transit de Vénus. Je continuais à correspondre avec toutes les ambassades, les académies, les missions et les ministères du globe. De ce côté-là, tout se passait au mieux. Il n'en était pas de même avec Versailles : ses coffres m'étaient fermés, parce qu'ils étaient vides. Le royaume de France était, plus encore que d'habitude, en état de banqueroute et lâchait ses écus au compte-gouttes. Il m'apparut alors qu'au lieu de se laisser aller à des vanités nationales, mieux valait, pour des questions de commodité et d'économie, choisir comme observateurs des gens qui seraient déjà sur place, ou non loin des sites désignés. Tant pis si ces personnes, jésuites ou simples érudits locaux, n'étaient que des astronomes amateurs n'ayant à leur disposition que des appareils médiocres ou défectueux ! Une fois que j'en eus établi la liste, je leur fis parvenir un document où je leur apprenais comment accomplir cette tâche.

Je m'étais tant démené que les académies de Saint-Pétersbourg, de Berlin, de Madrid, de Vienne et de Rome avaient depuis longtemps avalisé mon rôle de chef de l'opération. Londres seule contestait mon autorité. Un an après le départ de Bougainville, j'appris en effet par la Royal Academy, avec laquelle j'étais en correspondance permanente, qu'une nouvelle expédition anglaise se préparait.

Dès lors, je redoublai d'ardeur afin qu'il y eût au moins un représentant de l'Académie royale des sciences, officiellement mandaté et payé par la France, pour cette observation. Sinon, mon *alter ego* britannique sir Maskeline aurait beau jeu de faire valoir qu'il avait plus de droits que moi à s'affirmer, au nom de la Royal Academy, le maître d'œuvre universel de l'opération. Certes, j'avais Véron naviguant désormais quelque part de l'autre côté du détroit de Magellan, mais où serait-il au moment du transit ? Et que pesait l'expédition Bougainville face à celle que s'apprêtait à entreprendre le capitaine Cook, dont l'un des principaux objectifs était précisément d'aller observer le phénomène dans l'île d'Otaïti, récemment découverte par son compatriote Wallis ? Or, cet endroit s'avérait, si les calculs de ce dernier capitaine étaient exacts, l'un des meilleurs lieux pour cette observation de l'éclipse. Pingré, malgré le peu d'amitié qu'il avait pour les Anglais, l'avait confirmé.

J'enrageai de l'avarice de mon gouvernement. J'eus beau courir les ministères en faisant miroiter à tous ces grands personnages, aujourd'hui bien oubliés, la gloire éternelle dont ils s'auréoleraient s'ils ouvraient leur bourse, rien à faire. Bougainville, me dirent-ils, leur avait déjà tout pris.

À nouveau, Reine me sortit d'affaire. Malgré mes réticences et les inimitiés qu'elle risquait de s'attirer à Versailles, elle se rendit à la Cour où elle rencontra la nouvelle favorite royale, Jeanne Bécu, qui n'était pas encore comtesse du Barry. Peu après, ils payèrent. La du Barry, qui voulait copier en tout son illustre devancière, feu la marquise de Pompadour, faisait mine de se piquer d'arts et de sciences. Elle sut s'y prendre pour plonger dans la bourse de Louis XV et y trouver les crédits qui m'étaient nécessaires. C'est ainsi qu'une putain se fit protectrice des amants de Vénus.

J'avais maintenant l'argent, mais le temps commençait à manquer. Presque tout mon petit monde était en place, du plus humble des missionnaires, tel le père Dollières à Pékin, au plus fameux des savants : le mathématicien Euler partait pour Orsk, en Russie. Quant à Le Gentil, je l'oubliai. Ou plutôt je ne l'oubliai pas. Mais je n'avais pas encore reçu son courrier, et je commençais à donner foi aux mauvais bruits qui couraient sur son compte. Faute d'avoir de ses nouvelles, je fis donc comme s'il n'existait plus. Je voulais pourtant que l'Académie fût présente. Il me manquait un observateur sur la côte Pacifique du Mexique, très précisément en Basse-Californie. Les Jésuites avaient été expulsés en 1767 de cette presqu'île, où ils avaient créé une véritable république de Dieu, à l'instar du Paraguay. Mon correspondant là-bas, un ancien condisciple de Lyon, avait donc dû quitter ces lieux qui pourtant s'avéraient, selon nos calculs, indispensables à notre observation. Chappe se porta volontaire.

Sur l'autre site, dans les Antilles, je n'avais aucune confiance en la personne qui s'était proposée : il s'agissait du fantasque Trébuchet qui avait causé tant de tracas à La Caille et Delisle, lors du premier transit. Pingré, qui avait quelques comptes à régler avec ce douteux personnage, voulut bien partir pour Saint-Domingue. On lui donna également pour mission de vérifier le bon fonctionnement du chronomètre marin de Berthoud, ainsi que de l'arc de cercle de Borda qui nous permettraient enfin de déterminer les longitudes avec la plus grande exactitude. Pingré se récria que ce travail serait en de meilleures mains s'il m'était confié. « Venez donc avec moi à Saint-Domingue », me proposa-t-il. Je refusai. Mon mal de mer.

En réalité, j'avais d'autres tâches à accomplir. Je me rendis à Londres et j'y rencontrai le jeune capitaine Cook, un homme admirable. S'il y avait plus de marins comme lui en France... Il est vrai que son père était valet de ferme. J'eus avec ce grand marin et fort bon géographe des entretiens exaltants. Comme je regrette parfois de n'être pas né Anglais... Les succès de ces gens à diverses époques, et spécialement dans la guerre de 1761, n'ont que trop prouvé combien la supériorité de la marine décide souvent des résultats de la guerre. Thémistocle disait déjà : « Quiconque est maître de la mer, l'est de la terre. » Le trident de Neptune est bien le sceptre du monde. Et les Anglais, convaincus que sans astronomie on n'a ni commerce, ni marine, ont fait des dépenses incroyables pour pousser cette science vers le point de perfection.

Le capitaine Cook se faisait accompagner dans son voyage d'un astronome. Il aurait pu s'en passer, tant lui-même possédait de grandes connaissances en cette matière. Je m'étonnai toutefois, devant sir Maskeline, que Cook n'emportât pas le chronomètre marin fabriqué moins de deux ans auparavant par John Harrison, et qui avait valu à son inventeur la considérable récompense de vingt mille livres sterling promise, depuis un demi-siècle, à celui qui découvrirait la meilleure manière de relever les longitudes en mer. Maskeline fut gêné par ma question et s'y déroba. J'avais gagné : plus personne, même un Anglais, ne contesterait désormais mon autorité. J'étais le seul maître de Vénus, après le Soleil.

À mon retour à Paris, je m'arrangeai pour que le gouvernement français émît des ordres afin que nos vaisseaux de guerre laissent passer Cook et son *Endeavour*, sa mission étant « pour le bénéfice de l'humanité ». L'organisation du rendez-vous universel de Vénus était parfaitement en ordre un an avant le transit. J'avais, bien sûr, profité de l'héritage de Halley et de Delisle, profité aussi de ce que nous avions appris lors du premier passage. Cette fois serait la bonne. Celle de Lalande. Bientôt, le monde entier se hérisserait de télescopes, dont celui de Le Gentil. Enfin, peut-être...

XIX

Le voyage en Californie

Chappe avait été plus profondément touché qu'il ne le laissait paraître par les violentes critiques à propos de son ouvrage sur la Sibérie. Le culte qu'il portait à Catherine de Russie n'en avait pas été atteint pour autant. Il se consolait en se disant que l'impératrice l'avait ainsi mis sur la sellette pour affermir son trône et qu'un jour, quand elle pourrait enfin abolir le servage et transformer son royaume en une nation moderne et éclairée, elle saurait bien proclamer tout ce qu'elle lui devait. En revanche, les attaques de Diderot, Grimm et Falconnet l'avaient atteint au-delà de tout. Ces gens dont il partageait les idées s'en étaient pris, publiquement, à son honnêteté et à son intelligence. Alors, pendant les mois qui séparèrent la publication de son ouvrage du deuxième transit de Vénus, il resta dans l'ombre, ne répliqua pas aux attaques dont il était l'objet, malgré mes encouragements à le faire, se contentant de l'estime de ses collègues.

Dès qu'il sut que l'une des rares expéditions françaises pour le second transit était sur la côte ouest du Mexique, au bout de la presqu'île de Basse-Californie, il bondit sur l'occasion : c'était le voyage qui comportait le plus grand nombre de risques. Échaudé malgré tout par les incidents diplomatiques qu'il avait failli susciter en Russie, je demandai audience au ministre plénipotentiaire espagnol à Versailles, que je savais ouvert aux Lumières et admirateur de Voltaire. Ce grand d'Espagne accueillit la candidature de Chappe avec chaleur, affirma qu'avec un monarque aussi éclairé que Charles III, son pays sortait enfin des siècles noirs, quand les Habsbourg faisaient régner sur l'empire la terreur, l'obscurantisme, le lucre et la corruption. Il me demanda de rencontrer Chappe, m'assurant qu'il l'aiderait en tout pour que son voyage se passât le mieux du monde. Chappe se rendit à l'hôtel de l'ambassadeur, en revint avec tous les documents et les laissez-passer possibles. Son opinion sur le diplomate était plus mitigée que la mienne. Il avait appris en Russie à se méfier des puissants.

Il partit de Paris le 17 septembre 1768. Date fort tardive selon lui, mais des difficultés de dernière minute avaient surgi. En effet, s'il avait mis autant de soins à la préparation de cette expédition qu'à celle de Sibérie, il avait sollicité en plus auprès de l'Académie que lui soient adjoints des collaborateurs, exigence tout à fait naturelle pour un tel voyage et une telle observation, mais qui en augmentait considérablement le coût. Pour y aider, Chappe puisa dans sa propre bourse, ou plutôt celle de sa famille, les Auteroche, avec laquelle pourtant il était en délicatesse. Il voulait mettre tous les atouts de son côté. Mais il y avait autre chose. En se faisant ainsi accompagner, il avait des témoins. Et nul, à son retour, ne pourrait le traiter de menteur ou de sot s'il était amené à dénoncer quelque vice dans le bon gouvernement de la Nouvelle-Espagne. Il engagea donc messieurs Pauly, ingénieur-géographe, Noël, jeune élève à l'Académie de peinture, et l'horloger Dubois. Le premier, que lui avait envoyé le ministère de la

Marine, était un homme austère et taciturne. Le second au contraire, rempli de l'enthousiasme de son âge, débordait d'affection et d'admiration pour le célèbre astronome. Le vieux Jussieu le lui avait recommandé, car ce jeune homme avait prouvé ses bonnes connaissances en matière de sciences naturelles. Quant à Dubois, bien sûr, Reine le lui avait présenté, car cet horloger avait quelques liens de famille avec son mari. Comme le service de ces quatre hommes avait besoin d'un domestique, Chappe recruta un ancien colporteur de la vallée de l'Ubaye qui affirmait avoir des cousins vivant au Mexique. Comme il se nommait Noël, pour ne pas qu'il y ait confusion avec le jeune peintre, on le rebaptisa du nom de sa ville natale : Barcelonnette.

Ils appareillèrent du Havre le 21 septembre sur un modeste brigantin pourvu d'un équipage de seulement dix-sept hommes. Les autorités espagnoles et mexicaines refusaient en effet l'entrée au port de Veracruz de navires étrangers de plus gros tonnage, même quand ceux-ci battaient le pavillon de leurs chers cousins Bourbon. *L'Angerville,* tel était le nom du petit bateau, ne pouvait se rendre en droiture jusqu'au Mexique. Il devait auparavant faire escale à Cadix pour que les autorités coloniales espagnoles y estiment les dangers de la venue dans leur fief d'aussi redoutables envahisseurs.

La traversée, au milieu d'un fort mauvais temps, dura vingt-six jours. Ils essuyèrent une tempête au large du golfe de Gascogne. Le peintre Noël souffrit d'un tel mal de mer que Chappe se demanda un instant s'il ne vaudrait pas mieux le faire rapatrier sitôt arrivés en Espagne. Entre deux nausées, le jeune homme protesta, supplia de n'en rien faire.

Chappe avait pris très vite un grand ascendant sur ses compagnons de voyage, à cause sans doute de cette autorité bonhomme acquise sans s'en rendre compte au fil des années, mais qui laissait transparaître son immense bonté. En aussi peu de jours, il avait réussi à leur transmettre sa foi en sa mission. Tous les quatre, le domestique Barcelonnette compris, étaient prêts à mourir pour elle, pour lui.

À peine avaient-ils jeté l'ancre dans la baie de Cadix qu'une grosse baleinière les aborda. Deux officiers montèrent à bord accompagnés d'un homme tout de noir vêtu, tenant sous son bras un volumineux in-quarto : il était de règle qu'un familier de la Très Sainte Inquisition soit présent à ce genre de formalités douanières. Tandis que les deux officiers inspectaient la cargaison, les passeports des passagers et de l'équipage, l'homme avait entassé sur le pont tous les livres que contenait le navire, non seulement les ouvrages scientifiques de Chappe et de ses compagnons, mais encore la petite bibliothèque du capitaine, récits de voyage, précis de navigation, poésie latine et... mon *Traité d'astronomie*. Titre après titre, le familier du Saint-Office feuilletait son codex pour vérifier si par hasard ces volumes n'étaient pas inscrits dans l'un des deux index, vatican d'un côté, ibérique de l'autre, ce dernier étant bien plus important. Il en écarta une petite pile et, après avoir sermonné leurs propriétaires, leur fit jurer solennellement qu'ils n'introduiraient pas ces textes interdits sur le territoire espagnol. Chappe faillit pouffer de rire quand l'ingénieur Pauly, qui ne l'avait pourtant pas habitué à tant de fantaisie, se livra, durant tout son serment, à un grand nombre de facéties que le torquémadiste, de marbre, ne releva pas.

Mais l'astronome s'amusa beaucoup moins quand le censeur entra dans les cabines pour voir s'il n'y avait pas là quelques livres dissimulés et destinés à pénétrer sur le sol espagnol en contrebande. Sur la couchette de Chappe était posé bien en évidence, car il ne voulait pas l'oublier à bord, un gros paquet soigneusement enveloppé que lui avait confié à Paris l'ambassadeur d'Espagne : il devait le remettre, à son escale de Cadix, à l'intendant de Séville et d'Andalousie. Faisant fi de l'imposant sceau diplomatique et du titre du destinataire, l'inquisiteur déchira l'emballage et découvrit quatre à cinq volumes admirablement reliés et dorés.

— Je vous interdis, protesta Chappe, vous n'avez aucun titre à violer le secret diplomatique.

— Le Saint-Office est au-dessus de tous les privilèges, de tous les ambassadeurs, de tous les ministres. D'ailleurs, regardez, monsieur l'abbé, regardez.

Il est vrai que l'ambassadeur, dans son cadeau, n'y était pas allé de main morte. En plus de *L'Ingénu* de Voltaire, bien sûr interdit comme le reste de ses ouvrages, le paquet contenait deux œuvres clandestines et signées d'un faux nom, mais que tout Paris savait être du baron d'Holbach. Le dernier enfin était la *Physiocratie* de Chesnay, paru en début d'année. Il n'était donc pas encore répertorié dans l'index, mais l'inquisiteur y vit un ouvrage d'alchimie et le confisqua avec les autres, préventivement. Il ne laissa que *Le Christianisme dévoilé*. En effet, par une aberrante négligence, il ne figurait pas sur sa gigantesque liste. Puis, très paternel, il morigéna Chappe, en lui demandant de montrer à l'avenir plus de discernement, même s'il admettait que ces livres interdits lui avaient été confiés à son insu. Et il ajouta :

— Voilà une preuve de plus que votre malheureuse nation est devenue le creuset de toutes les infamies déversées par les juifs, les francs-maçons et les sectataires de Calvin. Prenez garde, monsieur l'abbé, qu'ils ne vous pervertissent pas non plus. Voyez ce qu'ils ont fait de Son Excellence le duc d'Albe, dont pourtant les ancêtres remontent de façon indiscutable à la bataille de Cavadonga, et sans qu'une goutte de sang impur ne s'y soit glissée depuis. Alors, que penser de votre race dégénérée ?

Devant ce petit homme verdâtre et d'une laideur

répugnante, Chappe se sentit pris d'une panique incontrôlable remontant du plus obscur de son être.

— Sans doute, sans doute, bredouilla-t-il, mais que vais-je dire, moi, à Son Excellence monsieur l'intendant d'Andalousie ? Je ne suis qu'un messager.

— Pouah, vous voulez rencontrer cette abjection satanique de Pablo d'Olavide ? L'autodafé pour cet athée, ce juif, ce franc-maçon ! Si Sa Majesté ne le protégeait pas de façon aussi inconsidérée, croyez bien que j'aurais le plus infini des plaisirs à porter moi-même le brandon à son bûcher. S'il y avait encore des bûchers dans notre pauvre Espagne.

Puis il s'en fut tout agité de mouvements désordonnés, en criant :

— Gardez-vous des livres, monsieur Chappe, gardez-vous-en bien ! Il n'en est qu'un qui soit digne d'être lu et vous savez lequel.

— N'ayez crainte, dit le capitaine à Chappe, depuis que je fréquente les ports espagnols du vieux et du nouveau monde, j'ai appris à me frotter à ce genre d'imbéciles. Des hidalgos miteux qui prennent ainsi leur revanche sur la petitesse de leur fortune et de leur cervelle. Ils sont finis. Ils peuvent encore mordre, mais on leur a fait cracher le venin. En revanche, ce que je craignais est en passe de se produire. Je ne veux pas jouer le mauvais augure, mais nous sommes consignés à bord jusqu'à nouvel ordre, un indice qui ne trompe pas. Cette fois, nous aurons affaire aux autorités séculières. Ah ! comme ils le protègent, leur trésor mexicain ! Nous devons attendre. Pour combien de temps ? Je l'ignore.

— Pourtant, tous nos documents sont en règle. Vous vous en êtes assuré vous-même avant notre départ du Havre.

— Ils trouveront bien quelque chose. Vous n'avez rien contre le vin de Malaga ?

— Je vous le dirai quand j'en aurai goûté.

— C'est un cadeau que m'ont fait les deux officiers de tout à l'heure, pendant que vous théologisiez dans votre cabine avec ce serpent. Cadeau chèrement monnayé. Mon armateur et moi prévoyons toujours des fonds secrets quand nous nous rendons dans les eaux espagnoles. Grâce à cet argent, ils m'ont promis de transmettre notre arrivée à notre ambassadeur. Il a fallu que je leur donne en prime une nouvelle forme de pacotille : des livres. Dieu sait si j'en ai fait, de la contrebande, dans ma vie : du tabac, du café, des nègres et même de l'or. Je crois que je vais sérieusement songer à trafiquer le Rousseau, le Spinoza ou le Descartes qui me semblent d'un meilleur rapport, et bien plus facile à cacher que des ballots d'ivoire ou de gingembre. Descartes et Spinoza ! Ils en sont encore là. Pourquoi pas Abélard, tant qu'ils y sont ?

— Vous exagérez quand même, répliqua Chappe en riant de ce joyeux cynisme. Si vous m'aviez averti, je vous aurais confié le colis que je devais remettre à monsieur l'intendant.

— Je l'aurais refusé. En revanche, je vous aurais informé de la somme exacte que vous auriez eu à verser à monsieur le familier de l'Inquisition afin qu'il oublie d'emporter sa prise. Alors, monsieur l'abbé, ce Malaga ?

— Diablement fameux ! Un petit goût de soufre, peut-être.

Une semaine après, une barque vint accoster *L'Angerville*. Outre les deux mêmes officiers que la fois dernière et un de leurs supérieurs en tenue chamarrée, il y avait à bord le consul de France à Cadix, monsieur de Puit-Abry, accompagné de son secrétaire. Les diplomates acceptèrent que les Espagnols montassent à bord de cette parcelle de terre française, mais leur refusèrent de participer à la réunion qui eut lieu dans le carré des officiers.

— Messieurs, dit le consul quand les quatre membres de l'expédition, le capitaine et son second furent réunis, j'ai de mauvaises nouvelles à vous apprendre. Le ministère de la Marine espagnole refuse le passage et l'entrée de messieurs Pauly, Noël et Dubois au Mexique. On prétend en effet que Madrid n'aurait pas été alerté de leur venue. Seul monsieur l'abbé Chappe est autorisé à partir.

— Quoi ! bondit Chappe, mais, à Paris, le comte d'Aranda m'avait affirmé que toutes les formalités avaient été remplies.

— Calmez-vous et asseyez-vous, répliqua le consul. Les lettres de monsieur d'Aranda ont dû s'égarer entre Versailles, l'Escurial, Séville et Cadix. Sur notre insistance, nos amis espagnols finiront par les retrouver. Ces pratiques sont courantes vis-à-vis des étrangers, alliés ou pas. N'est-ce pas, capitaine ? En attendant, je vous demanderai de ne pas descendre de *L'Angerville* sans mon ordre exprès. Deux fois par semaine, je vous enverrai une petite escorte avec laquelle vous pourrez visiter cette ville magnifique.

— Par semaine ! s'exclama Chappe. Combien de temps cela va-t-il durer ?

— Aucune idée. Un mois, deux mois, selon leur bon vouloir.

— Mais le transit de Vénus aura lieu le 4 juin de l'année prochaine !

— Et la mauvaise saison nous empêchera peut-être de partir, renchérit le capitaine.

— Je vous promets d'agir le plus rapidement possible. En attendant, me ferez-vous le plaisir de dîner au consulat, ce soir ? Cela vous changera de votre ordinaire. Monsieur Chappe, il y a dehors un gentilhomme espagnol qui désire fort vous connaître.

Le gentilhomme en question se nommait don Juan de Caseins :

— J'ai eu l'honneur, lui dit-il, de me lier d'amitié dans les Indes avec l'un de vos collègues, monsieur Le Gentil de La Galaisière.

— Le Gentil ? Guillaume ! Dieu soit béni ! Il est vivant.

— Il l'était en tout cas quand je le quittai, il y a plus de vingt mois. Et j'espère bien le revoir en aussi bonne santé quand je le retrouverai. Car je dois me rendre de nouveau à Manille.

— Je le croyais à Pondichéry.

— Il est peut-être encore plus loin. Il avait le projet de rejoindre les Mariannes, avant de retourner en France par le Mexique. Qui sait si vous ne le rencontrerez pas au bout de votre voyage ?

L'attente dura deux mois. Deux mois d'impatience, d'inquiétude, puis de peur de ne jamais pouvoir repartir. Un moment, Chappe hésita même à faire son Le Gentil, car don Caseins lui en avait beaucoup appris sur les aventures de son ami, et à prendre le premier navire espagnol en partance vers le Mexique. Tant pis s'il fallait laisser au port ses compagnons et une bonne partie de son matériel. Mais il ne se sentait pas le cœur à les abandonner : si la gloire était au bout, elle serait pour eux tous. Et s'il y avait échec, il en prendrait seul la responsabilité.

Le consul Puy-Abry, qui avait quelques préventions contre lui depuis qu'il avait lu son *Extrait du Voyage en Sibérie* et appris les remous qui avaient suivi, eut quelque réticence à le mêler à ses démarches. Chappe dut forcer ses portes, l'obliger à ouvrir ses dossiers. Il eut alors la stupeur de constater que l'ambassadeur de France à Madrid n'avait même pas été informé. Il tempêta et dicta une lettre que le consul se hâta d'expédier. Don Caseins, qui n'avait pas encore appareillé pour les Philippines, lui suggéra d'en envoyer un double à son ministre de la Marine, le duc d'Ariaga qui, lui non plus, n'avait pas été alerté de l'incident. Dès lors, les choses se précipitèrent. Au bout de trois jours, un courrier apporta la nouvelle : Pauly, Noël et Dubois étaient autorisés à partir pour le Mexique. Petite satisfaction supplémentaire, les livres confisqués par le familier de l'Inquisition avaient été remis en main propre à monsieur d'Olavide. La seule condition à toutes ces concessions étaient que Chappe se fasse accompagner dans son expédition par deux officiers de la Marine espagnole qu'on lui affirmait éminents astronomes : les comtes de Doz et de Medina.

— Medina, lui expliqua le consul, est un ami de l'intendant Olavide. Vous pourrez donc lui faire toute confiance. En revanche, en ce qui concerne Doz, je ne suis pas sûr qu'on l'ait choisi à cause de ses compétences. Et cela ne m'étonnerait pas qu'il soit l'homme du Saint-Office. Je sais qu'à force de vivre ici, nous finissons par voir des familiers de l'Inquisition partout. Je sais aussi que Sa Majesté Charles III accomplit de grands efforts pour amoindrir leur puissance. Toutefois, défiez-vous de Doz, mon cher Galilée des mers du Sud. Défiez-vous de lui.

Ils partirent de Cadix le 19 décembre et prirent la route que l'on suivait depuis Christophe Colomb. Au bout d'une semaine, ils firent une brève escale aux Canaries et célébrèrent la Nativité dans la cathédrale de Ténériffe, ce qui épargna à Chappe le souci d'officier lui-même comme il aurait dû le faire s'ils avaient été en mer. Pour la messe dominicale, il en laisserait le soin, par la suite, au capitaine, prétextant qu'un « abbé de cour » comme lui ne saurait comment s'adresser au cœur de ces rudes marins. Puis ils affrontèrent des vents contraires et durent louvoyer péniblement, avant de s'encalminer dans une longue bonace. Chappe eut alors le temps de jauger ses deux compagnons espagnols. Il avait demandé à l'ingénieur Pauly, dont l'esprit était fort sagace et qui parlait bien leur langue, d'essayer lui aussi de les cerner. Mais, dans l'étroit univers qui était le leur, les méfiances des Français furent vite dissipées. Contre toute attente, ce fut Doz qui prit l'initiative. Jusque-là, les deux Espagnols étaient restés dans leur coin, n'adressant que des propos futiles aux autres passagers. Ce soir-là, les six hommes soupaient en compagnie du capitaine. Barcelonnette les servait, à la grande satisfaction du patron de *L'Angerville,* car ainsi son mousse pouvait maintenant vaquer à ses tâches d'apprenti-matelot. Après le *benedicite,* Doz se leva, le verre en main :

— Pardonnez-moi, messieurs, de contrevenir à toute étiquette. Je suis marin et je sais bien que le premier toste devrait revenir au commandant de ce navire. Je sais aussi que je suis ici en terre française. Mais mon ami, le vicomte de Medina, et moi-même avons estimé qu'il était nécessaire que nous bousculions les conventions. Nous étions jusqu'ici tenus au devoir de réserve. Mais maintenant que nous sommes loin de l'Espagne...

— Encore que nous n'ayons pas franchi le méridien du traité de Tortesillas, interrompit Medina avec un fin sourire.

— Monsieur de Medina plaisante, bien entendu. Vous êtes incorrigible, mon cher. Excusez-le, il se comportait déjà ainsi au collège. En effet, nous sommes amis depuis l'enfance, et alliés depuis peu, puisque don Juan vient tout juste d'épouser ma sœur. Je comprends fort bien que notre présence, imposée en haut lieu, vous soit désagréable. Pourtant oui, je l'avoue, notre ministre nous a désignés pour vous accompagner non seulement à cause de nos modestes compétences en matière d'astronomie, mais aussi pour épier vos faits et gestes, tels de vulgaires *alguaciles*. J'ai ouï dire aussi que l'on me soupçonnait d'être, dans le duo que nous formons, le « méchant » tandis que don Juan serait « le bon ». Il est vrai que s'il représente ici Son Excellence le ministre de la

Marine le comte d'Ariaga, j'ai été quant à moi désigné par l'Eglise, *ergo* par le Saint-Office.

Parmi les Français, quelques chaises remuèrent. Le dessinateur Noël jouait avec sa fourchette. Doz les regarda avec un air malicieux. Son compère Medina précisa alors :

— Mon excellent beau-frère a trop de modestie pour vous raconter le nombre de simagrées auxquelles il a dû se livrer afin de faire croire aux autorités religieuses qu'il était, si j'ose dire, à leur dévotion. De sorte qu'en fin de compte, ils ont dû se résigner à le choisir. Le Saint-Office, il est vrai, ne dispose pas de familiers astronomes. De surcroît, la Marine de Sa Majesté Très Catholique n'est guère en odeur de sainteté auprès d'eux. Il paraîtrait que nous sommes un repaire de francs-maçons. Ils furent donc obligés de se contenter de don Manuel Doz. À qui trinquons-nous donc, mon cher beau-frère ?

— À la république des sciences qui ne connaît pas de Pyrénées, et à la réussite de notre entreprise.

Ils trinquèrent. Puis, une fois que Barcelonnette eut rempli à nouveau les verres, le capitaine se leva :

— Je vous demanderai quant à moi de boire au pacte qui lie les familles royales de France et d'Espagne. Il est, hélas, trop rare de voir ce traité appliqué avec autant de zèle qu'aujourd'hui. Tostons également à tous les marins et à tous les savants du monde.

Ils tostèrent, ils burent, Barcelonnette repassa derrière eux. Ce fut le tour de Chappe :

— Vous avez évoqué, monsieur Doz, cette république des sciences dont nous sommes tous citoyens. Cette idée m'est plus chère que tout au monde. Toutefois, vous êtes espagnols et nous français. Je voudrais que ce qui nous sépare provoque entre nous une noble émulation. Disputons le succès de cette entreprise qui ne devra tourner qu'à l'utilité du genre humain. Rivalité des Nations, puissiez-vous n'avoir jamais d'autre but ! Quant à vous, monsieur le capitaine, tout en vous remerciant du soin que vous mettez à rendre notre voyage agréable, apprenez, si vous ne le savez déjà, que nos motifs à affronter tant de périls n'ont d'autre but que de vous rendre la politesse. En effet, si nous réussissons, c'est à vous et à vos pairs que cela profitera au premier chef. Levons donc nos verres à Vénus.

— À Vénus et à ses filles, ajouta l'horloger Dubois, qui commençait à être un peu gris.

Ils firent escale à la Martinique, une des rares miettes du Nouveau Monde que les Anglais avaient bien voulu nous laisser lors du traité de Paris. Le capitaine de *L'Angerville* devait y livrer une modeste cargaison de vin et de tissus, régler quelques affaires avec son armateur. Il se préoccupa aussi du fret dont il se chargerait à son retour. Chappe, tout en redoutant de n'être pas à temps sur les lieux de son observation, visita malgré tout les environs et, dans une plantation de canne à sucre, constata avec effroi que le sort des serfs de la Sainte Russie n'avait rien à envier à celui des esclaves nègres des colonies françaises.

Malgré les demandes insistantes du chef de l'expédition auprès des autorités portuaires, Doz et Medina avaient été consignés à bord, pour de prétendues questions de sécurité. Chappe, Pauly, Noël et Dubois descendirent donc seuls et improvisèrent leur observatoire sur les hauteurs de Fort-de-France. Ils déterminèrent latitude et longitude des lieux. Une fois leur tâche terminée, le charpentier de marine de *L'Angerville*, qui les avait accompagnés, considéra Chappe comme s'il le voyait pour la première fois. L'homme n'avait pas d'âge. Cent ans, trente ? Sa face creusée de rides et de sillons semblait avoir été ravinée par les embruns des sept mers. Son nez formait une considérable protubérance violette où fermentaient tous les vins et les alcools des quatre coins du monde. Mais ses yeux, sous les paupières tombantes étaient d'un bleu très pâle, vertigineusement transparent. Une fois que tous ces messieurs eurent fini leurs mystérieuses expériences, il osa prendre enfin la parole. Alors, de sa bouche aux rares dents jaunes survivantes de multiples scorbuts, il décréta :

— Gast ! Si l'homme, par son individu, n'est qu'un point au milieu de ce vaste univers, il est, par son génie et son audace, digne d'en embrasser l'étendue et d'en pénétrer les merveilles.

Tout cela d'un trait : il avait visiblement médité cette phrase tout le long de l'observation. Chappe le regarda, stupéfait ; les larmes lui montèrent aux yeux. Malgré toutes les barrières qui le séparaient de cet homme et l'odeur aigre qui émanait des misérables hardes du marin, il l'embrassa.

Quelques semaines plus tard, le 6 mars 1769, *L'Angerville* fut en vue de Veracruz. Dans la rade, un essaim de barques butinait autour d'une dizaine de galions ventrus.

— Aïe, murmura Medina, on ne pouvait tomber plus mal. Nous sommes au temps du grand convoi. Tous les deux ans une flotte de galions vient d'Espagne pour y charger l'or et l'argent extraits des mines mexicaines. Je comprends mieux alors les difficultés qu'on vous a faites à Cadix, monsieur Chappe. Capitaine, je crois que vous devriez replier votre drapeau et hisser le pavillon espagnol.

— Je m'y refuse. La chose serait contraire à tous les règlements. Je commettrais ainsi un acte de trahison. Voire de piraterie.

— Vous pourrez toujours alléguer que vous aviez à bord deux ressortissants espagnols à qui vous avez passé le commandement le temps de votre escale. Croyez-moi, la prudence l'exige.

— Mon honneur de marin réclame le contraire.

— Ecoutez la voix de la raison, capitaine, intervint Chappe.

Mais celui-ci leur tourna le dos et retourna près du gouvernail.

Comme le brigantin passait en dessous des deux tours gardant la rade, un petit nuage blanc fleurit du haut des remparts. Puis une détonation sourde résonna ; simultanément une grosse gerbe d'eau vint éclabousser le bateau. On les canonnait.

Le capitaine, la rage au cœur, descendit le pavillon à fleurs de lys pour hisser celui de l'Espagne. Il abattit les voiles et dit :

— À vous le soin, commandant Medina. Vous voilà maître de *L'Angerville*.

Après une longue attente, une barque à rames vint les aborder. Le bateau fut à nouveau inspecté jusqu'au moindre recoin. L'inévitable familier de l'Inquisition ne trouva, cette fois, rien à redire au contenu de la bibliothèque, dont les livres litigieux avaient été soigneusement dissimulés dans les poches des savants, du capitaine et de son second. À son tour, Medina passa le soin au pilote de Veracruz et *L'Angerville* fut tiré dans un coin isolé de la rade. Doz descendit seul, chargé des passeports. Il revint deux heures plus tard, pour annoncer à tous qu'ils pouvaient débarquer.

Le lendemain, à l'aurore, Chappe et ses compagnons furent accueillis par le commandant du fort de Veracruz, qui faisait aussi office de gouverneur. Il les hébergea dans de somptueux appartements surchargés d'or et de draperies. Cette fois, ce fut Doz qui prit le commandement. Il avait expliqué qu'il valait mieux, le temps de leur séjour à Veracruz, que l'expédition passât pour être sous la tutelle de Madrid. Doz dissuada également les Français de participer au relevé des lieux, dont il leur communiqua les résultats, en secret. Le marin espagnol était bon astronome.

Ils durent encore patienter une semaine en ville, dans l'attente des ordres du vice-roi. Medina s'était chargé de cette mission et était parti pour Mexico à cheval, dès que le gouverneur de Veracruz lui en avait accordé l'autorisation. Cependant, Chappe et ses amis ne pouvaient guère sortir de leur prison dorée. De leur terrasse, ils contemplaient, fascinés, les longues cohortes d'Indiens en haillons encadrés par des soldats. Ces troupeaux humains confluaient du Chiapas, de l'ancienne Louisiane française, du Salvador et même du Pérou, pour déverser dans les galions leurs fardeaux d'or et d'argent que leurs frères avaient arrachés, aux dépens de leur vie, à la terre de leurs ancêtres aztèques ou mayas.

Medina revint enfin de Mexico. Tout allait pour le mieux. Le vice-roi, marquis de La Cruz, était son cousin. Il attendait Chappe et son expédition avec impatience. Son excitation était telle que la poussière dont il était couvert faisait autour de lui comme une sainte auréole.

— La chance est avec nous, déclara-t-il, à peine descendu de son cheval. La chance ou la Providence qui, pour une fois, vient en aide à la science. Tout concourt désormais à la réussite de notre entreprise. Un *visitador*, don José de Galvez, est actuellement en inspection dans la Nouvelle-Espagne pour la purger de la corruption qui y règne. De plus, Basse et Haute Californie sont l'objet de tous les soins du vice-roi. Il s'agit en effet, après l'expulsion des Jésuites, de coloniser à nouveau ces contrées pleines de promesses. C'est dire si notre venue là-bas est vue d'un fort bon œil.

— Alors, en selle, messieurs, partons, lança Chappe. Vénus ne nous attendra pas.

Le long convoi de mulets menés par des Indiens chargés des bagages, des provisions de bouche et des caisses d'instruments sortit des remparts de la forteresse. Sous une chaleur d'enfer, ils quittèrent bientôt la plaine littorale et escaladèrent péniblement des routes de montagnes, sur le chemin que jadis suivirent Cortés et ses soudards. Ils traversaient parfois des villages d'Indiens crevant de misère, ou pire encore, des hameaux de mulâtres rejetés par tous et eux-même catalogués en pas moins de seize catégories allant du plus noir des enfants d'esclaves africains au plus pâle des bâtards d'un contremaître et d'une Indienne. Ils étaient dévorés par des puces appelées *niguas* et qui allaient pondre leurs œufs très profondément dans la chair. Il fallait alors inciser, faire couler du suif dans la plaie. Les pieds de ces pauvres hères n'étaient que pus et cicatrices. Pour accroître encore cette misère, les femmes se mariaient dès l'âge de neuf ans et multipliaient les accouchements jusqu'à quarante ans.

Le vendredi saint, respirant un air raréfié qui les faisait haleter, ils assistèrent dans le village Hapa, niché au-dessous de la plus haute montagne du Mexique, à une procession religieuse qui leur parut plutôt une manifestation païenne au son des tambours et de tristes flûtes de Pan. Les danseurs étaient vêtus de couvertures aux couleurs vives, beaucoup se masquaient derrière des têtes de mort. Les Indiens se dirigèrent vers une église surchargée de sculptures affreuses et comiques, dont certaines étaient en or. Ils se trémoussaient au son de la lancinante musique, tandis que sur le parvis, les prêtres blancs contemplaient ce macabre spectacle avec une gravité qui aurait été grotesque, si la richesse de leurs habits et des fauteuils sur lesquels ils trônaient ne contrastait par trop avec cette misère qui se dandinait à leurs pieds.

Ils arrivèrent à Mexico le jour de Pâques. Dès leur entrée, ils furent assaillis par une nuée de mendiants en haillons couverts de plaies et d'infirmités réelles ou supposées. Une petite troupe de soldats vint les repousser à grands coups de gourdin. On escorta le convoi jusqu'au palais du gouverneur. Ils passèrent devant une grande bâtisse aux hautes murailles, d'où s'élevait, malgré la chaleur, un épais panache de fumée. Le sous-officier qui leur avait servi de guide depuis le début de ce voyage, expliqua à Chappe que cet endroit se nommait le Quemadero et qu'on y brûlait actuellement en autodafé quelques juifs convertis et relaps, pour mieux célébrer la résurrection du Seigneur. De plus, affirmait le guide qui se flattait d'être un hidalgo de Valladolid, ces marannes avaient osé dénoncer auprès du nouveau vice-roi et du *visitador* la corruption régnant dans la haute administration, toute composée d'Espagnols à l'irréprochable *limpieza de sangre*.

L'accueil du vice-roi fut fastueux. On traita Chappe comme un véritable ministre plénipotentiaire du royaume de France. L'astronome aurait voulu repartir au plus vite, mais ses compagnons étaient dans un tel état d'épuisement qu'ils durent rester quatre jours à Mexico. Toute cette misère traînant au pied de palais splendides l'effarait. Il se jura, à son retour, d'y regarder de plus près. Le domestique Barcelonnette lui présenta un de ses compatriotes de la vallée de l'Ubaye, colporteur lui aussi, et qui avait écumé tout l'ancien empire aztèque de la Sonora jusqu'au Yucatan pour y vendre ses tissus et ses savons. Le nommé Signoret connaissait parfaitement bien la Basse-Californie, même s'il ne s'y était pas rendu depuis l'expulsion des Jésuites, deux ans auparavant ; de bons clients pourtant. Il avait également l'avantage de parler parfaitement les dialectes locaux. Aussi Chappe l'embaucha-t-il comme interprète.

Puis le convoi reprit sa route vers l'ouest. Les chemins étaient devenus bien moins praticables qu'entre Veracruz et Mexico. Montagnes pelées, déserts, chaleur torride, villages en ruine, mines à moitié abandonnées, où pourtant les travailleurs indiens tombaient comme des mouches sous le fouet des contremaîtres... Ils arrivèrent enfin au port de San Blas, sur le Pacifique. Port était un mot bien pompeux pour ces quelques planches.

Le bateau affrété par le vice-roi les attendait. Il n'appareillerait pourtant que cinq jours plus tard, le 19 avril. Ce nouveau contretemps fit hésiter Chappe. La traversée de la mer Vermeille, qui les séparait encore de la Basse-Californie, s'annonçait longue et dangereuse. Ne valait-il mieux pas installer son observatoire ici ? Renseignements pris auprès de l'interprète Signoret, il préféra partir : la saison des pluies allait commencer sur la côte alors que l'extrémité de la presqu'île de Basse-Californie jouirait à la même époque du plus parfait des ensoleillements.

La navigation dura un mois exactement. Pas un souffle de vent, ou par folles bourrasques, une mer plate sous un soleil de plomb fondu. Parfois, pour avancer, il fallait se faire remorquer par la chaloupe. Mais les rameurs, dont certains connaissaient déjà les premiers symptômes du scorbut, grognaient, au bord de la mutinerie. L'eau vint à manquer, les biscuits de mer pourrissaient. Enfin, le 19 mai, le cap San Lucas apparut.

Une dernière épreuve attendait les voyageurs. Ici, le Pacifique se jetait furieusement sur la côte, en un énorme ressac. Toucher terre en chaloupe était fort délicat. Au premier accostage, l'esquif se retourna, Doz et Medina s'en tirèrent par miracle, après un bain forcé. Chappe prit place à son tour sur l'embarcation, avec l'horloger Dubois et les plus précieux de ses instruments. Soulevés par une grosse vague, ils purent atterrir sans encombre. Le premier soin de Chappe et Dubois fut d'ouvrir les caisses : les instruments étaient intacts. Alors seulement l'astronome s'étendit sur le sol, les bras en croix et, sanglotant de joie, baisa le sable.

Ils passèrent la nuit sur place, dormant sous la tente ; le lendemain, la petite troupe de savants, de soldats et de marins se rendit au village de San José, à une lieue de leur débarquement. En examinant l'emplacement, Chappe eut un sourire satisfait. L'interprète Signoret ne lui avait pas menti. Un peu à l'écart du village, la mission, abandonnée par les Jésuites, semblait, avec son clocher, un observatoire idéal. Visiblement, les indigènes continuaient de l'entretenir. Sans perdre une minute, Chappe donna ses instructions pour que l'on installe ses instruments en haut de ce véritable donjon. Doz et Medina firent de même, dans un joyeux esprit de concurrence, où Espagnols et Français faisaient assaut d'esprit, ne ménageant pas leurs plaisanteries, bien innocentes, sur les prétendues tares et vertus de leurs nations respectives.

Le troisième jour, dans l'après-midi, alors que les savants et le capitaine du bateau grillaient un cigare sous le péristyle, un petit homme en blouse blanche et au visage brun couvert par un chapeau de paille à larges bords, apparut à la porte d'entrée. Leur premier Indien ! Jusqu'alors, les autochtones étaient restés invisibles. L'homme paraissait très agité, mais les deux soldats de garde lui interdisaient d'aller plus avant. Alors il cria à l'adresse des astronomes :

— Matlazahualt ! Matlazahualt !

— Signoret, demanda Chappe à son interprète qui somnolait non loin de là, allez demander à cet homme ce qu'il nous veut.

Après un bref entretien, Signoret revint, affolé :

— C'est le *vomito negro*. Il y a déjà eu deux morts au village.

Le capitaine bondit de sa chaise :

— Le *vomito negro* ! Il faut partir tout de suite !

— Le *vomito negro*, expliqua Medina, est une épidémie redoutable, une sorte de typhus ou de fièvre jaune qui décime souvent les Indiens du Mexique par milliers.

— S'il n'y avait que les Indiens, s'écria le capitaine. Ça n'épargne pas les Blancs non plus. Partons, je vous en supplie.

— Le capitaine a raison, renchérit Doz. Il vaut mieux nous éloigner rapidement de San José et trouver un nouvel observatoire hors de portée de l'épidémie.

— Oui, mais où ? demanda Chappe. Selon Signoret, il n'y a pas un seul point d'eau à des lieues à la ronde. Le transit se fera dans dix jours. Nous n'aurons jamais le temps de trouver un site d'observation égal à celui-ci. Le temps de plier bagages, de s'y rendre, de s'installer, et Vénus sera passée depuis belle lurette. D'ailleurs, je connais assez les bons pères jésuites pour deviner qu'avant de construire ce monastère, ils ont dû prendre toutes les précautions possibles.

— Mon cher ami, répliqua Medina, vous êtes à la fois très sage et très fou. Mais il ne sera pas dit qu'un officier espagnol fuira tandis que reste au front un abbé français. N'est-ce pas, don Manuel ?

— Je reste aussi, déclara Doz.

— Ouais, eh bien, faites ce que vous voulez, messieurs les savants, dit le capitaine, mourez donc pour vos étoiles. Moi, j'ai charge d'âmes, tout mon équipage. Je largue les amarres aujourd'hui même. Je reviendrai vous chercher dès que possible. Si vous êtes encore vivants.

Chappe réunit toute l'expédition, à l'exception de l'équipage, qui était déjà remonté à bord. Il leur expliqua la situation et dit qu'il ne cherchait à retenir personne. Malgré les exhortations de Doz et Medina, les douze soldats et muletiers qui leur servaient d'escorte embarquèrent eux aussi. Ils ne purent retenir que leurs domestiques personnels. L'ingénieur Pauly, le peintre Noël, l'horloger Dubois, le domestique

Barcelonnette, l'interprète Signoret et les deux officiers astronomes espagnols, subjugués par le courage et la foi de Chappe, décidèrent de rester. Lui, tout en les embrassant, s'abstint d'ironiser sur les désertions espagnoles. Seul Doz le fit, mais sa plaisanterie tomba à plat. Chappe remonta dans son clocher. Ils le suivirent.

Jamais sans doute, en Basse-Californie, le ciel ne fut plus pur qu'en cette après-midi du 3 juin 1769. Un petit cercle noir apparut sur le Soleil. Fidèle à la technique de projection qui lui avait déjà si bien réussi en Sibérie, Chappe avait fixé une feuille de carton graduée à l'arrière des lunettes. L'image du Soleil la remplissait, maculée seulement par la petite tache noire qui progressait lentement. Chappe, Doz et Medina grondaient, juraient, blasphémaient :

— Qu'elle est belle, gémit Chappe, tout en reportant ses données sur son cahier d'observations.

— Je la tiens, je la tiens bien, grondait Medina. Va, ma douce, va !

— Elle y est, elle y est, se pâmait Doz.

Cinq heures après, quand le passage fut terminé, ils se regardèrent, épuisés. Le visage de Medina s'inonda de sueur, une nausée le prit et il ne put se retenir de vomir par-dessus la balustrade du clocher. Il se retourna, bredouilla quelques mots d'excuse et tomba raide sur le sol, évanoui.

— Le *vomito negro*, dit Doz.

— Où est Noël ? demanda Chappe à Pauly qui, les yeux injectés de sang, s'était adossé au mur pour contenir ses tremblements.

— La fièvre, répondit péniblement l'ingénieur-géographe. Il est au dortoir, aux côtés de Dubois, lui aussi fort malade ainsi que Barcelonnette, et toute la suite de Doz et Medina. Il n'y a que Signoret qui soit encore vaillant. Et vous.

— Pourquoi ne m'avez-vous pas alerté ?

— À cause de Vénus, monsieur Chappe. Nous

auriez-vous entendus ? Ah, je crève. Mon ventre, mon ventre !

Doz releva Medina et, péniblement, le traîna le long de l'escalier en colimaçon du clocher. Chappe d'Auteroche, cette force de la nature, souleva l'ingénieur comme une plume, le prit dans ses bras et descendit à son tour avec son fardeau.

Alors, il vit ce qu'il n'avait pas voulu voir jusqu'ici. L'ancien réfectoire des Jésuites avait été converti en hôpital, ou plutôt en mouroir. Y régnait une odeur de vomissure que la lourde chaleur accroissait encore. Les malades gémissaient de douleur dans un bourdonnement de mouches. La face de l'un des domestiques de Doz et Medina était déjà couverte par le drap. On s'apprêtait à l'emporter.

— Avez-vous quelques connaissances en médecine ? demanda Chappe à Doz.

— Très vagues. Mais j'ai dans mon bagage un livre de pharmacie.

— J'en ai un aussi que le Saint-Office ne m'a pas censuré. Comparons donc nos connaissances.

Ils comparèrent : le livre de Doz préconisait la purge, celui de Chappe, la saignée.

— Les médecins espagnols valent bien en stupidité nos Diafoirus français, dit Chappe. Que choisir ?

— Tirons au sort. Pile, la saignée, croix, la purge.

— Quelle horreur ! Mais avons-nous un autre choix ?

Ce fut pile. Les deux médecins improvisés essayèrent leur médication sur un domestique de Medina qui était au plus mal. Deux palettes de sang. Une heure après, le malade semblait revenir à lui. Tous furent alors saignés. À l'évidence, ce n'était pas la panacée, mais faute de mieux, il fallait s'en contenter. Doz à son tour tomba malade. Chappe resta seul debout, ainsi que l'interprète Signoret. À eux deux, ils lavaient les draps, changeaient les linges, préparaient les bouillons. Parfois, ils avaient la satisfaction de voir l'un de leurs patients se relever. Chappe envoya l'un d'eux en vigie au cap. Si le bateau pouvait revenir plus tôt que prévu ! Un matin qu'il entrait dans cette infirmerie, où une dizaine de personnes étaient couchées, une image terrible le traversa : et les autres ? Les Indiens, là-bas au village, avaient peut-être besoin, eux aussi, de ses soins. Tout à ses observations, Chappe ne s'y était jamais rendu. Malgré les supplications de Signoret, et celles du peintre Noël que son jeune âge avait rétabli plus tôt que les autres, il remplit sa trousse et partit seul, à pied, persuadé qu'il était redevable à ces Indiens de la réussite de son entreprise astronomique.

San José n'était qu'une pincée de masures à moitié en ruine et blanchies à la chaux. La seule et unique rue qui menait à l'église était déserte. Quelques chiens seulement, vautrés à l'ombre. Dormaient-ils ou agonisaient-ils ? Chappe était inondé de sueur. La fraîcheur de l'église lui fit du bien. Il s'étonna de toutes les dorures couvrant les naïves représentations de saints et de scènes bibliques peintes sur des toiles grossières en couleurs vives ; Moïse y ressemblait singulièrement à Montezuma, tandis que le pharaon et son armée portaient le casque des conquistadors de Cortés. Devant l'autel, un vieil homme priait. C'était le curé de cette paroisse misérable. Au bruit que firent les bottes de Chappe, il se retourna, se leva et accourut vers lui. Il tomba à genoux, baisa les mains de son visiteur. Chappe le releva, l'embrassa, et lui expliqua qu'il était venu pour l'aider à sauver, dans la mesure de ses connaissances, les victimes de l'épidémie. La moitié du village avait succombé. Les cadavres se putréfiaient. Chappe ordonna que l'on dressât un grand bûcher pour les brûler. Quand l'épaisse fumée noire s'éleva vers le ciel, ses yeux se mirent à lui piquer. Ce n'était pas seulement l'air vicié. Lui aussi avait dressé son autodafé. Pour Vénus. Le vieux curé, à ses côtés, lui prit la main.

— Votre Excellence, lui dit-il, retournez à la mission, tâchez de relever vos amis et partez de cet endroit. Il est maudit depuis que mes pairs en ont été chassés. Laissez-nous mourir dans la paix du Seigneur. Et prenez soin de vous.

Chappe ne suivit pas ces conseils résignés. Au contraire, deux semaines durant, il se dépensa sans compter, allant du village à la mission, soignant, consolant et parfois guérissant. L'ingénieur Pauly, remis sur pied, le supplia en vain de quitter les lieux, de se rendre avec tous les malades jusqu'au cap où ils avaient débarqué, et d'attendre dans un air plus sain le retour de leur bateau. Chappe refusa net. La plupart des survivants de l'expédition étaient intransportables. De plus, il lui aurait semblé lâche d'abandonner les misérables du village qui avaient, plus que jamais, besoin de ses soins. Surtout, mais il ne l'avoua pas, il attendait avec impatience le matin du 18 juin. Ce jour-là en effet, on prévoyait une éclipse de lune.

Chappe, mon ami, ta vie valait-elle un phénomène qui apporterait si peu à notre science ?

Ce matin-là, péniblement, il se hissa jusqu'en haut du clocher de la mission jésuite de San José. Je n'ai aucune raison de douter du témoignage de Pauly qui me rapporta ces faits. Selon ce géographe, mon ami avait toute conscience que ce serait l'ultime observation de sa vie. Pour cela, il mit un soin particulier à l'accomplir. Le phénomène dura un peu plus de six heures.

Oui, sans doute, il savait qu'il allait mourir. Je garde toujours avec moi un double des derniers mots qu'il écrivit. Je sais où sont les taches dont sa sueur macula le papier :

Dix heures quarante-cinq : on aperçoit à la vue que la Lune entre dans la pénombre. À onze heures et huit minutes l'éclipse a commencé. L'ombre est si claire et la lune si bien terminée que je pense avoir terminé ce commencement trop tard...

Ce commencement trop tard.

... *Les cratères entrent dans l'ombre les uns après les autres : Grimaldus, Galileus, Gassendus, Keplerus, Aristarchus, Tycho. N'est-ce pas le sort des astronomes que d'entrer ainsi dans l'ombre ? et moi qui n'atteindrai jamais la célébrité des précédents, la grande ombre va-t-elle me saisir bientôt, m'engloutir à tout jamais, dans l'oubli ?*

Une fois son observation de l'éclipse de lune achevée, Chappe demanda à Pauly et à Barcelonnette de l'aider à descendre du clocher. Les deux hommes, eux-mêmes très faibles, eurent beaucoup de mal à traîner ce colosse jusqu'au réfectoire. Quand il fut allongé sur son lit de camp, il demanda :

— Barcelonnette, vous me la faites cette saignée ?

L'autre s'exécuta. Il rata la veine, mais après bien des tâtonnements, finit par extraire quelques palettes de sang.

— Ne vous acharnez pas, mon garçon. Et n'essayez pas de me purger. Monsieur Doz a sans doute triché, au jeu du pile ou croix, pour flatter la médecine française. Purge, saignée ? Allons, il n'y a rien à faire. Je suis le dernier à être malade, il est normal que je sois le premier à partir. Qu'importe. J'ai rempli mon contrat.

Il ferma les yeux.

XX

Un nuage fatal

Le Gentil se demanda longtemps pourquoi il n'était pas venu plus tôt à Pondichéry, au lieu d'aller errer sur les côtes de Madagascar et de subir les humiliations dont on l'avait accablé aux Philippines. Le gouverneur Law, neveu du fameux financier, était un homme instruit et amical, son épouse la plus gracieuse des hôtesses ; sa meilleure amie, une pétulante veuve mi-indienne, mi-bretonne, fut bientôt la compagne en pied de l'astronome, sans que la colonie française, de mœurs fort libres, fût en quoi que ce soit offusquée.

Il érigea son observatoire sur une des tours encore debout de l'ancien palais du gouverneur que les Anglais avaient détruit. Ce donjon était l'un des seuls reliefs au milieu de ce champ de ruines. Le terrain alentour était envahi par les ronces et les herbes, ce qui n'était pas pour déplaire à l'astronome : elles sauraient retenir la poussière au sol au cas où le vent se lèverait le jour de l'observation. Tant pis alors si, quand il se rendait sur les lieux, il voyait parfois filer un éclair verdâtre aux reflets d'or, l'un de ces cobras, serpent à la morsure mortelle, mais qui fuyaient l'homme au lieu de l'assaillir. Seul inconvénient, l'observatoire était loin du nouveau Pondichéry que Law entreprenait de bâtir, et qui promettait d'être une ville magnifique, un modèle pour les colonies, ou ce qu'il en restait.

Après ces mois de suspicion qui avaient présidé à son séjour à Manille, Le Gentil se sentait ici dans une terre de liberté. Il aurait presque pu la palper, cette liberté, tant elle flottait dans l'air sucré de la côte de Coromandel, dans les sourires et l'affabilité de ses nouveaux amis, les mœurs policées des indigènes brahmes, hindous ou musulmans.

Il avait une année entière à attendre avant le transit ; tout allait au mieux. Son seul souci était le comportement de son esclave malgache Hadrien. Ce jeune homme, jusque-là doux jusqu'à l'indolence, semblait se nouer. Gratot, au désespoir de voir ainsi son noir *alter ego* prendre ses distances, expliqua à son maître que, depuis son arrivée à Pondichéry, Hadrien avait rencontré un prêtre musulman, un imam, qui ne cessait depuis de l'entreprendre. Qu'Hadrien abandonnât les idoles de son sol natal pour devenir sectataire de Mahomet, Le Gentil ne s'en souciait guère, tant que le service était fait, et bien fait. Mais les absences répétées du jeune homme le préoccupaient. On lui signala qu'il avait quitté plusieurs fois les remparts de la ville alors que les parages, une plaine broussailleuse et boisée, étaient écumés par des bandes armées dont on ne savait pas trop si elles étaient amies ou ennemies.

Le Gentil, une fois son observatoire installé, se passionna pour le bouillonnement qui régnait dans le comptoir, mélange de populations venues des quatre coins de l'Inde pour s'y réfugier, après la guerre. Il avait découvert, au cours de ses promenades, que des prêtres brahmes s'occupaient beaucoup d'astronomie. La chose lui parut amusante, il voulut en savoir plus. Et c'est ainsi qu'en attendant Vénus, il consacra une bonne partie de son temps à étudier, en compagnie d'un vieil illuminé qui était peut-être aussi un charlatan, l'astrologie des Tamouls. Il fut surpris de l'étendue de leurs connaissances, supérieures parfois à celles des anciens Chaldéens ou Egyptiens, même si elles n'avaient que des objectifs magiques et s'étaient figées dans le dogme.

En plus de ce qu'il considérait comme un aimable passe-temps, il aida Law et le conseil supérieur de Pondichéry dans leur œuvre de redressement de la place. Il pratiqua ainsi un grand nombre de relevés hydrographiques afin de faire venir l'eau potable dans ces lieux qui ne possédaient que quelques mauvais puits. Après analyse de ces eaux, il conclut également qu'elles seraient tout à fait bonnes à la fabrication d'aussi remarquables tissus que l'on faisait à Madras, désormais aux mains des Anglais. Et, de concert avec le gouverneur, il imagina de construire une manufacture où employer les talents des nombreux tisserands et peintres indigènes venus de là-bas après la défaite. Il se fit faire deux splendides mouchoirs avec des dessins copiés dans un livre, pensant offrir l'un d'eux, lors de son retour, à Reine Lepaute.

Ne songeant qu'à la prospérité de cette colonie mise à mal par la guerre et le long siège qui s'en était suivi, Le Gentil négligea quelque temps son télescope et cessa de transmettre régulièrement de ses nouvelles.

Par son silence, il contribuait sans s'en douter à des bruits de plus en plus insistants sur son honneur perdu. Les rares échos de lui que nous avions à Paris, bien déformés, dénonçaient un comportement fort étrange. Ainsi, il participa à une expédition toute scientifique, mais qui faillit provoquer un grave incident diplomatique avec l'Angleterre. Il s'agissait d'aller visiter des pyramides et des pagodes indiennes construites à Vilnour, à quelques lieues sur la route de Madras. Le Gentil avait dans l'idée que peut-être ces monuments, les plus élevés de toute la côte, très basse par ailleurs, pourraient s'avérer une station astronomique mieux appropriée que les ruines dans lesquelles il logeait. La région n'était pas sûre. Un chef mahométan du nom d'Eder-Alikan écumait alors la contrée, plus pillard que guerrier. Il donnait beaucoup de soucis aux Anglais et était donc, de ce fait, notre allié. Mais un allié dont la constance n'était pas la vertu principale. Aussi, Le Gentil et les quelques savants amateurs qui l'accompagnaient se firent-ils escorter par une solide petite troupe de soldats. Des espions indiens alertèrent Madras qu'une armée française occupait Vilnour. Les explorateurs revinrent en hâte à Pondichéry. Il y eut entre les deux villes un échange virulent de correspondance diplomatique. Finalement, le malentendu se dissipa, mais on en eut écho jusqu'à Versailles... Et à l'Académie des sciences, où l'on se demanda si Le Gentil n'était pas devenu, en plus, un fauteur de guerre.

Un fauteur de guerre ou son contraire, un traître à la solde des Anglais ? Ou les deux, pourquoi pas ? Call, son homologue britannique qui attendait le transit de Vénus à Madras, ne lui avait-il pas envoyé, en sus de quelques échantillons d'eau locale, une belle lunette achromatique dont, nous semblait-il, Le Gentil n'avait nul besoin ?

Traître ? Certains, dont Pingré en partance vers les Antilles, penchaient plutôt, dans son anglophobie, pour cette explication. Moi, j'en tenais plutôt pour un Le Gentil va-t-en-guerre, désireux de déclencher un affrontement avec les Anglais par appétit de lucre. En effet, un capitaine de retour des mers de l'Inde, m'affirma que l'astronome avait noué des contacts avec Eder-Alikan. Je n'appris que bien plus tard à quel point ce marin délateur avait exagéré une anecdote grotesque.

Madame Law avait offert à Le Gentil une chienne pour lui tenir compagnie, et surtout effrayer les serpents lors de leurs promenades. Mais un jour, l'animal attrapa la rage, très répandue chez les chiens de Pondichéry. Curieux d'observer l'évolution de la maladie, le savant l'enchaîna sous une tente qu'il avait dressée au pied de son observatoire. Hadrien le Malgache, comme souvent les personnes de la plus basse condition, détestait les chiens et fit de la pauvre bête son souffre-douleur. Dès qu'elle fut prisonnière, il s'amusa à l'exciter sans cesse, jusqu'au moment où il fut mordu au gros orteil par une gueule écumante.

Le médecin-major de Pondichéry tenta de soigner l'ancien esclave. Mais l'autre se crut condamné. Et, sans la moindre révolte, il se résigna à son sort. Un matin, en se réveillant, Le Gentil ne vit pas Hadrien au pied de son lit, couché sur sa natte. Un magnifique couteau ouvragé, au manche orné de pierreries et d'or, avait également disparu. Le Gentil apprit alors, par son vieil astrologue brahme, que l'imam directeur de conscience d'Hadrien lui avait ordonné de mourir plus dignement en allant s'enrôler sous la bannière d'Eder-Alikan. Mon capitaine délateur n'eut guère de scrupule à me raconter que Le Gentil, en plus de ses trafics lucratifs, servait de sergent-recruteur à ce bandit !

Gratot supporta très mal la disparition de son ami malgache. Il tua la chienne, et Le Gentil dut s'excuser auprès de madame Law, qui ne lui en tint pas rigueur. Le domestique-assistant astronome, âgé alors de vingt-trois ans, sombra dans une humeur morose entremêlée de bouffées de violence qui effrayèrent son maître. Gratot, en sus, s'était mis à boire et avait l'ivresse mauvaise. La date du transit approchant, Le Gentil craignit que son jeune pays n'allât mettre à mal son observatoire, dans un accès de folie. Il fit donc enfermer l'ancien matelot dans l'hospice flambant neuf que le gouverneur Law venait de bâtir. Il lui promit de l'en délivrer après le transit.

Le seul souci de Le Gentil, désormais, c'était le ciel. On lui avait tant dit qu'il était capricieux durant le mois de juin, qu'il regrettait parfois de ne pas être resté à Manille. Tout le mois de mai, le ciel resta d'un bleu limpide au-dessus de Pondichéry. L'air était si sec que Le Gentil, par curiosité, laissait parfois ses appareils sans protection toute la nuit. Au matin, pas la moindre gouttelette de rosée sur l'objectif.

Le soir du 3 juin à neuf heures, Le Gentil et le gouverneur Law purent observer parfaitement une émersion du premier satellite de Jupiter. Détail piquant, le plus important représentant de la France dans les Indes contempla le phénomène à travers la lunette achromatique expédiée de Madras par l'astronome anglais Call, ennemi héréditaire.

De toute la nuit du 3 au 4 juin 1769, Le Gentil ne put fermer l'œil. Il aurait pourtant voulu prendre un peu de repos avant ce grand rendez-vous qui l'avait tenu éloigné de sa patrie neuf ans durant. Mais rien à faire. Il s'allongea plus d'une fois sur son lit, sentit un instant la somnolence le prendre. Soudain un étau lui enserra la poitrine, la sueur inondait son visage. Il se releva, escalada comme un insensé les escaliers menant de sa chambre à l'observatoire.

Tout, là-haut, était calme et pur. La voûte, d'un noir bien plus profond que dans nos contrées, s'inondait d'un déversement infini qui ne scintillait pas. Parfois, une étoile filante y traçait une fine et éphémère cicatrice. Devant ce spectacle, ses angoisses s'apaisèrent. Il n'était plus alors l'astronome observant le ciel, mais l'homme contemplatif, le poète. Il redescendit se coucher, ferma les yeux ; à nouveau ses poumons s'écrasèrent sous les tenailles de la peur. Il remonta.

Et cela dura toute la nuit. Ses sens exaspérés entendaient le vent changer de direction. Tantôt il s'en désespérait, tantôt il s'en rassurait. À cinq heures du matin, deux heures et demi avant le rendez-vous de Vénus, il était sur pied. Il ne vit, loin du soleil levant, au nord-est, que quelques nuages immobiles sur l'horizon. Pas de quoi s'inquiéter, s'il n'y avait eu une brise qui commençait à blanchir la mer. Deux ou trois bateaux préférèrent appareiller et s'éloigner du port. L'inquiétude de Le Gentil devint superstitieuse. « Si la petite jonque bleue s'en va elle aussi... mauvais présage ! Si au contraire... »

Soudain, à six heures, un vent brûlant se mit à souffler avec violence. Des tourbillons de sable s'élevèrent du sol. Le Gentil protégea à la hâte ses instruments, son visage se cribla de poussière, sa gorge en était envahie. Puis, brutalement, la tornade cessa. Seule la mer restait blanche d'écume ; la petite jonque bleue s'était échouée. Là-haut, le ciel était entièrement envahi par les nuages. À l'est, pourtant, une vague rondeur blanchâtre se dessinait.

« Qu'il perce, bon sang, qu'il perce enfin. »

Le Soleil ne perça pas. À sept heures moins trois, le disque était toujours aussi flou. Sept heures moins trois... Selon les calculs, Vénus commençait à passer. Mais, dans la lunette équipée d'un verre fumé, on ne distinguait rien, pas la moindre petite tache noire. De rage, Le Gentil ôta le filtre et colla directement son œil à l'oculaire. Le Soleil était entièrement voilé, et Vénus pudiquement cachée. Tout se figea ainsi, deux heures durant. Puis, vers neuf heures, une nouvelle bourrasque éclata, plus violente et plus brève que la première. Quand elle s'apaisa, le ciel était propre et le Soleil obèse. Vénus, elle, s'était perdue dans l'azur.

XXI

Les risques du métier

À partir de juillet 1769, et durant une bonne partie de 1770, les observations du transit affluèrent sur mon bureau. Seul Maximilien Hell, qui avait fait les siennes à Vardö, en Laponie, refusa de m'envoyer ses résultats. Ce jésuite, ami de Le Monnier et d'Alembert, avait toujours contesté mon rôle d'organisateur central. J'écrivis alors dans le *Journal des savants* qu'il les avait ratées. Dès qu'il prit connaissance de cet article virulent, il se dépêcha d'y répondre dans des termes fort durs, mais en publiant ses chiffres. Son observation s'était parfaitement déroulée. Je m'empressai de lui présenter publiquement les excuses qu'il réclamait à propos du soupçon que j'avais fait mine d'avoir. Je m'exécutai bien volontiers, content du bon tour que je lui avais joué.

Je n'eus en possession les observations de Chappe qu'au cours de l'année suivant sa mort, en mars 1770. Doz et l'ingénieur Pauly avaient survécu à l'épidémie. L'horloger Dumas, le peintre Noël et l'Espagnol Medina n'avaient pas eu cette chance. Quant au domestique Barcelonnette et à l'interprète Signoret, Pauly, qui me raconta le drame, fut incapable de me dire ce qu'ils étaient devenus. Tel est le lot des humbles de se dissoudre ainsi dans l'obscurité de l'Histoire.

Je n'eus pas le cœur de m'occuper des papiers, des journaux que notre ami nous avait légués et n'aurais pu lire sans sangloter son éloge devant mes collègues. Cassini de Thury, qui l'avait fait jadis entrer à l'observatoire, s'en chargea, avec une grande émotion.

En 1771, mon homologue Maskeline ne fit aucune difficulté pour me transmettre de Londres les observations admirables que le capitaine Cook fit le 3 juin 1769 à Otaïti sur un site qu'il baptisa « pointe Vénus ».

Otaïti ou Nouvelle Cythère ? Au début de l'année soixante-neuf, trois mois avant ce second transit, Bougainville revint de son tour du monde et me donna le courrier que m'avait expédié de l'Ile-de-France l'ami Commerson, qui avait décidé de rester dans ce qu'il appelait « le paradis des botanistes ». Je fis publier dans *Le Mercure de France* une lettre de lui sur sa découverte de la pseudo-Nouvelle Cythère qui reprendrait bientôt son nom indigène d'Otaïti. Il y était fortement question d'autres Vénus bien plus aisées à observer que celle qui nous occupait tant. Cette plaisante publication eut un retentissement d'autant plus grand que Bougainville était revenu de son tour du monde avec un sauvage de cette île qu'il croyait avoir découverte, ignorant encore que l'Anglais Wallis y était passé avant lui. Mais nos légers Parisiens s'en moquaient bien. Le sauvage en question, le fameux Aotourou, ou Poutavery, eut un immense succès dans les salons et à la Cour. Je pus le constater lorsque le Cythérien fut amené à l'Académie des sciences, sans saisir l'engouement dont Paris s'était pris pour cet homme : la seule étrangeté que je lui vis fut ce chapeau à plumes et cette veste à brandebourgs dont on avait cru bon de l'affubler pour le civiliser. Ces habits lui allaient comme des guêtres à un lapin.

En tout cas, la lettre de Commerson que je fis publier en novembre 1769 fut le premier écrit sur ces îles enchantées, car Bougainville n'édita son *Voyage* que deux ans plus tard. J'ai ainsi contribué à ce qui ne fut d'abord qu'une mode, avant de devenir un débat philosophique, puis un mythe. Dans le domaine qui m'intéressait, en revanche, il me faudrait attendre le retour de Cook. Véron était resté à l'Ile-de-France. Dans sa lettre, qui accompagnait celle du naturaliste, il m'annonçait que ses instruments avaient subi de grands dommages durant cette longue navigation, que Bougainville avait rapporté avec lui les meilleurs, mais qu'il tenterait de se rendre, pour observer le transit, soit dans les Moluques, soit à Pondichéry, pour y remplacer Le Gentil qu'il croyait, d'après les gens de Port-Louis, à Manille.

Je ne reçus des nouvelles de ce dernier qu'au milieu de l'année 1770. Dans une lettre fort aimable datée du mois de septembre précédent, le gouverneur Law m'annonçait que son ami astronome, pris de fièvres fort alarmantes, n'était pas en état d'écrire. Il joignait à cet envoi la description du deuxième échec sur le passage de Vénus, quelques observations sur les moussons et des phénomènes d'ordre secondaire. Et enfin les données sur le transit relevées à Manille par un notable péruvien et un chanoine mexicain. Je confiai ces dernières observations, que j'imaginais avoir été faites par deux mulâtres emplumés, à Lepaute d'Agelet, pour qu'il se fasse les dents. Ce jeune homme, encore un neveu par alliance de Reine, que je jugeais doué mais paresseux, travaillait avec sa tante sur les éphémérides.

Quant à Le Gentil, en attendant de savoir s'il avait ou non survécu, l'Académie le nomma vétéran, suspendant sa pension. C'était une condamnation à mort par contumace.

Contrairement à ce que les profanes pourraient croire, Le Gentil prit son second échec avec philosophie. Et il ne mit aucune forfanterie, cette fois, à consoler son entourage, bien plus accablé que lui par ce coup du sort. Madame Law en particulier était au désespoir. Pour fêter l'événement, elle avait préparé un grand bal dans les jardins de la résidence. En apprenant par son mari, le gouverneur, que l'observation n'avait pu avoir lieu, elle voulut tout annuler et saisissant Le Gentil par les mains, elle lui dit, des larmes dans la voix :

— Comme je me sens coupable, monsieur. En désirant trop prématurément honorer ainsi votre réussite, n'ai-je pas provoqué le destin ? Vous avez parcouru dix mille lieues, risqué cent fois la mort, en exil, si loin de votre patrie, pour être spectateur d'un nuage fatal ?

En toute innocence, elle retournait ainsi le fer dans la plaie. Le Gentil eut un sourire qui n'était pas contraint :

— C'est là le sort qui atteint souvent les astronomes, madame. Et je parierais que pas un de mes collègues n'a échappé à ce genre de mésaventures. Allons, votre peine m'afflige bien plus que les caprices du ciel.

Il était sincère. Lors du premier transit, la guerre, la sottise et la lâcheté des hommes avaient concouru contre lui, et blessé jusqu'au fond de son âme. Le « nuage fatal » interdisant sa deuxième observation n'était pour lui qu'un des risques du métier, en quelque sorte. En un quart de siècle de pratique, il avait appris, comme nous tous, à s'y résigner. Que cet accident eût lieu à Pondichéry et non à l'observatoire de Paris n'y changeait rien. Il ouvrit le bal avec madame Law.

Quelques jours plus tard, Le Gentil eut la surprise de voir débarquer du *Vigilant*, en provenance de l'Ile-de-France, un Pierre-Antoine Véron vieilli et affaibli. Les deux astronomes, qui ne s'étaient pas rencontrés depuis plus de neuf ans, après s'être congratulés, firent part de leur étonnement réciproque de se rencontrer dans un tel endroit. Le Gentil ne savait pas que Véron avait participé au voyage de Bougainville. Et Véron croyait que Le Gentil avait dressé son observatoire à Manille, comme on le lui avait dit à l'Ile-de-France. Aussi avait-il estimé qu'il pourrait le remplacer à Pondichéry. Mais le manque de bateaux puis une trop lente navigation ne lui avaient pas permis d'être à l'heure au rendez-vous.

— Vous n'avez rien perdu, Pierre-Antoine. Ce jour-là, la tempête a régné partout sur la côte de Coromandel. Notre confrère anglais Call, en place à Madras, n'a lui aussi rien pu observer.

— Je le sais bien. Le quatre, nous avons essuyé un sacré coup de tabac. De toute façon, dans l'état où se trouvaient mes instruments, je ne sais pas si j'aurais pu faire grand-chose.

— Pourquoi donc vous a-t-on confié des babioles pareilles ? Cela me paraît bien léger.

— Monsieur de Bougainville n'a pas voulu se séparer des meilleurs télescopes. Et puis je n'ai pas l'heur d'être académicien, moi.

— Bah, vous le deviendriez sans peine à votre retour. La gloire vous attend !

Leurs retrouvailles ne durèrent que peu de jours. En effet, Véron repartit sur le *Vigilant* à destination des Moluques, où il voulait observer en novembre un transit de Mercure, et étudier également les possibilités d'emporter de là-bas des épices pour les transplanter à l'Ile-de-France, à la demande de l'intendant Poivre.

— Je vous attends à Manille, alors ? dit Véron en guise d'adieu.

— Huit ans de mer m'ont appris à ne pas se donner ce genre de rendez-vous, répliqua Le Gentil.

Il avait en effet toujours l'intention d'achever ce

tour du monde. Intention encore confortée quand Véron lui avait appris que Chappe devait se trouver sur la côte ouest du Mexique. L'idée de revoir ainsi son ami et de faire un bout de chemin ensemble lui était un baume.

Peu de temps après le départ du *Vigilant,* Le Gentil reçut enfin du courrier de France par un navire portugais en provenance de Manille. Ces lettres avaient transité par le Mexique et l'océan Pacifique. J'avais mis dans ce colis des éphémérides, une *Connaissance des temps,* des thermomètres, toutes choses qu'il m'avait demandées et surtout une lettre de remerciement du ministre de la Marine espagnole pour le relevé de Manille. Y étaient jointes également les copies des recommandations auprès du gouverneur des Philippines, signées d'une théorie de hauts personnages du nord et du sud des Pyrénées. Toutes étaient datées de la première partie de l'année 1766. Raon avait donc dû en prendre connaissance par le même *Santa Rosa* qui avait apporté au savant français ses premiers courriers d'Europe. Pour mieux persécuter Le Gentil, le gouverneur de Manille n'avait pas tenu compte des ordres de ses supérieurs et gardé secrets ces documents.

Le Gentil eut une brève morsure au cœur en lisant la lettre que lui envoyait de Manille son ami don Roxas. Le ciel là-bas au matin du 4 juin avait été parfait. Ses observations, jointes à celles de Roxo et du père italien Enamarchi, lui semblèrent, au premier coup d'œil, avoir été accomplies de fort bonne façon. Sans ce dément de Raon, elles auraient été de lui. Justement, Roxas lui donnait des nouvelles de cet homme. À peine deux mois auparavant, le commandant don Caseins, envoyé tout exprès par Madrid, était venu se saisir du tyrannique gouverneur et l'avait emmené enchaîné, ainsi que son secrétaire et son fils, vers les geôles espagnoles. Trop amer, Le

Gentil n'eut même pas le plaisir de savourer sa vengeance. Il était trop tard à présent.

Il avait négligé et gardé pour la fin l'enveloppe marquée aux armes de Coutances. La façon dont son procureur menait ses affaires ne l'avait guère préoccupé jusqu'à présent, même s'il ne s'était pas fait faute, à chacune de ses escales, de lui communiquer sa nouvelle adresse et de lui raconter, pour se ménager cet homme qui gérait sa maigre fortune, quelques anecdotes piquantes sur les pays visités. Le tabellion, sans doute, lirait ces aventures avec des accents pathétiques devant ses amis réunis. Faute d'être le second à Rome, Le Gentil serait le premier à Coutances. Cette perspective l'amusait et flattait aussi, au fond de son cœur, une part secrète de sa vanité.

Le procureur ne lui avait guère répondu que trois fois, à l'Ile-de-France, et une autre à Manille pour lui annoncer la mort de sa mère. Il décacheta.

« Rentrez en toute hâte, lui écrivait cet homme. Il se passe à Coutances des choses d'une gravité exceptionnelle vous concernant. Depuis le décès de madame votre mère, vos cousins et héritiers ne cessent de me harceler pour se saisir de vos biens et de ce que la défunte vous a légué. Ils prétendent détenir des informations qui prouveraient votre mort et font courir ce bruit dans toute la ville. Croyez que je dépense tous mes efforts pour défendre vos intérêts, mais si vous ne venez pas démontrer au plus tôt, par votre présence, qu'ils vous ont enterré prématurément, je ne pourrais résister longtemps à leurs arguments, car vos cousins sont fort influents dans la région. »

Un instant, Le Gentil eut envie de rire. Qui n'a pas rêvé d'assister à ses propres funérailles, d'entendre les discours et les éloges funèbres, de voir les mines compassées, les faux chagrins et les vrais appétits ? Dans cette province qu'il haïssait, l'idée lui paraissait du plus haut comique.

Puis il songea à sa mère, à son petit manoir. Il songea aussi qu'en plus de sa pension d'associé à l'Académie, c'était là toute sa fortune, et qu'elle lui permettrait de consacrer toute la fin de sa vie à l'étude, dans la plus grande commodité. L'orgueil vint à son tour : vaincu par la guerre, vaincu par un gouverneur fou, vaincu par Vénus, fallait-il maintenant voir triompher de lui ces cousins qu'il n'avait connus qu'au temps de son enfance, mais qui étaient sans doute devenus comme tous les notables de son pays natal, âpres au gain, dormant sur leurs sacs d'or, procéduriers, prospérant sans vergogne sur le bien d'autrui ?

La panique le prit. Et si la rumeur de sa mort allait se propager jusqu'à Paris, jusqu'à l'Académie, jusqu'à Reine ? S'il disparaissait aux yeux du monde, disparaissait aussi la gloire qu'aurait pu lui procurer toutes ces années de voyage, toute son œuvre.

Devant ses yeux se mirent à danser ces éclats géométriques et translucides qu'il subissait périodiquement, et qu'il attribuait au bœuf mangé jadis à Madagascar. Puis il reconnut les premiers symptômes de ses fièvres, elles aussi récurrentes, mais qui avaient semblé s'atténuer, au fil des ans. Il serra les dents et tenta de se raisonner avant que les coliques lui tordent le ventre, avant que des bouffées de délire lui envahissent la tête, avant surtout que ses mains tremblantes soient incapables d'écrire.

Pourquoi le procureur Tringlot n'avait-il pas montré les lettres qu'il lui avait envoyées depuis neuf ans, régulièrement, tous les six mois ? Il s'était astreint à accomplir cette corvée qui l'entravait dans ses recherches, brisait son élan et le laissait stérile une journée durant. Mais le seul but de cette correspondance stupide était précisément d'affirmer son existence. Il savait bien qu'il faut être toujours sur le dos de ces gens-là, sinon, ils négligent vos affaires, puis ils les oublient au profit d'autres, bien plus présentes, bien plus juteuses. Pourquoi ce Tringlot n'avait-il même pas pensé à exhiber ces preuves de son existence ? Par négligence, par bêtise, ou pire encore parce qu'il voyait lui aussi son intérêt à la mort de son client ? Le Gentil prit la plume et exigea que l'autre suivît ses consignes : après avoir fait attester de la véracité de ces lettres par un juge, un notaire ou n'importe qui d'autre, les afficher, les publier... Il cacheta sa réponse.

Il hésita. Devait-il alerter, à Paris, le ministère de la Marine, le duc de La Vrillière, le secrétaire de l'Académie ? Allons donc ! Mobiliser d'aussi importants personnages sur une si petite affaire ! Ce serait les abaisser en s'abaissant soi-même. Ses amis ? Chappe n'était sans doute pas revenu du Mexique, Lalande, Pingré devaient être eux aussi sur des observatoires éparpillés aux quatre coins du monde. Ses maîtres ? Il avait appris la disparition de Clairaut avec deux ans de retard. Alors les autres... Reine ? Surtout pas. Ç'aurait été lui montrer, en plus de ses échecs, le dérisoire.

« Allons, murmura-t-il en s'alitant, laissons ce brave procureur se débrouiller avec les recommandations que je lui fais. Les choses se régleront d'elles-mêmes à mon retour. »

À son retour ? Il se redressa en sursaut. Faudrait-il abandonner son glorieux projet de tour du monde ? Il s'évanouit.

Quand il se réveilla, il s'aperçut qu'il avait été transporté dans une chambre autrement agréable que ses appartements improvisés dans l'observatoire. Le médecin-major de Pondichéry était à son chevet.

La crise avait été brutale, mais brève. Durant sa semaine de convalescence, dans une agréable torpeur, Le Gentil prit, à regret, sa décision. Il abandonnait l'idée de repartir en France par la route du Mexique. Non pas tant à cause des inquiétudes qu'il avait de son héritage normand, mais parce qu'il ne voulait pas donner raison à ses cousins. La mort venait de le frôler. Certes, à deux ou trois mois près, il mettrait autant de temps à rejoindre la France par le levant que par le ponant. Mais les traversées d'un océan et d'un continent qu'il ne connaissait pas pourraient être fatales à sa santé chancelante. Au moins, par l'est, il savait les risques qu'il encourait. Et puis franchir ainsi le Pacifique et le Mexique, sans visiter, sans découvrir, sans observer, sous prétexte d'accomplir le premier tour du monde d'un savant solitaire, ne vaudrait rien de plus qu'une démonstration de fort-à-bras sur le Pont-Neuf. Solitaire, à coup sûr, mais savant ?

Il put enfin se relever. Sa décision l'avait soulagé de toute angoisse. Et Law avait pris l'initiative de confier la lettre destinée au procureur à un navire qui, par chance, partait pour la France le lendemain même de la rechute de Le Gentil. L'astronome la suivrait de quatre mois puisque le *Villevault* appareillerait en octobre.

Alors, Le Gentil reprit ses travaux. Fin août, il commença d'observer le passage d'une comète. Mais il ne put l'apercevoir qu'à trois ou quatre reprises, car le temps qui était resté au beau fixe depuis le début du mois de mai, à l'exception de la fatale matinée du 4 juin, s'était remis aux nuages et à la pluie. Malgré ce nouvel échec, son âme ne céda toujours pas au poids du guignon. Son corps, lui, plia. Ses fièvres et ses dysenteries reprirent. Il voulut toutefois monter à bord du *Villevault*, malgré les recommandations du médecin-major. Les arguments du gouverneur Law eurent plus de poids : il avait donné l'ordre que ce vaisseau ne s'arrêtât pas à l'Ile-de-France et atteignît la France dans les plus brefs délais. Or, Le Gentil voulait à tout prix récupérer les huit caisses d'histoire naturelle qu'il avait confiées à madame le juge Nihil. Il aurait très bien pu les faire expédier de là-bas en France, mais il ne voulait pas revenir les mains vides. Son état empira. Le gouverneur Law prit sur lui de prévenir le ministère et l'Académie que Le Gentil était au plus mal.

Au début du mois de février, toutefois, il sentit un mieux et put se lever, tout en restant dans un grand état de faiblesse. Mais sa volonté de rentrer était telle qu'il réussit à se traîner à bord du *Dauphin* qui, lui, ferait escale à l'Ile-de-France.

Parti le 1er mars, ce bateau arriva un mois et demi après à Port-Louis. Par un phénomène étrange, durant toute cette traversée, Le Gentil sentit ses forces revenir comme s'il les puisait dans la houle et dans le vent salé. Mais à peine eut-il osé le pied sur le débarcadère que ses membres se remirent à flageoler et son ventre à se déchirer. Il fut transporté en litière jusqu'à la petite maison du juge qu'il avait tant espéré ne jamais revoir. Il tenta de s'endormir, tandis que s'apaisaient ses douleurs ventrales. Soudain, il bondit sur son lit et hurla :

— Gratot ! J'ai oublié Gratot à l'hôpital !

Puis il s'effondra dans un sommeil agité. Une grosse voix le réveilla :

— Eh bien, Le Gentil, en voilà des manières d'accueillir vos amis.

Il ouvrit les yeux et vit, penché sur lui, le rugueux et sévère visage de Philibert Commerson.

XXII

Un retour inattendu

Commerson n'avait pas pratiqué la médecine depuis longtemps, alors que c'était son art d'origine. Ce fut peut-être la chance de Le Gentil, car il survécut à ses soins. Il ne se sentit toutefois pas assez vaillant pour remonter sur le *Dauphin* et affronter la mauvaise saison dans les parages du cap de Bonne-Espérance. D'ailleurs, à Pondichéry, Law lui avait assuré qu'en mai ou juin, il pourrait prendre place à bord d'un autre vaisseau, en provenance de la côte de Malabar, *L'Indien*. Un mois d'attente, autant dire un dactyle dans son odyssée.

Il avait suffisamment noté, durant tous les accès précédents, les différents symptômes de sa maladie, pour savoir qu'il était provisoirement guéri et que ses fièvres le laisseraient en paix au moins pendant huit mois. D'ici là, il serait de retour au pays.

Vaillant comme un jeune homme, il retrouva la couche de la désormais veuve du juge Nihil, et les quelques amis qu'il s'était faits lors de son premier séjour. Manquait à l'appel le gouverneur Desforges-Boucher, retiré à Bourbon. L'intendant Poivre avait eu finalement le dessus dans la lutte sourde entre les deux plus importants personnages de l'île. Il avait été remplacé par un certain Dumas qui semblait tout à la dévotion de l'intendant, devenu le maître sans partage de la colonie.

— Sans doute, dit Commerson, mais il règne en despote éclairé. Et votre Desforges, dont vous vous êtes entiché, a eu bien des torts à son égard. C'est du moins ce qu'on m'a rapporté. Poivre a de grandes ambitions pour le pays. Qui sait si un jour l'Ile-de-France ne sera pas rebaptisée l'île des Savants. Restez avec nous, Le Gentil !

Quand Commerson lui fit ainsi l'éloge de l'intendant Poivre, Le Gentil se relevait tout juste de sa convalescence. Ils étaient sur la véranda. L'ancien médecin était venu décréter que l'astronome était tout à fait rétabli et qu'il pouvait donc revenir sur sa décision de ne pas se rendre à l'invitation à dîner de l'intendant Poivre dans sa propriété de Montplaisir.

— Je suis las de ces balthazars tous aussi tropicaux que provinciaux, soupira Le Gentil. Ce sont toujours les mêmes, la même sottise, la même ignorance, la même fatuité. À Port-Louis, à Pondichéry, à Manille, j'ai entendu des centaines de fois se répéter les mêmes propos insanes, les mêmes ragots sur madame Untel qui coucherait avec le lieutenant Boumboum ! Non, croyez-moi, Philibert, je préfère rester ici, à me reposer, et mettre la dernière main à mon histoire des moussons.

— Moi qui tenais tant à vous présenter Jeanne, Jeanne Baret, qui sera la première femme à avoir accompli le tour du monde. Grâce à moi, d'ailleurs. Venez donc, je vous en supplie.

Le Gentil réprima un sourire. Véron lui avait raconté, à Pondichéry, l'aventure de cette jeune femme qui, sous des habits d'homme, avait accompagné Commerson dans son périple inachevé. À Otaïti, les indigènes avaient tout de suite reconnu son sexe et l'avaient poursuivie sur la plage en criant « vahiné ! vahiné ! ». Les marins français, surpris, crurent que ces sauvages avaient décidément des coutumes bizarres : ils leurs offraient leurs belles filles, mais préféraient quant à eux ce jeune homme, certes efféminé, mais tout de même... Ce n'est que bien plus tard, à une escale dans l'île d'Espirito-Santo, que l'indigène embarqué, Aotourou, avoua finalement que ses assiduités auprès du domestique n'avaient rien de sodomite. Cette révélation, tout autant que celle de la Nouvelle Cythère, ce paradis de la Nature, aux mœurs si libres, contribua bien plus, comme j'ai pu le constater, à la gloire du voyage de Bougainville, que les maigres découvertes qu'il en rapportait.

Finalement, Le Gentil accepta d'aller souper chez Poivre. Il voulait quand même la voir, cette Jeanne Baret. Commerson le remercia en pleurant presque de reconnaissance. Puis il ajouta, l'œil brillant :

— On m'a parlé des huit caisses d'échantillons que vous avez rapportées de Madagascar. Pourriez-vous me les montrer ? Vous n'avez sans doute pas encore pu les classifier et les étiqueter. Vous allez avoir besoin de mon aide.

— Je crains que nous n'en ayons pas le temps. *L'Indien* ne saurait tarder à arriver. Je préférerais faire ce travail à Paris. Croyez que j'en suis désolé, car avoir à mes côtés un maître en histoire naturelle tel que vous, le Linné français, serait pour moi le plus grand des honneurs. Mais, rassurez-vous, je les ai déjà répertoriés avec soin et selon vos méthodes.

Commerson ne pardonna jamais ce refus. Et quand il ne pardonnait pas, il était capable du pire. Pour le moment, il espérait encore et en parla à son hôte, l'intendant Poivre. Lui au moins saurait convaincre l'astronome de surseoir encore à son départ.

— Rassurez-vous, illustre maître, lui dit l'intendant, je viens de recevoir quelques arguments qui feront fléchir votre entêté ami. Un aussi impénitent voyageur que lui ne saurait y résister. Il restera, vous dis-je, ou si lui ne reste pas, ses collections, elles, seront à votre disposition.

Le soir de ce souper, on accueillit Le Gentil à Montplaisir comme s'il s'agissait d'un miraculé. Il put à peine échanger trois mots avec Jeanne Baret, tant les autres l'accaparaient. Et sa curiosité, pas vraiment toute scientifique, sur les secrets qui avaient permis à la jeune femme de cacher sa condition ainsi pendant plus de deux ans à des dizaines de marins privés de beau sexe, ne fut pas satisfaite. De plus, Commerson, qui semblait lui battre froid, veillait jalousement sur sa compagne, pourtant peu faite à susciter de grands désirs. On installa Le Gentil à la droite de la nouvelle maîtresse de maison, madame Poivre, une très jeune et très jolie Créole. Jeanne Baret restait reléguée à l'autre bout, à côté du brigadier Estenaur, que Commerson regardait avec un air farouche.

— Je viens de recevoir de grandes nouvelles de France, annonça Poivre. Poutavéry sera bientôt de retour parmi nous. Vous avez bien sûr entendu parler de lui, monsieur Le Gentil ?

— Non, qui est-ce ?

— Voyons ! Le Cythérien que *La Boudeuse* et *L'Etoile* ont emmené en France. Comme il s'est cru adopté par monsieur de Bougainville, la coutume de ces îles bénies des dieux veut que ce jeune sauvage porte le nom de son nouveau père. Mais il n'arrive pas à le prononcer. Dans sa bouche, Bougainville est devenu Poutavéry. Il est vrai que le nom de ce garçon est invraisemblable.

— Aotourou, grogna Commerson, en bout de table.

— C'est cela, Tourlourou. J'ai fait le serment à monsieur de Bougainville de mettre tous mes soins à le ramener chez lui. Un beau voyage pour ceux qui l'accompagneront, n'est-ce pas, monsieur Le Gentil ?

— Sans doute, et croyez bien que je les envie. Mais pour ma part, après dix ans d'errance, je ne souhaite qu'une chose, revoir ma patrie, mon cabinet de travail, et reprendre ma vie sédentaire de savant.

On se récria, on lui affirma qu'il ne pourrait plus jamais se passer de naviguer, qu'il mourrait d'étouffement et de langueur entre les murs de son observatoire.

Le Gentil avait appris à connaître ces gens, depuis le temps. S'il leur laissait paraître le moindre espoir, ils le harcèleraient jusqu'à la dernière minute. En d'autres circonstances, peut-être se serait-il laissé tenter par de telles sirènes. Mais il y avait à Coutances des charognards qu'il voulait mettre à la raison. Il ne voulait pas raconter ces sordides affaires de succession à ces gens légers et futiles. Nul d'ailleurs ne connaissait ce secret, pas même le gouverneur Law, à Pondichéry. Le Gentil se serait senti déshonoré d'invoquer l'argent comme motif de retour.

Bien qu'il demeurât inflexible, des semaines durant, on ne cessa de tourner autour de lui, comme des chats se frottent aux mollets pour implorer leur pâtée. L'intendant laissait entendre à mots couverts que la jeune et jolie madame Poivre ne jurait plus que par l'astronome. Comme par hasard, quand il se rendait à Montplaisir, elle le recevait seul, son époux étant absent pour affaires, ses domestiques en congé, Commerson, Jeanne Baret, et le fidèle dessinateur Jossigny partis herboriser. Il abrégeait ses tête-à-tête autant que la politesse le permettait. La ruse était trop grosse, et son désir trop fort. Il préférait fuir. À la fin juin, on lui annonça enfin un bateau en provenance de Mahé. *L'Indien* était arrivé. Il se précipita au port. Espoir déçu. Ce n'était que le *Vigilant*, qui avait ses attaches à l'Ile-de-France et ne partirait donc pas en Europe. Comme il assistait au débarquement au milieu des badauds, il vit que les marins déposaient une civière sur le quai. Il s'approcha. C'était Véron.

Le malade était dans un triste état, livide sous le hâle, presque vert. Sa maigreur était affreuse et une mauvaise sueur jaune lui collait au visage.

— Ah, c'est vous, Guillaume, dit Véron avec volubilité. Je vous donne le bonjour de messieurs Roxo et Roxas. Comme nous vous avons regretté ! Un transit de Mercure splendide. Si vous aviez été là...

— Calme-toi, mon ami, ne t'agite plus, dit Le Gentil en lui prenant la main. Nous allons te soigner. Holà, vous autres, emmenez monsieur jusque chez moi, installez-le dans ma chambre. Toi ! File à Montplaisir alerter le docteur Commerson. Dis-lui que monsieur Véron est de retour et qu'il est souffrant. Nom d'un chien, tu es trop bête ! Ton cheval ! À tout à l'heure, Pierre-Antoine. Tâche de dormir. Je reviens.

Il partit au grand galop. Dans le jardin botanique de Poivre, Commerson, en blouse crottée et chapeau de paille, tentait une greffe. En voyant arriver Le Gentil, il fit une grimace. Quand celui-ci lui demanda de venir d'urgence avec lui pour tenter de sauver Véron, il répondit :

— Je vais me changer. Je ne peux tout de même pas me montrer dans cette tenue.

Le Gentil le hissa de force sur son cheval. Vêtu en jardinier, le botaniste pénétra dans la chambre où gisait le malade. Le médecin de Port-Louis et son confrère du *Vigilant* étaient déjà à son chevet. Le Gentil, impuissant, les regarda palabrer. Un moment, il regretta de ne pas avoir fait appel au vieux sorcier qui l'avait guéri la première fois. Puis il s'agaça de l'attitude hautaine et autoritaire de Commerson, alors que les deux autres étaient visiblement bien plus au fait des fièvres sévissant sous ces latitudes. Il se maudit alors d'avoir cédé, sans réfléchir, à ses propres préjugés de Parisien, d'avoir fait appel au botaniste. À la fin, le médecin de Port-Louis prit Le Gentil à part.

— Je ne suis pas très optimiste pour votre ami. Il m'a raconté avoir passé des nuits entières aux Moluques à observer le ciel. L'air y est plus malsain là-bas que partout ailleurs. Et les fièvres bien plus violentes. Je ne lui donne pas une journée. Quant à vous, monsieur, permettez-moi un conseil. Rentrez en France au plus vite, refusez toutes les sollicitations dont vous êtes l'objet. Vous n'aurez plus aucune séquelle à craindre dès que vous aurez mis le pied sur le sol natal. Mais si vous continuez vos explorations dans ces parages, je ne donne pas cher de vous. Vos fièvres de Madagascar cumulées sur celles dont est atteint monsieur Véron...

Véron mourut trois jours après son arrivée, le 1er juillet 1770, à l'âge de trente-sept ans. Dans l'euphorie qui précéda son dernier soupir, il confia à Le Gentil le soin de ramener à Paris ses papiers, ses cartes et ses journaux. Puis il dit :

— Je n'ai même pas fini mon tour du monde. Je ne suis même pas académicien. Et j'ai raté Vénus. Bah, il me reste Otaïti.

Après les obsèques, Le Gentil prit Poivre à part.

— On m'a appris, monsieur l'intendant, que vous aviez en votre possession les malles de mon regretté collègue. Il m'a demandé, avant de mourir, de transmettre à sa famille ses objets personnels et à l'Académie royale des sciences le fruit de ses travaux.

— Vous a-t-il signé une décharge ?

— Comment l'aurait-il pu ? Mais trois personnes au moins peuvent témoigner. Sans compter le prêtre.

— Ne montez pas sur vos grands chevaux, je vous en prie, répondit l'intendant. Croyez-vous qu'un cimetière soit le meilleur endroit pour parler de ce genre de choses ? Passez donc me voir demain à Montplaisir. Mon épouse sera très heureuse de vous voir. Vous vous faites si rare.

Le lendemain, à l'heure dite, Le Gentil fut au

rendez-vous. Avec toutes les circonvolutions biscornues dont il avait l'usage, Poivre lui fit comprendre que ces documents lui étaient fort précieux pour le bon gouvernement de l'île et surtout qu'ils lui permettraient de repartir à l'assaut des épices hollandaises.

— J'avais demandé à monsieur Véron de m'en rapporter quelques plans des Moluques afin que nous tentions de les acclimater ici. Hélas, les circonstances ne le lui ont pas permis. Quant à monsieur de Bougainville, son expédition a été vaine, je vous le confie sous le sceau du secret. Pas le moindre clou de girofle. Monsieur de Commerson est un poète, il n'a aucun souci des bénéfices concrets que peut rapporter son art au royaume. Je fus bouleversé quand, au-dessus du cercueil de monsieur Véron, il lui dédia cette « fleur en étoile qui ne fait que se montrer et qui, sur un fond noirâtre, est toute parsemée de larmes », fleur qu'il baptisa *Veronia tristi floria*. N'avez-vous pas, tout comme moi, versé des larmes à cet éloge ?

— Non. Véron était la gaieté, l'amitié et la fantaisie faite homme. J'aurais aimé pour lui une plante d'un tout autre éclat. Ou une étoile.

— Passons là-dessus. Les papiers de monsieur Véron me semblent fort précieux, je les ai étudiés, ils sont admirables. Et ses cartes sont des merveilles de précision. Elles seront bien plus profitables à l'Ile-de-France qu'oubliées dans la poussière d'un tiroir à Paris.

— Eh bien, soit, faites-en copier un double que vous garderez.

— Personne dans ce pays ne serait capable d'imiter le talent de dessinateur et de cartographe de ce grand savant trop tôt disparu.

— Je les copierai moi-même. J'ai une plume assez sûre.

— Je n'en attendais pas moins de vous, monsieur Le Gentil. Merci.

Poivre fit apporter les papiers de Véron. Ils étaient dûment cotés et paraphés. L'intendant n'avait même pas eu la pudeur d'attendre le décès de l'astronome pour fouiller dans ses malles.

— Veuillez signer le récépissé.

— Le récépissé ?

— Bien sûr, vous me rapporterez ces travaux une fois que vous aurez fini d'en prendre copie.

— Pas du tout. J'emporte les originaux et vous laisse les duplicata.

— Certes non, mon cher Le Gentil. L'Ile-de-France garde les originaux et vous emportez les copies. Qu'une erreur se glisse dans votre travail, et les conséquences seraient peut-être irréparables.

En fait de duplicata, Le Gentil croyait voir se dresser devant lui un double du gouverneur Raon. Français ou Espagnols, ils étaient bien tous les mêmes : ils croyaient que l'éloignement pouvait leur permettre toutes les exactions.

— Soit, se résigna-t-il, je vous les rapporterai.

Poivre prit alors l'allure de ces singes vus par Le Gentil aux Philippines. Tout repus qu'ils étaient, ils entassaient encore la nourriture dans leurs bajoues.

— J'avais dans l'idée de demander à monsieur Véron de raccompagner Poutavéry dans son île, puisque vous vous y refusiez. Le décès de notre malheureux ami vous a-t-il fait changer d'idée ?

— Non, je n'irai pas à Otaïti, répliqua Le Gentil. Je rentre chez moi.

Il se mit à sa table de travail et copia. Craignant les foudres de Commerson, car il n'avait pas besoin en plus de cette complication-là, il demanda en secret au dessinateur Jossigny, qui avait vécu ces deux ans de circumnavigation en compagnie du botaniste et du défunt astronome, de s'occuper des cartes et des dessins de Véron, tandis que lui recopierait ses écrits.

Le peintre fit ce travail avec beaucoup de zèle : Véron et lui avaient le même âge, et de grandes affinités s'étaient tissées entre eux. Tout en dessinant, Jossigny rebattait les oreilles de Le Gentil en lui décrivant les charmes des filles-fleurs de la Nouvelle Cythère et en lui racontant les conquêtes fort aisées que les deux hommes avaient faites là-bas.

Maudits furent encore les cousins de Basse-Normandie, et leur avidité de vautours ! Le Gentil ne verrait jamais les vahinés.

Leur travail de bénédictin s'interrompit le 26 juillet. *L'Indien* était enfin annoncé. Heureux hasard, Le Gentil connaissait bien le capitaine. Hasard si l'on peut dire. Depuis le temps, il aurait presque pu réciter par cœur le rôle d'équipage de tous les navires écumant les mers de l'Inde. Ce marin-ci lui affirma que son navire repartirait dans les trois semaines, et qu'il ne fallait pas traîner à préparer ses affaires. Trois jours après, contrordre. L'intendant avait exigé que *L'Indien* restât à quai le temps que la récolte de canne à sucre fût achevée, ce qui pouvait durer encore deux ou trois mois.

Le Gentil se consola un peu de ce nouveau contretemps en apprenant qu'à Pondichéry, son ancien assistant Gratot avait été finalement libéré de l'hôpital où il était gardé comme aliéné. La foi avait illuminé le matelot nostalgique. Il s'était tonsuré et allait désormais évangéliser les païens de la côte de Coromandel. L'Eglise n'était plus trop regardante dans le recrutement de ses nouveaux missionnaires. Les vocations se faisaient rares. Soulagé de ce remords qu'il traînait secrètement, Le Gentil se remit à son ouvrage de copiste.

Enfin, dans le courant du mois d'août, il donna les originaux à Poivre, exigea en échange le récépissé et une lettre fort détaillée expliquant les raisons pour lesquelles il avait été amené à accomplir cette tâche fastidieuse. L'intendant se plia sans difficulté à ces exigences, n'y voyant pas malice. Il était si loin de France et si puissant dans son petit royaume qu'il se croyait invulnérable.

Le 23 octobre, débarqua enfin d'un navire en provenance de France, celui que Commerson et Poivre espéraient si fort : Aotourou, Poutavéry, le Cythérien de Bougainville. Malgré sa curiosité, Le Gentil refusa de le voir. Cette fois, ce fut Commerson qui le relança, lui évoquant la gloire et l'honneur dont il se couvrirait en ramenant le sauvage dans son pays.

— Allez-y donc vous-même, fit Le Gentil.

— Monsieur Poivre m'a confié ici une mission très lourde : l'acclimatation de toutes sortes d'épices. Je travaille à la prospérité de notre patrie. Pouvez-vous en dire autant ? En aidant ce garçon à retrouver les siens, vous ferez une œuvre charitable remarquable.

Et le botaniste ajouta d'un air gourmand :

— Pendant votre voyage, je m'occuperai de vos collections malgaches.

Le Gentil refusa sèchement, disant aussi qu'il n'avait, en matière d'honneur et de charité, aucune leçon à recevoir de qui que ce soit.

— Vous vous en repentirez, Le Gentil, vous vous en repentirez.

L'astronome haussa les épaules. Sitôt rentré à Montplaisir, Commerson m'écrivit une lettre où il accusait Le Gentil de La Galaisière de toutes les turpitudes.

De fait, pour tromper son ennui, Guillaume faisait maintenant des bordées fort scandaleuses aux yeux de ce petit monde avec ses deux nouveaux amis, personnages importants, le brigadier des armées du roi, commandant en second de l'île derrière le falot gouverneur Dumas ; et le vicomte de Modave, mestre-de-camp, chevalier de Saint-Louis. Le premier avait en charge la garnison. Le second s'occupait surtout des affaires de douane et de navigation. Le Gentil n'avait pas choisi seulement ses deux complices de bamboche par affinité. Il ralliait ainsi dans son camp l'armée et la marine, solides atouts face à la Compagnie des Indes de monsieur Poivre. Même si l'heure du départ approchait, il craignait que l'intendant ne dressât devant lui les mêmes obstacles que ceux qu'il avait affrontés à Manille. À ses yeux, Poivre et Raon ne formaient qu'une même engeance.

Enfin, début novembre, on vint lui annoncer qu'il fallait embarquer en toute hâte. Le Gentil chargea ses huit caisses et ses affaires, organisa une grande soirée d'adieu, dans les jardins de madame veuve le Juge. Poivre, le gouverneur Dumas et tout le gratin francilien étaient présents. Seul Commerson, prétextant une excursion dans les mornes, ne daigna pas lui faire ses adieux. Puis il monta à bord. Il attendit deux, trois jours : une des cargaisons de canne en provenance de l'intérieur de l'île avait pris du retard en chemin. Une fois ces quelques misérables fagots embarqués enfin, le 19 novembre, *L'Indien* put larguer les amarres. Le Gentil ne regarda même pas le rivage s'éloigner derrière lui.

Le ciel était menaçant, la mer houleuse, mais le vent gaillard. Ils atteignirent l'île Bourbon le lendemain. Ils mouillèrent dans la rade Saint-Denis. Le Gentil ne voulut pas se rendre à terre, où pourtant ses amis Lanux et Desforges-Boucher l'attendaient. Il dut quand même s'y résigner au bout d'une semaine. Sincèrement désolé, le capitaine lui expliqua que le courrier n'avait pas encore été réuni, car l'une des carrioles qui apportait les lettres de l'autre bout de l'île avait eu un accident, à cause des pluies. Le 3 décembre enfin, on quitta Saint-Denis. Ce n'était pas un vrai départ, mais une fuite. Un ouragan s'annonçait et il fallait gagner le large de peur que *L'Indien* ne se fracassât sur la côte. Le ciel était noir de lourds nuages et la mer brisée d'énormes vagues. À peine sorti de la rade, hors d'atteinte des récifs, le bateau fut poussé au loin par un vent violent. Bientôt, ils furent plongés au cœur de la tempête. Tous les marins naviguant dans ces régions savaient que cette saison était celle des ouragans. Mais à cause de ces retards accumulés sans doute par un dieu malin, *L'Indien* n'avait pu les fuir. Le Gentil, lui, pensait que ce dieu-là s'appelait Poivre. Il avait tant subi de persécutions des hommes, du ciel et de la mer, qu'il commençait à voir, lui aussi, des complots partout.

De toutes les tempêtes qu'il avait affrontées, celle-là fut la pire. Dans la nuit, alors qu'ils avaient mis à la cape sous la misaine, la barre du gouvernail cassa dans sa mortaise. Le mât de beaupré se brisa à son tour, entraînant celui de hune et de perroquet. Sur le pont, au milieu d'un chaos de bois, de cordes et de poulies, tous avaient le regard dressé vers le grand mât. Ses haubans avachis ne le retenaient plus. À chaque roulis, il oscillait dangereusement.

D'un coup, le lendemain dans l'après midi, l'ouragan se calma. En faisant le point, le capitaine et Le Gentil constatèrent que la tempête les avait poussés très loin. Le plus raisonnable était de tenter de rejoindre l'Ile-de-France. Pendant une semaine, ils fabriquèrent un gréement de fortune qui les emmena lentement, et dans des vents contraires, jusqu'à la rade de Port-Louis, où ils mouillèrent le 1er janvier.

Pleurant de rage, Le Gentil surveilla le débarquement de ses huit caisses. Une main se posa sur son épaule. C'était Poivre.

— Je salue en vous un miraculé. Ne croyez-vous pas que seule la Providence vous ramène parmi nous et vous délivre ainsi un message ? Venez donc vous installer à Montplaisir. Vous y serez en bonne compagnie, entre notre ami Commerson et Poutavéry.

Le Gentil se retint de ne pas lui sauter à la gorge.

Il s'écarta sans aménité et s'approcha du brigadier Estenaur :

— J'implore votre hospitalité, mon cher ami, pour moi et mes caisses.

L'autre accepta volontiers. La maison du chef de la garnison était perchée au-dessus de Port-Louis. De là-haut, on pouvait voir tous les navires pénétrant dans la rade. Il n'y avait toutefois rien à espérer avant la mi-février, quand arriveraient les navires de Chine. Ils n'arrivèrent pas, et Le Gentil s'usait les yeux à guetter l'horizon.

Enfin, le 7 mars, un vaisseau espagnol mouilla au port. Le Gentil reconnut *L'Astrée*. Son cœur bondit. Il savait que le commandant de cette frégate de guerre était don José de Cordoua, un ancien officier du *Bueno Consejo* sur lequel il s'était rendu à Manille, cinq ans plus tôt. Il dévala la colline jusqu'aux douanes.

— Quoi, monsieur Le Gentil, s'exclama Cordoua. Je vous croyais de retour au bercail depuis belle lurette.

L'inimitable accent du capitaine espagnol, qui prononçait chaque mot français comme on déguste un bon vin, ravit l'âme de Le Gentil. Le mestre-de-camp Modave, qui avait fini d'inspecter le navire et le livre de bord, vint à la rencontre des deux hommes qui se congratulaient et dit :

— Je vois que je n'ai pas à faire les présentations. Don José, à l'exception de ton arsenal que j'ai dû confisquer, ainsi que le million de pistoles que tu voulais passer en contrebande, tout est au mieux à bord de *L'Astrée*. Tu es mon hôte, évidemment.

— Ton prisonnier, plutôt. Monsieur Le Gentil en est aussi ?

— Hélas non, il préfère le toit de monsieur Estenaur. Mais ce soir, en tout cas, je veux tous vous voir à ma maison de campagne.

Durant ce souper, quand il eut appris les mésaventures de l'astronome français et le retard pris par les bateaux de Chine, Cordoua invita Le Gentil à son bord. Et il ajouta en espagnol pour donner plus de force à la formule :

— Le navire est étroit, la volonté ne peut être plus ample.

Comme il fallait bien respecter les convenances hiérarchiques, Le Gentil se rendit dès le lendemain dans la campagne de l'intendant Poivre, qui était souffrant.

— Rien ni personne ne peut vous empêcher de faire cette démarche auprès du capitaine de *L'Astrée,* dit l'intendant quand Le Gentil lui eut exposé son projet. Et je ne peux pas vous retenir de force. Mais permettez-moi un conseil. Attendez les navires de Chine. Votre passage y sera gratuit. Croyez-vous qu'on appréciera, à Versailles, que vous dépensiez l'argent du roi au profit d'une nation étrangère ? Enfin, cela vous regarde. Mais on dit tellement de choses sur vous que vous seriez plus prudent de suivre mon conseil. Cela ne me concerne plus, c'est maintenant l'affaire du gouverneur Dumas. En revanche, il est dans mes attributions de vous interdire de charger à bord d'un navire espagnol vos collections d'histoire naturelle qui ne vous appartiennent pas. Elles sont le bien de Sa Majesté Louis XV. Elles resteront donc à bord de *L'Indien,* qui les rapatriera quand ce vaisseau français sera en mesure de reprendre la mer.

— Ah, nous y voilà ! Je vous demanderai un courrier confirmant vos propos, monsieur l'intendant.

— J'exige que vous fassiez de même.

L'affaire Raon recommençait. Dès lors, par précaution, Le Gentil n'entreprit ses démarches que par lettres, même si son correspondant le plus éloigné, la résidence du gouverneur, à la campagne du Réduit, n'était guère distante de plus de quatre lieues. Il se moqua de lui-même quand il annonça à son hôte Estenaur qu'il allait lui expédier un message, mais le cœur n'y était pas. Il s'abstint d'écrire à Cordoua, pour ne pas qu'on l'accuse de tractations avec un officier étranger. Il passait par l'intermédiaire de Modave. Certains de ses écrits se perdirent, d'autres mirent une semaine à parvenir à leur destinataire. Qu'il y eût négligence de la part du commissionnaire ou détournement, Le Gentil ne chercha pas à le savoir.

Les deux navires de Chine mouillèrent au port le 17 mars. Le *Duras* et sa flûte d'accompagnement appartenaient à un armateur privé, mais dépendaient pour beaucoup de la Compagnie des Indes, donc de monsieur Poivre. L'embarquement sur *L'Astrée* était alors pratiquement acquis, mais afin d'être inattaquable, Le Gentil entreprit de nouvelles démarches auprès du commandant de ces deux navires pour être pris à leur bord. Une sorte de voix secrète lui disait de suivre sa première idée et de partir sur *L'Astrée*. Il savait que Poivre seul pouvait décider du nom des passagers qui prendraient place à bord, alors que cela aurait dû être le rôle du capitaine. Les candidats, comme toujours, étaient nombreux : colons se rendant en France pour leurs affaires, fonctionnaires et employés de la Compagnie rentrant au pays. L'intendant choisissait, le gouverneur se contentait de signer. On était loin du temps de Desforges-Boucher.

Il écrivit donc à Poivre pour lui demander d'être passager prioritaire sur le *Duras*. Celui-ci le renvoya à Dumas qui, à son tour, lui expliqua que l'affaire était du ressort du commandant du *Duras*. Trois audiences qu'il obtint auprès du gouverneur ne donnèrent rien non plus. Il apprit enfin par Estenaur qu'il n'était pas inscrit sur la liste des passagers du *Duras*. Il savait d'où venait le coup, mais il préféra s'adresser au gouverneur pour lui demander que celui-ci, censé être le représentant du roi, lui donne, par écrit, l'autorisation de revenir en France par le vaisseau espagnol. Pas de réponse.

Un soir, lors d'un souper, il tomba sur Dumas, invité également. Visiblement, leur hôte, monsieur de Modave, avait arrangé la rencontre. Volontairement, Le Gentil fit en sorte que tous soient témoins de l'entretien. Entretien houleux, car le gouverneur se dérobait aux demandes de l'astronome. Celui-ci exigea alors que l'agrément ou le refus de Dumas lui soit stipulé par écrit. Le gouverneur, blessé par cet affront public, en tomba malade. Ce qui permit à Estenaur, qui le remplaçait, de signer toutes les attestations dont Le Gentil avait besoin. Poivre, fine mouche, l'imita, dans une lettre remplie de compliments et de louanges. Mais il n'y fit aucune allusion aux caisses malgaches. Ce soir-là, Le Gentil soupa sur *L'Astrée*, avec monsieur de Modave. Le capitaine Cordoua reprocha affectueusement à son hôte de ne pas l'avoir tenu directement au courant de ses tractations. Sa frégate devait appareiller dans quelques jours et il lui assura qu'il l'en avertirait par un coup de canon.

Le lendemain, alors qu'il s'apprêtait à charger à bord ses instruments d'astronomie, un obscur commissaire des douanes lui fit de nouvelles difficultés : sans autorisation du Gouverneur, ces deux caisses devaient rester à quai. Il fallut aller chercher Estenaur, qui régla l'affaire.

Le 30 mars à dix heures, un coup de canon résonna. Le Gentil ne fut pas long à se retrouver à bord de *L'Astrée*. En voyant le port s'éloigner, il constata qu'il n'avait pas fait ses adieux à la veuve du juge, ni à Commerson.

Ce fut pour une fois un voyage sans histoire, ou presque. Quinze jours à batailler pour franchir le cap de Bonne-Espérance dans une mer déchaînée. Le Gentil était devenu superstitieux : la perspective de sombrer après dix ans d'épreuves, de chagrins et d'échecs, lui faisait exagérer les périls. En tout cas, la petite frégate prenait la vague avec souplesse et finit par triompher de la tourmente. Durant une accalmie, Le Gentil observa une éclipse de lune. Il profita d'un nouveau calme pour relever la position du banc des Eguilles, sans compter quelques observations de Canopus et Sirius, ainsi que les effets de réfraction du soleil. Et la tempête reprit. Ils doublèrent enfin le cap, le 11 mai.

Quelques jours plus tard, alors qu'ils étaient au large de l'Angola, *L'Astrée* fut rattrapée dans sa course par les deux bateaux français de Chine, partis dix jours après eux. On mit en panne pour les attendre. Le capitaine du *Duras* monta à bord. Il annonça que les bruits de guerre qui couraient depuis quelques mois entre l'Angleterre et l'alliance franco-espagnole devenaient de plus en plus forts. Avec une cargaison de quatre à cinq millions de livres — sans compter les instruments de Le Gentil — les deux navires marchands faisaient une proie bien tentante pour un corsaire ennemi. Aussi demanda-t-il au capitaine Cordoua et à ses vingt-huit canons de l'escorter jusqu'aux parages du tropique du Cancer, où il espérait le secours d'une escadre française.

Deux semaines après cet entretien, alors que les trois bateaux marchaient de conserve, un trois-mâts anglais fut en vue. Cordoua lui demanda de s'arrêter, fit descendre un canot et déclara au capitaine anglais qu'il l'arraisonnait, comme prise de guerre. L'autre lui affirma qu'après quelques inquiétudes, la paix était redevenue à la mode en Europe. Pour preuve il lui montra une gazette de Londres qui annonçait que les trois puissances désarmaient. Puis il invita les officiers et Le Gentil à venir se restaurer à son bord de nourriture fraîche. C'est ainsi que pour la première fois de sa vie, Le Gentil goûta des pommes de terre. Il les trouva fades et aqueuses. Au cours de ce repas, le capitaine du *Duras* invita Le Gentil à passer à son bord pour revenir avec lui jusqu'à Brest.

— Je croyais, capitaine, que vous n'aviez pas la moindre place pour y nicher le plus petit hamac. C'est en tout cas ce que vous m'aviez affirmé devant le gouverneur. Vous m'aviez dit que d'autres personnes avaient des motifs plus urgents que les miens de revenir en France.

— Je connais mes torts. Mais ne croyez pas que ce soit moi qui décide. La Compagnie des Indes, notre client...

— Monsieur Poivre ?

— Je ne puis en dire plus devant des étrangers, monsieur. Mais votre question porte en elle la réponse.

— Je vous demanderai la grâce, capitaine, de réitérer votre invitation par écrit. J'y répondrai par mon refus. Don Cordoua a eu la bonté de m'accueillir sur son navire. Je tiens à honneur de ne pas l'abandonner, alors que tous les périls sont derrière nous.

— Je vous comprends, mais croyez que je suis, répondit le capitaine du *Duras*, absolument désolé de votre décision.

Ainsi fut fait. Bientôt, les deux bateaux français disparurent à l'horizon. Enfin, le 1er août 1771, *L'Astrée* jeta l'ancre à Cadix. Le Gentil resta un mois chez le consul pour laisser passer les grandes chaleurs. Traverser l'Espagne en voiture au cœur de l'été lui parut au-dessus de ses forces. Il n'avait plus d'argent. Don Cordoua lui ouvrit sa bourse. Il refusa et accepta seulement un présent du consul de France. À Madrid, il se rendit au ministère de la Marine pour y remercier le comte d'Ariaga.

Enfin, le 8 octobre 1771, il franchit les Pyrénées par le col de Roncevaux et posa le pied en France à neuf heures du matin, après onze ans, six mois et treize jours d'absence.

De toutes ses récoltes d'histoire naturelle, il n'avait emporté avec lui, objet de tous ses soins depuis Manille, qu'une fleur dans un pot.

XXIII

L'astronome et la fleur

J'avais oublié de parler de cette fleur, sans doute parce qu'elle possède pour moi le parfum du remords. Elle était multiple. Il s'agissait d'un arbrisseau inflorescent à larges feuilles épaisses et un peu lourdes, au-dessus desquelles s'épanouissaient plusieurs dizaines de fleurettes, formant de denses coupelles renversées, et possédant, selon la terre où elles étaient plantées, des couleurs roses, lilas ou blanches. Celles de Le Gentil flambaient d'un bleu profond, que l'on dit outremer.

Il avait découvert cette plante dans l'une de ses incursions dans l'archipel philippin. Ses pas l'avaient mené jusqu'à un village chinois, dont les habitants avaient été peu de jours auparavant chassés de la colonie espagnole, ou massacrés. Devant les maisonnettes de bois, joliment peintes, de petits jardins carrés et délimités par des haies basses. Nombre d'entre eux étaient couverts de cette plante, en véritables bosquets. Ces arbrisseaux avaient été disposés selon leurs couleurs en des arrangements savants, en un choix privilégiant tantôt le contraste violent, tantôt le dégradé en nuances. Roxas, qui l'accompagnait dans cette exploration, les lui désigna sous le nom de « roses de Chine » ou « roses du Japon ». Ils en déterrèrent quelques-unes avec soin, les empotèrent. Ils avaient l'impression d'être de ces pillards qui suivent les armées pour détrousser les cadavres. À son retour à Manille, Le Gentil, qui ne pouvait les emmener toutes vivantes car elles étaient bien trop encombrantes, les dessina, en dessécha quelques fleurs, quelques feuilles, quelques tiges et quelques racines, les mit dans un herbier, offrit le reste à ses amis, et n'en garda qu'une, la plus bleue. Il la baptisa *Pautia*, en hommage à Reine Lepaute.

L'euphonie ne me semble guère heureuse, j'aurais aimé plutôt *Regina Pulchrissima*, par exemple, mais Le Gentil n'était ni poète ni musicien.

Quand il dut fuir Manille, il l'emmena avec lui, dans sa cabine. La Pautia navigua donc dans la mer des Moluques, franchit le détroit de Malacca et arriva à Pondichéry à bord d'un navire portugais. Il l'installa au pied de son lit dans l'ancienne tour du palais gubernatorial qui lui servait d'observatoire, l'arrosant chaque jour avec soin, lissant ses feuilles avec un chiffon humide. Ni Gratot ni Hadrien n'avaient le droit de la toucher. Quand il revint de son inconscience dans le lit offert par le médecin-major de Pondichéry, l'une des premières choses qu'il demanda fut qu'on lui apportât sa Pautia. À l'Ile-de-France, elle grandit en force et en beauté sur la véranda de la petite maison du juge. Et comme, par de vaines précautions car elle était fort résistante, il la remisait chaque nuit dans sa chambre, elle assista à l'agonie de Véron. Le docteur Commerson eut plus d'intérêt pour elle que pour le mourant.

— Quelle est donc cette plante amusante ? demanda le botaniste.

Il aurait dit « femme » au lieu de « plante », c'eût été la même chose tant il y avait de concupiscence dans sa voix.

— Je ne sais pas. Elle vient de Manille. Je l'ai

trouvée jolie. Je crois qu'elle fera un bel effet dans mon jardin de Coutances.

Le Gentil, quant à lui, avait pris le ton faussement désinvolte de celui qu'on interroge sur une maîtresse secrète et qu'il fait mine d'ignorer. Commerson n'insista pas. Les circonstances ne s'y prêtaient guère, car Véron mourait. En plus, le botaniste jugeait fort diplomatique de faire mine d'oublier cette plante pour le moment. Elle viendrait à son tour, mais après les caisses malgaches.

La Pautia affronta avec son servant l'ouragan de l'île Bourbon. Elle fut la seule confidente de ses amertumes devant la malignité des gens qui empêchaient son compagnon de revenir en France. Elle se montra courageuse dans les tempêtes du cap de Bonne-Espérance. Et si elle ne se lança pas à l'abordage de l'Anglais, c'est que la guerre n'avait pas lieu.

Elle avait grandi et proliféré. Son bleu était encore plus profond, ses feuilles plus luisantes et ses sept corymbes de fleurettes se gonflaient de bonheur quand Le Gentil arriva enfin à Paris.

C'était à la mi-septembre. L'automne était en avance. Une maigre pluie poisseuse tombait sur la ville. À l'octroi de la porte d'Orléans, après la fouille, il laissa le soin au domestique que lui avait prêté le consul, à Cadix, de s'occuper de ses malles. Chargé d'une seule valise et de son pot de fleur, il prit un fiacre qui l'emmena jusqu'à la rue de Vaugirard, non loin du Luxembourg, où l'Académie lui avait donné ses appartements.

Il glissa la clé dans la serrure. Elle ne put tourner. « Quelque chose a dû se fausser dans le mécanisme. De la poussière, de la rouille. En onze ans, cela n'aurait rien d'étonnant. » Il fit un deuxième essai, puis un troisième. Rien à faire. Soudain, la porte s'ouvrit de l'intérieur. Un jeune homme en chemise de nuit se dressait devant lui, brandissant une canne :

— Déguerpis, ou je t'assomme.

Le Gentil se redressa. Malgré ses habits usés et poussiéreux, malgré son visage tanné et tourmenté, il n'avait rien d'un voleur. Il dit calmement :

— Que faites-vous chez moi, monsieur ?

— Chez vous ? Vous avez dû vous tromper de porte. Cela arrive quand on abuse des spiritueux.

— Je ne suis pas ivre, et je suis sûr d'être bien à l'entrée de mon appartement.

— Vous êtes fou ! Cet endroit m'a été alloué il y a deux ans par l'Académie royale des sciences.

— Attendez et baissez votre canne, je vous prie. Il y a malentendu. Je me présente : Guillaume Le Gentil, associé de l'Académie, en mission depuis onze ans dans les mers de l'Inde pour y observer le transit de Vénus sur le Soleil.

— Le Gentil, s'esclaffa le jeune homme. Ben tiens ! Et moi, je suis Aristarque de Samos. Allez cuver votre vin, mon vieux, et laissez-moi dormir.

— Voyez mes passeports.

Condorcet — car c'était lui — examina les papiers, releva la tête :

— Monsieur, pardonnez-moi. Tout le monde vous croyait mort. Entrez. Faites comme chez vous... Oh pardon ! Vous êtes chez vous.

Le marquis de Condorcet avait été élu, moins de trois ans auparavant, associé dans la section des sciences mécaniques. Sa famille avait de la fortune, mais pour ne pas se distinguer de ses congénères, dans un souci d'égalité, il avait demandé un logement appartenant à l'Académie. On lui avait offert quelques mois plus tard celui du vétéran Le Gentil, perdu corps et biens, mais dont on laissait le destin encore en suspens. Par « on », je veux dire moi, Jérôme Lalande.

Malgré toutes ses protestations, « laissez, laissez,

j'irai à l'hôtel », Condorcet, après avoir écouté les aventures de son aîné, poussa Le Gentil jusqu'à son lit et se contenta de passer la nuit dans un fauteuil du salon. Deux jours plus tard, le jeune homme avait réintégré les appartements parisiens de sa famille. Et Le Gentil se retrouva dans ses meubles.

Ses piles de cahiers, de notes, de liasses de papiers avaient envahi son appartement. Dix ans de vie, trois océans, des myriades d'étoiles, quarante saisons, avec leurs moussons, leurs calmes plats, leurs tempêtes, leurs canicules et leurs froidures, voilà ce que ces cartons contenaient. Et puis les rouleaux de cartes où l'on pourrait construire des ports ; des dessins d'arbres, de plantes, d'animaux étranges, dont un lézard à deux têtes, des astrologues tamouls, des prostituées indiennes, des tribus malgaches, des pirates malais, des commerçants chinois, des Arméniens de Java. Ils dormaient tous dans ces colonnes de cartons soigneusement étiquetés et ne demandaient qu'à revivre. Amas de papiers jaunis, gonflés et racornis par l'air marin, les pluies tropicales et les chaleurs torrides des étés australs, que seul illuminait le bleu de la Pautia.

Le Gentil aurait aimé se plonger tout de suite dans ces dix ans de voyage, les classer, les analyser, comme si ce n'étaient pas les siens. Mais il y avait son honneur, qu'il lui fallait défendre. Par où commencer ? Par sa réintégration à l'Académie, par son Procureur et ses héritiers de Coutances, par le don d'une fleur à une femme tant aimée ?

Mais pas la fièvre, surtout pas la fièvre ! Il la sentait monter en lui, comme chaque hiver. Pourquoi ne l'oubliait-elle pas ? Pour une fois, elle ne fut pas à l'heure au rendez-vous. Elle se contenta de lui rappeler qu'elle rôdait encore, toute proche, l'effleurant par surprise d'une bouffée de sueur, le saisissant aux poignets pour le faire trembler, l'espace de quelques secondes, brisant sa cornée de dessins géométriques.

Trois jours après son retour, les académies, le Collège royal et tout ce que Paris comptait de cafés de philosophes était au courant du retour de Le Gentil. Condorcet avait répandu la nouvelle. On vint me consulter pour savoir quelle attitude prendre. Cette affaire eût été en principe du ressort du secrétaire de l'Académie des sciences. Mais, en tant qu'organisateur du transit de Vénus, j'avais concentré entre mes mains toutes les informations concernant le revenant.

— N'allons pas vers lui. Laissons-le venir, dis-je lors d'une conférence à huis clos qui réunissait les pensionnaires, le trésorier et quelques autres membres d'importance. Le Gentil a été mon ami. Mais il y a plus d'une décennie de cela. Un homme a le temps de changer, surtout sous ces latitudes. J'ai là des lettres de monsieur Commerson, de l'intendant de l'Ile-de-France et de son actuel gouverneur, sans compter celles de quelques marins émérites. Je n'y reconnais pas mon camarade d'antan. Vénalité, vie de débauche, mensonge, vol d'antériorité, voilà quelques-unes des accusations dont mes correspondants le chargent. Je finirais par croire que cet homme qui se présente comme notre collègue n'est pas Le Gentil. Et je me demande par moments s'il n'y a pas usurpation d'identité.

— Accusation gravissime, Lalande, déclara Pingré. Vous le désignez ainsi pour la potence.

— Ce n'est qu'une interrogation. Je détiens pour sa défense d'autres documents venant du gouverneur Law, de Pondichéry...

— Le neveu de celui qui entraîna la France dans la faillite, interrompit une vieille barbe. Bon sang ne saurait mentir.

— Vos préjugés ne valent que pour ce qu'ils sont : des préjugés, rétorquai-je. J'ai aussi des lettres élogieuses de capitaines espagnols, de leur ministre, de savants péruviens ou mexicains.

— Etrangers, donc ennemis, grommela la même vieille barbe.

— ... Et bien d'autres encore venant de Français, dont deux au moins sont chevaliers de Saint-Louis, un vice-amiral. Allons, messieurs, je vous le dis, laissons le présumé Le Gentil venir à nous. S'il est faux, nous le saurons vite, s'il est vrai, il faudra alors l'aider à se disculper des soupçons dont on l'accable. Car un aussi digne savant que lui ne saurait avoir commis ces actes délictueux. Et s'il les a commis, eh bien, nous le punirons en évitant toutefois que l'Académie soit éclaboussée par le scandale. Discrétion, tel est le mot d'ordre que je vous recommande.

Il vint à nous. Enfin, pas vraiment à nous, puisque le surlendemain de son retour, sa première visite fut pour Reine, son pot de fleur en main.

Il y avait replanté l'une des tiges, celle qui portait la plus belle des inflorescences. Il comptait déposer le reste de ce buisson au Jardin du Roi entre les mains de Bernard de Jussieu, ou celles de son successeur si le vieux botaniste avait disparu.

Quand il s'annonça, elle vint elle-même à sa rencontre, bouleversée : elle n'avait pas encore appris son retour. Il la trouva vieillie. Elle avait alors quarante-huit ans. Telle était la différence entre l'amour qu'il lui portait et le mien, car pour moi Reine restait comme la première fois. Chaque ride nouvelle m'était un nouveau charme.

Sur le moment, elle s'attendrit de son côté un peu ridicule, dans ses habit passés de mode, devenus trop amples, car il avait maigri. Et la manière gauche qu'il avait de tenir son pot de fleur ! Son visage creusé bosselait encore plus son grand nez, mais le teint brun aux nuances olivâtres que sa peau avait pris en mer et sous les soleils australs donnait à ses yeux très pâles un air farouche qui la séduisit. Elle fondit quand il lui présenta la plante qu'il lui dédiait en la baptisant « Pautia », même si, malgré sa belle couleur, la forme du corymbe faisait irrésistiblement penser à un petit chou-fleur bleu. La voix de Le Gentil la fit frémir. Elle était devenue plus grave, plus âpre, et prenait parfois des indolences créoles.

Elle l'introduisit dans son cabinet de travail. Il eut la désagréable surprise d'y voir un sémillant jeune homme penché sur les éphémérides de *La Connaissance des temps*. Désagrément qui s'accrut encore quand il apprit qu'on avait confié à ce garçon de dix-huit ans la vérification des observations de Roxo et Roxas, à Manille.

Ah, il allait lui montrer à ce gamin ce que c'était, un savant, un voyageur, un aventurier, un homme enfin ! Le Gentil n'avait rien d'un conteur, mais ses phrases courtes, truffées de termes marins et de quelques grossièretés, avaient le charme de ces dessins naïfs à la mine de plomb que les matelots rapportent de leurs voyages et que leurs capitaines nous confient.

Reine était envoûtée. Lepaute d'Agelet aussi ; tellement même que, deux ans plus tard, le neveu de Reine entreprendrait un voyage dans les mers australes sous les ordres du lieutenant Yves-Joseph de Kerguelen, puis, peu avant la Révolution, il disparaîtrait dans le Pacifique quelque part au large de la Nouvelle-Hollande, avec La Pérouse et tous ses équipages.

Le Gentil ne jugea pas bon de confier les inquiétudes qu'il avait du côté de Coutances. Par ailleurs, il avait eu le loisir, à Cadix ou à Madrid, de consulter les gazettes pour y apprendre les événements qui s'étaient déroulés en Europe durant son absence, et dont il n'avait eu dans les Indes qu'un écho déformé. Au fond, lui semblait-il, tout était resté en état. Seule la liste des morts s'était accrue. Il interrogea donc Reine sur ce qui s'était passé dans le monde savant.

Son plus grand chagrin fut d'apprendre la mort de Chappe. Sa plus vive satisfaction, que le duc de La Vrillière restait toujours l'inamovible secrétaire d'Etat du vieux roi. Il s'était montré son plus sûr allié, dès avant son départ. C'est donc à lui qu'il demanderait d'intercéder auprès de Louis XV pour qu'il retrouve ses prérogatives d'associé de l'Académie des sciences.

— Patientez un peu mon ami, lui conseilla Reine. Il vous faudra d'abord justifier devant l'Académie de vos dix années d'absence, et surtout de silence.

— De silence ? Mais toutes les communications que j'ai envoyées à Lalande ? Il ne peut les avoir dissimulées !

Reine prit un air embarrassé :

— Comme vous le savez, Jérôme a beaucoup d'ennemis. Il est fortement question qu'il devienne pensionnaire dès les premiers mois de l'année prochaine, mais l'élection n'est pas jouée, et son probable prédécesseur encore en vie, bien que moribond. Avec toutes les allégations portées contre vous...

— Je les connais. Ce fort aimable jeune homme qu'est le marquis de Condorcet m'en a parlé avant-hier, alors que je posais à peine ma mallette dans mon appartement, qu'il occupait. Dilapidation de fonds de l'Etat, communication d'informations confidentielles à une puissance étrangère, enrichissement personnel — si vous saviez ! — aux dépens du Trésor, appropriation indue de découvertes faisant fi de l'antériorité, et d'autres balivernes encore. Si Lalande veut faire mon procès, j'ai de quoi me défendre, croyez-moi.

— De quel procès parlez-vous ? Jérôme vous estime beaucoup. Mais les intrigues contre lesquelles il se bat depuis si longtemps l'ont rendu méfiant. Et puis, qu'avez-vous donc fait à monsieur Commerson, pour qu'il vous accable ainsi tout le long de sa correspondance avec son ami d'enfance ?

— Rien. Il y a, je pense entre nous, quelques grains de Poivre et huit caisses pleines de coquillages. De cela aussi, je peux me justifier. Bref, durant tout ce temps, on n'a rien publié de moi ?

— Vous vous faisiez si rare, aussi. Et si austère. Que ne nous avez-vous envoyé d'aussi charmants articles que Commerson, justement, sur la Nouvelle Cythère.

— Foutaises ! Oh pardon, madame, mais mon langage...

À ce juron, une grande chaleur envahit la poitrine de Reine. D'un geste de sa belle main, elle l'excusa et poursuivit :

— Vous savez pourtant comme les Français sont futiles. Que ne leur avez-vous parlé de jolies filles-fleurs aux mœurs faciles et à la nudité dorée, plutôt que de la périodicité des moussons.

— Si *Le Mercure* veut des histoires de putains, répliqua Le Gentil, qui avait très bien vu l'effet que sa rusticité produisait sur madame Lepaute, j'en détiens quelques-unes à sa disposition. Ainsi, monsieur d'Agelet, savez-vous que les danseuses indiennes de Pondichéry...

— Vous réserverez la confidence de vos turpitudes à vos soirées de garçons, l'interrompit Reine en riant. Vous n'avez pas de temps à perdre. Prenez très vite rendez-vous avec le secrétaire perpétuel, monsieur de Fouchy, — il n'a plus toute sa tête, mais les convenances l'exigent —, demandez que votre ami le duc de La Vrillière et deux ou trois autres pensionnaires soient présents. Pour ma part, je m'occupe de Jérôme, je veux dire de monsieur de Lalande. Il vous sera d'un grand secours, car je saurai vous défendre auprès de lui comme je l'ai toujours fait.

Sur ce dernier point, elle mentait un peu.

La réunion que nous eûmes avec lui, fin

novembre, eut bel et bien les allures d'un procès. Le Gentil s'en tira avec les honneurs. Pas si naïf que cela, le savant voyageur ! Il avait accumulé toute la correspondance qu'il avait eue avec des ministres, des savants, des gouverneurs, des intendants, des officiers, une pincée de vice-amiraux, des capitaines, des négociants, des colons, des prêtres, dont un archevêque, de toutes les nationalités, française, espagnole — dont un Péruvien et un Mexicain —, anglaise, portugaise, hollandaise, italienne. Il avait également pris soin d'y joindre la copie des lettres qu'il leur avait envoyées. Son journal avait été tenu scrupuleusement, de son départ de Paris à sa rencontre avec Condorcet, sur le seuil de son appartement. Il ne manquait pas un sou injustifié dans ses livres de comptes. Et nous nous amusâmes beaucoup du reçu obtenu d'un capitaine négrier à l'achat de l'esclave Andrianampoinimérina, alias Hadrien. Personne ne rit plus en lisant le nom de sa chienne de Pondichéry sur une facture vétérinaire : Chappe.

— Elle avait les mêmes bons yeux lumineux que notre défunt collègue et le meilleur de mes amis, s'excusa Le Gentil. J'ignorais sa mort tragique, à cette époque.

Un moment d'émotion passa. Je le dévisageai. Que Reine lui trouvait donc de plus qu'avant son départ ? Il n'avait pas bougé. À croire que les années et les épreuves étaient passées sur lui comme l'eau sur un canard. Bien sûr, il avait un peu maigri, bien sûr, sa face était cuite par le soleil. Bien sûr, il était un peu plus bourru qu'avant. J'avais vieilli plus vite que lui.

J'avais perdu tous les cheveux du sommet de mon crâne, ne gardant qu'une auréole au-dessus des oreilles et de la nuque. Aussi, j'avais laissé pousser ces survivants très longs, tombant jusqu'aux épaules. Comme désormais je ne voulais plus porter perruque, cette coiffure me donnait l'aspect de ces astronomes et géographes peints par les Hollandais au seizième siècle. Malgré la neige dont ma chevelure s'est parée, c'est ainsi que je suis encore. Elle plaisait aux jeunes dames et elle me fit commettre quelques infidélités de passage à ma Reine.

Le Gentil fut lavé sans conteste des infâmes soupçons qui pesaient sur lui. Pour ma part, je gardais quelques réticences que je n'émis point. Toutes ces précautions qu'il avait prises, toutes ces preuves de son innocence ainsi accumulées avant même qu'on ne l'accusât ne cachaient-elles pas quelque chose ?

Aujourd'hui, bien sûr, je ne doute absolument plus de son intégrité, mais à l'époque, le disculper, c'était charger le plus ancien et le plus cher de mes amis, Philibert Commerson. J'écrivis à ce dernier pour lui faire part de mes tourments à ce sujet. Il me répondit, de longs mois après, une lettre embarrassée où aucune allusion n'était faite à Le Gentil. Il m'y parlait surtout de ses ennuis d'argent depuis que l'intendant Poivre avait été relevé de ses fonctions, et que son remplaçant, Maillard-Dumeslé, lui avait supprimé ses trois mille livres d'appointements et le gîte. Il avait trouvé refuge dans une propriété baptisée *La Retraite* ! Il m'évoquait aussi la richesse de ses collections, et surtout les découvertes qu'il avait faites sur la côte est de Madagascar. J'avais conscience qu'en l'incitant à partir avec Bougainville, j'étais pour quelque chose dans son malheur. Aussitôt après avoir reçu cette lettre, j'entrai en campagne pour que le botaniste en exil fût élu à l'Académie. Le Gentil, grand seigneur, n'y rechigna pas. Commerson fut admis parmi nous le 21 mars 1773. Nous ignorions qu'il était mort huit jours avant, à l'âge de quarante-trois ans, dans les bras de Jeanne Baret, chez un habitant de Port-Louis, dans le quartier du Flacq.

Cependant, quatre mois après son retour, le 28 février 1772, Le Gentil avait été remis dans ses fonctions d'associé-académicien par la volonté du roi et surtout celle du duc de La Vrillière, car le vieux monarque se préoccupait moins des sciences que de la chute de reins de madame du Barry et de son harem de tendrons du Parc-aux-Cerfs. Louis XV signa aussi, lors du même conseil, son approbation à ma nomination de pensionnaire. Les gazettes portèrent bien moins d'intérêt à mon intronisation qu'à la réintégration du voyageur que l'on avait cru mort. Ce n'était que justice, et je n'en eus pas d'amertume. J'avais tant de choses à me faire pardonner.

Le Gentil pouvait maintenant s'occuper de ses affaires cotentines. Il avait bien sûr prévenu le plus tôt possible l'honorable procureur Tringlot de son retour en lui demandant à nouveau d'en faire part à ses cupides cousins. Jugeant, selon ses nouvelles habitudes de méfiance, que deux précautions valaient mieux qu'une, sitôt ses soucis du côté de l'Académie dissipés, il annonça la nouvelle de son retour et sa prochaine visite à une noble famille du pays, fort liée depuis des siècles avec les La Galaisière : les Potier de La Gassotière.

Il avertit ces gens qu'il arriverait à Coutances le premier du mois d'avril. Et patatras ! Ses fièvres le reprirent. Elles l'avaient laissé en paix durant tout l'hiver. Au cours de son « procès », il avait cru en percevoir quelques symptômes, tremblements, troubles de la vue, mais sa volonté de nous convaincre fut la meilleure médication. Cette fois, il sentit qu'il n'aurait pas cette force. Il alerta notre collègue le docteur Bourdelin, celui-là même qui avait comploté avec Reine, jadis, pour m'empêcher de faire le tour du monde avec Bougainville. Les soins de ce médecin furent fort efficaces.

Je vins lui rendre visite dans le courant du mois de mai, alors qu'il commençait sa convalescence. Pingré m'accompagnait. Le Gentil fut fort aimable, mais je sentis comme une réticence à mon égard, si loin de la spontanéité de notre jeunesse. En revanche, avec Pingré, il se montra plus à l'aise. Leur complicité m'excluait de leur conversation. Conversation fort peu digne d'aussi illustres savants. Il y était question de grosses esclaves noires, qui, selon le vénérable abbé, savaient savonner leur homme avec un talent épuisant pour le patient.

— Ah, la bonne Trinité, soupira Le Gentil. Sa joie de vivre m'a bien aidé, en ces temps difficiles.

— Sacré nom, répliqua le vieil abbé, je vous crois. Et votre madame le juge, Aphrodite Nunquam, qu'est-elle devenue ?

— Nihil. Aphrodite Nihil, ricana Le Gentil.

Ils gardèrent un instant le silence. Leurs yeux brillaient, leurs nez rougissaient, comme ceux des faunes antiques. Ne leur manquaient que les cornes de bouc.

Je revins fréquemment au chevet de Le Gentil, et la confiance s'instaura à nouveau entre nous. Après tout, j'étais le seul de ses amis de jeunesse survivants, Chappe, Clairaut, Véron avaient disparu. Et Pingré n'était qu'une pièce rapportée. Nous parlâmes du temps passé, mais jamais nous n'évoquâmes Reine qui venait le voir en secret de moi. Il se confia enfin, raconta ses malheurs, évitant simplement d'évoquer Commerson pour ne pas me blesser. Chaque fois que j'essayais d'y faire allusion, il disait :

— Oh ! lui, le pauvre ! Que pouvait-il comprendre à tout cela ?

Il avait appris l'indulgence et le pardon. Je fus, je crois, la seule personne à qui il raconta, à cette période-là, ses déboires de Coutances. Je me proposai de l'aider, de lui présenter un très important homme de loi de mes amis qui... Il refusa. La Normandie, selon lui, était trop compliquée pour un avocat parisien, aussi talentueux fût-il. L'amitié entre nous renouait ses liens. J'avais désormais l'âge d'en apprécier les délices.

Il fut sur pied à la fin juin, alors que les vacances fermaient les portes des collèges et des académies. À nouveau, il alerta ses amis de là-bas, et son procureur, qu'il arriverait à Coutances le 2 juillet dans le courant de l'après-midi. Il mit trois jours pour atteindre le Cotentin. Il avait décidé de musarder, car il trouvait bien du plaisir, en cours de route, à dévorer les festins que lui offraient les auberges de son pays, enfin retrouvé.

Il espérait un accueil chaleureux. Pas un triomphe. Bien avant qu'il eût franchi les remparts de la ville, une foule accompagnait la malle-poste. On exigea qu'il se mît à côté du postillon, debout. On criait : « Vive Le Gentil, gloire au plus illustre des enfants de Coutances ! » Il saluait, avec l'onction d'un pontife, et une irrésistible envie de rire. Le bourdon de la cathédrale dominait de sa gravité lugubre les cloches de toutes les églises de la ville qui tintaient à s'en briser. Devant les portes, les étals, les boutiques, aux fenêtres, dans les rues, perchés dans les arbres, la foule s'entassait et chantait son allégresse : « Vive Le Gentil, gloire au plus illustre des enfants de Coutances ! »

Une haie de gendarmes, sabre au clair, jalonnait le tapis rouge couvrant les marches montant à la salle des fêtes de l'hôtel de ville. L'évêque fut le premier à le saluer ; vinrent ensuite les seigneurs de la contrée, les magistrats, chacun y allant de son petit discours. Puis il ouvrit le bal avec madame Potier de La Gassotière, une matrone tout à fait drôle, qui lui rappela qu'ils avaient le même âge, quarante-sept ans, et elle évoqua, coquine et coquette, les gracieux jeux de leur enfance, pas si innocents que cela, par les champs et par les grèves. Quand elle lui présenta sa fille, Nicole, il se souvint enfin : la jeune fille ressemblait tant à sa mère. Etait-elle jolie ? Elle avait en tout cas ce qui peut plaire à un homme rassis : la beauté du diable.

Rassis, Le Gentil ? Je n'en suis pas sûr. Sa décennie tropicale l'avait gardé très jeune, et peut-être même un peu puérilisé. Il dansa avec Nicole Potier plus souvent qu'à son tour. En tourbillonnant sur la piste, il lui parlait du chant des alizés dans les cocotiers, de cannibales, de la couleur du lagon, de tout ce qu'elle voulait entendre du voyageur. Cependant, sur les fauteuils cernant la grande salle, on parlait déjà alliance de famille, dot et mariage. Le Gentil le savait, mais ne s'en souciait pas. Elle avait vingt ans. Lui aussi.

Il y eut ensuite grand banquet. Il trônait naturellement à la place d'honneur, la jeune Nicole à gauche, sa mère à droite. Ses cousins se présentèrent à lui, bredouillant quelques vagues excuses. Le Gentil les congédia avec hauteur. Il s'amusait de plus en plus, d'autant que le genou effronté de Nicole resta collé au sien durant tout le repas. Les mœurs étaient bien légères, même en cette pieuse province, à la fin du règne du roi Louis XV et dix ans avant le roman de Choderlos de Laclos. Le Gentil qui, pourtant, avait connu des Tropiques autrement licencieux en fut surpris, presque choqué. À voir toutes leurs manœuvres et leurs allusions, il avait bien compris qu'on souhaitait lui offrir cette Nausicaa, en expiation des crimes commis à son égard par cette grise Ithaque. Il se surprit à se demander, en son for intérieur, par un vieil instinct de sa caste : « Est-elle vierge au moins ? »

Le mariage eut lieu trois mois après, en la cathédrale de Coutances. Ce jour-là, la capitale religieuse du Cotentin inaugura un nouveau boulevard du nom de Guillaume-Le-Gentil-de-La-Galaisière. Ce qui nécessite, quand on veut correspondre avec l'un de ses riverains, des enveloppes bien larges.

En attendant cette ultime consécration, Le Gentil se rendit, le lendemain de son triomphe, chez le procureur Tringlot. Le tabellion commença par clamer leur victoire sur les cousins comme si c'était la sienne.

Il glissa comme une savonnette, quand son client lui demanda pourquoi il n'avait pas, durant toutes ces années, présenté ses lettres comme preuve de son existence. Tringlot l'emberlificota tellement dans ses termes de droit et de procédures, que Le Gentil préféra abandonner. Il exigea que l'on passât aux comptes. Ceux-ci étaient fort bien tenus et la rente que l'astronome lui avait confiée avant son départ était devenue rondelette. L'héritage de sa mère, quant à lui, n'avait toujours pas été réalisé. Le Gentil demanda qu'on lui remît immédiatement tout cet argent. L'autre prétendit alors à deux sols d'intérêt par livre. Il avait été pourtant entendu que le procureur gérerait gratuitement sa fortune, comme la coutume le voulait, et que l'on verrait en fin de compte le montant de la récompense qu'il en recevrait. « À quoi bon lutter ? » se dit Le Gentil. Il accepta cette prétention exorbitante, continua de laisser le soin de ses biens à la gestion de Tringlot, faute de mieux, revint au manoir de La Gassotière, se maria donc, remonta à Paris avec sa jeune femme et sa belle-mère, s'installa dans le petit hôtel du faubourg Saint-Germain que possédait sa nouvelle famille et assista à la rentrée de l'Académie.

Il avait beaucoup de choses à nous communiquer : le zodiaque des Indiens, l'astronomie des brahmes, l'histoire des moussons, l'hydrographie de la côte malgache, une cartographie complète et précise d'une bonne partie de l'océan Indien jusqu'à l'entrée de la mer Rouge, de l'archipel philippin et de la côte de Coromandel... Et, avant tout, le résumé de son voyage dans les mers de l'Inde qui, une fois publié, devait balayer définitivement les rumeurs et les calomnies dont il avait été la victime pendant si longtemps.

— N'en jetez plus, Guillaume, la cour est pleine ! m'exclamai-je lors d'un repas qui réunissait aussi

Reine, Pingré, Condorcet, d'Agelet et Delambre, entre autres.

— Vous voilà fringant comme un petit jeune homme, monsieur Le Gentil, grinça Reine.

— Vous devriez aller voir Voltaire, à Ferney, suggéra Pingré. Il m'a dit s'intéresser beaucoup à vos travaux sur les astrologues brahmes.

— Les brahmes, vraiment ? répliqua Le Gentil. N'est-ce pas plutôt la réhabilitation du ci-devant Lally qui le préoccupe ? Sur ce sujet, je le décevrai. L'ancien gouverneur de Pondichéry était une canaille cupide et brutale, tant avec les indigènes qu'avec ses subordonnés. Je les ai trop fréquentés, ces tyranneaux locaux qui, profitant de la distance entre leur roi et eux, multiplient les exactions et les abus de pouvoir.

— Cela méritait-il pour autant la hache du bourreau ? plaida Condorcet.

— Rien ne la mérite, mon ami, pas même le crime le plus affreux. La condamnation pour haute trahison me semble excessive. Mais quoi ! Son homologue espagnol de Manille, don Raon, est mort dans les geôles de Madrid pour bien moins que cela. Et son autre émule, monsieur Poivre, bien que déchu, coule des jours heureux et prospères à Paris. Alors, le destin de Lally-Tollendal...

On se récria que le jeune fils de la victime faisait montre d'un tel dévouement à la cause de son père que nul ne pouvait douter de son innocence. Cet argument réussit à adoucir Le Gentil.

— Eh bien soit, concéda-t-il, je lui écrirai, à votre vieux philosophe. Je lui parlerai des brahmes et de Lally. Mais ne comptez pas sur moi pour faire un voyage jusqu'en Suisse. Désormais, je ne bouge plus de Paris. Et mon dernier voyage sera pour Coutances, dans trois jours.

— Votre procureur vous fait encore des ennuis ? demandai-je.

— Je vous raconterai, Lalande. Le guignon, comme vous dites, continue de me coller à la peau.

Cette fois, le procureur Tringlot avait mis les bouchées doubles. Il prélevait déjà la moitié des biens de Le Gentil, il lui en fallut la totalité. Un vol avait eu lieu dans le voisinage de son étude. Quelques couverts d'argent en avaient disparu. Cela lui donna l'idée de se prétendre lui aussi victime des malfaiteurs. Il se plaignit que toute sa fortune avait disparu, et celle de Le Gentil par-dessus le marché. Ficelles bien grosses, mais qui fonctionnèrent. La maréchaussée n'estima pas nécessaire de constater la véracité des affirmations de Tringlot. Quand Le Gentil et sa belle-mère vinrent à Coutances, ils ne furent pas longs à constater que tout cela était faux. Jamais le moindre voleur n'avait pénétré chez le procureur. Ils plaidèrent. Parmi le présidial, deux des cousins charognards. Inévitablement, Le Gentil perdit tout et fut condamné aux dépens.

Il me raconta l'affaire avec désinvolture alors que nous soupions, en compagnie de Pingré, loin de nos femmes ou nos maîtresses.

— Dernière manifestation du guignon, conclut-il. Vous avez raison, Lalande. Mais maintenant, je vous jure que tout cela est fini. Je ne bouge plus. Ma femme attend un enfant. Moi, il faut que je rédige enfin mon voyage, en commençant par un plaidoyer afin qu'on me lave enfin de tous soupçons. J'ai envoyé à Voltaire tout ce qu'il voulait sur les brahmes. Je ne bouge plus, vous dis-je. Que le vieux philosophe se débrouille avec son Lally. Si je m'en mêle, je pourrais bien me retrouver à la Bastille.

— Et tes caisses de Madagascar ? demanda Pingré. Je viens d'apprendre que *L'Indien* était arrivé au Havre-de-Grâce. Tu devrais peut-être t'en inquiéter.

— Je m'en occupe, vieux moine, je m'en occupe. Sans illusions.

Les huit caisses de ses collections d'histoire naturelle n'étaient pas à bord de *L'Indien*. Elles s'étaient évaporées. « Monsieur Poivre les a retenues à terre », affirma le capitaine à Le Gentil. Il alla donc voir le duc de La Vrillière. Celui-ci en avait assez des histoires de Vénus. Il soupira :

— Adressez-vous donc à Poivre. Il est à Paris.

Le Gentil demanda à La Vrillière de confirmer cette réponse par courrier et se rendit dans la cossue résidence de l'ancien intendant de l'Ile-de-France.

Poivre fut tout miel et affirma qu'il avait bien gardé dans sa propriété de Montplaisir « tous les trésors que vous avez découverts sur les côtes malgaches », mais son départ avait été trop précipité pour connaître le destin des dites caisses.

— Monsieur Commerson a dû s'en charger, suggéra-t-il. Voyez donc avec lui.

Les collections de Commerson arrivèrent en France un an après la mort du botaniste, en 1774, par le même bateau que Jeanne Baret et le dessinateur Jossigny. Herbiers, animaux empaillés, pierres et minerais étaient contenus dans pas moins de trente-quatre caisses, toute son œuvre, commencée sur les côtes du Brésil et de l'Argentine, continuée à Otaïti, puis dans les îles sauvages des Nouvelles-Hébrides, à l'Ile-de-France, à Bourbon. Et enfin sur la côte est de Madagascar. Ses plantes s'appelaient bougainvillée, lalanda, vérona... Tous ses amis étaient honorés. Sauf Le Gentil.

Jeanne Baret et Jossigny voulurent que ces trésors profitent à l'enfant du défunt botaniste. J'intervins et obtins que le fils Commerson fût bénéficiaire d'une pension royale. Puis je détournai les collections vers le Jardin d'histoire naturelle, à la charge des Jussieu. Les caisses de Le Gentil firent-elles partie du lot ? Je l'ignore encore aujourd'hui. Commerson avait-il été lui aussi, comme il l'affirmait sans preuve, sur la côte de Madagascar ? Qui peut le dire ? Cette mirifique collection fut par la suite gâchée, éparpillée, négligée, oubliée.

Lorsque je rendis visite à Le Gentil pour lui demander d'aller inspecter la cargaison, afin de savoir si la partie malgache ne lui appartenait pas, il me répondit :

— J'irai un jour. Mais pour le moment, j'ai d'autres préoccupations.

Il se pencha sur un couffin, souleva sa fille avec délicatesse et, en la berçant dans ses bras, fredonna une chansonnette créole.

Épilogue

C'est en 1772 que je publiai mon fameux *Mémoire sur le passage de Vénus*, rapportant les diverses observations effectuées lors du transit du 3 juin 1769. Je le conclus par le résultat tant attendu : la valeur de la parallaxe solaire. Reine, son neveu d'Agelet et moi-même avions quelque peu peiné pour réduire les données disparates qui nous étaient parvenues du monde entier. Les observations avaient été rendues incertaines par l'agitation des images et par les fausses apparences dues à la diffraction de la lumière par les instruments. Nous nous étions néanmoins attachés à calculer une juste moyenne, et nous pûmes annoncer avec assurance que trente-sept millions de lieues nous séparaient de Phébus, à un million de lieues près.

Certains de mes adversaires firent valoir que la précision du résultat ne justifiait pas tous les espoirs que l'on avait jadis placés dans le rendez-vous de Vénus. Ils n'avaient pas tout à fait tort, sur le plan de la pure science : je ne doute point que les astronomes des temps futurs affineront nos méthodes, ou même trouveront des moyens plus ingénieux pour mesurer l'univers avec la plus parfaite précision. Mais quoi, ces froids contradicteurs oublièrent-ils qu'au-delà même du calcul de la parallaxe du Soleil et des planètes, le rendez-vous de Vénus avait été un sommet dans l'histoire de la science ? Pour la première fois, depuis les débuts de l'humanité, au même instant, disséminés partout dans le monde, des savants de toutes nations avaient observé de concert le même phénomène céleste et s'étaient communiqué les résultats de leur travail. Quelle leçon de paix et de concorde nous avions donnée aux grands de la Terre ! Le génie, par ses bienfaits, est cosmopolite. Ses découvertes sont l'héritage du genre humain, et les travaux des hommes occupés à défricher les routes de la science, à prendre la nature sur le fait, préparent en silence le destin des nations.

J'ai calculé que Vénus recroiserait le Soleil le 8 décembre 1874 et le 6 décembre 1882. Et à nouveau le 8 juin 2004, puis le 6 juin 2012. Ces temps paraissent lointains. Mais que sont-ils au regard du chaos des âges que seule l'astronomie a su débrouiller ? Je suppose qu'en ces siècles à venir, les hommes n'auront plus besoin de Vénus. Il n'y a plus de terres à découvrir, ou si peu, et nous savons maintenant, grâce aux appareils que notre génie a inventés, fixer le moindre écueil à sa place sur une carte. Avons-nous atteint ces colonnes d'Hercule infranchissables dont parlait Diderot ? Colonnes d'Hercule, cap Bojador, combien y eut-il de points ultimes de la connaissance derrière lesquels on disait n'y avoir plus rien que le vide, et que pourtant l'homme a franchis ?

J'ai pu voir avancer toutes seules les voitures de Cugnot ou de Watt, je suis monté dans le ballon des frères Montgolfier, j'ai transmis des messages à l'aide du télégraphe inventé par Chappe — non, pas Jean-Baptiste, hélas, mais son neveu quand même. À la Loge des Neuf Sœurs, j'ai fait entrer les Condorcet, les Lagrange, les David, les Lavoisier, qui succédèrent aux Diderot, aux Voltaire, aux Cassini. Je n'ai pas oublié mon pays natal, et après la mort de mon père, en son hommage, j'ai fondé une Société d'émulation de l'agriculture de l'Ain. J'ai aussi mangé en public des araignées, qui disparurent dans mon estomac comme devraient disparaître au fond de tout individu ces préjugés, ces terreurs obscures qui nous hantent depuis l'aurore du monde. Je puis mourir en paix : je n'aurais pas été tout à fait inutile au genre humain.

Durant dix ans, et malgré sa vue déficiente, Reine continua de travailler à mes côtés. Elle est le véritable auteur des huit volumes des *Éphémérides,* dont le dernier fut publié en 1783. À cette date, elle me quitta et se retira à Saint-Cloud où j'allais la voir quand je le pouvais. Son mari avait été atteint peu de temps avant d'une congestion qui le laissait complètement infirme, réduit à l'état de nourrisson. Elle lui sacrifia tous les plaisirs, tous les travaux, et ne s'occupa plus que de ses soins, alimentant, lavant, langeant cet homme qui n'en était plus un. Elle en mourut d'épuisement le 6 décembre 1788. Son mari la suivit dans la tombe, cinq mois plus tard. Je n'avais pas attendu son décès pour rendre hommage à celle qui fut mon amie, mon amante, ma sœur et ma mère tout à la fois. Pour elle, je publiai mon *Astronomie des dames,* en 1786. Je crois qu'elle me sut gré d'avoir ainsi montré que ce sexe que l'on dit faible a tout autant d'aptitude à la science que nous autres, malgré les obstacles dressés devant lui.

Puis la Révolution éclata, d'abord pleine d'espérance. Espérance que par la suite elle s'acharna à détruire dans le sang et la folie. Vous dirais-je, à l'imitation de Sieyès, que durant la tourmente je me suis contenté de survivre ? Ce serait aller un peu loin. La Loge me permit de sauver quelques-uns de mes frères, dont Dupont de Nemours et l'abbé Garnier, tous deux monarchiens et proches de Louis XVI. Nous étions au-delà de nos divergences politiques.

Après Thermidor, je rameutai pour mon premier cours au Collège de France, le ban et l'arrière-ban des sciences, du moins de ce qu'il en restait. De l'octogénaire Pingré jusqu'au jeune Geoffroy Saint-Hilaire, en passant par les Monge, les Jussieu, les Lagrange, les Lamarck, les Cuvier, ils étaient tous là. Il y eut un frémissement quand je dénonçai le vandalisme jacobin, ces assassins de l'Académie, de Condorcet, de Lavoisier. Dans le public, on se regarda peureusement : nous avions pris l'habitude de la crainte. Son voisin n'était-il pas un mouchard, un dénonciateur ? Et j'annonçai la fondation d'une nouvelle institution, la Réunion des Sciences, ébauche de l'Institut que le Directoire créa l'année suivante.

Le Gentil n'était pas parmi nous. Il s'était éteint en octobre 1792, entre son épouse et sa jeune fille de dix-huit ans. Il laissait derrière lui son considérable *Voyage dans les mers de l'Inde*, un grand nombre de mémoires sur différents points d'astronomie, et la réputation d'un académicien intègre et zélé. Mais il se refusa toujours à mettre le sel de la poésie dans ses ouvrages. Et même il se défendit maintes fois de rédiger des mémoires. Son *Voyage*, outre son singulier intérêt scientifique, apparaît surtout comme un plaidoyer contre les attaques, les vilenies et les calomnies dont il fut l'objet durant sa longue absence. Il ne me reprocha jamais le mauvais tour que je lui jouai, bien malgré moi, dans mon *Astronomie des dames*. Dans le long article que j'y consacrai à Reine, j'affirmai que la belle fleur *Pautia* avait été dédiée à la grande calculatrice par Commerson, et non par lui. Malgré moi ? J'en doute parfois. Dans les trois éditions qui suivirent, je ne corrigeai pas ce manquement à l'antériorité. Et je ne l'ai toujours pas fait dans ma récente *Histoire abrégée de l'astronomie*. Telle est la principale faute que je me reproche vis-à-vis de mon défunt ami. Il y avait une femme entre nous, il y aurait désormais une fleur.

Il y a quatre ans, dans le courant 1802, alors que Bonaparte s'apprêtait à se faire élire consul à vie, dernière marche avant la tyrannie, un de mes amis m'informa que Jussieu le jeune, qui dirigeait déjà le Museum d'histoire Naturelle, venait de débaptiser la *Pautia*. La Rose du Japon s'appellerait désormais *Hortensia*. J'y vis comme une offense à la mémoire de Reine Lepaute. J'écrivis à Jussieu une lettre sévère pour lui demander des explications. J'ajoutai qu'un savant tel que lui ne devait pas s'abaisser à de telles courtisaneries : Bonaparte venait tout juste de marier la belle Hortense de Beauharnais à son frère Louis.

Il me répondit sur un ton léger qu'il connaissait d'autres Hortense à qui rendre hommage. Mais, précisa-t-il, il avait été extrêmement surpris en voyant que, malgré l'immense étendue de son savoir, Commerson — car il en attribuait lui aussi la paternité au botaniste — prétendait à la découverte de cette plante. Dès le seizième siècle, les navigateurs portugais avaient rapporté l'hortensia des côtes de la mythique Cipanghu. Ils espéraient en extraire de la teinture. En vain. Ils l'acclimatèrent dans l'archipel des Açores, où l'hortensia se mit à proliférer. Notamment dans l'île de Horta, qui veut dire jardin, en portugais.

Je te vois triste, lecteur. Il ne le faut pas. D'autres savants voyageurs sont déjà en mer à la recherche de fleurs nouvelles qu'ils baptiseront du nom de la femme aimée.

Remerciements

Sans André, le rendez-vous de Vénus n'aurait pas été convoqué. Sans Olivier, il aurait été manqué. Sans Véronique, Roland et Didier, il aurait été embarrassé. Sans Marc et Françoise, il n'aurait pas été documenté. Je leur exprime ma gratitude.

Table des matières

Cet ouvrage
été achevé d'imprimer en août 1999
sur presse Cameron
par ***Bussière Camedan Imprimeries***
à Saint-Amand-Montrond (Cher)

Édition exclusivement réservée
aux adhérents du Club
Le Grand Livre du Mois
15, rue des Sablons
75116 Paris
réalisée avec l'aimable autorisation des éditions Lattès

ISBN 2-7028-3915-0

Dépôt légal : août 1999.
N° d'Impression : 993308/4.

Imprimé en France